Jamais sans toi

Lisa Scottoline

Jamais sans toi

Traduit de l'anglais (USA)
par Johan-Frédérik Hel Guedj

Toucan
NOIR

© 2011, Lisa Scottoline
Première publication St. Martin's Press
175 Fifht Avenue - New York 10010
Titre original : *Save Me*

ISBN : 978-2-81000-489-8

Tirage n° 1

© 2012, Éditions du Toucan pour la traduction française
25, rue du général Foy - 75008 Paris

www.editionsdutoucan.fr

Maquette & mise en pages : Nohémie Szydlo

*En souvenir affectueux de mon cher ami
Joseph Drabyak, qui comprenait le plaisir,
le pouvoir et les livres.*

I can tell you fancy, I can tell you plain
You give something up for everything you gain.

Bob Dylan, *Silvio*.

« Nomme toujours les choses par leur nom.
La peur d'un nom ne fait qu'accroître
la peur de la chose elle-même. »

Albus Dumbledore,
in *Harry Potter à l'école des sorciers* de J.K. Rowling

CHAPITRE 1

Rose McKenna se tenait dos au mur, dans le brouhaha du réfectoire. Comme d'autres mamans, elle s'était portée volontaire pour surveiller le déjeuner, autrement dit pour faire office de vigile, l'eye-liner en plus. Il y avait là deux cents gamins qui jacassaient, qui jouaient au combat de pouces ou se préparaient à faire la sieste, car c'était presque la fin de la pause déjeuner. Rose gardait un œil sur sa fille, Melly, assise à la même table que la plus teigneuse des fillettes du cours élémentaire de deuxième année. Au premier petit accroc, Rose se changerait en mère lionne. Melly s'était installée seule en bout de table, et, très concentrée, elle alignait ses petites friandises aux fruits, en cherchant à composer un arc-en-ciel un rien disloqué. Elle gardait la tête baissée, et ses cheveux ondulés, châtain très clair, retombaient devant son visage, masquant ainsi la tache de naissance couleur lie-de-vin qu'elle avait à la joue, une grande marbrure ronde, comme du fard à joues qui aurait débordé. En termes médicaux, un *nævus flammeus*, un vilain écheveau de vaisseaux sanguins à fleur de peau, qui lui dessinait sur la joue comme une mouche. Mais dès la crèche, cette mouche avait fait d'elle la cible des petites chipies, et elle avait imaginé des trucs pour la dissimuler, comme par exemple de baisser la tête, de se masquer la pommette de la main ou, à l'heure de la sieste, de s'allonger sur le côté gauche, dans une immobilité aussi parfaite que celle d'une silhouette tracée à la craie sur le sol d'une scène de meurtre. Hélas, aucun de ces trucs ne marchait éternellement.

La petite peste s'appelait Amanda Gigot, et elle était assise à l'autre bout de la table, où elle montrait son iPod à ses copines. Amanda était la plus jolie fillette de leur classe, les cheveux blonds et lisses, les yeux d'un bleu éclatant, un sourire parfait, et elle s'habillait comme une ado, avec un haut blanc en jersey, une jupe rose froncée et des sandales Candie toutes dorées. Amanda ne correspondait en rien à l'idée que les gens se faisaient d'une « petite persécutrice », mais il arrivait aussi que les loups se déguisent en agneaux – ou en Juicy Couture. Amanda était intelligente et maîtrisait assez le verbe pour lancer des piques à volonté, ce qui lui valait cette sorte de popularité inspirée par la peur que l'on rencontre dans les écoles élémentaires et les dictatures.

Ce n'était que le début du mois d'octobre, mais Amanda se montrait déjà insultante envers Melly, en la traitant par exemple de Spot le chien et en aboyant chaque fois qu'elle entrait dans la classe, et Rose priait pour que cela n'empire pas. Ils étaient venus s'installer ici pendant l'été, afin d'échapper au harcèlement dans son ancienne école, où les choses s'étaient envenimées au point que Melly en avait eu des maux de ventre et des troubles de l'appétit. Elle avait du mal à trouver le sommeil, et se réveillait épuisée en inventant toute sorte de prétextes pour ne pas aller à l'école. Les tests avaient montré qu'elle était une enfant à haut potentiel, mais ses notes stagnaient autour du C, à cause de ses absences. Ici, Rose nourrissait de plus grands espoirs, car l'école élémentaire de Reesburgh était située dans un district scolaire de meilleur niveau, et appliquait un programme innovant, censé proscrire les brimades.

Et puis, elle n'aurait pu rêver plus beau bâtiment scolaire. C'était une construction entièrement neuve, que l'on venait d'achever en août dernier, et la cantine était ultramoderne, avec ses velux très contemporains, ses tables rutilantes assorties de sièges en plastique bleu et ses murs aux tons très gais, carrelés en bleu et blanc. Tout autour de la salle, des panneaux d'affichage étaient ornés de décors d'Halloween, citrouilles en papier, araignées en papier mâché et chats noirs à la queue hérissée en point d'exclamation. Une pendule murale recouverte de fausses toiles d'araignées affichant 11 h 20, la quasi-totalité des enfants étaient en train de ranger leur panier-repas dans les corbeilles en plastique réservées à chaque classe et de franchir les portes pour sortir dans la cour, située sur la gauche.

Rose jeta un œil à la table de Melly, non sans désarroi. Amanda et ses amies Emily et Danielle terminaient leurs sandwiches, mais le déjeuner de Melly était resté intact dans son panier-repas violet, aux armes de Harry Potter. L'institutrice des enfants à haut potentiel, Kristen Canton, avait envoyé un e-mail à Rose pour la prévenir que Melly ne mangeait parfois rien au déjeuner, et que sa fille attendait que l'heure du repas s'achève en allant s'enfermer dans les toilettes pour handicapés. Suite à ce mail, Rose s'était proposée d'assurer la surveillance du déjeuner, histoire de voir comment les choses se déroulaient. Elle ne pouvait ignorer le problème, mais s'interdisait de réagir de manière excessive. Elle se retrouvait ainsi sur la corde raide – une corde raide parentale, en quelque sorte.

– Oh non, j'ai tout renversé ! s'écria une fillette dont la brique de lait avait basculé en éclaboussant le sol.

– Ça ira, mon chou. Rose s'approcha, attrapa une serviette en papier et épongea la flaque de lait. Va ranger ton plateau. Ensuite tu pourras sortir dehors.

Rose jeta la serviette imbibée, puis elle entendit tout un remue-ménage derrière elle, se retourna et demeura interdite. Amanda se maculait le visage de gélifruit au raisin, sa manière à elle de reproduire la tache de naissance de Melly. À sa table, tout le monde se mit à glousser, et les gamins qui se dirigeaient vers la porte la pointèrent du doigt en s'esclaffant. Melly sortait en courant de la cafétéria, ses longs cheveux au vent. Elle se rendait aux toilettes pour handicapés, sur la droite.

– Melly, attends ! s'écria Rose, mais elle avait déjà dépassé sa mère, qui retourna donc à la table du déjeuner. Amanda, qu'est-ce que tu fais, là ? Ce n'est vraiment pas gentil.

Amanda baissa la tête pour dissimuler son sourire, mais Emily et Danielle, elles, cessèrent de glousser, et devinrent rouge pivoine.

– Je n'ai rien fait.

Emily plissa la lèvre inférieure, et Danielle secoua la tête, sa longue natte noire battant la mesure.

– Moi non plus, se défendit-elle. Les autres filles se dispersèrent, et le reste des enfants se précipita vers la cour de récréation.

– Vous, les filles, vous avez ri, s'écria Rose, peinée.

Ce n'est pas juste, et vous devriez le savoir. Vous vous moquez d'elle. Elle se tourna vers Amanda, qui s'essuyait sa tache de gélifruit avec une serviette. Amanda, tu ne comprends pas à quel point tu peux être blessante, en faisant cela ? Tu ne peux pas te mettre une minute à la place de Melly ? Elle est comme elle est, elle n'y peut rien, personne n'y peut rien.

Sans rien répondre, Amanda reposa la serviette toute fripée.

– Regarde ce panneau d'affichage. Tu vois ce qui est écrit ? Elle désigna l'affiche intitulée « les composantes du caractère », avec ses lettres étincelantes composant ces trois mots : cœur, compassion, collectivité, extraits du programme anti-brimade de l'école de Reesburgh. Taquiner, ce n'est ni faire preuve de cœur ni faire preuve de compassion, et...

– Que se passe-t-il ? s'exclama quelqu'un, et Rose leva les yeux. Elle vit l'autre maman qui assurait la permanence du déjeuner s'approcher en vitesse. Elle portait une robe en jean et des sandales, et ses cheveux étaient coupés court, avec quelques mèches. Excusez-moi, nous devons laisser ces fillettes sortir en récréation.

– Avez-vous vu ce qui vient de se passer ?

– Non, ça m'a échappé.

– Eh bien, Amanda taquinait ma fille et...

Amanda l'interrompit.

– Bonjour, madame Douglas.

– Bonjour, Amanda. La maman se tourna vers Rose. Il faut que nous fassions sortir tout le monde, que la cuisine se prépare pour le deuxième service. Elle eut un geste derrière elle, en direction des dernières élèves qui sortaient du réfectoire. Vous voyez ? C'est l'heure.

– Je sais, mais Amanda taquinait ma fille, Melly, donc je lui en touchais un mot.

– Vous êtes nouvelle, ici, non ? Je m'appelle Terry Douglas. Vous avez déjà assuré la permanence du déjeuner ?

– Non.

– Donc vous n'êtes pas au courant de la procédure. Les mamans ne sont pas censées punir les élèves.

– Je ne les punis pas. Je me contente de leur parler.

– En tout cas, cela ne se passe pas très bien, visiblement. Terry hocha la tête en direction d'Emily. À cette seconde, une larme roula sur la joue de la fillette.

– Oh, mon Dieu, je suis désolée. Rose ne pensait pas avoir fait preuve de sévérité, mais elle était fatiguée, et elle s'était peut-être montrée grincheuse. Elle avait veillé tard, à cause de John, son bébé, qui avait encore contracté une otite, et elle se sentait coupable de l'avoir conduit chez une baby-sitter ce matin, rien que pour venir assurer cette permanence de midi. Il n'avait que dix mois, et d'être la maman de deux enfants, cela lui demandait encore un peu de pratique. La plupart du temps, elle se sentait partagée, prenant soin de l'un au détriment de l'autre, ce qui lui faisait un drôle d'effet, l'équivalent maternel de voler à Pierre pour donner à Paul. Terry, reprit-elle, le fait est que cette école a une position de tolérance zéro contre les brimades, et les enfants doivent l'intégrer. Tous les enfants. Les enfants qui persécutent les autres, tout autant que ceux qui les imitent, comme ceux qui rigolent et qui trouvent ça drôle.

– Il n'empêche, quand il y a un problème de discipline, la procédure veut que la maman de permanence au déjeuner prévienne un enseignant. Mme Snyder est dans la cour. Ces fillettes doivent sortir en récréation, et vous devriez aller lui soumettre la question.

– Je peux juste finir ce que j'étais en train de leur expliquer ? Cela s'arrêtera là.

Rose ne voulait pas envenimer l'affaire, uniquement parce que c'était Melly. Elle entendait déjà d'ici les gamines traiter sa fille de concierge.

– Alors c'est moi qui vais aller la voir. Terry tourna les talons, s'éloigna et la cantine retrouva le silence, excepté le choc métallique des plateaux et des couverts en cuisine. Rose était en face de la table.

– Amanda, commença-t-elle, en baissant d'un ton, tu dois comprendre que certaines taquineries équivalent à une forme de brimade. Les mots peuvent causer autant de mal qu'un coup de poing.

– Vous n'avez pas le droit de crier après moi ! C'est Mme Douglas qui l'a dit !

Interloquée, Rose battit des paupières. Ce serait quand même trop fort qu'elle se laisse intimider par une gamine coiffée d'un serre-tête Hannah Montana.

– Je ne te crie pas dessus, répondit-elle calmement.

– Je vais en récré !

Amanda se leva d'un bond, ce qui fit sursauter Emily et Danielle.

À cette seconde, tout à coup, ce fut l'explosion. Un éclair aveuglant de lumière brûlante illumina le seuil de la cuisine. Rose se retourna du côté de cette déflagration assourdissante. Le mur de la cuisine vola en éclats, projetant des morceaux de carrelage, de bois et de panneau de plâtre en tous sens.

Elle fut soufflée, culbutée par l'onde de choc. Une boule de feu noya le réfectoire.

Et tout devint noir et silencieux.

Rose se réveilla contre le mur, étendue sur le sol. Elle ouvrit les yeux. Au-dessus d'elle, des sprinklers déversaient de l'eau, comme une pluie froide. L'air s'emplit d'un nuage de fumée âcre et noire. Elle changea de côté, se tourna sur des débris mouillés et du verre brisé. Son cœur cognait. Ses oreilles bourdonnaient.

Qu'est-ce qui s'est passé ? Qu'est-ce qui se passe ?

Elle se redressa en position assise, les cuisses dans l'eau. Le visage endolori. Elle se toucha la joue. Elle avait le bout des doigts humides de sang frais. Son polo et son pantalon kaki étaient tout croûteux de poussière, trempés par les jets des sprinklers. Elle avait les jambes à plat, entrouvertes, une estafilade sanglante à la cheville. Elle remua la tête, afin de dissiper le brouillard qui lui encombrait la cervelle. Elle n'entendait rien d'autre que ce bourdonnement dans ses oreilles.

Elle contempla la scène embrumée d'eau et de fumée. Un brasier infernal faisait rage dans la cuisine. L'incendie embrasait les portes. Des flammes brûlantes d'un rouge orangé jaillissaient à l'assaut du plafond. Le mur de la cuisine était déchiqueté par un trou béant. Des fers à béton tordus pointaient de ce trou comme de noirs tentacules. Des morceaux et des éclats acérés de poutres en bois jonchaient le sol.

Rose était incapable de comprendre le spectacle qu'elle avait devant elle. Une cantine neuve, parfaite, en pleine banlieue résidentielle, s'était transformée en zone de guerre. Des plaques d'isolation phonique pendaient du plafond. Des velux fracassés lâchaient une pluie d'éclats de verre. L'air était aussi bouillant qu'à l'intérieur d'un haut-fourneau. Une odeur de brûlé lui emplit les narines. Des particules de matériaux enflammés voletaient en tous sens comme dans un blizzard cauchemardesque.

Les enfants!

Rose lança des regards affolés autour d'elle, au milieu de la fumée. Amanda était en position assise, par terre, tout près de là, hébétée, et puis elle se releva avec des gestes raides, la bouche ouverte, ronde de terreur. Des larmes lui dégoulinaient sur le visage. Elle avait une entaille sanguinolente au bras. Emily gisait non loin de la porte, une petite masse effondrée au sol comme un paquet de linge sale, et qui pleurait. Seule Danielle était en mouvement, et elle fonçait vers la porte.

Subitement, Rose retrouva ses facultés auditives, et elle entendit tout. Amanda criait. Emily sanglotait. Des sonneries d'alarmes retentissaient. Le feu ronflait, les sprinklers bruissaient, l'eau chuintait. Des volutes de flammes montaient de la cuisine. S'il restait quelqu'un à l'intérieur, ce quelqu'un devait être mort. Il fallait qu'elle fasse sortir les enfants avant qu'ils ne meurent tous.

Oh, mon Dieu. Melly.

Elle se releva en titubant, tenant à peine sur ses jambes. Ses genoux se dérobaient sous elle. Sa tête cognait. La pièce tournoyait. Elle lutta pour se remettre debout. Les toilettes pour handicapés se trouvaient en face de la cuisine, là où avait eu lieu l'explosion. La peur lui étreignit le cœur. La déflagration avait pu tuer Melly.

Mon Dieu, non, je Vous en supplie.

Les autres possibilités défilèrent dans sa tête à toute vitesse. Sa fille était peut-être prise au piège dans les toilettes. Si elle n'en était pas ressortie, personne ne viendrait la sauver. Personne ne savait qu'elle était aux toilettes. Même si elle en sortait, elle ne saurait pas comment s'échapper du bâtiment.

Prise de panique, elle se releva en trébuchant. Elle ne savait pas quoi faire. La fumée épaississait, l'air était de plus en plus chaud. Des flammes léchaient les portes de la cuisine et gagnaient le réfectoire. Un velux éclata en crachant une averse d'éclats de verre.

Amanda et Emily erraient lentement dans la salle. Dans les cris et les larmes. Sous le choc. Elles avaient besoin d'aide. Elles étaient juste devant elle. Ce n'étaient que des enfants. Elles étaient incapables de se sauver de là toutes seules.

Melly était aux toilettes, très loin. À l'autre bout de la cantine, au fond du couloir, tout au bout.

Elle réfléchit à toute vitesse. Si elle sortait Amanda et Emily de la cantine pour les conduire dans la cour, elle n'aurait pas le temps d'aller s'occuper de Melly. Si elle filait sauver sa fille, il lui faudrait laisser Amanda et Emily, qui étaient juste devant elle. Elle ne pouvait pas faire ça, et elle ne pouvait pas non plus laisser son enfant mourir.

C'était un dilemme infernal, engendré par cet enfer.

Elle avait le choix entre sauver Melly, ou sauver Amanda et Emily.

Elle était obligée de choisir.

Tout de suite.

–Viens !

Elle attrapa Amanda par le bras. Elle ne choisit pas, elle se contenta d'agir. Danielle sortait déjà de la cantine en courant.

– Maman ! cria la fillette.

De la fumée jaillissait de partout. Les flammes qui léchaient le plafond surchauffaient l'air ambiant. Il en tombait des plaques enflammées. Les sprinklers arrosaient tout, créant davantage de fumée.

– Il faut qu'on sorte d'ici, qu'on suive Danielle !

Rose ne lâcha pas Amanda et elle courut avec elle, vers Emily, qui était restée allongée sur le sol, près de la sortie, en larmes.

– Maman ! cria encore Amanda, tandis que Rose soulevait Emily par un bras. Elle avait une coupure à la jambe, mais n'était pas grièvement blessée.

– Venez ! Il faut y aller !

Rose pressa Amanda et Emily vers les portes de la cour, qui étaient restées calées en position ouverte. Au-delà, le couloir était enfumé, envahi par d'autres enfants, plus grands, parmi lesquels Danielle, et qui se ruaient vers ces portes de la cour. Une enseignante aux cheveux blonds se tenait sur le seuil, et elle faisait sortir les petits.

– Allez, dans la cour ! Rose expédia Amanda et Emily dans le couloir, où elles furent emportées avec le flot de toutes les autres. Suivez Danielle ! Courez ! Il faut que j'aille chercher Melly !

Elle se retourna et, en courant, regagna la cantine embrasée, en esquivant les panneaux isolants en flammes. La chaleur lui brûlait la gorge. La fumée lui piquait le nez et les yeux. Ses longs cheveux et ses vêtements étaient trempés. Une poutre s'écrasa depuis le plafond. La laine de verre prit feu.

Elle fonça, fila devant la cuisine transformée en boule de feu, faillit glisser sur le sol humide. Elle traversa le réfectoire en courant, franchit les portes de sortie comme une forcenée et tourna au coin pour s'engager dans le couloir. Elle s'arrêta, glissa à moitié, immobile, abasourdie. Le feu lui barrait le chemin.

Non, non, non!

Le plafond du couloir s'était effondré. Des débris se consumaient au sol. La fumée s'élevait en volutes épaisses et noires. Les sprinklers aspergeaient de biais, en jets obliques et inutiles. Des tuyauteries en aluminium pendaient suivant des angles bizarres. Les toilettes pour handicapés se situaient de l'autre côté. Les flammes culminaient trop haut pour qu'on puisse sauter au-dessus, et elles allaient encore grandir. Les dalles du plafond, l'isolation et les poutres, tout brûlait.

Elle remarqua un morceau de bois qui saillait du monceau de débris, s'en saisit par une extrémité, et tira dessus d'un coup sec. La pièce de bois céda, en lâchant une gerbe de débris enflammés. Rose toussait, toussait. Elle avait les yeux dégoulinants de larmes. Elle brandit l'étai de bois comme une batte de base-ball enflammée et, pour se frayer un passage, frappa dans les panneaux isolants qui crachaient de la fumée.

Des étincelles volèrent. De la fumée lui noya les narines. Elle cracha de la poussière. Remuer ainsi les débris ne faisait qu'attiser l'incendie, qui réagit en rugissant.

Elle redoubla d'efforts, donna de grands coups pour se dégager le passage. Elle arrivait à peine à y voir, à peine à respirer. Elle avait la gorge serrée, presque à étouffer. Les yeux ruisselants de larmes. L'extrémité de l'étai de bois prit feu. Elle continua de cogner jusqu'à se frayer un chemin, qui était à moitié la proie des flammes. Si elle attendait plus longtemps, elle ne serait plus capable de franchir l'obstacle, même en courant.

Elle lâcha son instrument, prit son élan et bondit par-dessus les flammes, qui vinrent lui lécher les sabots et les chevilles, mais la décharge d'adrénaline était trop forte pour qu'elle sente quoi que ce soit. Elle monta à l'assaut, droit devant, traversa la fournaise en courant. Cela dura une éternité, mais elle passa au travers, avec le feu dans son dos.

Elle fonça au milieu de la fumée, jusqu'au bout du couloir. L'incendie faisait rage sur sa gauche, la cuisine et la salle des professeurs étaient en flammes.

Elle atteignit les toilettes pour handicapés. Elle vit de la fumée aspirée sous la porte. Melly allait suffoquer.

– Melly! Elle essaya la poignée, chaude au toucher. La porte était verrouillée, donc Melly devait être à l'intérieur. Melly! hurla-t-elle, affolée. Elle tira très fort sur la poignée. La porte ne s'ouvrit pas. Elle avait les joues dégoulinantes de larmes. Des larmes de terreur. Elle toussait, toussait. De la fumée noire qui roulait au ras du sol l'enveloppait peu à peu.

Le feu gagnait sur elle. Elle tira sur la poignée, de toutes ses forces. Elle avait de plus en plus chaud. Elle n'arrivait plus à respirer, la fumée lui étouffait les bronches.

– Melly! cria-t-elle à pleins poumons.

Il n'y eut pas de réponse.

– Au secours! hurla Rose. Il n'y avait personne dans le couloir. Les sonneries de l'alarme hurlaient sans relâche. Des sirènes hululaient au loin. Elle était livrée à elle-même.

Elle se jeta contre la porte des toilettes. Le panneau ne broncha pas. Elle en examina les gonds pour voir si elle ne pourrait pas la soulever, mais non. Elle se répéta de garder son sang-froid. Elle ne pouvait se permettre de céder à la panique. Elle toussait, toussait. Elle avait la vue brouillée de larmes.

Elle s'agenouilla pour examiner la poignée. Il y avait un orifice, juste au-dessous. Elle se verrouillait de l'intérieur, au moyen d'un bouton-poussoir. Si elle arrivait à insérer quelque chose dans ce trou, elle réussirait peut-être à la déverrouiller. Elle essaya avec l'index. L'orifice était trop petit. Il lui fallait un objet assez mince pour être logé dedans.

Elle chercha comme une folle autour d'elle. Des volutes de fumée tournoyaient en tous sens. Dans la salle des professeurs, le brasier se propageait. Il fallait faire vite. Elle se releva, fonça vers la bibliothèque, franchit les portes au pas de course. L'air y était encore noyé de fumée, mais un peu moins que dans le couloir.

Elle courut au bureau de la bibliothécaire, ouvrit le tiroir d'un coup sec, presque à l'arracher. Il contenait des stylos, des crayons, des règles, des Tic-Tac goût orange. Elle s'empara d'une paire de ciseaux. Les lames étaient trop larges. Elle les jeta, pivota sur elle-même, vit un portemanteau où étaient accrochés un cardigan rouge et quelques cintres en fer.

Elle se précipita au portemanteau, attrapa l'un de ces cintres, le tordit, le déforma, tout en sortant de la bibliothèque en trombe. Dans le couloir, le spectacle l'horrifia. L'incendie gagnait du côté des toilettes pour handicapés. De longs doigts de feu s'étiraient depuis la salle des professeurs. Une fumée noire enveloppait la porte.

– Melly! éructa Rose, rongée d'angoisse. Elle courut aux toilettes et se jeta à genoux devant le panneau.

À cause de la fumée, les yeux voilés de larmes, elle ne voyait plus le trou.

Elle ajusta la forme du cintre, se tailladant la paume avec son extrémité pointue. Elle plia la tige de métal et essaya d'en forcer la pointe dans l'orifice. Sa main tremblait trop. Elle s'y reprit à plusieurs fois, le visage tout près de la poignée. Elle finit par l'enfoncer dedans. Elle sentit un déclic.

Elle souleva la poignée. La porte s'ouvrit en grand. Une vague de chaleur jaillit dans son dos. Les flammes furent aspirées par l'appel d'air. Les toilettes se remplirent de fumée.

– Melly ! cria-t-elle, mais sa fille s'était effondrée à côté de la lunette, noyée au milieu de volutes de fumée, la tête penchée, immobile. Elle avait les bras ballants, les pieds mollement écartés.

Rose s'agenouilla tout près d'elle et la redressa en lui passant les bras sous le torse. Elle était incapable de dire si elle respirait, mais elle avait les joues maculées d'une suie noire qui lui dessinait des anneaux autour des narines et de la bouche. Elle avait le corps complètement relâché, les yeux clos. Rose connaissait la procédure de réanimation cardio-pulmonaire, mais il fallait qu'elle la sorte de là tant qu'elle en était encore capable.

Elle releva le corps de Melly, le serra tout contre elle, se redressa en titubant et courut hors des toilettes enfumées. Elle se précipita vers la bibliothèque, se rua au travers des portes et fonça entre les rayonnages vers la sortie, tout au bout d'un couloir noir de fumée, et d'un autre. Elle n'avait jamais accédé à cette partie de l'école. Elle se guida grâce aux voix des enseignants, qui poussaient des hurlements. Melly restait silencieuse, inanimée.

Rose sprinta en direction du bruit et entrevit un panneau « sortie » au-dessus d'une porte à deux battants. À moins de dix mètres, de cinq mètres. À moins de deux mètres. Elle enfonça les deux battants et déboucha dans une cage d'escalier où une enseignante évacuait d'autres enfants, plus grands, en dévalant les marches de béton vers la sortie qui donnait sur le parking des professeurs.

– C'est ma fille ! s'exclama Rose en courant, et l'enseignante blêmit.

– Laissez-la passer ! lança cette dernière aux enfants qui s'écartèrent tandis que Rose, en se tournant à moitié de côté, se frayait un chemin vers la sortie et le soleil.

– Au secours ! s'écria-t-elle, et la bibliothécaire et une enseignante la rejoignirent à toute vitesse. Des nuages de fumée gagnaient le parking et, au-delà, c'était une foule confuse d'enseignants, de membres du personnel et d'élèves, un brouhaha de hurlements et de cris, au milieu de l'appel des présents.

Elle se précipita vers un carré de pelouse, allongea Melly sur le sol et plaqua une oreille contre sa poitrine pour écouter le battement de son cœur. Les alarmes assourdissantes l'empêchaient de l'entendre respirer. Elle colla sa joue contre le visage de la petite pour sentir si elle respirait, mais non, rien. Elle entama la procédure de réanimation, lui bascula la tête en arrière, lui ouvrit la bouche et respira à sa place, sans tenir aucun compte de la puanteur de la fumée sur ses lèvres.

Subitement, Melly se mit à tousser. Une bouffée de suie s'échappa de sa bouche. Vision terrifiante.

– Mon chou ! bredouilla Rose, folle de joie, mais les paupières de Melly battirent et ses yeux roulèrent en arrière, vers l'intérieur du crâne. Melly, réveille-toi ! Je t'en prie !

Elle la secoua pour la réveiller, en vain.

–Voilà l'ambulance! La bibliothécaire posa la main sur le bras de Rose. Elle se tenait juste en retrait. On va vous aider.

– Merci! Rose souleva Melly dans ses bras, et la bibliothécaire l'aida à se stabiliser sur ses jambes. Elles coururent entre les voitures en stationnement.

La foule se pressa vers le trio, toutes les têtes étaient tournées vers elles, mais l'enseignante et les vigiles armés de talkies-walkies les refoulèrent. Des parents et des voisins brandirent leurs téléphones portables et leurs BlackBerrys en l'air, prirent des clichés instantanés et des vidéos. L'ambulance s'engouffra dans la longue allée d'accès, des gens crièrent au passage pour l'arrêter, puis elle s'engagea dans le parking des professeurs.

Rose et la bibliothécaire se précipitèrent au-devant du véhicule, qui avala le bitume avant de s'immobiliser. Un ambulancier en uniforme noir sauta dehors et courut vers Melly. Les portes arrières s'ouvrirent d'un coup, et deux autres ambulanciers en tenue d'auxiliaire médical, un homme et une femme, s'approchèrent à toute vitesse avec une civière et une bouteille d'oxygène portative.

– C'est ma fille. Rose accueillit un ambulancier au bord du trottoir. Elle respire, mais elle n'est pas consciente.

– Ça va, je m'en occupe. Melly laissa l'ambulancier se charger de Rose alors que les deux autres faisaient leur apparition aux côtés de leur collègue. Il allongea Melly sur la civière, la tête rehaussée par un coussin, pendant que les autres lui plaçaient très vite sur le visage un masque à oxygène sanglé par deux lanières orange. Ils portèrent la civière à toute vitesse vers l'ambulance, la firent coulisser à l'intérieur.

Lisa Scottoline

Rose était sur le point de monter à l'arrière, mais elle cria à la bibliothécaire.

– S'il vous plaît, contactez mon mari, Leo Ingrassia. Il est avocat, son cabinet se trouve dans le complexe de King of Prussia, à Bridgeport.

– Ce sera fait !

Rose se hissa dans l'ambulance, s'installa tout de suite au chevet de Melly et lui prit la main, toute molle et bizarrement froide au toucher, mais elle s'y agrippa, créant entre elle et sa fille un lien de chair pour la garder en ce monde.

Seigneur, je T'en prie, laisse-la vivre.

– Je verrouille, Jim ! hurla l'ambulancière au chauffeur, pour se faire entendre malgré la sirène et le crachotement de la radio. Elle fit pivoter une grosse poignée, sous le carénage rainuré des portes. Allez, allez, allez !

– Ma chérie ? Est-ce que ça ira ? s'enquit Rose, en relevant le masque à oxygène qu'on lui avait fait enfiler, afin de pouvoir parler. Elle était assise, ceinturée à un strapontin rembourré, mais elle pouvait encore tenir Melly par la main. L'ambulance démarra dans une embardée, mais elle ne la lâcha pas. Je lui ai pratiqué une réanimation cardio-pulmonaire, et elle s'est réveillée. Pourquoi est-elle toujours inconsciente ?

– Gardez votre masque, je vous prie. L'ambulancière vint aussitôt s'asseoir auprès de Melly. Vous pourrez poser toutes vos questions au médecin des urgences.

L'ambulancier rejoignit précipitamment Rose.

– Laissez-moi examiner votre cheville, jeune maman.

– Je vais bien, se défendit Rose, sous son masque. Prenez soin d'elle, je vous en prie.

– Il va falloir qu'on vous soigne, vous aussi. Vous avez des brûlures à la cheville et à la main. L'ambulancier enfila ses gants d'examen, attrapa une pochette blanche de format carré portant l'inscription «Roehampton – gaze stérile brûlures», et s'accroupit aux pieds de Rose. Je vais commencer par là. Cela risque d'être désagréable.

– S'il vous plaît, soignez ma fille, plutôt.

– Mon collègue s'en charge, ne vous inquiétez pas. Il faut qu'on vous soigne. C'est le règlement. L'ambulancier ouvrit le zip de la pochette blanche, mais Rose gardait les yeux rivés sur sa fille, qui avait l'air si pâle sous son masque à oxygène. L'ambulancière lui fixait sur la poitrine des électrodes circulaires reliées à un moniteur d'électrocardiogramme qui se mit presque instantanément à cracher un graphe truffé de pics.

Rose s'adressa à l'ambulancière.

– Elle était prise au piège aux toilettes, pleines de fumée. Cela signifie qu'elle a été privée d'oxygène. Comment savez-vous s'il n'y a pas de lésion cérébrale ?

– Je fais mon maximum. L'ambulancière attrapa une poche de solution saline, la suspendit à un crochet, prit la main de Melly et lança un regard à Rose. Désolée, je peux avoir sa main ? J'ai besoin d'établir une perfusion.

– Bien sûr. Rose lâcha la main de sa fille, en tâchant de ne pas fondre en larmes. Au lieu de quoi, elle se retint à la civière, en regardant l'ambulancière tapoter la peau de Melly pour repérer une veine, puis insérer l'aiguille de la perfusion, avec une rapidité qui était un mélange d'adresse et de pratique.

– Maintenant, je vais vous panser votre brûlure. L'ambulancier dévida un bandage de couleur jaune et lui en entoura la cheville, tout en s'efforçant de conserver son équilibre dans l'ambulance en mouvement. Ça n'a pas l'air trop méchant.

—Vous croyez que ma fille souffre d'une lésion cérébrale ? lui lança Rose, sous son masque. C'est pour ça qu'elle est inconsciente ?

—Ne vous inquiétez pas, les médecins feront tout leur possible. Reesburgh, c'est un super centre de traumato. Notre boulot, c'est de la tenir prête, pour qu'ils puissent la prendre en charge sans aucun temps de retard.

Rose comprit qu'il leur fallait faire leur travail, et elle se tut, sans détacher le regard de Melly, pendant que l'ambulancier achevait de panser ses brûlures à la cheville. Sa collègue enfilait un tensiomètre autour du bras de sa fille, qui gardait toujours les yeux fermés, qui ne bougeait pas, ne réagissait pas. Une couche de suie toute grumeleuse lui recouvrait le visage, les bras et les jambes, masquant le lettrage gothique de son T-shirt Harry Potter et le motif à fleurs de son short. Elle avait une profonde entaille au cuir chevelu, qui saignait, ce sang noircissant ses mèches blondes. Ses paupières paraissaient gonflées, et des larmes dessinaient dans la crasse de ses joues des sillons noirs, à vous fendre le cœur.

—Tenez, Madame, fit l'ambulancier, en lui tendant un Kleenex.

Rose ne s'était même pas aperçue qu'elle pleurait. Elle lui fit merci de la tête, s'essuya les yeux, et le Kleenex fut aussitôt humide et plein de suie. L'ambulancière lui barrait la vue sur Melly, et l'ambulancier pansait la brûlure qu'elle avait à la main. Elle regarda autour d'elle, à l'arrière de l'ambulance, remarquant toutes sortes de choses qui comptaient pour rien.

Les lunettes des portes arrière étaient minuscules. Il y avait six plafonniers en forme de dômes allumés au-dessus de sa tête. La trousse de premier secours était orange, et le défibrillateur en plastique était jaune. Une armoire à moitié ouverte contenait des ours en peluche, avec encore les étiquettes dessus.

Elle sentit monter en elle une vague de tristesse. Elle ne se serait pas attendue à trouver des jouets dans une ambulance, et pourtant, elle aurait dû. Dans ce monde, il y avait tous les jours des enfants qui se blessaient. Et maintenant c'était le tour de son enfant à elle, dans son petit monde à elle.

Son regard se posa sur un tableau affiché à hauteur d'yeux. Ce tableau indiquait : « services d'urgences médicales enfants », et elle tomba sur la ligne des enfants âgés de 6-12 ans. Il indiquait : débit respiratoire, 18-30. Rythme cardiaque, 70-120. Pression systolique, supérieure à 80. Elle jeta un œil aux moniteurs reliés à Melly, qui affichaient ses signes vitaux en données numériques multicolores, mais fut incapable de les déchiffrer.

Elle regarda vers l'autre paroi, mais il n'y avait là qu'un seul tableau, « évaluation pédiatrique », annonçait l'intitulé et, au-dessous, « échelle de Glasgow (comas) ». Elle lut les trois critères définissant un état de coma : ouverture des yeux, réponse verbale et réponse motrice. Le tableau attribuait des valeurs en points à chacun de ces trois critères, et elle appliqua ces critères à Melly, comme un pense-bête cauchemardesque. Les yeux de Melly restaient fermés. Zéro point. Elle n'avait aucune réponse verbale. Zéro point. Elle n'avait aucune réponse motrice. Zéro point. Melly ne marquait aucun point. Zéro, zéro, zéro.

Rose se sentit pétrifiée de frayeur. Des larmes lui coulèrent à nouveau des yeux. Elle tendit la tête mais ne put voir Melly. L'ambulancière était penchée sur elle, elle lui soulevait la paupière et lui braquait une lumière sur les pupilles.

Rose gardait le bout des doigts sur l'acier trempé de la civière de sa fille. L'ambulancier pansait la brûlure de sa main. L'ambulancière, elle, changea de position, et la main de Melly fut soudain visible. Sa petite paume était maculée de sang et marbrée de contusions, et elle s'aperçut qu'à force de frapper contre la porte des toilettes, elle avait dû se réduire les mains en sang. En tentant de sortir. En cognant de ses poings. En attendant qu'on vienne la secourir. En appelant sa mère au secours.

Maman!

Rose avait envie de crier contre elle-même. Si elle avait couru d'abord vers les toilettes pour handicapés, à l'heure qu'il était, Melly irait bien. C'était une question de temps, de minutes et de secondes. De cerveau privé d'oxygène. De points sur l'échelle de Glasgow. Pourquoi avait-elle consacré ces minutes à Amanda, et pas à sa propre fille? Pourquoi avait-elle choisi de sauver Amanda plutôt que Melly?

Elle se cramponnait fermement à la civière. N'importe quelle mère aurait d'abord sauvé son enfant. Amanda se trouvait plus près, et alors? Qu'est-ce que cela changeait? Qu'est-ce qui lui avait pris?

Elle s'essuya les yeux. Elle ne pensait pas avoir fait un choix, mais si, et elle avait fait le mauvais. Elle aimait sa fille plus encore que la vie. Si Melly ne s'en sortait pas, elle ne se le pardonnerait jamais. Jamais elle ne pourrait se justifier, ni à ses propres yeux ni à ceux de Leo. Il était le beau-père de Melly, mais il l'aimait comme sa fille. Il était son seul et unique père depuis qu'elle avait quatre ans, depuis la mort de son véritable père. Elle se sentit submergée par une vague de culpabilité, et elle se crut tout près de s'y noyer, tout près de sombrer.

L'ambulance fonçait sur Allen Road. L'hôpital n'était qu'à vingt minutes. Elle s'efforçait de ne pas compter les secondes. L'ambulancier finit de soigner la coupure qu'elle avait à la joue. Elle se sentait la poitrine oppressée. Elle n'était même pas certaine de respirer. Elle ne pouvait que prier.

– On arrive ! La chance est avec vous !

L'ambulancier se jeta sur la porte, l'ambulance s'immobilisa dans une dernière embardée, et tout le reste s'enchaîna dans un brouillard. Les portes arrière s'ouvrirent sur le soleil aveuglant, et les ambulanciers sortirent la civière de Melly à toute vitesse, Rose dans leur sillage, avec sa bouteille d'oxygène. Les pieds de la civière se déplièrent avec un claquement, et ils coururent tous vers l'entrée des urgences, où les portes coulissèrent. Une foule de personnel médical virevolta autour d'eux comme des anges et emporta Melly.

Rose ne la lâcha qu'à la toute dernière minute.

CHAPITRE 2

Elle s'effondra sur un siège capitonné, seule dans la salle d'attente déserte. De la fumée restait collée à ses vêtements et à ses cheveux mouillés. Elle avait la gorge sèche, et ses yeux la piquaient, malgré le collyre qu'on lui avait administré. Melly était dans l'une des salles de réanimation du service des urgences depuis une demi-heure, et toujours pas de nouvelles. Les médecins avaient refusé de discuter de son état tant qu'ils n'auraient pas procédé à un examen approfondi, et on l'avait renvoyée en salle d'attente, après que les infirmières lui eurent nettoyé la peau et ses plaies et après une piqûre antitétanique. Elle avait laissé son sac à main et son téléphone portable dans la voiture, et se servit donc d'un poste de l'hôpital pour appeler la baby-sitter, qui lui avait répondu pouvoir rester avec John jusqu'à ce soir, si nécessaire.

Elle lâcha un soupir, en se répétant de garder son calme. Les murs bleu pastel étaient tapissés de photos encadrées de pâturages standards, et un flot de soleil qui se déversait par les fenêtres rendait tout blanc l'écran de la télévision, au son coupé. Elle ne prit pas la peine de choisir parmi les exemplaires froissés de *People, TIME* ou d'autres magazines sur la table basse. Elle regarda vaguement des grains de poussière flotter à la dérive dans un rai de lumière. Un pot de décaféiné éventé était posé sur une machine à café Bunn, au milieu d'une desserte.

Elle laissa retomber son regard. On venait de lui bander la main droite, et le dos de la gauche conservait un reste de suie incrusté, aussi épaisse et noire que des grains de poivre moulus. En un éclair, elle revit Melly, couverte de cette même crasse, et se l'imagina martelant la porte de ces cabinets, en l'appelant, comme Amanda avait appelé sa mère.

Maman!

Rose se leva et se rendit aux toilettes, en marchant avec précaution, à cause de son bandage à la cheville. Elle referma la porte derrière elle, en se servant de sa main valide pour actionner l'interrupteur. Un miroir était accroché au-dessus de l'évier, et le reflet qu'il lui renvoya était celui d'un mineur de fond après un brin de toilette un peu sommaire. De la suie soulignait ses pattes d'oie, ses rides sous les yeux et chaque narine, comme autant de parenthèses. Une petite coupure luisait à sa joue gauche, toute pommadée de Néosporine, et elle avait le front aussi gris qu'un nuage d'orage. Ses longs cheveux noirs n'étaient plus qu'une espèce de balai à franges lesté de poussière, d'eau et de souillures.

N'ayant pas envie de louper le médecin, elle ouvrit la porte des lavabos, au cas où il reviendrait. Elle tourna les robinets, fit basculer le distributeur de savon antibactérien en forme de bulbe et se débarbouilla du mieux qu'elle put. Elle se sécha avec des serviettes en papier, se regarda de nouveau dans le miroir. Elle n'avait plus du tout l'air du mannequin qu'elle avait été jadis, même si elle s'était toujours cantonnée à des parutions dans des catalogues. Les coins de ses grands yeux bleus injectés de sang, plantés assez écartés, étaient un peu tombants, et elle avait tellement pleuré que l'extrémité osseuse de son nez mince et droit avait viré au rouge. Sa bouche large, aux lèvres plutôt fines, était pincée. Elle se souvint de ce que Bernardo, son ex-mari, lui répétait tout le temps.

« Tu as toujours l'air d'être la maman de quelqu'un. »

À ce souvenir doux-amer, elle soupira. Bernardo Cadiz était un photographe, bel homme, qu'elle avait rencontré sur un shooting, et il avait toujours voulu qu'elle aille plus loin dans sa carrière, avec un meilleur agent, de plus gros contrats, une exclusivité avec des marques comme Dove ou Almay. Elle savait qu'elle n'était pas assez jolie pour accéder à la cour des grands, mais ses traits parfaits d'Irlandaise très brune à la peau mate, descendante des marins espagnols naufragés de l'Invincible Armada, et ses airs de jeune femme saine des quartiers résidentiels faisaient d'elle un choix idéal pour des clients comme Land's End ou les catalogues des Haricots L.L., et il lui arrivait régulièrement de se déguiser en Blanche-Neige pour des pubs de costumes d'Halloween pour adultes. Elle ne tirait aucune vanité de son apparence, qu'elle considérait comme un don du ciel ; elle la considérait comme un moyen de gagner sa vie. Elle n'avait jamais voulu d'une grande carrière ; en réalité, ce qu'elle désirait, c'était être maman et, quand ils s'étaient mariés, Bernardo lui avait promis de renon-

cer à ses habitudes de fêtard et à ses soirées entre garçons. Ensuite, ce qui s'était passé après la naissance de
leur fille n'avait surpris personne, sauf elle.

– Rose? fit une voix, et elle se retourna. Elle vit son
mari, Leo, qui la cherchait partout dans la salle d'attente.
Chérie?

– Par ici, lui répondit-elle, rassérénée dès qu'elle
l'aperçut. Si, chez Bernardo Cadiz, tout était dans la
forme et le style, chez Leo Ingrassia, tout était dans le
fond et la substance, et il avait encore ses airs d'enfant
de chœur italo-américain et l'allure du deuxième ligne
plaqueur latéral gauche qu'il était au lycée. De taille
moyenne, trapu et solidement charpenté, il avait un
visage sincère et ouvert, des yeux d'un marron profond
et chatoyant, au dessin rond, le nez épais, plutôt important, et une bouche pleine et généreuse. Ses cheveux
d'un noir de jais étaient épais, bouclés et rebelles, ce qui
lui convenait, car il était l'individu le moins soucieux de
son apparence physique qu'elle ait jamais connu.

– Mon Dieu, ma chérie! Regarde-toi! Les yeux pleins
d'inquiétude, il ouvrit grand les bras et la serra contre
lui. Est-ce que ça va? Comment va Melly?

– Je n'en sais rien, c'est épouvantable. Elle s'enfouit
dans son étreinte, la joue tout contre sa chemise Oxford
au tissu empesé et râpeux.

– J'étais en route pour la maison quand Julie a appelé.
Où est-elle? Que s'est-il passé?

– Les médecins s'occupent d'elle. Rose se cacha le
visage au creux de son épaule. Elle ne savait pas comment il réagirait, s'il apprenait qu'elle ne s'était pas
immédiatement portée au secours de Melly. Elle s'écarta.
Leo, écoute...

Subitement, quelqu'un se racla la gorge, et ils se retournèrent. Un docteur qu'elle ne reconnut pas entra dans la salle d'attente, le regard grave derrière ses lunettes cerclées. Avec sa silhouette élancée de coureur de fond, il était de grande taille, afro-américain, la fin de la cinquantaine, les tempes dégagées, le cheveu ras, strié de mèches argentées.

– Bonjour, leur dit-il. Êtes-vous les parents de Melinda Cadiz, la fillette qui se trouvait dans l'école incendiée ?

– Oui, répondit Rose, en tendant la main à Leo.

– Je suis le docteur Holloeri. Il lui tendit la main à son tour et son visage s'éclaira d'un sourire. Votre fille se repose, au calme, et son état paraît satisfaisant, en tout cas jusqu'à présent.

– Dieu merci ! Elle se sentit gagnée tout entière par une vague de soulagement. Ses yeux s'emplirent de larmes, mais quelques clignements de paupière suffirent à les dissiper.

– Leo Ingrassia, fit son mari en serrant la main du praticien. Docteur, qu'est-ce qu'elle a ? Souffre-t-elle de lésions cérébrales ?

– Non. Toutefois, elle a inhalé d'importantes quantités de fumée. Cela entraîne un gonflement de la gorge, restreignant l'influx d'air vers les poumons, ce qui, chez un enfant, peut se révéler dangereux. Ce gonflement de la gorge et de la trachée peut survenir jusqu'à quarante-huit heures après l'exposition à la fumée. Il faut surveiller ses signes vitaux pendant encore à peu près vingt-quatre heures.

Rose s'essuya les yeux, et Leo la prit contre elle.

Le docteur Holloeri continua.

– Il y aurait un souci au cas où elle aurait été exposée à des émanations de fumées issues de matières plastiques ou d'autres matériaux toxiques. Cela peut causer des problèmes à un âge ultérieur, mais je n'entrerai pas trop dans les détails techniques. Pour l'instant, elle m'a l'air bien.

– Nous pouvons la voir ? lui demanda Rose, qui reprenait le dessus.

– Pas encore. Elle dort, et nous lui avons administré un sédatif.

– Un sédatif, c'est une bonne idée ? s'enquit Leo, et le médecin se tourna vers lui.

– Oui. Il s'agit d'un calmant léger, et elle souffre encore de symptômes physiologiques qui n'ont rien de très agréable.

– Pouvons-nous la voir quand même ? répéta Rose. Même si elle est endormie ? C'est surtout pour me rassurer, moi.

– Ma chère jeune maman, vous lui feriez plus de bien en rentrant chez vous, maintenant, et en prenant le temps d'un brin de toilette avant de revenir ici. Il lança un coup d'œil à la pendule murale. Je suggérerais, disons, dans deux heures. D'ici là, elle aura repris connaissance, et elle vous demandera. Après son réveil, elle voudra vous avoir auprès d'elle pendant toute la durée de son hospitalisation, et vous aussi, je suppose.

– En effet.

– Bien. Il lui posa la main sur l'épaule, et son regard se radoucit derrière les verres de ses lunettes sans prétention. Aujourd'hui, vous avez sauvé la vie de votre fille. Si elle était restée cinq minutes de plus dans cette fumée, nous aurions eu une conversation d'une tout autre teneur.

Leo regarda son épouse avec un sourire surpris.

– Bon dieu, mon cœur. C'est incroyable, ça.

– Non, pas vraiment. Elle rougit, secrètement honteuse. Elle se sentait comme un imposteur, sachant qu'elle avait joué aux dés avec la vie de sa fille. Si elle avait réussi à sauver Melly, c'était un pur coup de chance.

– Bon, prenez soin de vous, fit le médecin avec un sourire. Je dois retourner travailler.

– Merci infiniment. Elle le serra dans ses bras.

– Oui, merci, ajouta Leo en lui serrant de nouveau la main. Nous vous sommes vraiment reconnaissants de ce que vous avez fait pour elle.

– Mais je vous en prie. Haut les cœurs, messieurs dames.

Il sortit de la salle d'attente, et Rose et Leo le suivirent, lui dirent encore une fois au revoir et franchirent les portes automatiques pour quitter le service des urgences.

En sortant dehors, elle prit Leo par le bras, et, dans l'air humide, son nez et sa gorge la picotèrent. L'été indien n'en finissait pas. Au-dessus des chênes des marais qui entouraient l'accès des urgences, avec leurs grandes feuilles pointues qui viraient au rouge éclatant et aux tons rouille capiteux, le soleil était brûlant. Ces arbres perdaient des feuilles desséchées et friables jonchant l'allée où un petit groupe de gens s'était rassemblé. Ils tournèrent tous la tête vers eux. Il y avait là une présentatrice de télévision maquillée d'un épais fond de teint, en tailleur rouge vif.

– Bonjour, madame McKenna ! s'exclama-t-elle, en affichant un sourire calibré tout exprès pour la caméra. Elle se dirigea droit sur eux, un micro dans sa main manucurée, et elle était suivie par un personnage aux allures de réalisateur et par un cadreur, une imposante caméra vidéo à l'épaule. Je m'appelle Tanya Robertson, sur Channel 9. Je suis tellement honorée de faire votre connaissance. Quel courage!

– Oh, non, je vous en prie. Rose se raidit, bien consciente que des infirmières, des aides-soignants et un vigile en uniforme suivaient la scène, car Reesburgh ne recevait pas souvent la visite de célébrités de la télévision.

– Si on vous filme, vous n'y voyez pas d'inconvénient? continua la journaliste avec un grand sourire, en brandissant son micro. Derrière elle, le cameraman appuya du pouce sur un bouton, et la caméra vidéo se réveilla avec un ronronnement.

– Non, s'il vous plaît, je suis à faire peur. Rose leva une main devant elle.

– Allons, vous êtes superbe. Comment va votre fille Melinda? Son surnom, c'est Melly, n'est-ce pas? Est-elle tirée d'affaire?

– Elle va beaucoup mieux, merci. Rose regarda autour d'elle, en quête d'une échappatoire, mais le réalisateur et le cameraman lui barraient le passage.

– Nous avons appris que vous lui aviez sauvé la vie. Racontez-nous comment.

– Non, merci. Rose n'avait qu'une envie, oublier cette journée, et surtout de ne pas la revivre pour la télévision.

– Ah, ma femme est trop modeste. Leo la prit par la taille. Cinq minutes de plus, et notre fille serait morte.

– Vraiment? Tanya ouvrit très grand ses yeux aux cils chargés de mascara, et le cameraman ne s'arrêtait plus de filmer, avec l'objectif noir de son engin qui multipliait les mouvements de va-et-vient. Madame McKenna, pour sauver votre fille, qu'avez-vous donc fait ?

– Rien, non, je vous en prie. Rose eut un mouvement de recul.

– Racontez-nous !

– J'ai fait ce que n'importe quelle mère aurait fait. Elle prit Leo par le bras. Maintenant, excusez-moi. Nous devons y aller.

– Mais vous êtes une maman héroïque ! s'extasia Tanya, et elle exultait presque. Ne soyez pas si modeste. Votre mari a raison.

– Viens, *mon mari*, allons-y. Là-dessus, Rose passa devant elle, puis Leo lui emboîta le pas.

– Attendez ! attendez ! Suivie de près par son équipe, Tanya Robertson pressa le pas derrière eux, en gardant son micro pointé vers Rose. Madame McKenna, votre histoire, c'est l'aspect positif des choses. Il y a eu trois victimes dans cette explosion, une enseignante et deux employées du réfectoire.

Rose s'arrêta net, horrifiée. Aussi saisi qu'elle, Leo la dévisagea, mais dès que la journaliste insista, il avança, en tenant Rose par la taille.

– Madame McKenna, votre histoire a de quoi redonner le moral à tant de monde. Qu'avez-vous ressenti quand vous avez secouru votre fille ?

– Je vous en prie, plus de questions, lui répondit Rose, encore secouée. Elle songea que c'était Melly qui aurait fort bien pu mourir, aujourd'hui.

– Sans commentaire, décréta aussitôt Leo, et ils plantèrent là Mme Robertson, qui continua de parler face à la caméra.

« Certaines personnes s'imaginent que nous ne diffusons que de mauvaises nouvelles, mais en voici une bonne. Aujourd'hui, à l'école élémentaire de Reesburgh, une maman héroïque a risqué sa vie pour sauver sa fille. Et voilà notre héroïne malgré elle qui sort de l'hôpital, elle s'appelle... »

Rose, qui s'éloignait sur le trottoir avec Leo, aperçut l'institutrice de Melly, Jane Nuru, qui venait du parking dans leur direction, d'un pas rapide, en la saluant d'un signe de la main.

– Rose, Leo ! s'écria Mme Nuru, et Rose, touchée qu'elle soit venue, lui fit signe à son tour. Mme Nuru était généralement très maîtresse d'elle-même, mais là, elle avait le front plissé d'anxiété, son chignon haut de cheveux gris retombait un peu de travers et son ample pantalon bleu avait l'air fripé. Elle les rejoignit au milieu de l'allée d'accès, les serra brièvement dans ses bras. Rose, ma pauvre ! Comment allez-vous ? Et Melly ?

– Melly, ça ira, merci. Elle devra rester ici encore un jour ou deux, à cause de la fumée qu'elle a inhalée, mais ça va.

– Dieu merci ! Mme Nuru secoua la tête, ce qui fit tintinnabuler ses boucles d'oreilles à l'effigie d'Halloween, des squelettes très lookés suspendus à un cordonnet. J'étais si inquiète pour elle, et M. Rodriguez aussi. Nous avons essayé de vous joindre, mais sur votre portable, cela ne répondait pas. Qu'est-il arrivé ?

– Elle était enfermée dans les toilettes, mais ça va, maintenant. Rose n'entra pas dans les détails, parce que Tanya Robertson et son équipe étaient encore suffisamment près d'eux pour surprendre ses propos. Je vous expliquerai une autre fois.

– Et vous, ça va ? Les yeux de Mme Nuru lancèrent des éclairs, deux éclairs bleus d'angoisse. Qu'est-ce que c'est que cette coupure que vous avez au visage ?

– Ça va, ce n'est rien.

– Mon Dieu ! Mme Nuru se tourna vers Leo, et sa main voleta à hauteur de sa poitrine. Monsieur Ingrassia, vous auriez cru cela possible, vous ?

Quelle tragédie.

Il secoua la tête.

– C'est terrible. Les deux femmes de ma vie ont connu un enfer, et trois personnes sont mortes.

– C'est horrible, tout bonnement horrible ! Mme Nuru plissa la bouche, son rouge à lèvres rose s'était presque effacé. Marylou Battle, c'était cette enseignante, depuis sa retraite, elle faisait des remplacements. Mes fils l'ont eue, tout le monde l'adorait. Elle se trouvait en salle des professeurs. Les dames de la cantine, c'étaient Serena Perez et Ellen Conze. Elles ont été tuées sur le coup par l'explosion.

– C'est épouvantable. Rose était consternée. Elle ne les connaissait pas, mais elle avait de la peine pour leurs familles, qui aujourd'hui devaient être anéanties.

– Alors, Rose, dites-moi. Mme Nuru pencha la tête vers elle. Qu'est-il arrivé à Amanda ? Quand je suis partie, on ne savait pas ce qu'elle était devenue.

Rose cligna des yeux.

– Que voulez-vous dire ?

– La dernière fois qu'on a vu Amanda, elle était avec vous.

– Amanda a couru dehors dans la cour, comme les autres, lui répondit-elle, déconcertée.

–Non, pas du tout. Nous ne l'avions pas retrouvée, du moins il y a de ça vingt minutes, quand je suis partie de là-bas pour venir ici. Le visage de Mme Nuru se creusa de rides profondes encadrant les commissures tombantes de ses lèvres. Jusqu'à présent, Melly et elle sont les deux seules de notre classe que l'on n'avait pas récupérées. J'avais ma liste de classe, j'ai fait l'appel. Il y avait treize filles, douze garçons, Raheem était absent, une angine. Mme Nuru se tourna de nouveau vers Leo. Nous répétons ces procédures d'urgence, dans le cadre de nos exercices de sécurité. Nous effectuons des exercices d'incendie, des exercices d'évacuation, des exercices de mise à l'abri. Nous avons un exercice incendie par mois, c'est la loi dans cet État, mais nous n'en avions encore fait qu'un dans le nouveau bâtiment, et puis quand c'est un vrai feu, tout est différent.

–Naturellement. Leo hocha la tête, mais Mme Nuru n'avait pas besoin d'encouragements pour continuer, elle était si tendue que ses mots se télescopaient.

–Nous ne savons pas encore où est Amanda. Nous ne l'avons pas retrouvée. Personne ne sait où elle est. Cela me terrifie, j'en serais presque morte de frayeur. M. Rodriguez n'est plus lui-même. Et vous dites qu'elle serait sortie dans la cour ?

–Amanda ? Oui. Elle est sortie dans la cour, avec Emily. Elles ont couru dehors, elles ont suivi Danielle.

–Vraiment ? Mme Nuru plissa de nouveau le front. Emily et Danielle étaient avec les autres, mais pas Amanda.

–Vous avez posé la question à Emily ? Elle était avec Amanda. Elle devrait savoir.

– Nous n'avons pas eu l'occasion de lui parler. Danielle et elle ont été conduites chez leur médecin de famille. À l'école, c'est la confusion. Tous les parents ont été pris au dépourvu. Certaines mamans sont déjà venues chercher leurs enfants, d'autres ont donné leur accord verbal pour renvoyer les leurs à la maison, pourvu qu'ils soient accompagnés de leurs camarades. Excusez-moi. Mme Nuru sortit un téléphone de sa poche, appuya sur une touche, et se mit à composer un texto. Je signale à M. Rodriguez que vous ne savez pas où se trouve Amanda.

– Elle a pu rentrer chez elle avec l'un de ses frères, non ? suggéra Rose, qui réfléchissait à haute voix. Ils sont plus âgés, et Eileen travaille, je crois ? Elle avait vu la mère d'Amanda, Eileen Gigot, lors de la soirée des parents d'élèves, mais elles n'avaient pas été présentées. À ce moment-là, les brimades avaient commencé et Rose avait appelé Eileen pour lui en parler, mais n'avait pas reçu de réponse à son message. Amanda avait plein d'amis dans la classe, en plus. Elle a pu rentrer avec n'importe qui.

Leo s'adressa à l'enseignante.

– Qu'est-ce qui a provoqué l'explosion, madame Nuru ?

– On ne le sait pas encore. Lorsque je suis partie, la brigade anti-bombes était sur les lieux, et il y avait quinze camions de pompiers qui s'attaquaient aux flammes.

– La brigade anti-bombes ? Leo secoua la tête d'incrédulité. Nous avons eu des alertes à la bombe à Worhawk, mais je ne pensais pas que Reesburgh…

– Excusez-moi, attendez, Leo. Mme Nuru se tourna vers Rose, téléphone en main. Dites-moi, avez-vous réellement vu Amanda se diriger vers la cour ?

– Non, pas exactement. Rose baissa la voix, afin que Tanya Robertson ne puisse pas entendre. Je les ai conduites au bout du couloir, Emily et elle, pour qu'elles sortent dans la cour avec les autres enfants. D'ailleurs, une enseignante était présente, sur le pas de la porte de la cour.

– Qui ? Quelle enseignante ?

– Je ne sais pas. Je ne la connaissais pas.

– À quoi ressemblait-elle ? Des cheveux courts, des cheveux longs ?

– Une blonde. C'est tout ce que j'ai vu. Subitement très lasse, Rose se massa le front. Je la reconnaîtrais si je la voyais.

– Je ne comprends pas. Mme Nuru plissa les yeux. Vous avez conduit Amanda et Emily dans la cour vous-même ?

– Non, pas du tout. Je les ai guidées dans le couloir.

– Vous aviez Melly avec vous ?

– Non. Elle était aux toilettes pour handicapés. Amanda n'arrêtait pas de lui infliger des brimades. J'ai accompagné Amanda et Emily dans le couloir. Danielle était déjà dehors. Ensuite je suis retournée chercher Melly.

Rose évita le regard de Leo. Il serait surpris d'entendre qu'elle s'était occupée de Melly en dernier, mais elle était incapable d'affronter cet aspect des choses pour l'instant.

– Je vois. Mme Nuru opina. Vous ne les avez pas emmenées dans la cour parce que vous êtes retournée chercher Melly.

– Exact, répondit Rose et, l'espace d'une seconde, elle eut la sensation d'avoir dit ce qu'il ne fallait pas.

Leo lui prit la main.

– Mon chou, la porte de la cour ne se trouve-t-elle pas au bout du couloir ?

– Si.

– Alors tout ce qu'Amanda et Emily avaient à faire, c'était de sortir avec les autres enfants, juste ?

– Oui, c'est juste.

Mme Nuru se rembrunit.

– Rose, Mme Snyder a appris par Terry Douglas que vous aviez gardé Amanda au réfectoire, en retenue, pour la punir. Vous savez que les mamans qui se chargent des repas de midi ne sont pas censées punir les élèves. C'est réservé aux enseignants.

– Oh, allons, fit Leo, incrédule, mais Rose lui serra un peu le bras.

– Je ne l'ai pas punie, je me suis bornée à lui faire une petite remarque. Je voulais aborder ces histoires de brimades sur le vif. Je suis revenue avec elle sur ce que l'école appelle les composantes du caractère, et c'est tout.

– Peut-être, mais maintenant, vous saisissez où est le problème. Mme Nuru haussa un sourcil grisonnant. Si vous ne l'aviez pas mise en retenue, elle aurait été dans la cour au moment de l'explosion, comme les autres.

Surprise, Rose battit des paupières.

– Vous plaisantez ? lâcha Leo, irrité.

– Les procédures sont les procédures, monsieur Ingrassia, lui rétorqua Mme Nuru, qui se raidit instantanément. Les mamans chargées du déjeuner doivent les respecter. Vous savez, avant de bénéficier de votre participation, nous avions des aides rémunérées, à la cantine. Mais il y a eu des coupes budgétaires sur ces postes-là, et voilà le genre de choses qui arrive et qu'ils ne comprendront jamais, à l'administration centrale, à Harrisburg.

Ils furent interrompus par le hululement des sirènes, et Rose, Leo et Mme Nuru se retournèrent d'un bloc. Sur Allen Road, les files de véhicules s'écartèrent pour permettre à une ambulance de foncer vers l'entrée de l'hôpital. Sur le parking, des gens pointaient la rue du doigt, et un homme dans l'allée expédia sa cigarette qui roula sur l'asphalte.

Rose tenta d'attirer le regard de Leo, mais il restait l'œil rivé sur l'ambulance, la bouche crispée, les lèvres pincées sur une mimique sévère. Elle lui prit la main juste au moment où Tanya Robertson arrivait dans leur dos, microphone braqué.

– Madame McKenna, excusez-moi, puisque vous êtes encore là, voudriez-vous finalement accepter de m'accorder une véritable interview ?

– Non.

– Pas maintenant, je songeais à demain ou après-demain. Nous pourrions prévoir un sujet sur vous, en tête-à-tête, à votre domicile.

– Non.

Leo se tourna vers la présentatrice.

– Ma femme vous a répondu poliment, mais je ne suis pas aussi poli qu'elle. Laissez-nous tranquilles.

– Bien, d'accord. La journaliste pointa son micro vers Mme Nuru. Excusez-moi, faites-vous partie des parents ?

– Je n'adresse pas la parole aux journalistes.

– Je voulais juste savoir si...

– Je viens de vous dire non.

– Très bien, merci.

La présentatrice fit volte-face et, tandis qu'elle s'éloignait, le téléphone portable qu'elle portait à la ceinture sonna. L'ambulance avala la rampe d'accès des urgences, sous le regard de toutes les personnes présentes, notamment Rose, Leo et Mme Nuru, qui se plaqua les mains sur les oreilles à cause de la sirène.

– Hé, jeunes gens, s'écria la journaliste, en refermant son téléphone avec un claquement, cela vous fera peut-être plaisir de savoir que l'on a retrouvé une autre élève dans l'école. Dans l'attente d'un communiqué officiel, son nom n'a pas encore été rendu public.

– Quoi ? Mme Nuru retira les mains de ses oreilles.

– Un garçon ou une fille ? demanda Leo, mais Tanya trottait déjà vers le trottoir, alors que l'ambulance filait vers l'entrée, suivie d'un minibus bleu, gyrophares allumés.

Rose regarda la scène, complètement hébétée. Elle avait la bouche desséchée. Elle ne cligna pas des yeux. Elle n'était même pas certaine de respirer. Elle fit comme si elle n'avait pas entendu ce qu'avait dit Tanya Robertson. Comme si elle ne faisait pas partie de ces mamans chargées des déjeuners, à l'école. Comme si elle était restée à la maison à bichonner John. La main de Leo se referma autour des siennes, ses doigts étaient chauds et fermes.

Il y eut de l'agitation derrière eux, et les portes des urgences coulissèrent dans un chuintement. Rose, Leo et Mme Nuru s'écartèrent et un trio d'infirmières en blouses hospitalières à motifs multicolores se précipita à l'intérieur. Avec une dernière embardée, l'ambulance s'immobilisa en coupant sa sirène. Ses portes arrière s'ouvrirent d'un coup, et un ambulancier sauta au dehors, pivota sur lui-même et tira la civière à lui. Un deuxième ambulancier descendit d'un bond par l'arrière, et ils firent glisser la civière dans la lumière du soleil.

À cette vision, Rose manqua défaillir.

Amanda gisait sur la civière, inconsciente. Des blocs de mousse orange positionnés de part et d'autre de son cou lui stabilisaient la tête, et ses cheveux soyeux et blonds étaient tout collés de sang coagulé. Son front n'était plus qu'une masse de bandages imbibés d'un sang rouge vif, sous le soleil. De la suie et du sang lui maculaient le visage, sous le masque à oxygène. Sa chemise et sa jupe étaient couvertes de souillures, et elle avait les bras et les jambes pendants. Une sandale Candie aux lanières étincelantes était posée en travers, au pied de la civière.

Non, non, non.

Pétrifiée, Rose était incapable de parler.

– Oh mon Dieu, fit Mme Nuru à mi-voix, et Leo lui passa son autre bras autour de l'épaule. Ils restèrent ainsi blottis tous les trois, sous le choc, pendant que les infirmiers faisaient rouler la civière à toute vitesse vers les urgences. Les portes automatiques s'ouvrirent, les laissèrent entrer et se refermèrent sur eux.

– Je me demande ce qui s'est passé, fit Leo à voix basse.

– Allons voir. Mme Nuru se dirigea vers l'entrée, avec Rose et Leo à sa suite, quand la porte côté passager du minibus bleu se rabattit d'un coup, et une femme en sortit d'un bond, en criant.

– Vous ! éructa-t-elle.

À peine eut-elle posé un pied par terre qu'elle monta la rampe au pas de charge, cheveux blonds au vent, les traits si déformés par la fureur qu'il fallut un instant à Rose pour la reconnaître. C'était la mère d'Amanda, Eileen Gigot.

– Que se passe-t-il ? fit Leo, le souffle coupé, stupéfait de voir Eileen se ruer ainsi sur eux en vociférant contre Rose.

– Vous ! Quel genre d'individu êtes-vous ? Quel genre de mère êtes-vous ?

Rose recula d'un pas, en titubant, et Leo Ingrassia, les mains levées, barra la route à Eileen Gigot.

– Je vous en prie, fit-il, d'un ton calme. Vous êtes bouleversée, et je ne peux pas vous en vouloir, mais il n'y a aucune raison de...

– Vous avez abandonné ma petite fille ! vociféra Mme Gigot, en s'en prenant à Rose, sans du tout tenir compte de Leo. Qu'elle vive ou qu'elle meure, vous vous en fichiez ! Vous vous êtes souciée de votre fille, et pas de la mienne !

– Non, pas du tout. J'ai conduit Amanda dans le couloir...

– Menteuse ! Terry m'a tout raconté ! Vous vous en êtes prise à Amanda ! Depuis le début, vous en aviez après elle, vous m'appeliez pour vous plaindre ! Bon, vous êtes contente, maintenant ? Ils l'ont trouvée au premier étage ! Elle a été touchée à la tête par je ne sais quoi ! Elle aurait pu mourir !

Rose en resta bouche bée. Elle se sentit prise de nausée. Mme Nuru et toutes les personnes présentes dans l'allée assistaient à la scène, atterrés. Tanya Robertson tendit son micro, et le cameraman braqua l'objectif de sa caméra sur Eileen qui n'arrêtait pas de brailler.

– Vous ne vous êtes souciée que de votre fille ! Vous vous moquiez de savoir ce qui était arrivé à la mienne !

– Je vous en prie, ça suffit. Leo leva les mains, mais Eileen les écarta en les giflant violemment.

– Allez vous faire foutre ! Vous êtes aussi dégoûtant qu'elle !

– Eileen ! s'écria une autre femme, qui arrivait en courant du minibus. Elle arriva à la hauteur de Mme Gigot, l'entoura de ses deux bras pour essayer de l'entraîner à l'écart. Oublie-les, ils n'en valent pas la peine. Il faut que nous allions voir Amanda. Viens.

– C'est votre faute ! s'emporta encore Eileen d'une voix perçante, alors qu'on la poussait devant Tanya Robertson et le cameraman. Vous avez son sang sur les mains !

– Allons-nous en d'ici. Leo pressa Rose vers le parking, et elle s'enfuit de ces lieux comme une meurtrière.

CHAPITRE 3

Rose était assise à la table de la cuisine, le menton dans le creux de la main, pendant que Leo finissait des restes de plat thaï. Elle se sentait dans un état épouvantable. Ayant grandi dans le restaurant de ses parents, il considérait que manger guérissait de tout, et elle aurait aimé posséder un tel remède universel. Elle s'était douchée et changée pour enfiler un sweatshirt en coton bleu et un jean propre, mais elle ne pouvait s'empêcher de penser à Amanda. Elle s'était brossée les dents, mais conservait sur la langue le goût persistant de la fumée. Elle ne cessait pas d'entendre Eileen Gigot vociférer devant l'hôpital.

«C'est votre faute!»

Elle avait raconté à Leo tout ce qui s'était produit dans le réfectoire, et s'il avait été furieux d'apprendre qu'elle ne s'était occupée de Melly qu'en dernier, il était trop gentil pour le lui reprocher. Cela faisait un drôle d'effet de se retrouver à la maison sans Melinda et John, qui était encore chez la baby-sitter, parce que Leo et elle allaient retourner à l'hôpital. La petite présence chaleureuse de son petit garçon lui manquait, avec sa manière de toujours lui tourner autour, de se blottir avec bonheur sur ses genoux ou de rebondir à califourchon contre sa hanche. Elle ignorait qu'elle pouvait aimer un enfant autant qu'elle aimait Melly, jusqu'à la naissance de John, mais ensuite elle avait appris ce qu'était l'ampleur du cœur.

Maman!

Son regard erra dans la cuisine, et même si c'était grâce à cette pièce qu'elle était tombée amoureuse de cette maison, aujourd'hui, elle ne lui procurait aucun plaisir. Elle était assez vaste pour que l'on y prenne les repas, et entourée de placards blancs, seulement interrompus par de larges baies vitrées remplies de lavande anglaise, avec leurs longues tiges vertes ornées de minuscules fleurs violettes. D'ordinaire, cette lavande parfumait l'atmosphère, mais là, Rose ne sentait rien d'autre que l'odeur de la fumée. Un carrelage couleur menthe et blanc composait une crédence murale aux tons pastel, les appareils étaient en acier et la table en pin brut. Une petite femelle épagneul était couchée dessous : Princess Google avait posé sa tête rousse et blanche au poil soyeux sur le mocassin de sa maîtresse, après être venue lui renifler son bandage de cheville avec curiosité.

«Vous avez son sang sur les mains!»

– Ne prends pas cela trop à cœur, mon chou. Leo maniait sa cuiller à soupe dans son riz comme une pelle dans la neige fraîche. Il avait sa cravate défaite, et ses manches de chemises retroussées. Tu n'as rien fait de mal. Au fait, une journaliste a téléphoné pendant que tu étais en haut, alors j'ai décroché l'appareil. L'hôpital a nos portables.

– Bien. Elle tâcha de se ressaisir en buvant une petite gorgée d'eau, mais sa gorge la démangeait. Je prie pour qu'Amanda s'en sorte.

– Tu l'as tirée de là, et ce n'est pas ta faute si elle est retournée à l'intérieur.

– Tu penses que c'est ce qui s'est passé ?

– Forcément, non ? Leo se figea, la cuiller en l'air, dégoulinante de sauce au curry rouge. Ils l'ont retrouvée je ne sais où, au premier étage.

– Ce n'est pas possible. Rien qu'à l'idée d'Amanda gisant là-bas, avec l'incendie faisant rage autour d'elle, Rose se sentit la nausée. Si elle avait essayé de retourner dans le bâtiment, l'enseignante blonde l'en aurait empêchée.

– Soit l'enseignante était partie, à ce moment-là, soit elle ne l'a pas vue. Amanda est petite pour son âge, non ?

– Oui.

– Donc elle est passée au travers, d'une manière ou d'une autre. Elle a pu entrer dans le couloir par le côté opposé, loin de cette enseignante. Avec un couloir rempli de gamins entre elles deux, il aurait été facile de la manquer. Leo étala encore une autre cuillerée de sauce sur son riz. Les enseignants et le personnel présent dans la cour ont dû la louper, eux aussi. Tu as entendu Mme Nuru, c'était la confusion. Ils n'ont organisé qu'un seul exercice incendie dans cette nouvelle école, alors je ne vais pas les incriminer. Mais je ne vais pas t'incriminer non plus, ça, c'est une certitude.

Rose essaya d'imaginer la scène, dans la cour. Ce devait être comme sur le parking des enseignants, mais en pire. De la fumée, des larmes, des cris.

– Mme Nuru m'a dit qu'elle était là, elle aussi, avec la liste de la classe, et elle a procédé à un appel.

– Oui. Et Mme Nuru a loupé Amanda, elle aussi. C'est pour ça qu'elle te tombe dessus.

– Ce n'est pas gentil, ça.

– Mais c'est la vérité, s'agaça Leo. Elle m'a un peu interloqué. Elle et sa façon de t'embêter avec ses histoires de procédures. Je veux dire, franchement.

– Peut-être qu'Amanda s'est échappée du réfectoire, et ensuite qu'elle est revenue, avant que je ne sorte. Et il se peut que l'enseignante blonde ne l'ait pas vue.

– Tout est possible. Tout ce que je sais, c'est que ce n'est pas ta faute.

– Mon Dieu. Rose passa ses doigts encore tremblants dans ses cheveux humides. Elle sentait encore de minuscules gravillons tout contre son cuir chevelu. Personne ne peut me rendre responsable d'être retournée chercher Melly, non ?

– Bien sûr que non, on marche sur la tête, là. Une lueur de désapprobation traversa le visage de Leo, et elle sentit qu'il fallait tirer les choses au clair.

– Tu es en colère parce que j'ai d'abord fait sortir les autres fillettes ?

– Écoute. Il se pencha vers elle, les mains posées à plat sur la table. Je comprends pourquoi tu as agi ainsi. Ces enfants étaient là, sous ton nez. Tu ne pouvais pas les ignorer.

– Exact. Elle se sentait soulagée.

– Le fait que tel ou tel se soit trouvé le plus près de là où tu étais, cela relevait du plus pur des hasards. Je suis content que Melly aille bien, point final. On a évité le pire. En temps normal, jamais tu ne fais passer un autre enfant avant le tien.

– Non. Elle rougit. Cela lui paraissait horrible, formulé en ces termes.

– En plus, il y avait urgence. Tu as dû réagir sur le champ. Explosion. Incendie. Boum ! Il lança un regard au loin, avant de revenir sur elle et de reposer sa fourchette. Mais je reste curieux sur un point.

– Quoi ? Elle n'était pas certaine d'avoir envie de le savoir.

– Imagine, c'est une hypothèse. Disons que tu sois supposée conduire le gamin d'une autre maman à l'école, dans ta voiture. Mais ta voiture n'a qu'un seul siège enfant. Deux gamins, mais un seul siège enfant. Il agita l'index et le majeur. À quel gosse le réserves-tu, ce siège ? Le tien ou le sien ?

– Tu veux m'entendre répondre que c'est mon gamin qui bénéficiera du siège.

– Euh, quoi, hein, ai-je bien entendu ? Eh bien, oui, admit-il dans un rire, un peu gêné.

– Et toi, que déciderais-tu ?

– Je le donnerais à mon gamin, ce siège, moi aussi, sans aucun doute.

– Moi, pas forcément. Peut-être. Si j'agissais de la sorte, je me sentirais coupable.

– Pourquoi ? lui demanda-t-il, incrédule.

– Parce que s'il y avait un accident sur le chemin de la maison, et si quelque chose arrivait à cet autre enfant qui n'est pas le mien, je me sentirais responsable. Et je me sentirais aussi horriblement mal si c'était mon enfant qui était blessé.

– Et nous traitons toujours ce qui appartient aux autres mieux que ce qui nous appartient à nous, c'est ça ?

– C'est ça.

Il balaya l'argument.

– Là-dessus, on va en rester là, et de toute manière, on n'est pas dans ce cas de figure. Tu as pris soin des autres gamins, tu es retournée chercher Melly, et au bout du compte, tu les as tous sauvés. Tu as été présente sur tous les fronts, tu as été extraordinaire.

– Pas du tout. Elle secoua la tête. Et Amanda, alors ?

– Tu l'as mise en lieu sûr. Mais la prochaine fois, pense plutôt à donner le siège enfant à Melly.

Et là-dessus, il lui sourit, ce dont elle était incapable.

– Voilà, c'est ça qui me tue. Si j'avais conduit Amanda jusqu'au bout, jusqu'à la cour, maintenant elle irait très bien.

– Mais en ce cas, tu n'aurais pas eu le temps de retourner chercher Melly. Cela aurait duré cinq minutes de plus, les cinq minutes qu'a évoquées le docteur. Il avala une gorgée d'eau glacée. Et puis, vu ce que tu m'as raconté, il y a aussi d'autres variables à prendre en compte, comme l'incendie dans le couloir. Les flammes auraient pu être trop hautes pour que tu passes. C'était l'échec assuré, et toi, tu t'es débrouillée pour changer l'échec en victoire.

– Pas avec Amanda qui est blessée. Elle eut de nouveau la vision de la fillette sur la civière. Et ses bandages maculés de sang encore frais. Tu l'as vue, comme moi.

– Mais qu'est-ce qui a provoqué ces blessures ? À qui la faute ? Et l'enseignante blonde qui ne l'a pas vue retourner dans le bâtiment, alors ? Et l'autre maman chargée des déjeuners ? Comment s'appelle-t-elle, encore ?

– Terry. En quoi est-ce sa faute ?

– Combien de mamans sont présentes, à l'heure du déjeuner ?

– Deux.

–D'accord, deux. Deux mamans pour deux cents gosses, ce n'est pas tellement. Il hocha la tête. Et j'imagine que ces mamans sont censées rester dans le réfectoire jusqu'à la fin du repas, non ?

–Oui, jusqu'à ce que les enfants soient sortis, et ensuite, nous rentrons chez nous.

–Donc Terry n'a pas respecté la procédure. Si elle était restée dans ce réfectoire au lieu d'en sortir pour aller te dénoncer, elle aurait pu emmener Amanda et les autres fillettes dans la cour pendant que tu allais secourir Melly. Il la scruta du regard, pour voir si elle saisissait le message. Toutes ces causes-là ne sont que des conditions *sine qua non*. Ce que j'entends par là, c'est que si Amanda n'était pas retournée à toute vitesse dans le bâtiment, elle ne serait pas dans le coma. Si Terry n'avait pas quitté son poste, Amanda n'aurait pas été blessée. Si tu n'avais pas abordé le sujet des brimades avec les gamins, Amanda n'aurait pas été blessée. Si la bombe ou je ne sais quoi d'autre n'avait pas explosé, Amanda n'aurait pas été blessée. Tu suis mon raisonnement ? Si tu me réponds que oui, je m'arrête là.

Elle sourit.

–Oui.

–Il n'y a pas une seule condition *sine qua non*, ou une seule cause efficiente, y compris ta propre intervention, qui aurait pu provoquer ce qui s'est passé là-bas.

– Alors, qu'est-ce qui a pu être la cause de tout cela ?

–L'ensemble de ce que je viens de mentionner. Le parfait engrenage d'une situation terrible. Pas un élément unique. Tout est allé de travers, et c'est pour cela qu'Amanda et Melly sont à l'hôpital et que trois personnes sont mortes. Il tendit la main et lui prit la sienne.

Que tu en endosses toute la responsabilité, en excluant le reste, c'est cela qui n'a aucun sens.

– Eileen pense que je n'ai même pas essayé de sauver sa fille.

– Eileen ne connaît pas les faits et elle veut avoir quelqu'un à accuser. Et puis, elle ne nous connaît pas. Il pencha la tête. Je t'en prie, à ton avis, qui Eileen irait-elle secourir ? Melly ou Amanda ?

Elle ne répondit pas.

– La pauvre gamine.

– Quelle pauvre gamine ? Melly ou Amanda ? Ne mélange pas tout.

– C'est Amanda, la pauvre gamine. Melly va bien, pas Amanda.

– Pas faux, ça. Il marqua un temps de silence, et son regard se radoucit. Écoute, je sais que c'est terrible, mais tu dois te montrer réaliste. Amanda risque de ne pas s'en sortir.

Elle refoula la bouffée d'émotion qui monta en elle.

– Je ne supporterais pas d'être responsable d'une chose pareille.

– Alors ne te rends pas responsable. Tu ne l'es en rien. Nous venons d'analyser toute la chose.

Maman !

– Je t'en prie, cesse de te flageller, Rose. Il recula sa chaise et se leva d'un pas lourd. Tu es censée sauver ton enfant. C'est pour cela que nous avons tous une mère. Ma mère, elle, m'aurait sauvé, aucun doute là-dessus. Ma mère aurait marché sur le corps de tous les autres pour me sauver, et tu es encore meilleure mère qu'elle ne l'était.

Elle réussit à sourire. Leo était un homme merveilleux, et elle avait de la chance de l'avoir, surtout dans un moment aussi rude.

– Allez, mon cœur. Il rassembla ses couverts, les lâcha dans l'assiette avec un tintement métallique, et débarrassa le tout. Le bébé est chez la baby-sitter, mais l'heure tourne. On repart à l'hôpital.

En plein désarroi, Rose regardait par la fenêtre de l'Audi sport de Leo, qui se garait sur le parking du centre hospitalier. Ils étaient allés récupérer sa voiture à l'école et l'avaient redéposée à la maison, parce qu'il ne voulait pas qu'elle prenne le volant pour retourner aux urgences. Il s'avéra qu'il n'avait pas eu tort, mais pour un autre motif. L'entrée principale était pleine de monde, de vigiles et de journalistes armés de leurs caméras. Des projecteurs sur trépieds métalliques se dressaient au-dessus des têtes de tout le monde, comme des tournesols de métal.

– Nous avons de la compagnie, remarqua-t-il en coupant le contact. La climatisation sifflait dans le silence.

– Penses-tu qu'Amanda..., commença Rose, mais sa phrase demeura en suspens.

– Non. J'ai vérifié sur Internet avant de quitter la maison.

– Je me demande comment elle va.

– Nous verrons bien. D'abord, il faut qu'on franchisse le barrage des médias. Je te propose un petit conseil juridique gratuit. Il lui tapota la jambe. Reste près de moi. Ne dis rien. Tu avances sans t'arrêter. Ne baisse pas la tête, cela te donnerait l'air coupable.

– Je me sens coupable.

– Tu ne dois pas. S'il te plaît, souviens-toi, nous allons rendre visite à notre fille. Il ne s'agit pas d'Amanda, il s'agit de Melly, qui a failli mourir, aujourd'hui.

En un éclair, Rose revit la fumée dans les toilettes.

– Tu as raison.

– Comme toujours.

Il lui lança un sourire lugubre, et ils sortirent de l'Audi. Le soleil venait de basculer derrière les arbres, mais l'atmosphère fraîchissait à peine. Sur Allen Road, les réverbères commençaient à rougeoyer, tout comme l'enseigne au néon de la pharmacie de la chaîne CVS, du McDonald's, de l'Olive Garden et du Target. Rose empruntait si souvent cette vaste avenue qu'elle avait l'impression de vivre ici depuis cinq ans, mais avant ce jour, elle n'était encore jamais entrée dans l'hôpital.

Il la prit par le bras et se dirigea avec elle vers l'entrée principale. Alors qu'ils s'en approchaient, quelques têtes se tournèrent d'abord vers eux, puis ce furent les projecteurs et les caméras. Elle garda la tête haute et régla son pas sur le sien, en continuant d'avancer alors que Tanya Robertson et son équipe de tournage se précipitaient sur leurs talons, suivis d'autres journalistes et de photographes.

– Bonjour, madame McKenna ! lui lança Tanya, au pas de course. Quelques questions, s'il vous plaît. Qu'est-il arrivé à Amanda dans le réfectoire, ce matin ? C'est l'occasion pour vous de clarifier l'affaire.

– Pas de commentaires. Rose dissimula son inquiétude. Elle ignorait qu'il y avait une affaire.

– Madame McKenna, répondez-moi et livrez-nous votre version des faits. Ma proposition d'entretien en tête-à-tête tient toujours. Dites-moi ce qui s'est passé, de votre point de vue. Nous ne pourrions pas organiser ça ?

– Elle vous a répondu. Pas de commentaires. Merci. Il leva la main, pour leur permettre à tous les deux de continuer d'avancer, mais Tanya leur emboîta le pas.

– Madame McKenna, si vous ne nous livrez pas votre version de l'histoire, cela ouvre la voie à toutes les conjectures. Eileen Gigot prétend que vous avez choisi de secourir votre enfant au détriment des trois autres, y compris Amanda. Est-ce vrai ?

Oh, non.

Rose garda la tête haute, alors que d'autres journalistes se joignaient à la meute, en vociférant d'autres questions.

« Madame McKenna, vous êtes-vous plaint d'Amanda auprès de quelqu'un, en la traitant de petite teigne ? » « Madame McKenna, avez-vous mis Amanda Gigot en retenue ? » « Madame McKenna, par ici ! » « Rose, Amanda a-t-elle déjà frappé votre enfant ? » « Madame McKenna, avez-vous emménagé dans cette ville parce que vous affirmiez que votre fille avait déjà subi des brimades ailleurs ? » « Des commentaires, madame McKenna ? Et vous, monsieur Ingrassia ? »

M. Ingrassia se comportait comme si les journalistes n'étaient pas là, et garda Rose près de lui tandis qu'ils se faufilaient au milieu de la cohue. Elle reconnut des parents de la classe de Melly, qui détournèrent la tête avec solennité. Elle baissa la sienne et Leo la guida dans l'allée, suivi par une meute de journalistes qui braillaient encore des questions, et par des caméras braquées sur eux. Ils atteignirent l'entrée, où quelques femmes se tenaient massées.

– Rose McKenna ? l'interpella l'une de ces femmes. Elle avait les cheveux noirs et courts et portait une robe bleue avec un badge d'identification de l'administration du comté de Homestead pendu à un cordon jaune autour du cou, comme si elle arrivait du bureau.

– Oui. Rose s'approcha, hésitante.

– Je m'appelle Wanda Jeresen. Ma fille Courtney est dans la classe de Mme Nuru, elle aussi, et Amanda est ma filleule. Je voudrais savoir comment vous justifiez ce que vous avez fait. Les yeux légèrement maquillés de Wanda lançaient des éclairs, et le ton était empreint d'une colère contenue. Terry et Eileen m'ont dit que vous vous étiez précipitée aux toilettes pour aller chercher Melly au lieu d'aider Emily et Amanda.

– Non, ce n'est pas vrai, lui répondit Rose, et la masse des parents et des journalistes se referma autour d'eux.

– Excusez-moi. Leo leva une main vigoureuse, en se tournant vers Wanda Jeresen. Si vous voulez nous parler, nous en serions très heureux, mais pas ici.

– Et pourquoi pas ? riposta Mme Jeresen. Je veux une réponse, ici, tout de suite. Nous voulons tous une réponse. Je vous ai appelés chez vous, mais vous ne répondez jamais.

Leo leva les deux mains, cette fois.

– Attendez un peu, là...

– Pourquoi devrais-je vous adresser la parole, d'ailleurs ? Wanda se tourna de nouveau vers Rose. Vous êtes incapable de parler ? Vous avez besoin de vous cacher derrière votre mari ? Vous ne croyez pas que vous me devez une explication, à moi, et à tout le monde ? Nous sommes des mères, alors parlez-moi, comme une mère qui s'adresse à une autre mère.

– D'accord, bon, ce n'est pas ainsi que cela s'est passé...

– Alors, cela s'est passé comment ? Les yeux sombres de Wanda étincelaient. Danielle a été obligée de s'échapper de l'incendie toute seule. J'ai téléphoné à Barbara, sa mère, je lui ai parlé. Elle ne vous a même pas vue. Vous êtes allée chercher votre fille, et vous n'avez tenu aucun compte d'Emily et elle.

– Non, attendez, écoutez. D'un geste de la main, Rose l'interrompit. Je suis tombée, j'ai perdu connaissance, et quand je me suis réveillée, j'ai vu Danielle qui s'enfuyait en courant. Posez la question à Emily, c'est moi qui les ai conduites jusqu'à la porte, Amanda et elle.

– Bien essayé, mais j'ai aussi appelé Jerusha. La mère d'Emily. Nous sommes amies d'enfance, nous étions toutes les deux au cours préparatoire. Tout ce dont Emily se souvient, c'est que vous êtes allée chercher Melly. Elle se souvient même de vous avoir entendu dire que c'était ce que vous alliez faire. Vous le lui avez bien dit, non ?

– Oui, mais...

– Il n'y a pas de mais qui tienne ! Et Dieu merci, Danielle s'est enfuie en courant. Si elle n'avait pas couru, elle serait là-haut, à l'étage, maintenant, comme Amanda. Ou alors, elle serait morte !

– Wanda, du calme ! s'exclama une autre femme, qui se frayait un passage au milieu de la foule. Elle avait des lunettes, de longs cheveux noirs, et elle était vêtue d'un haut rayé avec un jean et des mocassins. Rose, je m'appelle Cathy Tillman, je suis la mère de Sarah, dans la classe. Dites-moi, depuis quand est-il acceptable d'abandonner un enfant ?

– Je ne l'ai pas abandonnée. Je l'ai aidée. La première chose que j'ai faite, cela a été d'emmener Amanda et Emily dans le couloir qui conduisait à la cour.

– Et Danielle ? insista Wanda Jeresen, les mains sur les hanches.

– Danielle était déjà partie. Elle était dans le couloir avec les autres. J'ai dit à Amanda et Emily de la suivre...

– De suivre Danielle, et c'est tout ? l'interrompit Cathy, et ses yeux clairs s'arrondirent de stupéfaction, derrière ses lunettes. Vous ne confiez pas une enfant de huit ans à la charge d'une autre gamine de huit ans. Ce ne sont que des enfants, et il y avait une situation d'urgence. Vous auriez dû les conduire dans la cour vous-même. Ce n'était pas Danielle, la maman chargée du déjeuner, c'était vous. C'était votre responsabilité.

– Exact, renchérit Wanda. J'ai entendu ce qui s'est passé. Vous avez puni Emily et Danielle pour un acte qu'elles n'avaient pas commis, et si Amanda taquinait votre fille, où était le problème ? C'est comme ça, les enfants. Ils ont aussi leurs affrontements, et il ne faut pas les en empêcher.

Cathy se pencha vers elle.

– Parlons franchement. Vous êtes simplement jalouse d'Amanda parce qu'elle est appréciée, et pas Melly. Harry Potter par-ci, Harry Potter par-là. Melly, c'est un véritable phénomène de foire !

– Pas du tout ! Rose perdit son calme. Elle sait lire, c'est tout !

– Oh, s'il vous plaît !

Cathy eut un brusque revers de main en direction de Rose, qui sursauta et, en reculant, heurta un grand cendrier cylindrique avant de perdre l'équilibre et de s'affaler sur le béton, en renversant ce cendrier d'où s'échappèrent du sable, des mégots et des papiers de chewing-gum.

– Ça suffit! beugla Leo, en relevant Rose.

Cathy éclata d'un rire nerveux. Wanda resta bouche bée. Les journalistes se ruèrent vers elles, les photographes brandirent leurs appareils au-dessus de leurs têtes, et il y eut des réactions dans la foule – hoquets de frayeur, propos échangés et quelques huées.

– Allons-y! Leo força Rose à franchir en vitesse les portes de l'hôpital. Le hall d'accueil était comme un refuge, calme et frais, émaillé de plantes en pot et d'images de paysage apaisantes, dans leurs cadres. Quelques personnes âgées étaient assises dans des canapés modulaires, l'une d'elles tenait des ballons «meilleure santé» lestés d'un petit sac de sable. Leo lui posa la main sur le bras. Nom de Dieu. Est-ce que ça va, mon chou?

– Oui. Elle s'épousseta de la cendre de cigarettes de son jean. Et Melly n'est pas un phénomène de foire.

– Je sais. Il lissa sa veste de costume. Désolé pour tout ça. J'aurais dû anticiper.

– C'était un accident.

– C'est vrai. Oui, mais ça les a bien fait rigoler.

Encore secouée, Rose tâchait de se reprendre.

– Tu m'as conseillé ne pas leur parler, mais j'ai pensé qu'elles méritaient une réponse.

– Elles ne cherchaient pas de réponse. Elles voulaient se défouler. Il la prit par l'épaule. Zut, j'aurais dû le prévoir. Ton petit mari n'a pas été à la hauteur, là.

– Mon petit mari est toujours à la hauteur. Il lui fit un rapide baiser.

– Tu te sens d'y aller?

– Oui.

– D'accord, alors il faut qu'on trouve un bureau d'information. Il regarda autour de lui.

– Là. Elle pointa du doigt, et ils se rendirent au comptoir d'accueil, où ils déclinèrent leur nom et demandèrent la chambre de Melly.

– Elle est à la 306, leur répondit la réceptionniste, une femme assez âgée, avec un badge en forme de bouton, portant inscrit ce mot : « bénévole ». C'est l'une des fillettes de l'école, n'est-ce pas ?

– Oui, c'est notre fille. Rose se pencha au-dessus du comptoir. Où est l'autre petite, Amanda Gigot ?

– Laissez-moi voir ça. La réceptionniste tapa sur une série de touches. Oui. Elle est à la 406. Cela se situe aux soins intensifs.

Rose sentit son ventre se serrer.

Leo se pencha à son tour.

– Quel étage disiez-vous, pour les soins intensifs ? Le quatrième ?

– Oui, mais vous ne pouvez pas lui rendre visite. Seule la famille proche est admise.

– Je comprends, merci. Il prit Rose par le bras, et ils s'en furent vers les ascenseurs.

– Tu veux rendre visite à Amanda ? s'enquit Rose, incrédule.

– Non, je veux éviter le quatrième étage.

Debout au chevet de Melly, Rose réprima une bouffée d'émotion. C'était une chose de savoir que sa fille était hospitalisée, et c'en était une autre de la voir allongée là, endormie. Elle n'occupait que la moitié du lit, et ses petits pieds formaient deux monticules à mi-hauteur du couvre-lit blanc. Sa chemise de nuit d'hôpital trop grande pour elle avait un col échancré qui dévoilait ses omoplates. Elle avait les yeux fermés et, à la voir ainsi, alors qu'elle ne faisait que dormir, on aurait pu la croire partie pour toujours. Rose regarda sa poitrine se soulever et retomber, afin de s'assurer qu'elle respirait. Il n'y avait pas une mère au monde qui n'ait pas fait la même chose, au moins une fois dans sa vie.

Maman!

La tête de Melly, inclinée sur la droite, dévoilait sa tache de naissance d'une manière qui l'aurait mortifiée, si elle avait été éveillée. La tache, de forme à peu près ronde et de la taille d'une petite prune, aussi rouge que du sang frais, lui couvrait la lisière supérieure de la joue gauche. Un tube à oxygène verdâtre lui dessinait un arceau sous les narines, et son index était encapuchonné d'un embout en plastique qui la reliait à un moniteur massif affichant ses signes vitaux en séries de chiffres multicolores.

– Elle a l'air d'aller bien, chuchota Leo, les yeux luisants d'un voile humide.

– Dieu merci, elle est en vie.

– Attends, je t'approche un siège. Il alla chercher une chaise en bois et vint la placer près du lit, contre l'épais garde-corps en plastique. Derrière eux, une télévision murale était allumée, le son coupé. Là, assieds-toi.

– Tu veux qu'on partage ? Je vais me pousser.

– Non, non, la chaise est pour toi.

– Merci. Elle s'assit, posa la main sur le garde-corps. Elle avait beau être heureuse de savoir Melinda en vie, elle ne pouvait oublier qu'une autre scène devait se jouer un étage au-dessus d'eux, aux soins intensifs. Elle essaya de chasser ses pensées concernant Amanda, mais ces images étaient trop fraîches dans son esprit.

– Oh, non. Nous avons laissé ton sac pour la nuit dans la voiture.

– Ça ira. De nouveau, elle eut cette vision fugitive d'Amanda sur la civière. Les pansements qui lui bandaient le front étaient imbibés de sang, Eileen avait expliqué qu'elle avait été touchée à la tête, ou quelque chose de cet ordre, et elle risquait donc d'avoir même à subir une opération du cerveau.

– Tu vas devoir te brosser les dents avec le doigt, comme moi dans l'ancien temps, quand je venais crécher dans ton appartement. C'était avant la brosse invité. Tu te souviens de la brosse invité ?

– Oui. Rose repensait à la suie maculant le visage d'Amanda. Elle était restée à l'intérieur de l'école bien plus longtemps que Melly, mais sans doute pas dans un espace aussi confiné. Elle aurait pu souffrir de lésions cérébrales, non seulement à cause de l'objet qui l'avait frappée à la tête, mais de la privation d'oxygène.

– Et tu vas pouvoir dormir dans tes vêtements, en plus. Tu veux que je te demande un lit d'appoint, ou tu veux dormir dans son lit avec elle ? Mon chou ? Il lui prit la main. Tu es avec nous, là ?

– Oui, bien sûr.

– Regarde ta fille. Allez. Regarde-la.

Elle regarda Melly.

– Elle est mignonne, hein ?

– C'est une super gamine. Mon bébé cadeau.

Rose sourit. Leo avait toujours cette formule, et elle adorait l'entendre.

– Tu te souviens quand on s'est rencontrés, dans le train ? J'allais à la voiture-bar, affamé et fourbu, et tu étais là, en superbe jeune maman avec sa petite fille surdouée qui m'a recommandé de goûter les hot-dogs. Nous avons noué ce lien entre nous grâce à notre amour partagé du nitrate de sodium.

Rose sourit. C'était la vérité. Ils s'étaient tous rencontrés à bord d'un Alcea entre New York et Philadelphie. Sans Melly, jamais elle n'aurait adressé la parole à Leo. Elle ne trouvait pas qu'il était son type. Elle avait toujours eu un truc avec les mauvais garçons, et Leo n'était pas seulement un bon garçon, c'était un enfant de chœur.

– Aujourd'hui, tu as agi comme il fallait. Tu lui as sauvé la vie. N'écoute pas ces cinglées, là, dehors, n'écoute personne. Nous aimons Melly, et c'est une bénédiction de l'avoir. Quand tu la regardes, quand tu es ici, dans cette chambre, avec elle, tu changerais quoi que ce soit à ce que tu as fait ?

– Non. Elle percevait toute la vérité de ses paroles, mais elle se sentait encore déchirée. Je n'arrête pas de penser à Amanda et Eileen, un étage au-dessus. Comment m'en empêcher ?

– Je vais te dire. Il lui lâcha la main. Parce que cela pourrait encore s'aggraver, chérie, et tu dois garder la tête sur les épaules.

– Que veux-tu dire ?

– N'en parlons pas maintenant. Il écarta l'idée. Comme je l'ai dit dehors, en arrivant, ce n'est ni le lieu ni le moment.

Rose n'aimait pas son expression. Ses yeux avaient perdu leur lueur.

– Non, que veux-tu dire ?

– Nous pourrions être traînés en justice, mon chou. Eileen pourrait s'en prendre à nous. Dans le meilleur des cas, supposons qu'Amanda se rétablisse, mais que sa mère écope de frais de santé monstrueux. Eileen est seule. Comment va-t-elle payer?

– Si elle nous attaquait en justice, elle ne gagnerait quand même pas, non?

– Elle pourrait gagner. Quand tu acceptes d'intervenir comme bénévole à l'école, tu t'exposes à certaines responsabilités civiles.

– Comment?

– Écoute, je suis un humble avocat généraliste, mais je ne vois pas ce qui empêcherait que tu sois tenue pour responsable. Tu as endossé la responsabilité de sa gamine, et cette petite est maintenant blessée. Il ne faut pas aller chercher plus loin. Le pouce pointé derrière lui, il désigna la fenêtre. Et ces femmes-là dehors, ces mamans, elles seront les premiers témoins à déposer contre toi.

Rose sentit sa poitrine se serrer. Elle comprenait qu'il avait raison, mais il lui semblait déplacé de s'inquiéter d'être attaquée en justice quand Eileen, elle, redoutait la mort de son enfant.

– Eileen pourrait aussi poursuivre l'école, pour avoir laissé sa fille retourner dans le bâtiment en feu, et encore, tu ne dois même pas penser à ce qui va se passer quand ils vont découvrir ce qui a pu causer l'explosion. Sans compter avec les familles des employées de la cantine, et celle de l'enseignante, qui pourraient également intenter une action en justice. Il s'exprimait sur un ton professionnel, mais à voix basse. Cela risquerait de dégénérer en un drôle de foutoir, ces quelques prochaines années, avec un procès qui traînera en longueur. Gagnants ou perdants, nous serons rattrapés par les frais de procédure, parce que je ne pourrais pas nous représenter. Cela risquerait de nous coûter tout ce que nous avons. Nous risquerions de perdre la maison.

Elle en eut la bouche sèche. L'idée de perdre la maison la secoua. Leo gagnait bien sa vie, mais elle avait dû s'arrêter de travailler. Ils n'avaient pas beaucoup d'économies, mis à part les fonds d'épargne pour l'université des enfants, et ils avaient des mensualités de crédit sur leurs deux voitures et un nouveau prêt immobilier assez lourd.

Il y eut un bruissement en provenance du lit, et ils regardèrent tous les deux dans cette direction. Melly bougea sous les couvertures, en remuant la tête, et ils firent tous les deux silence, en attendant que ce moment passe.

– Ho-ho, fit Leo, avec un petit coup de coude à Rose. Regarde à la télévision, mon chou.

Elle se retourna, et elle sursauta. L'écran montrait son visage, puis des images de camions de pompiers et de l'école élémentaire en flammes.

– Oh, mon Dieu, s'écria-t-elle, effarée.

– Je sais.

Rose était atterrée. L'écran montra ensuite Tanya Robertson, qui parlait dans un micro. Le bandeau qui défilait en boucle annonçait : « une maman de la région est le héros du jour », puis l'image montra de nouveau Rose, à l'hôpital, qui venait d'apprendre que Melly allait bien. Le bandeau reprenait ses propos : « J'aurais fait ce que n'importe quelle mère aurait fait. »

– Maman ? gémit une petite voix depuis le lit, et elle se retourna.

– Melly !

Leo se leva et appuya sur la touche *power* de la télévision, forçant l'écran à s'éteindre.

Rose était allongée dans l'obscurité, blottie contre Melly, dans son lit d'hôpital, désormais accoutumée à l'odeur de fumée dans ses cheveux. Leo était parti à la fin de l'horaire des visites, il était allé chercher John chez la baby-sitter et l'avait ramené à la maison. Melly avait été calme pendant toute la soirée, et elle était restée dans un état somnolent, sous l'effet des médicaments.

– Tu as sommeil, mon bébé ? lui demanda-t-elle, et Melly tourna les yeux vers elle, la tête posée sur le bras gauche de sa mère.

– Un peu. Tu vas dormir ici ?

– Bien sûr. Tu veux encore un peu d'eau, ou du gélifruit ?

– Non.

– Comment va ta tête ?

– Ça va.

– Maman ? La voix de sa fille était rauque, à cause de sa gorge irritée. Quand j'étais aux toilettes, il y a eu des secousses dans le sol, comme un tremblement de terre.

Rose repensa à la scène.

– Oui, c'est vrai.

– Pourquoi ?

– À cause de l'explosion dans la cuisine. Rose et Leo avaient expliqué à Melly ce qui s'était produit, dans les grandes lignes, mais elle n'était pas encore prête à apprendre la nouvelle des trois décès, ou dans quel état se trouvait Amanda.

– C'était une bombe ? Ça a fait comme un bruit de bombe.

– Ils ne sont pas sûrs. En tout cas, le feu est éteint, et ils vont s'organiser pour que l'on puisse retourner à l'école en toute sécurité.

– C'était un terroriste ?

– Ça, j'en doute énormément. Elle maudit l'époque moderne. Quand elle était petite, les seules bombes qu'elle voyait, c'était dans les dessins animés, des espèces de boules de bowling rondes et noires surmontées d'une mèche en coton torsadée.

– C'était un gros bruit.

– Ah oui. Ça t'a fait peur ?

– Oui. Je ne suis pas ressortie des toilettes.

– Je sais. C'est pour ça ?

– Non. Tu te souviens de la « semaine sécurité incendie » ?

– Pas vraiment. Rose ne se souvenait de rien, et Melly se souvenait de tout.

– À notre ancienne école, on était allé à la caserne des pompiers, la semaine de la sécurité incendie. Tu étais venue, on était montées sur un camion de pompiers, et ils m'ont fait cadeau d'un autocollant vert pour la fenêtre de ma chambre et pour Google. C'était marqué dessus : « Sauvez notre chien ».

– D'accord.

– Ils m'avaient expliqué, si la porte est chaude, tu ne l'ouvres pas. La porte des toilettes était chaude, alors je ne l'ai pas ouverte, et ensuite, je ne pouvais plus respirer. J'ai tapé sur la porte et j'ai hurlé pour que les gens sachent que j'étais là-dedans, mais personne n'est venu me chercher.

Rose en eut un pincement au cœur.

– Mais bon, maintenant, tout va bien.

– Comment est-ce que je suis sortie ?

– C'est moi qui t'ai sortie de là.

– C'est comme ça que tu t'es fait mal à la main ?

– Non, mentit-elle. Elle s'était brûlée en ramassant le reste de poutre enflammée. Je me suis brûlée dans le réfectoire, mais ce n'est rien.

– Tu te souviens quand Quirinus Quirrell brûle, à cause de la cicatrice de Harry ? Lui aussi, ça lui fait des brûlures aux mains.

– Ce n'était pas si méchant. Rose revoyait ces mères qui se moquaient de l'adoration de Melly pour Harry Potter, avant de se sortir très vite cette image de l'esprit. Melly et elle avaient lu toute la série des *Harry Potter* à haute voix, avant l'heure du coucher, et il était facile de comprendre pourquoi Melly s'identifiait à un enfant qui avait une cicatrice au visage.

– Je suis désolée d'avoir couru aux toilettes, maman.

Rose en éprouva un remords. Elle trouvait parfois que l'existence d'une mère en était pleine, de ces remords-là.

– Ne t'inquiète pas, je comprends ce qui t'a tellement contrariée. Amanda t'embête souvent comme ça ?

Melly garda le silence.

– Hé, Mel, dis-moi ? Elle t'embête ?

Melly ne répondit rien. Elle n'était pas pleurnicharde. Elle ne s'était jamais plainte d'aucune taquinerie, à son ancienne école, car elle était persuadée que si elle essayait d'y remédier, ce serait encore pire, et elle avait raison.

– Mel, je ne ferai rien, je te le promets. Je veux juste savoir. Rose tourna les yeux vers elle, mais elle arrivait à peine à discerner son profil, dans l'obscurité. Qu'est-ce qu'elle te fait, Amanda ?

— Hier, on avait une leçon de peinture au doigt, avec Mlle Canton.

– D'accord, fit Rose, en évitant de prendre un ton dramatique. Melly, Amanda et deux autres enfants de la classe de Mme Nuru faisaient partie du programme dédié aux enfants à haut potentiel, et passaient une heure, l'après-midi, avec Kristen Canton, deux fois par semaine.

– Je peignais un portrait de Dumbledore, et Amanda a mis de la gouache sur son doigt et elle s'est peinte la joue, comme avec du gélifruit. Mlle Canton lui a dit que ce n'était pas drôle et pas gentil, et lui a rappelé qu'on formait toutes un groupe. Je l'adore, Mlle Canton.

– Moi aussi, dit Rose, en remarquant cette chaleur soudaine dans la voix de sa fille.

– Son Harry Potter préféré, c'est *Harry Potter à l'école des sorciers*, et elle a un chat qui s'appelle Hedwig et une baguette d'Hermione. Elle dit que cette baguette-là, elle a l'air de sortir de la boutique d'Ollivander, au Chemin de Traverse. Elle ne lance pas des éclairs, mais elle a l'air super.

– J'en suis sûre. Rose était plus que ravie que Melly se soit trouvée une fanatique de Harry Potter comme elle en la personne de l'enseignante chargée des hauts potentiels. On devrait peut-être dormir un peu, ma chérie.

– Je ne suis pas fatiguée.

– D'accord, on va juste se reposer, alors. Rose la serra plus près d'elle, et elle sentit son corps se faire plus lourd. Au cours des quelques minutes qui suivirent, Melly retomba dans le silence, sa respiration se fit régulière, et elle s'endormit.

Rose était allongée dans le noir, pleinement éveillée, et elle se surprit à souhaiter que Melly n'ait jamais eu cette marque de naissance. Ce n'était pas la première fois qu'elle songeait combien leur vie aurait été différente, sans cela. Cette tache de naissance avait fini par définir Melly et la famille qu'elles constituaient, et ils gravitaient autour de ce cercle rouge comme si c'était le soleil, qui les plaçait sur une orbite folle et vertigineuse.

Rose laissa libre cours à ses pensées, sachant bien qu'elle s'aventurait en zone interdite, comme un chien qui franchirait la clôture électrique de la maison familiale. Leo avait beau prétendre que c'était là une condition *sine qua non* parmi d'autres, c'était cette tache de naissance qui avait provoqué toute la série d'événements épouvantables de cette journée. Le plus drôle, c'est que Rose ne l'avait même pas vue, cette tache de naissance, la toute première fois que l'on avait posé Melly sur sa poitrine, alors qu'elle venait de naître. Dès ce premier instant où elle était devenue mère, elle s'était sentie envahie d'un tel émerveillement et d'un tel bonheur qu'elle n'avait vu qu'un beau bébé. Les infirmières gazouillaient toutes avec gaieté, mais Bernardo, lui, avait questionné le médecin, avec une expression de dégoût :

« *Qu'est-ce que c'est que ce truc rouge sur son visage ?* »

Ses paroles horribles avaient créé un temps mort dans la salle de travail aux murs froids, et Rose en avait été glacée jusqu'à la moelle. Avant même d'annoncer que le bébé était une fille, l'obstétricien lui avait répondu que c'était un *nævus* et les infirmières avaient soudain baissé d'un ton, leurs sourires s'étaient crispés face à la réaction de Bernardo, et elles s'étaient retirées. Rose, elle, avait eu ce qu'elle avait toujours désiré, une fillette qui regarde le monde avec des yeux de la couleur du ciel.

Je t'aime, avait-elle juste dit à son bébé et, quand elle avait vu cette tache sur sa joue, elle avait ajouté ces mots-là, muettement : *Je t'aime tout entière.*

À l'époque de la naissance de Melly, les parents de Rose étaient déjà tous les deux décédés, mais ses beaux-parents avaient pris l'avion pour venir voir le bébé, en ajoutant leur propre réflexion – «*En grandissant, ça disparaîtra, ne t'inquiète pas.*» Mais le bébé avait grandi, rien n'avait disparu, et Bernardo était de plus en plus obsédé par cette marque de naissance, comme si c'était lui surtout qu'elle marquait. Il était photographe, mais prenait rarement des photos de Melly, et encore, uniquement son bon profil. Les bambins la dévisageaient dans sa poussette, et lors de leurs promenades dans West Village, il rabattait le toit de la Peg Perego pour mieux la dissimuler aux regards. Les enfants posaient des questions, et Bernardo les ignorait, laissant Rose répondre en invoquant les faits bruts, les données médicales, à peu près comme le ferait Melly plus tard, en posant à son tour des questions avec toute la patience d'un médecin de famille.

Les taquineries avaient commencé au jardin d'enfants et, petit à petit, Rose avait vu le sourire de sa petite fille s'effacer. Elle était devenue plus renfermée, plus silencieuse, elle préférait rester à la maison, éviter les étrangers, suppliant sa mère de ne plus l'emmener au jardin d'enfants. Entre-temps, Bernardo avait pris rendez-vous avec les meilleurs dermatologues de Manhattan, qui jugeaient la tache de naissance trop grande pour être opérée, puis il les avait entraînées, Melly et elle, d'un bout à l'autre de la ville pour recueillir d'autres opinions et envisager d'autres traitements, bombarder cette marque disgracieuse avec des lasers colorés pulsés, l'attaquer avec des fréquences radio bipolaires, et même la recouvrir d'un fond de teint préparé tout exprès, mais en vain.

C'était un *nævus* plus épais que d'ordinaire, et le message que toutes ces tentatives d'intervention faisaient passer à Melly mettait Rose extrêmement mal à l'aise. À cause de cela, et d'autres sources de tensions, notamment et surtout les soirées de fêtards de Bernardo, leur mariage se lézardait et, au moment de leur divorce, Melly avait trois ans. Bernardo s'était tué l'année suivante, au volant de sa Porsche, et c'était à peu près vers cette période-là que Rose et Melly avaient croisé Leo Ingrassia dans le train. Ils étaient tombés amoureux l'un de l'autre et s'étaient mariés l'année suivante, puis elle avait quitté Philadelphie pour aller s'installer dans le sud-est de la Pennsylvanie, près de là où Leo avait grandi, à Worhawk. Livrée à elle-même, elle s'était sentie libre d'aider Melly à s'accepter, même après un épisode survenu le jour de son cinquième Halloween, où elle avait refusé de retirer son masque de Dora l'Exploratrice.

«Maman, je déteste être moi.»

Rose fixa le plafond du regard, puis elle ferma les yeux, et ses pensées revinrent à la chambre de l'étage au-dessus. Elle se demandait si, en ce moment même, Eileen tenait Amanda dans ses bras, ou si ce genre de chose était interdit, aux soins intensifs. Elle essaya de se sortir cela de l'esprit, mais elle dut y renoncer. Elle fit glisser Melly de sa poitrine, se retourna dans le lit en silence et sortit de la chambre. Le couloir était désert, à cette heure-ci, et il n'y avait qu'une infirmière derrière le bureau d'accueil. Elle traversa le hall au sol miroitant, et l'infirmière leva les yeux.

– Oh, mon Dieu, mais je vous connais ! Les yeux de l'infirmière étincelèrent. Elle était jeune et bronzée, avec des cheveux courts décolorés par le soleil et une série de clous en or à une oreille. Vous êtes la maman qui a sauvé sa petite fille, n'est-ce pas ?

– Enfin, oui, c'est cela. Rose se sentit monter une bouffée de chaleur au visage, tout à coup.

– J'ai un bébé, il est à la maison, à cette heure-ci, et tout ça, c'est tellement à votre honneur. Comment avez-vous pu faire un truc pareil ?

– C'est une longue histoire, mais je me demande si vous ne pourriez pas m'aider. Elle s'accouda au comptoir. Il y a une autre petite fille qui a été prise au piège dans l'incendie. Elle s'appelle Amanda Gigot, et je voulais qu'on me dise comment elle allait. Aux dernières nouvelles, elle était aux soins intensifs, elle a été blessée à la tête. Vous auriez le moyen de savoir comment elle va ?

– Attendez. L'infirmière se tourna vers le clavier de son ordinateur et tapa sur quelques touches. Elle se trouve toujours aux soins intensifs.

– Y a-t-il un moyen pour que je puisse obtenir quelques détails, savoir comment elle va ? Ou alors vous, directement, peut-être ?

– Nous ne sommes pas supposées divulguer ces informations.

– S'il vous plaît... Rose joignit les mains en un simulacre de prière.

– Laissez-moi voir. L'infirmière eut un regard furtif vers le bout du couloir, puis elle décrocha un téléphone et tapa sur quelques touches, en se détournant légèrement. Suzie, ça va ? Tu peux me communiquer quelques informations sur la fillette de l'école qui est là-haut ? Elle s'appelle Gigot.

Rose attendit, l'infirmière hocha la tête, téléphone contre l'oreille, écouta quelques minutes, en ponctuant juste d'un «oui-oui» de temps en temps. Quand elle raccrocha, l'expression de son visage était impénétrable.

– Alors ? demanda Rose, le souffle coupé.

– Je suis désolée, je ne peux vraiment rien vous dire.

– S'il vous plaît..., insista Rose en la suppliant, mais la jeune femme secoua la tête.

– Désolée, lui répéta-t-elle, en détournant le regard.

CHAPITRE 4

C'était le matin, dans la chambre de l'hôpital. Rose avait regardé la lumière changer petit à petit, passer de l'obscurité à l'aube, et elle avait vu les contours de la télévision, des chaises en bois et de la table de nuit gagner peu à peu en densité. Elle avait à peine dormi, car elle s'était inquiétée pour Amanda, et elle avait prononcé plus d'une prière pour elle.

«Alors, tu es heureuse, maintenant?»

Derrière la porte close, il y eut des échos de voix, des bruits de chariots métalliques et un bip non identifié, quelque chose de mécanique. Elle sentit flotter des odeurs de petit-déjeuner, des odeurs d'œuf plutôt que l'arôme du café, et puis, de toute manière, elle n'avait pas faim.

«Nous pourrions perdre la maison.»

Melly était encore endormie, aussi Rose se pencha délicatement, glissa une main dans la poche de son jean et en sortit son BlackBerry pour vérifier l'heure. 8 h 26. Elle aurait aimé appeler Leo, mais apparemment les téléphones portables interféraient avec le matériel médical. Hier soir, elle lui avait envoyé un texto, et les étoiles rouges, à son écran, lui signalaient qu'elle avait reçu de nouveaux SMS, des e-mails et des appels. Elle appuya sur la touche pour voir s'il lui avait envoyé un texto en retour.

« Chérie, espère qu'Amanda s'en sorte. Tel moi. Je t'aime. »

Maniant la molette avec le pouce, elle consulta ses e-mails et fit défiler les noms des expéditeurs. Il y avait des parents d'enfants de la classe de Melly, qui avaient dû obtenir son adresse e-mail en se reportant à la liste de la classe. Elle ouvrit le premier de la liste.

« Vous avez un sacré culot de jouer les héroïnes alors que vous auriez tranquillement laissé mourir ces gosses. Tout ce que vous avez fait, c'était de sauver votre peau et votre gamine. »

Sa gorge se serra, elle referma l'e-mail et ouvrit le suivant :

« Je ne comprendrai jamais comment certaines personnes peuvent à ce point être aveugles à la détresse des autres. Dieu jugera vos actes. »

Elle referma cet e-mail-là aussi, et elle n'avait pas envie de lire le suivant, mais le nom de l'expéditeur retint son attention. Barbara Westerman. Westerman, c'était le nom de famille de Danielle, et elle cliqua donc sur ouvrir :

« Je suis scandalisée que vous vous soyez si peu souciée de la sécurité de ma fille. Elle était terrorisée et elle a dû s'échapper du bâtiment toute seule. Elle aurait pu mourir ou finir grièvement blessée, comme Amanda ! Nous n'avons pas franchement besoin d'égoïstes comme vous à Reesburgh, et vous devriez retourner là d'où... »

Très secouée, elle referma le message. Elle cliqua sur les appels en absence. Le journal des appels affichait de nouveaux coups de fil de numéros inconnus, mais elle ne consulta pas la boîte vocale pour écouter les messages. Elle pressentait trop bien ce qu'en serait le contenu.

Melly remua dans son lit, les paupières papillonnantes, et son tube à oxygène glissa de ses narines. Rose le lui réajusta, renvoya les trois derniers e-mails à Leo, éteignit son BlackBerry et le glissa dans la poche de son jean. Elle se tourna vers sa fille et lui dégagea une mèche rebelle du front, juste au moment où la porte s'ouvrait sur un jeune aide-soignant qui passa la tête par l'entrebâillement.

– Quelqu'un aurait-il une petite faim, par ici ? s'enquit-il avec un sourire.

– Et comment, entrez, merci. Elle l'invita d'un geste, puis consacra de nouveau toute son attention à Melly. C'était la première occasion qu'elle avait de la voir à la lumière du jour, et elle l'observa plus attentivement que d'habitude, comme une véritable docteur Maman.

Ses yeux, grands et bleus, avaient encore l'air injectés de sang, et sa peau plutôt pâle semblait rougie, que ce soit sous l'effet de l'antiseptique que l'on avait utilisé pour la nettoyer ou du fait de l'irritation causée par la fumée. Elle avait un petit nez légèrement retroussé qui présentait des rougeurs autour des narines, ce qui n'était guère surprenant, et ses lèvres, aussi fines que celles de sa mère, avaient l'air toutes desséchées. Bernardo avait toujours affirmé que Melly était le portrait craché de Rose, mais avec une perruque blond foncé, comme celles dont il affublait ses mannequins, et docteur Maman en conclut qu'elle paraissait aller bien.

– Coucou, maman. Melly leva les bras et se pendit à son cou. Je t'aime.

– Je t'aime aussi, Mel. J'espère que tu as bien dormi. Tu t'es écroulée. Elle l'aida à se remettre au milieu du matelas. Tu te sens de te réveiller complètement et de manger un ou deux trucs pour le petit-déjeuner ? Ou tu veux te reposer ?

– Je veux me réveiller. Elle se frotta les yeux. On peut rentrer à la maison ?

– Pas encore, pas tant que le docteur n'a pas dit qu'il était d'accord.

– Petit-déjeuner ! L'aide soignant plaça le plateau sur la table de chevet, puis il ne put réprimer un clignement d'yeux quand il vit la tache de vin. Il désigna les œufs brouillés sous leur épaisse cloche plastique embuée d'une couleur ambrée. Tu manges tout, hein ? Ça va t'aider à grandir et à être forte.

– Merci, fit Melly, d'une voix enrouée, en se redressant en position assise tandis qu'il ressortait de la chambre et refermait la porte derrière lui. Elle souleva la cloche, libérant un fumet d'œufs sur le plat, un relent d'internat. C'est tout pour moi ?

– Oui.

– Ma gorge me fait mal. Je dois aller à l'école, aujourd'hui ?

– Non, c'est samedi. Tu te sentiras bientôt mieux. Bois donc ça. Rose ouvrit la bouteille d'eau, lui en versa un peu dans le gobelet en plastique souple et l'aida à en avaler une gorgée.

Melly déglutit en grimaçant.

– Ça ira bientôt beaucoup mieux.

– Tu as mon livre des *Contes de Beedle le Barde* ?

– Non. Désolée. Elle avait oublié de demander à Leo de le mettre dans la voiture. De nouveau, on frappa un petit coup, et Rose se tourna vers la porte. Entrez.

La poignée bascula, et la tête de Kristen Canton, l'enseignante des hauts potentiels, pointa par l'entrebâillement.

– Hello ! lança-t-elle avec un grand sourire.

– Kristen ! Rose se leva pour l'accueillir, l'appelant par son prénom, car elle n'avait que vingt-cinq ans, et elle préférait. Comme c'est gentil à vous d'être venue.

– Je suis tellement désolée de n'avoir pas pu venir, hier. Elle la serra dans ses bras avec empressement, puis lui chuchota à l'oreille : J'étais à l'étage au dessus.

– Oh. Rose la relâcha et, en la voyant d'aussi près, elle put constater que la jeune et jolie institutrice avait une mine de déterrée. Cette rousse dynamique aux yeux marron pleins de chaleur, au petit nez droit saupoudré d'adorables taches de rousseur et au sourire omniprésent en temps normal, avait un sourire forcé, ce matin, et des yeux gonflés sous le maquillage.

– Mademoiselle Canton ! s'écria Melly.

– Salut, ma petite copine ! Kristen vint près du lit. Elle avait les cheveux noués en une queue-de-cheval un peu désordonnée, et son ensemble habituel, chemise courte et jean, avait cédé la place à un sweatshirt à capuche gris avec un pantalon noir de yoga et des mocassins. Comment ça va ?

– Bien !

– Super. Je suis si heureuse de voir que tu vas mieux. Je te serrerais volontiers dans mes bras, mais je suis un peu enrhumée.

– Il y a eu un incendie à l'école, mademoiselle Canton. C'est ma maman qui m'a trouvée.

– Quelle super maman! fit Kristen en adressant un clin d'œil à Rose, puis elle se tourna vers Melly. Tu sais quoi? J'ai un cadeau pour toi qui va te guérir en moins de deux.

– C'est quoi?

– Regarde. Kristen glissa une main dans son sac, en sortit une boîte oblongue dans un papier cadeau fleuri et la lui tendit avec un geste théâtral. Ta-ta!

– Ouais! Melly déchira le papier cadeau, qui emballait une boîte vert bouteille. Elle fit basculer le couvercle et, à l'intérieur, un support moulé en feutrine cannelée contenait une baguette magique, en imitation bois. Maman, regarde! C'est la baguette d'Hermione!

– Ma chérie, qu'est-ce que tu dis? Rose sourit, elle était touchée.

– Merci, mademoiselle Canton! Melly sortit la baguette de son logement et se mit à l'agiter en tous sens, en laissant tomber la boîte et son emballage par terre. *Alohomora!* Ça y est, je sais ouvrir un verrou, exactement comme Hermione.

– Bravo!

– Merci beaucoup, j'avais déjà la baguette de Harry, mais pas celle d'Hermione. Maintenant, je vais pouvoir éteindre les incendies.

Kristen s'illumina d'un sourire.

– Comme dans *Les Reliques de la Mort*. Rose n'avait pas de souvenir précis de cette scène.

– Il y a un incendie, dans *Les Reliques de la Mort*? Rafraîchis-moi un peu la mémoire, Mel.

– Hermione éteint l'incendie des sourcils de Mondingus Fletcher parce qu'Harry y a mis le feu par accident. Grâce à une incantation, de l'eau jaillit du bout de sa baguette. Et Melly fit tournoyer la sienne, en manquant heurter la potence de la perfusion. Je ne connais pas la formule, par contre.

– Moi non plus, avoua Kristen, en fronçant le sourcil.

Rose sourit.

– Tu n'as pas mémorisé tous les sorts d'Harry Potter ?

– Je vais éteindre l'incendie de l'école ! Melly leva les yeux vers son institutrice, puis son visage s'assombrit. Toute l'école a brûlé, mademoiselle Canton ?

– Non, lui répondit celle-ci, en reprenant son sérieux. L'école, ça va. Il n'y a que la partie avec le réfectoire qui a été endommagée, et quand on l'aura réparée, elle sera comme neuve.

– C'était à cause d'une bombe ?

– Non, il n'y avait pas de bombe.

Rose leva les yeux vers l'enseignante.

– Kristen, on connaît la cause de l'explosion ?

– Ils pensent qu'il a dû y avoir une fuite de gaz et un câblage électrique défectueux. Mme Nuru nous a expliqué qu'ils ont dû accélérer la construction afin de pouvoir ouvrir à temps, et la liste de réserves que l'on dresse en fin de chantier, lors de la livraison, n'a pas été effectuée comme il aurait fallu. Elle consulta sa montre et se tourna de nouveau vers Melly. Oups, désolée, il est tard et je dois filer, ma puce. Je te retrouve à l'école. Elle serra encore une fois la fillette contre elle. Bye-bye.

– Bye, mademoiselle Canton.

Melly la relâcha en agitant sa baguette, et Kristen lança un regard entendu à Rose.

– Rose, vous voulez me raccompagner une seconde ?

– Bien sûr. Elle eut un regard vers sa fille. Elle savait que cela devait concerner Amanda, et elle tenait à savoir ce qui se passait là-haut. Ma chérie, je reviens tout de suite. Nous serons juste derrière la porte, Mlle Canton et moi. Si tu as besoin de moi, tu m'appelles.

– D'accord, maman. Merci pour ma baguette, mademoiselle Canton !

Rose précéda Kristen vers une fenêtre proche de la chambre de Melly, mais loin du bureau des infirmières. Le soleil se déversait à travers la vitre, inondant de lumière la jeune enseignante qui s'adossa contre le montant et lâcha un lourd soupir. Maintenant qu'elles étaient seules, elle abandonna son masque pimpant, et la tristesse sans fard de ses yeux lui donna des airs de fillette malheureuse.

– On ne vous prépare pas à cela, à l'école, avoua-t-elle, en soupirant de nouveau. Elle secoua la tête, et sa longue queue-de-cheval d'un roux foncé balança d'une épaule à l'autre. Personne ne vous explique qu'il peut arriver des choses horribles aux enfants. J'ai enseigné aux hauts potentiels depuis deux ans, et jusqu'à présent, mon plus gros souci, c'était mon niveau en maths. Je suis du genre, vous savez, comment puis-je aider ces enfants à comprendre les fractions, alors que je n'y comprends rien moi-même ?

Rose lui posa la main sur le bras, dans un geste de sympathie.

– Je sais, c'est dur.

– Je suis heureuse que Melly s'en sorte. Cela m'a fait du bien de la voir.

– Merci infiniment pour le cadeau.

– Pas de soucis. J'adore cette petite. Elle est formidable.

– Elle vous adore aussi. Elle est impatiente de retourner à l'école, grâce à vous. Rose n'y tenait plus, il fallait qu'elle lui pose sa question. Kristen, comment va Amanda ? Je suis tellement inquiète pour elle. Aux dernières nouvelles que j'ai eues, elle était dans le coma.

– Et ça s'aggrave, lui répondit-elle doucement. Ses jolis traits se crispèrent de douleur, elle fut subitement secouée d'un sanglot et se masqua le visage des deux mains. Ils viennent de lui administrer les derniers sacrements.

Oh, mon Dieu.

Rose dut s'appuyer contre le rebord de la fenêtre, à côté d'elle, comme si l'on venait de lui flanquer un coup de poing dans le ventre.

– La famille est là-haut, ajouta l'institutrice entre deux sanglots. Les deux frères, le prêtre, les grands-parents. Ils sont anéantis, totalement anéantis. Rose resta la tête ballante. La climatisation lui soufflait son air froid au visage, à travers une grille au sommet de l'encadrement de la fenêtre.

– Je suis désolée, je me sens si perdue, ce n'est qu'une petite fille. Les épaules de Kristen furent parcourues d'un frisson. C'est tellement épouvantable de la voir ainsi.

Rose se sentait le cœur brisé, pour Eileen et la famille, et elle se sentit de nouveau assaillie de regrets. Elle aurait dû sauver Amanda quand elle en avait la possibilité. Cela n'aurait pas pris très longtemps de la conduire hors du bâtiment. Les deux fillettes seraient tirées d'affaire à présent, elles iraient bien, elles seraient en vie.

– Je suis tellement désolée. Les sanglots de Kristen commencèrent à se calmer, et elle fouilla dans son sac, trouva un mouchoir en papier déjà très imbibé et s'en tamponna sous les yeux. Des choses pareilles, cela ne devrait pas arriver.

– Non, ça ne devrait pas, fit Rose, mais elle était lucide. Des choses comme celle-là, il en arrivait tout le temps. Si les ambulances gardaient des ours en peluche en réserve, il y avait une raison.

– J'étais si emballée d'avoir obtenu ce poste, de m'occuper du programme destiné aux enfants à haut potentiel. Elle renifla. Reesburgh, c'est tellement super, comme district, et ils ont tout de suite eu cette attitude positive : appropriez-vous cette initiative, foncez, développez votre cursus, vos propres programmes d'enrichissement personnel. C'était le poste dont tout le monde voulait. Et maintenant, moi, je regrette de l'avoir décroché.

– Ne dites pas cela. Rose passa le bras autour de l'épaule de la jeune enseignante. Vous avez accompli un travail tellement remarquable. Melly adore ce programme pour les hauts potentiels et tout ce que vous avez organisé, comme les fois où vous avez invité un intervenant extérieur, par exemple ce type qui élève des faucons, ou ce poète. Et le sénateur Martin, ou la mascotte de l'équipe de baseball, vous savez, Phillie Phanatic ? Les enfants vous adorent, vous vous entendez tellement bien avec eux.

– C'est le problème, vous savez. Kristen se moucha bruyamment, et son visage à la peau claire et mouchetée de taches de rousseur vira à l'écarlate. Mme Nuru dit que je suis trop proche des élèves, que je manque de distance professionnelle. Elle dit que je... je ne sais pas, oh, tant pis, ne m'écoutez pas.

– Quoi ?

–Elle estime que je suis trop proche de Melly et que c'est pour cette raison que cela perturbe tant votre fille, chaque fois qu'Amanda la houspille à l'heure du déjeuner, ou quand nous nous retrouvons en classe de hauts potentiels. Elle prétend que Melly serait trop sensible, et que je devrais cesser de l'encourager en ce sens.

Rose se raidit.

–Cela revient à accuser la victime. Ce qu'a fait Amanda était carrément cruel, et vous n'étiez même pas présente.

–Je suis d'accord, mais tout le monde n'est pas comme moi. Elle se moucha de nouveau, d'une manière qui ne souffrait pas de réplique. Tout le monde en parle. Tout le monde a son opinion, à cause de ce qui s'est passé.

–Qu'est-ce qui s'est passé? Vous voulez dire, parce que j'ai fait sortir Melly, et pas Amanda?

–Oubliez ça, je n'aurais pas dû l'évoquer. Elle leva les yeux au ciel. Mon Dieu, je ne saurai jamais tenir ma langue.

–Kristen, peu importe ce que vous avez entendu, je veux que vous sachiez que j'étais persuadée d'avoir sorti Amanda du bâtiment. Je les ai conduites, Emily et elle, jusqu'à la porte du couloir avant même d'aller chercher Melly, et j'ai cru qu'elle avait continué...

–Attendez, arrêtez. Kristen leva les deux mains. Je ne suis en train de vous accuser de rien, et je vous connais. Je sais que vous n'auriez tout simplement jamais laissé Amanda dans une école en flammes. Si vous avez essayé de faire sortir Amanda et les autres avant de retourner chercher Melly, personne ne peut vous en vouloir. Je ne vous en veux pas. Vous ne pouviez pas laisser Melly. Kristen cligna des yeux. C'est dingue! Vous étiez dans une position épouvantable. Vous avez agi de votre mieux.

Rose se sentit rassérénée, soudain pleine de gratitude.

– Ils sont convaincus que j'ai choisi Melly de préférence à Amanda, mais pas du tout.

– Ne les laissez pas s'attaquer à vous. Personne ne connaît la vérité des faits, et j'ai entendu dire qu'Emily était traumatisée. Eileen Gigot est en train de perdre sa fille, et c'est si horrible qu'elle en devient complètement folle. Tout le monde a perdu la tête! Elle, Mme Nuru, M. Rodriguez, tous autant qu'ils sont. Vous ne savez pas la moitié des choses qui sont en train de se préparer. Ma mère dirait : « nous sommes fichues ». Eh bien voilà, je suis « fichue », et vous aussi. Kristen leva vers elle des yeux luisants de larmes et de lassitude. Avez-vous parlé à Melly d'Amanda et des autres ?

– Pas encore, non. Rose n'avait aucune envie de précipiter cette conversation. J'aimerais d'abord qu'elle rentre à la maison, et qu'elle se remette sur pied.

– Bon. Je viendrai volontiers vous voir, quand vous lui en aurez parlé. Appelez-moi, peu importe quand. Vous avez mon numéro de portable. Je crois qu'il est dans l'e-mail que je vous ai envoyé.

– Merci, fit Rose avec gratitude. Je vais parler à Leo, voir ce qu'il en pense.

– Nous avons des conseils en thérapie du deuil à l'école, et une conseillère psychologique. Mme Nuru a déjà connu des circonstances comparables, et elle affirme que le soutien psychologique peut vraiment aider. Elle a perdu trois élèves, dans le passé. Une de leucémie, une autre d'un cancer des os, et une troisième est morte dans un accident de voiture, le conducteur était ivre.

Toute cette énumération ébranla Rose encore un peu plus. Leucémie. Cancer. Accident de voiture. Et maintenant, Amanda. Du coup, une tache de naissance couleur lie-de-vin, ça paraissait bien peu de chose. Elle sentit les larmes monter en elle, mais elle les refoula. Au moins, son enfant à elle était en vie.

– Mais comment fait-on pour survivre à son enfant ? demanda-t-elle, et c'était plus ou moins à elle-même qu'elle posait cette question.

Maman !

– Ne me le demandez pas à moi, j'ai mes deux parents, et mon seul enfant, c'est un chat. Kristen regarda vers le bout du couloir, quelque chose venait de distraire son attention. Rose se retourna et vit M. Rodriguez se diriger vers elles. Ayant enseigné pendant trente ans avant de devenir directeur d'établissement, il avait la cinquantaine, et pas du tout une carrure d'athlète. Du haut de son mètre quatre-vingt-trois, avec sa charpente carrée, son polo bleu marine moulant une bedaine qui débordait sur un pantalon de costume gris, il se présentait comme le parrain bienveillant apprécié d'un peu tout le monde.

– Rose. M. Rodriguez lui sourit en arrivant devant elle, mais ses yeux marron trahissaient la tension. Il se passa la main dans ses cheveux courts et noirs. Je suis désolé de ce qui s'est passé, et je suis désolé qu'il m'ait fallu tant de temps pour venir vous voir. Comment va Melly ? J'ai su qu'elle se remettait.

– Oui, merci. Nous espérons la ramener à la maison demain.

– Merveilleux. Les rides soucieuses qui creusaient le front de M. Rodriguez se dissipèrent, et son soulagement était sincère. Où est Leo ?

– À la maison avec John, notre bébé.

– Bien sûr. Un garçon formidable. Je suis tellement heureux que vous ayez pu être présente pour Melly. Vous vous êtes comportée de manière franchement héroïque.

Rose rougit.

– Je regrette simplement de ne pas avoir aussi pu sauver Amanda. Je les ai bel et bien conduites dans le couloir qui menait à la cour, Emily et elle.

– J'en suis convaincu. M. Rodriguez se rembrunit, son front se creusa de nouveau de rides et ses sourcils noirs se rejoignirent, formant comme un banc de cumulonimbus. Je descends de l'étage supérieur à l'instant. Vous devez savoir que l'on a administré les derniers sacrements à Amanda.

– Kristen m'a informée. Je suis tellement désolée.

– C'est une vraie tragédie. M. Rodriguez soupira. Heureusement, Eileen reçoit beaucoup de soutiens, et sa famille se tient prête à la soutenir dans tout ce qu'elle va devoir endurer. Cela peut survenir d'un moment à l'autre.

– Je ne peux m'imaginer ce que c'est que de perdre un enfant.

– Ni moi non plus. Mes filles sont toute ma vie. J'ai affronté des épreuves au cours de ma carrière, mais jamais rien de pareil. Eileen va devoir tenir le coup pour ses garçons. M. Rodriguez hocha la tête, comme s'il cherchait à se remonter le moral. Vous découvrirez qu'il y a quelques réels avantages à vivre au sein d'une aussi petite communauté. Tout le monde se soutient, à Reesburgh. La plupart des gens, ici, ont vu les Gigot grandir, et vous constaterez combien nous sommes unis quand nous rouvrirons l'école, dès lundi.

– L'école va reprendre si vite ? s'étonna Rose, surprise.

– Pour les élèves, le train-train quotidien, c'est encore la meilleure des solutions, vraiment, et dans les périodes de stress, l'école devient un point de repère, un lieu de pérennité. Pendant la remise en état des locaux, nous déjeunerons dans les salles de classe et nous ferons dresser des cloisons de contre-plaqué pour que les enfants ne puissent pas voir le réfectoire. Nous commencerons lundi par une demi-journée de classe, en terminant les cours à midi. M. Rodriguez fourra ses mains dans ses poches, où il fit tinter de la menue monnaie. Nous demanderons aux parents d'amener les enfants en voiture, et nous organiserons une petite réunion tout particulièrement consacrée à Marylou, Serena et Ellen.

– Quand se dérouleront les funérailles ? Rose sentait qu'elle avait un temps de retard, et elle souhaitait se tenir au courant.

– La veillée funèbre se tiendra dimanche soir, au salon funéraire du Fiore, et les inhumations auront aussi lieu lundi, dans l'intimité. Nous aurons des conseillers en thérapie du deuil présents dans l'auditorium de l'école ces deux prochaines semaines. Le processus réparateur va tout de suite pouvoir débuter.

– Cela me paraît un peu tôt, non ?

– Libre à vous de garder Melly à la maison si vous le souhaitez, nous considérerons qu'elle est dispensée, mais si elle se sent suffisamment bien, moi, si j'étais vous, je l'enverrais en classe. Il importe de l'intégrer dans la collectivité scolaire, et je veillerai personnellement sur elle, tout comme l'équipe. M. Rodriguez se tourna vers Kristen. Vous entretenez une relation assez singulière avec Melly, n'est-ce pas ?

– Oui, je veillerai sur elle, moi aussi.

M. Rodriguez s'adressa de nouveau à Rose.

– Je vous en prie, ne croyez pas que je me montre sans cœur. Si nous voulons appliquer les textes en vigueur dans cet État, nous devons faire cours un certain nombre de jours par an, qu'il neige, qu'il pleuve ou qu'il vente. Nous ne pouvons nous permettre de perdre des journées en cette saison, surtout si nous devions avoir autant de neige cet hiver que l'an dernier.

– Mais il y a eu un tel incendie. En un éclair, Rose revit des images de cette scène horrible, au réfectoire.

– Cela vous fait peut-être cet effet, mais en réalité, l'incendie est resté assez circonscrit. Les seuls dégâts se sont limités à la cantine, à la salle des professeurs et au couloir, et toutes ces parties-là du bâtiment resteront fermées.

– Et les dégâts provoqués par l'eau ? Les sprinklers se sont déclenchés.

– Le système de sprinklers fonctionne par zones. Ils ne se sont mis en marche que là où il y avait le feu. M. Rodriguez se redressa et prit un ton officiel. J'ai passé toute l'après-midi d'hier avec les capitaines des pompiers du Comté, la police de l'État et les responsables de district. Nous avons même reçu la visite du FBI. Un véritable centre de commandement, pour une tragédie de cette ampleur.

– Je vous présente à mon tour toutes mes condoléances.

– Merci. M. Rodriguez plissa les lèvres. Les capitaines des pompiers ont déjà certifié le reste du bâtiment comme étant sain au plan structurel, et nous espérons reconstruire la cantine d'ici la fin février.

– Cette fois, ils ont intérêt à installer les câblages électriques convenablement.

– Je vous demande pardon ? M. Rodriguez se rembrunit. Qu'est-ce qui vous permet d'affirmer cela, Rose ?

Elle battit des paupières.

– J'ai entendu dire qu'il y avait des câblages défectueux, peut-être un élément qui n'avait pas été mentionné sur la liste des réserves.

– Où avez-vous entendu cela ?

Elle hésita, regrettant déjà d'en avoir fait mention, mais ce fut Kristen qui répondit à sa place.

– C'est moi qui le lui ai dit.

M. Rodriguez se tourna vers l'enseignante, et son regard se durcit.

– Kristen, c'est une situation difficile, nous déplorons trois victimes, et il convient de ne pas se livrer à des conjectures oiseuses quant aux raisons de cette catastrophe, surtout au sein de ma propre équipe. La cause de l'explosion et de l'incendie n'a pas encore été déterminée.

Rose intervint.

– C'est moi qui lui ai posé la question. Elle ne s'est prêtée à aucune conjecture.

– Il n'empêche. M. Rodriguez transperça Kristen du regard, puis il revint à Rose, le front à peine moins creusé de rides. Nous avons tous reçu instruction de notre conseil juridique de ne discuter des détails de cette tragédie avec personne. Vous pouvez imaginer, avec trois familles en deuil et deux enfants à l'hôpital, dont Melly, qu'il nous faut raison garder, et aller de l'avant. M. Rodriguez redressa les épaules. Rose, j'ai du travail qui m'attend, ce week-end. Maintenant, j'aimerais entrer dire bonjour à Melly, si vous n'y voyez pas d'inconvénient, et ensuite, nous nous en irons. Kristen, vous repartirez avec moi, je vous prie.

– Bien sûr. Kristen opina, l'air assez tendu, et Rose se sentait incapable d'absorber autant de choses aussi vite. Tous ces gens qui invoquaient à la loi et les juristes. Amanda, qui se mourait à l'étage. L'école, qui rouvrirait après le week-end. C'était beaucoup trop de choses à la fois pour que son esprit puisse absorber le tout d'un seul coup, et pour Melly, ce serait encore plus dur.

– Bien, allons voir ma fille, proposa-t-elle, en reprenant une contenance et en les conduisant vers la porte, mais quand elle ouvrit, ils virent Melinda profondément endormie.

M. Rodriguez jeta un œil à l'intérieur, avec un scintillement au fond de la prunelle.

– C'est ce qui arrive, en général, mais seulement après que j'ai fini de prendre la parole, observa-t-il avec un petit sourire pincé.

CHAPITRE 5

–Tu es sûre que tu n'as pas soif? demanda Rose à sa fille, assise au bord de son lit d'hôpital, quand elles furent de nouveau seules. Elle était anéantie d'avoir appris que l'on avait administré les derniers sacrements à Amanda, mais elle dissimula tout cela à Melinda, qui se réveillait après une courte sieste.

–Non.

–Pas d'eau?

–J'ai bu un peu. Du bout de son ongle verni rose, qui s'écaillait, elle palpa le tube d'oxygène fixé sous ses narines. Mlle Canton est rentrée chez elle?

–Oui. Elle m'a demandé de te dire au revoir. M. Rodriguez est venu te voir, mais tu dormais, alors je ne t'ai pas réveillée.

–Peut-être qu'elle est malade. C'est pour ça qu'elle n'était pas à l'école. Melly relâcha le tube d'oxygène. Tu as ma DS?

–Non. Elle est dans le sac que j'ai laissé dans la voiture de Leo, avec le livre. Désolée. Je n'ai pas mon ordinateur portable non plus.

– C'est bon. Mes amies du Club Penguin me manquent. On se parle toujours, le samedi matin.

– Je sais. Rose limitait le temps que sa fille passait sur le Club Penguin, un site de chat en ligne tout à fait fréquentable, réservé aux enfants. Il était vrai que, pour une fillette si inquiète de son apparence, communiquer sur ce site, c'était un véritable don du ciel.

– On peut regarder la télé ? Il y a des dessins animés.

– Non, on ne regarde pas la télé. Elle ne voulait pas courir le risque d'un flash d'infos ou d'un bandeau défilant à l'écran qui diffuse les dernières nouvelles sur l'incendie de l'école, et surtout pas concernant les victimes.

– Alors, qu'est-ce qu'on peut faire ?

– Je te propose déjà de descendre en vitesse à la boutique de cadeaux voir s'ils ont des magazines, et on lirait ensemble.

Melly s'illumina.

– Ils ont *Teen People* ? C'est le magazine préféré de ma copine.

– Quelle copine ?

– Une fille du Club Penguin. Elle aime bien tous ces magazines. Elle aime bien Harry Potter aussi, mais elle n'a lu que *La Chambre des secrets*.

– D'accord, je vais aller te chercher ce magazine. Rose fit rouler la table de nuit pour l'écarter de son chemin et se leva juste au moment où la porte s'ouvrait. C'était Leo, avec John endormi sur son épaule, dans sa combinaison jaune, enveloppé d'une couverture blanche pour bébé. Bizarrement, pour un samedi matin, Leo était en tenue de bureau, avec sa chemise Oxford blanche, son pantalon Dockers couleur fauve et ses mocassins de pur avocat américain.

– Hé, salut, les garçons ! s'écria Rose. Laisse-moi voir mon ange de Johnnie. Elle se leva et prit le bébé endormi, une présence qui la combla. John était grand pour son âge, il faisait un joli ballot bien chaud, et il nicha sa tête sur l'épaule de sa mère. Elle était heureuse de le voir, même si ce n'était pas la meilleure idée du monde d'amener un bébé malade à l'hôpital. Elle caressa le dos minuscule de Johnnie dans sa couverture toute douce, le cajola et, se remémorant ce qui arrivait à Amanda, c'était elle qui se sentait plus réconfortée par lui que l'inverse.

– Salut, les filles ! Leo lâcha le sac de couches sur la chaise près de la porte et se rendit au chevet de Melinda. Comment va mon toast melba ?

– Leo ! Melly s'agenouilla dans le lit et ouvrit grand les bras, et Leo la souleva en la serrant très fort, comme un ours, en achevant son étreinte sur ce grognement qui n'appartenait qu'à lui.

– Je suis content de te voir, fillette.

– Leo, on m'a mis de l'oxygène.

– Super. Il éclata de rire. J'adore l'oxygène.

Rose les observa, et elle s'estimait heureuse que Melly adore tant son beau-père – qu'elle l'appelle papa ou non. Sa famille était enfin au complet, même si ce n'était pas exactement de la manière qu'elle avait prévue, mais elle sentait une culpabilité profonde et lancinante peser sur son bonheur, car elle n'oubliait pas qu'un étage plus haut, la même scène devait être empreinte d'un chagrin écrasant. Mue par une impulsion, elle alla embrasser Leo sur la joue, en captant au passage une bouffée de son après-rasage au parfum épicé, un choix tout aussi inhabituel pour un samedi.

– Pourquoi sens-tu si bon ?

– Parce que je suis une bête archi sexy, non ? Il eut un sourire canaille, mais Rose entrevit dans ses yeux une lueur fugace de regret.

– Tu ne vas pas au bureau, non ?

– Je suis obligé, ma chérie. Les yeux marron de Leo croisèrent les siens, et ses sentiments étaient maintenant évidents. Je me rends à l'audience, dans l'affaire Granger Securities. Je suis vraiment navré, ma chérie, mais on n'y peut rien. Nous étions en dixième position dans les affaires appelées, mais tout s'est dénoué d'un coup et nous comparaissons lundi. J'ai reçu la convocation il y a une heure, de l'assistant du juge.

– Un samedi, ils te convoquent ?

– Eh oui. Ça peut arriver.

– Mais, et John ? Ils ne vont pas le garder ici cette nuit, et s'ils s'aperçoivent qu'il est malade, ils vont me jeter dehors.

– Je ne vais pas pouvoir trouver de baby-sitter. Il secoua la tête. Mon chou, crois-moi, si je pouvais éviter cela, je l'éviterais, mais cela m'est impossible. Je suis pieds et poings liés. Tu sais qu'il s'agit d'une grosse affaire.

– Je sais. Rose ne l'ignorait pas, c'était vrai. Il lui parlait de Granger Securities depuis trois ans. Et Jamie, elle ne pourrait pas venir le garder ?

– Non, elle est prise. J'ai même appelé la baby-sitter de secours, et elle est en période d'examens. Je lui ai dit qu'elle pouvait venir réviser à la maison, mais elle a refusé. En plus, j'ai même posé la question à la voisine, Mme Burton. Elle sort, ce soir, et je ne connais personne d'autre. Je suis à court de solutions.

– Et la baby-sitter de notre ancien quartier. Sandy ?

– Elle ne répond pas. Il haussa les épaules. Je l'aurais bien emmené avec moi au bureau, mais j'ai des témoins qui arrivent par avion de Denver, et tout le monde est sur le pont. Je dois travailler tout le week-end, et la semaine prochaine, ça va être un enfer sur terre.

– Oh, flûte. Rose éprouvait une fois encore cette impression de déshabiller Pierre pour habiller Paul, d'être déchirée entre ses deux enfants. Elle n'avait pas envie de rentrer à la maison avec John et de laisser Melly seule à l'hôpital. Le bon côté, c'est qu'il m'a l'air plus frais, non. La fièvre est tombée ?

– Oui, mais je l'ai bourré de paracétamol et d'amoxycilline, juste au cas où. J'ai aussi nourri le chien et j'ai laissé sa trappe ouverte.

– Leo, Leo ! Melly l'appela de son lit. Mlle Canton m'a donné la baguette d'Hermione !

– Fais-moi voir ça.

– Bon, j'ai oublié l'incantation pour faire jaillir de l'eau. Oh, attends. *Aguamenti*! Elle empoigna la baguette, décrivit une arabesque avec la pointe, et il se baissa pour esquiver.

– Génial. Laisse-moi essayer. Je ne sais pas parler le Harry Potter, moi. Il lui prit la baguette et l'agita en l'air. Abracadabri-abracadabra, bouh ! C'est quoi, le sort, pour faire venir une baby-sitter ?

Melly se renfrogna.

– Leo, maman dit que je ne peux pas regarder « Carly ».

– Elle a dit ça ? Ce qu'elle est méchante. Leo se tourna vers Rose, en maniant la baguette. On va la faire changer d'avis. Et presto !

– Pas de télé. Rose écarquilla les yeux, d'un air entendu, mais Leo se moqua d'elle.

– Allez, sur Nickelodeon, elle verra rien de mal.

– Rien de mal, c'est quoi ? s'exclama Melly, et Leo se reprit, en rentrant les épaules.

– Rien, rien du tout.

– Sors un instant avec moi, tu veux, Merlin l'enchanteur ? Rose se rendit à la porte avec John, puis elle se retourna vers sa fille. Chérie, reste un peu au lit. Nous sortons une minute dans le couloir, pour se parler.

– À t't à l'heure, la p'tite ! Leo embrassa Melinda et lui rendit sa baguette, puis Rose le précéda dans le couloir et à la fenêtre, non sans redouter la mission qui l'attendait – elle se sentait le cœur si gros. Elle s'appuya contre le rebord, avec l'air froid de la climatisation dans son dos.

– Leo, j'ai de terribles nouvelles au sujet d'Amanda. Ils lui ont administré les derniers sacrements. Il se peut qu'elle soit déjà...

Elle fut incapable d'achever sa phrase et, au vu de l'expression du visage de son mari, elle sut que c'était inutile. Elle vit son front se plisser de rides, et il grimaça.

– Oh, non. Il les prit dans ses bras, John et elle, les serra contre lui et lui passa la main dans le dos. C'est terrible, si terrible. La pauvre gosse.

– Je sais. Je me sens anéantie, pour elle et pour Eileen. J'aimerais pouvoir faire quelque chose.

– Nous ne pouvons rien faire.

– Tu es sûr ?

– Sûr. Il la relâcha, plissa les yeux face au soleil. On ne peut rien faire.

– Juste leur dire, leur témoigner notre compassion ?

– Toi, tu te sentirais mieux, mais pas eux. Tu es bien la dernière personne qu'ils aient envie d'entendre pour le moment.

Elle se sentit piquée au vif, car c'était tout à fait vrai, en effet.

– En plus, tout ce que tu pourras dire risquerait d'être perçu par la suite comme un aveu de culpabilité. Il se rembrunit. Lâche prise. Tu te sens capable de lâcher prise ?

Rose avait déjà connu cela. Elle ne savait jamais lâcher prise. Elle ne savait même pas ce que lâcher prise voulait dire.

– Écoute. Il lui caressa les bras, et John gigota, mais sans se réveiller. J'ai reçu un paquet de coups de fil de journalistes, aujourd'hui, et des messages au bureau, en plus. Il va falloir la jouer fine, dans cette affaire. Et j'ai bien conscience que cette audience tombe au plus mauvais moment, mais cela ne dépend pas de moi.

– Tu ne peux pas obtenir une ordonnance de renvoi ? Tu as un enfant à l'hôpital.

– Melly rentre à la maison demain, non ?

– Oui, vers midi.

– Alors non. Il lui donna un baiser en vitesse sur la joue. Écoute, je dois filer. Ce soir, prends John avec toi et rentre à la maison. – Je n'ai pas de voiture.

– Mais si. J'ai garé la tienne devant. – Merci. Comment t'y es-tu pris ?

– Je vais attraper un taxi. Écoute, Melly va très bien aller, cette nuit. J'ai mis son nouveau livre dans le paquet de couches, plus la DS. Tu peux l'appeler toutes les heures. Et je vais l'appeler aussi, si j'y arrive.

– Leo, non. Rose se sentait tellement perdue. Sa tête cognait. Je ne peux pas rentrer à la maison et la laisser seule. Elle vient de subir un traumatisme majeur.

– Alors rentre à la maison jusqu'à ce que l'une des

baby-sitters se libère et ensuite, éventuellement, tu pourras toujours revenir.

– Je n'ai pas envie de la laisser seule. Elle a failli mourir. Amanda est mourante. C'est la réalité, ça, et cela compte. Rose se sentait de plus en plus remontée. En un éclair, elle revit ces images d'ours en peluche, dans l'ambulance. Ces enfants sont bien réels, ce ne sont pas des colis qu'on peut déposer ici ou là. Ils vivent et ils meurent.

Leo battit des paupières.

– Je ne le sais que trop.

– C'est tout le temps Melly qui s'adapte à John. Ce n'est jamais l'inverse.

Leo se rembrunit, l'air chagriné.

– C'est parce que lui, c'est un bébé.

– À moins que ce ne soit parce que c'est ton bébé ?

– Quoi ? Il resta les lèvres béantes. Tu es folle, ou quoi ? *Maman !*

Rose se mordilla les lèvres. Peut-être était-elle folle. Elle était responsable de la mort d'un enfant. De cette réalité-là, elle ne pouvait rien retrancher. Elle ne pouvait rien rejouer. Il était trop tard pour prendre une autre décision. Le temps ne jouait pas pour elle, il n'avait jamais joué pour elle. Le temps se moquait des enfants, de la vie ou de la mort. Il se bornait à égrener les minutes, à s'écouler, à avancer sans relâche, pour qu'il soit toujours plus tard.

– Rose, ce n'est pas un choix entre Melly et John, ou entre Melly et Amanda. Tu dérailles, là. Cramponne-toi. Il lui posa la main sur le bras, et John changea de position, avec une bulle qui lui sortait de la narine. J'aime autant ces deux enfants, tu le sais. Pour l'heure, la seule famille qui compte, c'est la nôtre. Pas la leur, là-haut, mais la nôtre. Toi, moi, Melly, et John. Même Google. La famille qui signifie tout pour moi, elle est là.

– C'est pour cela que tu vas travailler ?

– Quoi ?

– Tu m'as bien entendue. Au moment même où ces mots-là franchirent ses lèvres, elle comprit qu'elle avait tort. Elle s'enfonçait et ne savait pas pourquoi, et pourtant, elle ne pouvait pas non plus s'en empêcher.

Leo ouvrit de grands yeux, des yeux marron et déconcertés, des yeux couleur de terre. Il ferma la bouche, avec une moue, et elle vit bien qu'il n'avait aucune envie de rien ajouter qu'il risquerait de regretter. Sans dire un mot de plus, il tourna les talons et regagna la chambre à grandes enjambées, où elle savait qu'il afficherait une figure réjouie et donnerait à Melly un baiser, avant de s'en aller.

Elle demeura figée dans la lumière du soleil et, quand Leo ressortit de la chambre de Melly, elle ne s'excusa pas et n'essaya pas de l'arrêter.

Elle le laissa marcher jusqu'au bout du couloir.

S'éloigner d'elle.

Rose commença à marcher en berçant John, qui était difficile et grognon. Il avait dormi presque toute l'après-midi, mais l'effet de sa deuxième dose de paracétamol se dissipait, et il devait avoir faim. Elle remplaça sa tétine et lui fredonna *Oh Susanna*, sa chanson de prédilection, mais cela ne marchait pas. Elle ne savait pas ce qu'il était advenu d'Amanda, et se sentait coupée du monde, tendue, et pas du tout dans son assiette. John pleurnichait, et Melly leva les yeux de son *Beedle le Barde*.

– Maman, qu'est-ce qu'il veut ?

– Je ne sais pas. Son oreille doit lui faire mal.

– Pourquoi on ne le dit pas au docteur ?

– Ils sont tous occupés, et il ne fait pas partie de leurs patients.

– Ah, pourquoi ?

– Ce n'est pas comme ça que ça fonctionne. « Oh, don't cry for me. »

Rose chantait et se balançait, mais John n'arrêtait pas de pleurer. Elle alla se promener avec lui du côté de la fenêtre, mais il refusait de se laisser distraire par quelques arbres et un soleil couchant somme toute assez ordinaires. Il fallait qu'elle le calme avant que les infirmières ne s'avisent qu'elle en train d'organiser une véritable soirée-pyjama. Elle revint vers le lit. Melly ?

– Oui ? Sa fille leva de nouveau les yeux de son livre, en appuyant consciencieusement sur son tube d'oxygène pour le maintenir en place.

– Je vais descendre chercher de quoi manger pour toutes les deux. Je reviens tout de suite, d'accord ?

– D'accord.

– Si tu as besoin de quelque chose, tu peux toujours sonner l'infirmière. Rose attrapa son sac, enfila la bandoulière à l'épaule, puis elle attrapa la télécommande et la cala entre son bras et le derrière de John. Elle lui essuya le nez avec sa manche puis se glissa hors de la chambre. Une infirmière plus âgée et un jeune interne levèrent le nez de leur comptoir d'accueil, et Rose les gratifia d'un sourire. Nous descendons chercher un peu de quoi manger, et ma fille Melly va rester seule. Pouvez-vous jeter un œil sur elle ?

–Bien sûr, répondit l'infirmière. Prenez l'escalier, c'est plus rapide. La cafétéria est sur la droite, en bas, au premier étage.

–Merci.

John pleurait, et ses grincements firent tressaillir l'interne.

–Il n'a pas de souci aux poumons, non?

Rose feignit d'en rire et lui souhaita de devenir parent un jour, puis elle se dirigea au bout du couloir, vers l'escalier. Des visiteurs et des aides-soignants se retournèrent sur son passage, et quand elle franchit la porte de la cage d'escalier, devant le changement de décor, John se tut subitement. Il lâcha un soupir de bébé, sa poitrine se souleva, et il regarda autour de lui, la tête dodelinant d'étonnement. Il avait le bout du nez rouge, les joues roses et rondes, et ses cheveux bruns et bouclés étaient humides aux endroits où il avait transpiré. Ses yeux marron étaient luisants de larmes, mais ils étaient ronds et vivants, comme ceux de Leo.

«*C'est parce que c'est ton bébé?*»

–Voilà, mon chou à la crème. Elle lui massa le dos entre ses omoplates minuscules, et sa grenouillère était d'un contact chaud et grumeleux sous sa paume. Ça va aller, mon sucre. Tout va bien.

John lui sourit, et elle se sentit le cœur débordant d'amour. Elle lui fit un baiser, puis elle descendit les marches en le tenant niché au creux de sa poitrine. Elle adorait John, et elle adorait Leo, et elle s'en voulait de ce qu'elle avait dit, qu'il favoriserait prétendument toujours le bébé. C'était terrible de proférer une accusation pareille, et ce n'était même pas la vérité. Elle avait dû perdre la tête.

Maman!

Elle s'arrêta dans l'escalier, sortit son BlackBerry de sa poche et, en quelques gestes du pouce, accéda à la fonction téléphone. Elle ne risquait pas de dérégler des moniteurs cardiaques si elle appelait d'ici, pensait-elle, mais elle n'avait qu'une seule barrette de réseau. Son pouce fit défiler l'écran jusqu'à la fonction texte, et elle tapa « Je suis désolée, je t'm », puis tapa sur *envoi*. Mais le texte ne fut pas transmis, soit à cause de la batterie trop faible, soit à cause de la médiocrité de la réception.

Elle atteignit le rez-de-chaussée, ouvrit la porte et pénétra dans le hall d'accueil au sol luisant et inondé de lumière. C'était un samedi soir sans beaucoup de monde, où tout était au ralenti, ce qui n'était pas fait pour lui déplaire. Elle arriva en face d'un écriteau indiquant la cafétéria, le dépassa et continua devant des plaques de bronze reprenant la liste des principaux donateurs privés et entreprises mécènes de l'établissement hospitalier, et là, des arômes réconfortants de fromage grillé et de soupe à la tomate lui firent comprendre qu'elle approchait de la cafétéria Grotto. Elle continua, et le couloir contournait une devanture où des salamis en papier mâché et des roues factices de provolone pendaient au-dessus d'un alignement de plateaux et de couverts en métal. Elle prit l'un de ces plateaux en plastique rouge, se plaça dans la file derrière un homme et une femme et, faisant coulisser le plateau d'une main et tenant John de l'autre, lui planta un petit baiser sur la joue.

–Voyons un peu ce qu'il y a, hein ? Hot-dog, fromage grillé, cheeseburger. Rose ne cessait pas de parler à John, dans son rôle de narratrice de leur vie de tous les jours. Elle ignorait pourquoi elle faisait cela, mais elle en avait fait autant avec Melly, et elle n'ignorait pas qu'il saisissait l'essentiel de ses paroles. La science ne reconnaissait pas assez les mérites des bébés, toutes les mères savaient cela. Johnnie, regarde un peu toutes ces bonnes choses. Elle convoitait du regard les sandwiches chauds enveloppés dans une feuille d'aluminium et en choisit deux au fromage grillé, en espérant trouver autre chose de plus commode à avaler pour la gorge endolorie de Melly. John commença de boxer l'air joyeusement avec ses poings, son geste quand il avait faim, geste qui attira l'attention d'une employée de la cafétéria, dont le badge indiquait le nom : Doris.

– Quel mignon petit bonhomme ! Doris s'approcha avec un plateau chargé de hamburgers enveloppés dans leur emballage, aussi plats et argentés que des soucoupes volantes. C'est un gentil bébé ?

– Le plus gentil du monde. Facile comme tout. Rose songea aux employées de la cantine tuées dans l'explosion, et chassa aussitôt cette pensée de son esprit. Elle prit une frite dans le cornet et la tendit à John, qui referma ses petits doigts dessus et l'écrasa avant qu'elle n'arrive à sa bouche, où il l'enfourna de travers. Miam, hein ?

– Il adore ma cuisine, fit Doris en souriant.

– Ça, c'est sûr. Rose se rendit au bout de la file, elle cherchait une pizza. Le client qui était devant elle avança directement vers la machine à café, et elle serra les rangs derrière une femme plus âgée aux cheveux gris acier attachés en queue-de-cheval, qui lorgnait les bacs de soupe, les rides profondes de son visage creusées par les rampes de néons logées sous le comptoir.

– Excusez-moi, vous arrivez à lire cela, chère madame ?

lui demanda la femme en se tournant vers elle, le sourcil froncé. J'ai oublié mes lunettes de lecture. C'est écrit « légume » ?

– Oui, ce sont des légumes bio.

– Je vous remercie. La femme lui sourit, et quand elle vit John, ses yeux aux paupières tombantes s'illuminèrent. Mon dieu, un bébé ! Comme ce temps-là me manque ! Elle est adorable.

– Merci. Rose ne prit pas la peine de la détromper sur le sexe de John, et Doris essaya d'attirer l'attention de cette dame.

– Madame, vous souhaitiez un peu de soupe ?

– Oui, s'il vous plaît, juste une. Aux légumes. Un petit bol.

– Et vous souhaitez aussi des hamburgers. Huit en tout ?

– Oui, j'ai beaucoup de monde à nourrir.

– Une bonne chose, ça, fit Rose, qui était pressée de s'en aller. Les lampes chauffantes brillaient d'une lumière rouge sang sur les parts de pizza dans leurs triangles de carton, à côté de rayonnages en verre pleins de gelée à la cerise et de pudding au chocolat, qu'elle fit glisser sur son plateau, pour Melly.

– Ils m'ont envoyé ici pour que je leur rapporte de quoi manger. Et c'est moi qui paie, naturellement. C'est toujours moi qui paie. La vieille dame gloussa, et Rose prit trois bouteilles d'eau dans un bac de glace pilée.

– C'est gentil de votre part, fit-elle pour être polie.

– Ma petite-nièce est très mal en point, annonça la vieille femme à Doris, qui empilait les hamburgers dans un grand sac en papier. Elle a récolté de très vilaines blessures, dans cet incendie à l'école.

Rose se figea. Cette femme devait parler d'Amanda. C'était une coïncidence, mais pas si étrange que cela, finalement. Le Reesburgh Memorial était un petit hôpital dans une petite ville. Cela signifiait qu'Amanda était en vie. Son cœur fit un bond, et elle avait envie d'en savoir davantage. Elle tendit à John une autre frite pour qu'il se tienne tranquille, et suivit discrètement la conversation.

– Désolée pour vous. Doris lâcha des sachets de ketchup dans le sac. Je l'ai vu, cet incendie, aux infos. Ils ont tout interrompu au beau milieu de mes séries, avec leur flash.

Rose resta tête baissée. Elle voulait recueillir des informations, mais n'avait aucune envie qu'on la reconnaisse.

La femme poursuivit.

– Les médecins croyaient qu'elle allait nous quitter dès ce matin, mais elle leur a démontré qu'ils avaient tort. C'est un peu les montagnes russes, ça monte et ça descend, ça monte et ça descend, nuit et jour.

– Je suis franchement désolée. Le visage de Doris s'assombrit. Je vais dire une prière pour elle.

– Merci. Nous avons traversé l'État depuis Pittsburgh en voiture, dès que nous avons appris la nouvelle. Ils ne nous autorisent presque pas à la voir, pas plus d'un quart d'heure par jour.

– Le règlement, c'est le règlement. Doris tendit le sac à la caissière, puis se tourna vers Rose. Voulez-vous payer la première, mademoiselle ? Vous avez un bébé, et cette dame a une commande plus importante.

– Oui, merci, je dois me dépêcher. Elle passa devant, en direction de la caisse, en gardant toujours la tête baissée, mais cela ne l'empêcha pas de surprendre encore la suite de la conversation.

– Je crois dans le pouvoir de la prière, affirmait la grand-mère. Je prie tous les jours. Depuis que mon mari est décédé, cela m'apporte la paix et la tranquillité. Si vous voulez mon avis, le reste de ma famille ferait bien de s'en remettre à la bonne vieille religion de la tradition. Mon neveu, qui est avocat, c'est bien simple, il est tout le temps en colère. Il est là-haut en ce moment, à s'emporter et à fulminer. Difficile de croire qu'il ait été élevé en chrétien.

– J'entends bien. Doris déposa une liasse molle de serviettes en papier dans le sac.

– Il veut attaquer l'école en justice et poursuivre tout ce qui bouge. Il proclame que « des têtes vont tomber ! »

Oh, non. Rose sortit son portefeuille de son sac à main, mais la caissière mettait une éternité à taper sur les touches de sa caisse. Une autre employée de la cafétéria, une teenager tatouée, vint aider la grand-mère. Rose gardait la tête baissée, et la caissière enfourna sa commande dans le sac et sortit du distributeur des couvercles pour la gelée et le pudding, pendant que la machine effectuait le total.

– Ça vous fera 18,36 dollars, annonça enfin la caissière.

– Gardez la monnaie. Elle laissa un billet de vingt, attrapa le sac de nourriture et quitta la cafétéria en vitesse. Elle déboucha dans le couloir, assaillie par ses pensées. Elle avait envie d'appeler Leo et de lui dire qu'il avait raison. Les esprits juridiques s'enflammaient. La famille d'Amanda, le district scolaire et Dieu sait qui d'autre encore.

Elle sortit son téléphone de sa poche, jonglant entre John, son sac, la télécommande de la télévision et son sac de victuailles. Elle jeta un œil à l'écran du téléphone, mais il ne s'y affichait toujours qu'une seule barre de réseau, aussi se dirigea-t-elle vers l'entrée de l'hôpital, en se figurant qu'elle obtiendrait une meilleure réception, là-bas. Mais quand elle regarda à travers les portes vitrées, elle s'arrêta net.

Des journalistes, en train de boire des sodas et de fumer des cigarettes, encombraient la rampe d'accès avec leurs caméras vidéo et leurs micros au repos. Elle tourna les talons et remonta l'escalier en quatrième vitesse.

Elle était allongée à côté de Melly sur son lit, avec John ronflant sur sa poitrine, endormi sous l'effet du paracétamol et des calories. La télévision était toujours réglée en sourdine sur Nickelodeon, et les couleurs saturées des dessins animés scintillaient dans la pénombre de la chambre. Elle consulta sa montre. 20 h 15. La batterie de son téléphone était à plat, et elle n'avait pas eu de nouvelles de Leo sur la ligne fixe de la chambre. Elle l'avait appelé et lui avait laissé un message, puis elle avait téléphoné à toutes les baby-sitters dont le nom lui passait par la tête, mais en vain. En dehors de l'horaire des visites, elle ne pouvait se terrer indéfiniment dans cette chambre au-delà d'une certaine limite.

Elle se tourna vers Melly, qui regardait la télé.

– Mel ? On a un souci, et j'ai besoin de ton aide.

– Quoi ? Melly leva les yeux vers sa mère, ses longs cheveux étalés en désordre sur son oreiller, les yeux fatigués.

– Je ne peux plus rester avec John, et Leo ne peut pas le prendre, donc je risque de devoir rentrer à la maison pour cette nuit.

Melly se renfrogna.

– Je viens aussi, moi ?

– Non, tu restes ici. Plus tard dans la nuit, si j'arrive à trouver une baby-sitter, je peux revenir, mais si je n'y arrive pas, je serai de retour dans la matinée. Cette nuit, tu vas devoir rester seule, comme une grande fille, mais je pense que ça va aller. Cela ne m'inquiète pas du tout.

Rose disait toujours qu'elle ne s'inquiétait pas quand elle s'inquiétait, ce qui était le propre de tous les parents professionnels à plein temps.

– Je vais rester ici, toute seule ?

– Tu ne seras pas seule. Il y a les infirmières et les docteurs, juste derrière cette porte. Ils ne bougent pas de la nuit, ils sont assis à leur bureau. On peut tout de suite aller les voir, si tu veux.

– Je n'ai pas envie.

– D'accord, bon, avant que j'y aille, je vais m'assurer qu'ils viennent te surveiller. C'est leur travail, de surveiller les patients.

– Pourquoi je ne peux pas aller à la maison avec toi ?

– Demain, tu pourras, mais pas ce soir. Ils veulent garder un œil sur toi, être sûrs que ton niveau d'oxygène est convenable.

– Mais j'étais bien, maman. Je l'ai gardé tout le temps. Elle tritura le tube à oxygène, déjà assez abîmé.

– Oui, c'est vrai, mais ils ont besoin de te le laisser toute la nuit, encore une nuit.

– Pourquoi tu dois partir ? Melly se redressa contre les oreillers.

– Ils n'acceptent pas les bébés, et je n'arrive pas à trouver de baby-sitter. Tu m'as entendue, au téléphone. J'ai un souci, et tu peux vraiment m'aider, si tu veux bien rester ici toute seule. Rose adopta un ton suborneur. Tu peux regarder la télé aussi tard que tu veux, mais seulement « Nickel de Nuit ».

– C'est vrai ? Melly était tout de suite plus émoustillée à cette idée, et juste à ce moment-là, sa porte s'ouvrit, et l'infirmière entra dans la chambre avec le sourire.

– Bonsoir, mesdames, fit-elle, toute joyeuse. C'était une jeune brune, assez enrobée, au sourire généreux. Sa blouse rose était émaillée de motifs de chiens imprimés, et elle avait la photo d'un caniche blanc scotchée au tube de son stéthoscope. Je m'appelle Rosie, je suis l'infirmière de nuit.

– Ha ! Melly éclata de rire, en se redressant. Le même nom que toi, maman.

– Exact. Rose s'écarta un peu du lit, en gardant contre elle son bébé endormi. Je m'appelle aussi Rose. Et nous aimons toutes les deux les chiens, non ?

– Je plaide coupable. J'ai un caniche qui s'appelle Bobo. Ceci acheva de mettre Melly de bonne humeur.

– Nous, on a une cavalier king charles. Elle s'appelle Princess Google Cadiz McKenna Ingrassia.

L'infirmière s'esclaffa.

– C'est un vrai nom à rallonge, ça.

– On a un tas de noms dans notre famille. On l'appelle juste Google, parce qu'elle a des lunettes autour des yeux.

– Mignon, ça ! L'infirmière attrapa le tensiomètre dans une corbeille grillagée, fixée au mur. Melly, je vais prendre ta tension. Tu sais comment ça marche ?

– Oui. Ça fait mal.

– Pas comme je le fais, moi. L'infirmière lui souleva le bras, et son regard se posa sur Rose. Je suis désolée, mais vous ne pouvez pas rester là cette nuit, avec le bébé.

– Je sais, je m'en vais. Rose sourit, manière d'envoyer

un signal positif à sa fille. Je disais à Melly que vous seriez juste derrière la porte, et qu'elle ne doit s'inquiéter de rien. Je vais la laisser veiller, elle va regarder « Nickel de Nuit ».

L'infirmière hocha la tête, en lui enfilant le brassard du tensiomètre avec délicatesse.

– C'est exact, Melly. On va drôlement s'amuser toutes les deux. J'aime bien ton vernis à ongles. J'adore le rose.

– Moi aussi.

– Tu sais quoi ? L'infirmière serra le brassard en fixant l'attache Velcro. J'ai un peu de vernis rose dans mon bureau, et on va pouvoir se faire les ongles, toutes les deux, plus tard ce soir.

– Ouais ! Melly était aux anges, et elle s'agenouilla aussitôt. Moi, je sais me les vernir toute seule.

– Vraiment ? L'infirmière actionna la poire du tensiomètre. On va bien s'amuser, toi et moi.

– Tu aimes ça, le pudding ?

– J'adore le pudding ! Tu as vu mes hanches ? Rosie eut un gloussement, et elle surveilla sa montre. J'aime tout ce qui est gluant, tout ce qui est savoureux et tout ce qui est chocolaté. Elle détacha le brassard. C'est fini. Tu vas très bien, mon bout de chou.

Melly sourit, elle était surprise.

– Hé, j'ai pas eu mal. Comment vous avez réussi ça ?

– C'est mon secret.

Melinda se tourna vers sa mère, une étincelle dans les yeux.

– Maman, tu peux partir, maintenant.

– OK, bonne idée. Rose blottit John contre sa poitrine, embrassa sa fille au vol, hissa son sac à main et le paquet de couches sur une épaule, puis elle remarqua la télécommande sur la chaise. Elle l'attrapa et la coinça dans le paquet de couches, juste par précaution.

– Il y a eu un incendie à mon école, expliqua la fillette à l'infirmière.

– Je sais, j'ai entendu ça.

– Ma maman m'a sortie de là.

– Elle est incroyable. Tu sais pourquoi ?

– Pourquoi ?

– Parce qu'elle s'appelle Rose. L'infirmière ponctua d'un clin d'œil, puis se tourna vers Rose. Et maintenant, au revoir, Rose numéro deux !

– Au revoir, et merci ! Rose se rendit à la porte. Mon cœur, je te téléphone d'ici environ une heure.

– D'accord, maman !

– Amuse-toi bien ! Je t'aime ! Rose gagna en vitesse le bout du couloir et descendit l'escalier, en tâchant de ne pas trop secouer John. Elle sortit ses clefs de voiture de son sac, en le tenant tout contre elle, baissa la tête et franchit les portes sans ralentir.

Dès qu'elle posa le pied sur le trottoir, des têtes se tournèrent vers elle et la troupe se rua dans sa direction. Des projecteurs s'allumèrent et l'aveuglèrent, les cameramen calaient déjà leur caméra à l'épaule, et on brandissait une forêt de micros. En tête de l'escouade, Tanya Robertson lui braqua le sien sous le nez.

– Madame McKenna, comment va Melinda ? La laisse-t-on toujours sortir demain ? Voudriez-vous enfin m'accorder cet entretien en tête-à-tête ? Dites-nous juste un mot !

– Pas de commentaires. Elle regarda autour d'elle, elle cherchait sa voiture, mais les projecteurs l'éblouissaient, et tout ce tapage réveilla John, qui éclata en sanglots.

La journaliste insista, rejointe à présent par d'autres confrères.

« Un commentaire sur l'état de santé d'Amanda Gigot, madame McKenna ? » « Avez-vous pratiqué une réanimation cardio-pulmonaire sur un autre enfant que le vôtre ? »

Rose repéra le Ford Explorer bleu sur le parking et partit au petit trot, en tenant son bébé en pleurs contre sa poitrine.

« Est-il vrai que vous vous êtes plainte auprès des responsables de l'école du comportement d'Amanda Gigot envers votre fille ? » « La famille Gigot ou leur avocat vous ont-ils contactée ? »

D'un geste de sa commande à distance, Rose déverrouilla la portière, attacha John dans son siège bébé, sauta au volant et mit les gaz, en laissant toutes leurs questions derrière elle.

CHAPITRE 6

Le temps qu'elle arrive chez elle et se gare dans son allée, la nuit était tombée. Son voisin, de l'autre côté de la rue, sortait sa poubelle, et elle lui fit signe de la main. Il ne lui répondit pas, alors qu'il l'avait forcément vue. Elle coupa le moteur, sortit de la voiture, la contourna pour ouvrir la portière à l'arrière, souleva John encore endormi de son siège bébé. De vieux Cheerios roulèrent dans l'allée quand elle le hissa sur son épaule, elle attrapa le paquet de couches et ferma la portière. Elle emprunta le trottoir jusqu'à l'entrée de chez elle, pas mécontente qu'il fasse noir, avec cette nuit sans étoiles, comme un grand manteau qui la dissimulait aux regards.

Après le trottoir, elle s'engagea dans l'allée en ardoise qui menait à la maison, une bâtisse de style colonial en pierre grise massive, avec ses quatre chambres et un avant-toit en demi-cercle qui en abritait l'entrée. Il lui paraissait insensé qu'ils puissent perdre la maison, mais enfin, tout ce qui s'était produit depuis vendredi paraissait aussi insensé. Elle trouva sa clef et se glissa à l'intérieur, ce qui eut pour effet de réveiller Princess Google, la pire des chiennes de garde du monde.

Elle posa les sacs sur le canapé et monta tout droit à l'étage avec John, en marchant du pas le plus égal possible, afin de ne pas le réveiller lui aussi. Elle alluma la lumière du palier, le changea et le coucha. Il resta endormi, les bras en croix, les poings serrés, deux petites boules, et les jambes mollement écartées, deux pattes de grenouille. Elle sortit de la chambre sur la pointe des pieds et descendait au rez-de-chaussée pour essayer de contacter une baby-sitter quand le téléphone se mit à sonner. Elle courut au combiné mural de la cuisine, et l'identité de l'appelant afficha « Reesburgh Memorial ».

Rose décrocha instantanément, très inquiète.

– Oui ?

– Maman ?

C'était Melly.

– Ma chérie ! J'allais t'appeler dans pas longtemps. Comment ça va ?

– Ils ont mis une petite fille dans ma chambre.

– Ah, bon. Rose aurait dû y penser, cela faisait partie des possibilités. Cela arrive, parfois.

– C'est ce que m'a dit Leo. Il a appelé pour me faire un coucou.

– C'est gentil, ça.

– La maman dort là, avec elle. Elle est derrière le rideau.

Rose entendit un bruit de fond.

– C'est quoi, ce bruit ?

– Elle a allumé la télé, vraiment fort. Je peux même pas entendre « Nickel de Nuit ». Je ne sais pas où est l'infirmière et on n'a pas verni nos ongles.

Rose détestait l'idée de savoir Melly seule, là-bas.

– J'imagine qu'elle est occupée. Est-ce que tu vois le bouton...

– Maman, dans leur télé, ils ont raconté qu'Amanda était à l'hôpital. J'ai entendu dire ça. Ils ont même dit son nom, Amanda Gigot. Amanda est à l'hôpital ?

Oh, non.

– Oui, elle y est.

– Dans cet hôpital, ici ?

– Oui.

– Elle est malade ?

– Oui. Elle a ce que tu as, à cause de la fumée. Rose ne voulait pas mentir, mais elle ne pouvait lui révéler toute la vérité, pas alors qu'elle se trouvait toute seule là-bas. Elle a besoin d'encore plus d'oxygène, et ils veillent sur elle.

– Je ne veux pas qu'elle vienne dans ma chambre, maman.

– Elle ne viendra pas.

– Elle a pas intérêt. Melly paraissait anxieuse. Je partage déjà ma chambre avec un petit enfant. Je ne dois pas être obligée de la partager avec Amanda en plus. Maman, je peux venir à la maison ?

– Pas encore.

– Mais je n'ai pas envie de rester ici, toute seule.

Rose sentit une pointe de culpabilité se réveiller en elle.

– Je vais appeler des baby-sitters et voir si je réussis à trouver quelqu'un qui puisse rester avec John, afin que je puisse revenir à l'hôpital. D'accord ?

– S'il te plaît, maman, viens vite.

– Je vais essayer. En attendant, tu peux te reposer un peu ?

– Non, la télé est si fort. Si tu étais là, tu dirais : « Vous me baissez ça ! »

Melly se faisait une représentation assez fidèle de sa mère en poissarde.

–Laisse-moi voir si je peux arranger les choses pour cette télé, et ensuite contacter une baby-sitter. Elle consulta la pendule du four. 21 h 25. Je te rappelle dès que je peux. Je t'aime.

–Je t'aime, moi aussi.

–Raccroche. Bye. Rose raccrocha, puis elle tapa sur bis pour obtenir le standard de l'hôpital. La standardiste prit l'appel. Pourriez-vous me passer le poste des infirmières du troisième étage ?

–Certainement, lui répondit la standardiste. Il y eut un déclic, et la ligne sonna, sonna. Personne ne décrocha, donc elle raccrocha et numérota de nouveau.

–Je suis la personne qui appelle pour le troisième étage, expliqua-t-elle, quand la standardiste lui répondit. Ma fille est hospitalisée, et j'aimerais parler à l'infirmière qui se trouve à côté de sa chambre. Elle s'appelle Rosie, et la télé dans la...

–Ne quittez pas.

–Non, attendez ! Rose entendit les mêmes déclics et la même tonalité. Elle attendit que cela sonne à dix reprises avant de raccrocher.

Elle sortit son téléphone de sa poche et le brancha sur le chargeur près du grille-pain. Le portable se réveilla, l'étoile rouge lui signala qu'il y avait un message, et elle appuya sur la touche de la fonction téléphone. Le dernier appel venait du portable de Leo, puis elle appuya sur la touche de la boîte vocale, pour écouter son message :

« Chérie, j'ai eu ton SMS, et je suis désolé, moi aussi. Je suis dans le marigot aux crocodiles jusqu'au cou, ici, alors ne m'attends pas. J'espère que tu as trouvé une baby-sitter, et embrasse les petits pour moi. Et je t'embrasse aussi. »

Rose appuya sur fin, heureuse d'entendre sa voix, puis elle appuya sur les touches pour accéder à son carnet d'adresses, son pouce la mena à sa liste de baby-sitters de secours, et elle s'activa. Presque une demi-heure plus tard, elle eut beau faire des pieds et des mains, elle n'avait toujours pas été en mesure d'en trouver une seule. Elle consulta la pendule, et il était presque dix heures. Elle se sentait vraiment piteuse, mais il fallait qu'elle appelle Melly pour lui annoncer la mauvaise nouvelle.

– Mon chou ? fit-elle lorsque sa fille décrocha.

– Maman ! Quand est-ce que tu arrives ?

– Je suis vraiment désolée, mon cœur, mais je ne peux pas. J'ai essayé, mais je n'arrive pas à trouver de baby-sitter. Je vais encore essayer, et si j'ai de la chance, je pourrai...

– Maman, s'il te plaît ? Je n'aime pas être ici.

– Est-ce que l'infirmière est revenue ?

Rose entendait encore la télévision qui beuglait dans le fond.

– Elle est repassée me voir, mais elle a dû partir. Maman, s'il te plaît. S'il te plaît, viens.

– Tu lui as dit pour la télé ?

– Non, je me sentais bizarre.

– Mel, tu vois le bouton à côté de ton lit ? C'est un machin en plastique blanc et il est relié par un cordon blanc. Tu peux appuyer dessus ?

– Oui. J'appuie dessus, mais l'infirmière ne répond pas.

– Continue, elle va répondre.

– Elle ne répond pas, maman. Melly se mit à pleurer doucement.

– Mon chou, ne pleure pas, tout va bien. Ne sois pas triste. Quand l'infirmière va venir, tu me la passeras au téléphone. Je vais lui dire de demander à la dame de baisser la télé. Elle entendit sa fille renifler, puis il y eut du bruit et des propos échangés, il semblait que l'infirmière soit entrée dans la chambre. Melly, passe-moi l'infirmière. Melly ? Allô ?

– Oui, lui répliqua une voix froide, manifestement pas celle de Rosie, l'autre infirmière.

– Bonsoir, je m'appelle Rose. Qui est à l'appareil ?

– C'est Annabelle. Vous êtes la mère ?

– Oui, s'il vous plaît, aidez-la. C'est l'une des petites qui ont été prises dans cet incendie, à l'école, et la femme qui est dans sa chambre fait hurler la télé. Les nouvelles qu'elle a entendues l'ont bouleversée.

– Du calme. Je m'en charge. Une minute, je vous prie. L'infirmière paraissait très posée et, à la minute suivante, le bruit de fond cessa et la télévision fut réduite au silence, mais Melly pleurait encore doucement, ce qui suffit à briser le cœur de sa mère.

– Allô, Annabelle ? Vous êtes là ?

– Pardon ?

– Pourriez-vous juste consoler un peu ma fille ? C'est une gentille enfant, elle a juste un peu peur, et elle a subi pas mal de choses au cours des dernières...

– Je suis désolée, mais nous allons devoir raccrocher. À une heure aussi tardive, les appels ne sont plus autorisés.

– Non, attendez. Ne raccrochez pas. Je veux parler à ma fille.

– Après vingt-deux heures, nous avons un dispositif de coupure automatique des appels téléphoniques. Je vais bien prendre soin d'elle.

Rose sentait qu'elle perdait son sang-froid.

– Écoutez, laissez-moi au moins lui dire bonne nuit, à la fin !

– Ne quittez pas, s'il vous plaît.

– Melly ? Melly ? répéta Rose, mais la communication était déjà coupée. Elle tenta de rappeler, mais cela ne répondait pas. Elle essaya le standard, et redemanda le poste des infirmières, mais la ligne sonna, sonna, de nouveau, dans le vide. Elle raccrocha, remarqua le témoin rouge qui clignotait à l'écran de son téléphone, signalant un appel entrant.

Elle appuya sur la touche pour voir la liste des correspondants, mais ce n'étaient que des messages envoyés depuis Facebook. Elle fit défiler les noms en regard de ces messages : Kim Barnett, Jane Llewellyn, Annelyn Baxter, des mamans de la classe et des divers comités de l'école. Quand elle était venue s'installer à Reesburgh, elle s'était liée d'amitié avec tout le monde dans la classe. vElle cliqua sur le premier nom, et l'e-mail s'afficha à l'écran :

« Kim Barnett vous a envoyé un message sur Facebook : "JE CONNAIS LA FAMILLE GIGOT ET ILS ONT TOUS LE CŒUR BRISÉ ! COMMENT OSEZ-VOUS VOUS REGARDER EN FACE ?" »

Rose posa le BlackBerry. Reesburgh était une petite ville, qu'Internet rendait encore plus petite. Elle n'avait pas besoin d'en lire davantage.

Elle avait saisi l'essentiel.

Elle s'était installée au comptoir de la cuisine, elle buvait un Coca Light et elle attendait les infos du soir à la télévision. Elle n'était pas ravie de revoir encore des reportages sur l'incendie de l'école, mais elle avait envie de découvrir ce que Melly avait pu voir ou entendre. Elle grattait la chienne endormie du bout de son pied, et les premiers accords de l'indicatif survolté des « Philly News » retentirent. Un présentateur assez beau garçon apparut à l'écran, avec une photo de l'école élémentaire en flammes derrière lui, au-dessus d'un bandeau : « incendie mortel dans une école ».

« Bonsoir, Tim Dodson, pour votre journal de la soirée. C'est notre sujet à la une : la vie à Reesburgh revient lentement à la normale, après un incendie dans un réfectoire d'une école élémentaire qui a causé la mort de trois personnes, une enseignante très appréciée là-bas et deux employées de la cantine. Tanya Robertson est sur les lieux, au Reesburgh Memorial Hospital, où la jeune Amanda Gigot lutte toujours entre la vie et la mort, pour tenter de sauver sa petite existence, à l'unité de soins intensifs... »

Tanya Robertson fit son apparition à l'écran. Elle tenait un micro tout contre ses lèvres maquillées, dans une flaque de lumière artificielle.

« Ce soir, les deux élèves blessées suite à l'incendie qui a éclaté vendredi dans cette école restent hospitalisées. Ce sont deux fillettes de la même classe de cours élémentaire, mais c'est là que les similitudes s'arrêtent. Celle qui a eu de la chance, Melinda Cadiz, âgée de huit ans, rentrera demain chez elle après avoir été traitée pour quelques inhalations de fumée. Melinda, que l'on surnomme Melly, a été secourue des flammes par sa mère, notre héroïne malgré elle, Rose McKenna. Nous avons été les premiers à vous montrer cette vidéo d'un témoin de la scène, hier, où l'on voit Rose McKenna sortir en courant de l'école enfumée, avec sa fille dans ses bras. »

Rose frémit, mais ne fut pas complètement surprise. Tant de gens avaient des téléphones et des BlackBerrys. Elle avait tout le temps sur elle un appareil instantané, depuis le jour de la naissance de John.

L'expression de Tanya Robertson s'assombrit, et un portrait scolaire d'Amanda surgit à l'écran.

« Amanda Gigot n'a pas eu cette chance. Également âgée de huit ans, elle reste dans le coma, après avoir subi une blessure à la tête et inhalé d'importantes quantités de fumée. Amanda est la seule fille de la famille, elle a deux frères aînés, et les enfants Gigot ont une mère qui est seule, une femme extrêmement travailleuse, Eileen, dont le mari a été tué dans un accident de chariot élévateur voilà sept ans. Tout le clan Gigot est en ce moment au chevet d'Amanda, et prie dans l'espoir de sa guérison. »

La correspondante locale changea de ton, pour adopter celui de la journaliste d'investigation.

« Les autorités signalent que l'école se prépare à rouvrir dès lundi, mais un porte-parole de la famille Gigot m'a indiqué qu'il envisageait une action en justice pour négligence, contre l'école, contre le district scolaire et contre l'entreprise qui a effectué les travaux dans l'établissement. La famille Gigot a déjà introduit une requête en référé, pour tâcher d'empêcher l'école de démolir le réfectoire endommagé, jusqu'à ce que la cause de l'incendie puisse être déterminée par un organisme indé-

pendant. Elle a aussi déposé une requête auprès du procureur de district pour qu'il ouvre une enquête avant de
lancer d'éventuelles poursuites criminelles.»

Rose secoua la tête. Ainsi les Gigot allaient réellement
porter plainte, et elle n'était pas au courant de cette
requête. Elle repensa à sa conversation avec M. Rodriguez. Pas étonnant qu'il ait été en colère contre Kristen,
après qu'elle eut ainsi évoqué les causes de l'incendie.
Les choses allaient se dégrader, et elle espérait que cela
n'engloberait pas d'éventuelles poursuites contre elle et
Leo.

«Nous vous tiendrons informés de l'évolution de
cette affaire poignante, et j'aurai demain un entretien
exclusif, en tête-à-tête, avec Eileen Gigot. Je vous rends
l'antenne, Tim.»

Rose but une dernière gorgée de soda. L'affaire gros-
sissait, se propageait comme l'incendie lui-même, et elle
ne savait pas combien de temps ce feu-là continuerait
de brûler. Assez troublée, elle éteignit la télévision. Son
regard tomba sur son ordinateur portable noir, qu'elle
laissait dans un coin de la table de la cuisine. Elle approcha un tabouret, s'assit et appuya sur une touche. Un
économiseur d'écran s'afficha avec Leo, Melly, John
et elle, tout sourire, un méli-mélo de sweatshirts, une
masse de couleurs assorties, sur la plage. Elle alla en
ligne, entra sur le site de la chaîne de télévision, et la
page de garde s'ouvrit à l'écran. «Les meilleures infos
de Philadelphie», annonçait le bandeau du haut de la
page et, dessous, il y avait les gros titres, parmi lesquels
un incendie dans une école allume la controverse, au-
dessus de la bannière avec ces mentions et leurs logos,
partager, imprimer, e-mail, Buzz, Twitter, Facebook.

Elle parcourut l'article, qui n'ajoutait rien que la chaîne n'ait déjà diffusé dans son journal, mais tout en bas, il y avait un autre bandeau rouge vif: «Envoyez-nous vos vidéos!» Il y avait là toute une série d'imagettes: des scènes de l'école en flammes, figées dans le temps, surmontées d'un titre. Dans la série des «plus regardées», il y avait la «Maman héroïque». Rose cliqua sur la «Maman héroïque» et regarda. La vidéo montrait des enfants et des enseignants allant et venant en tous sens sur le parking des professeurs, avec en bruit de fond l'appel des présents et d'autres bribes de phrases saisies au vol et qui en formaient la bande sonore – «c'est juste à la cantine», «les cours élémentaires deuxième année sont sortis les premiers», «comme c'est une école toute neuve, ils n'ont pas encore fait d'exercice».

Subitement, avec une série d'à-coups, l'objectif de la caméra se braqua vers le bâtiment, où les élèves se déversaient par la porte à double battant de la bibliothèque, et Rose reconnut les plus grands qu'elle avait vus descendre par la cage d'escalier. Subitement, ce flux se tarit et elle se vit soudain elle-même sortir en courant du bâtiment, le visage marqué, frappée de stupeur, avec le corps de Melly tout ramolli dans ses bras, les jambes ballantes. «Au secours!», s'entendit-elle crier, sur la vidéo. Son cri était à peine capté sur la bande-son, mais Princess Google se réveilla, en clignant des yeux et en penchant la tête.

Elle se regarda courir et allonger Melly dans l'herbe, puis le cadre était obstrué par des têtes et des pieds, la foule se ruait vers la scène, jusqu'à ce que la sirène d'ambulance retentisse et que la bande s'achève. Cette séquence la laissa le cœur battant. Ces visions, ces sons, cette image même la ramenèrent à l'incendie. Elle resta assise là un moment, en fixant du regard les titres des autres vidéos : « La maman héroïque porte sa fille jusqu'à l'ambulance ». « Une maman pratique une réanimation cardio-pulmonaire sur sa fille ». « Incendie à la cantine ». Elle déplaça le pointeur sur « Incendie à la cantine », cliqua sur *play*, et la première image de la vidéo ne fut pas celle d'un parking ensoleillé, mais celle d'un cauchemar.

À cette vision, elle sentit sa gorge se serrer. L'image montrait la cour de l'école, avec un plan sur la façade, et le réfectoire au centre. Des volutes de fumée s'élevaient de la sortie côté cour et par des trous béants dans les murs et le toit de la cantine, aux anciens emplacements des fenêtres et des velux, qui avaient disparu. L'air devenait de plus en plus gris et brumeux, et des enfants affolés surgissaient de cette brume, guidés par des enseignants, des surveillants et des membres du personnel. La bande sonore se composait d'une cacophonie de cris, de hurlements, de pleurs, de braillements et de gens s'exclamant « Oh, mon Dieu », « Regardez ça », « Par ici, par ici » et « Au secours ! ».

Électrisée, Rose regarda cette scène, et subitement elle vit une Danielle terrorisée sortir de la fumée en courant, et Emily après elle, qui courait en larmes. Des enseignants s'avançaient vers eux pour les accueillir, et des élèves des classes supérieures continuaient de surgir de ces volutes noires, des files d'enfants qui se bousculaient, jusqu'à la fin de la vidéo.

Elle demeura sans bouger, devant son ordinateur, la main posée, immobile, sur sa souris. Elle aurait aimé se repasser ces images et qu'elles s'achèvent sur celle d'Amanda s'enfuyant du bâtiment, ses cheveux blonds au vent, ses jambes hâlées fouettant l'air, les bras ouverts, courant vers Mme Nuru qui l'attendait pour la serrer dans les siens.

Maman!

Rose ne bougea pas avant un long moment. Par terre, Princess Google se rendormit, et la cuisine fut plongée dans un complet silence. Dehors, une pluie légère commença à tomber, et les feuilles des arbres bruissaient sous les gouttes, créant une musique des plus subtiles, un flux discret de chuchotements.

Des larmes lui vinrent aux yeux. Elle les avait contenues si longtemps, mais cette fois, elle les laissa couler.

Elle se réveilla en entendant son nom que l'on prononçait doucement, puis elle sentit une main légère dans son dos et un doux baiser sur sa joue. Elle s'était endormie devant son portable, la tête sur les bras croisés. Elle releva la tête, en clignant des yeux.

– Leo? fit-elle, embrouillée de sommeil.

– Salut, mon chou. Il s'agenouilla à côté d'elle, afin que leurs deux visages soient à la même hauteur, et il lui passa le bras autour de l'épaule. Je m'inquiétais pour ma petite chérie, alors je me suis éclipsé en douce.

– Ouah. Elle s'abandonna à son étreinte, et leurs têtes se touchèrent. Princess Google se serra entre eux, quêtant leur attention de ses pattes pelucheuses de marionnette, la queue battant l'air dans un mouvement d'essuie-glace. C'est si gentil de ta part.

– Je peux dormir là, si tu veux retourner à l'hôpital. Je vais travailler ici demain matin, ensuite je passerai à l'hôpital à midi pour venir vous chercher, Melly et toi.

Ça te plaît, comme plan ? Leo l'embrassa de nouveau, et Rose sentit le délicieux grattement de sa barbe de fin de journée.

– Oui, merci. Je suis désolée de m'être conduite comme une crétine.

– Je suis désolé d'en avoir fait autant. Il lui sourit, et elle lui sourit à son tour.

– Je n'aime pas quand on se dispute.

– Moi non plus. Leo l'embrassa encore, plus langoureusement. Il avait la bouche chaude, douce, familière. C'était son meilleur ami, et son meilleur amant.

– Je t'aime.

– Je t'aime, moi aussi, ce qui nous met en présence d'un choix que je n'ai pas évoqué. Nous oublions les enfants, nous montons à l'étage et nous faisons l'amour comme deux êtres qui n'ont que des cageots d'orange en guise de meubles et qui sont du genre à lire les textes sur les pochettes de CD.

Elle sourit, puis elle sentit son sourire s'effacer.

– Amanda va mieux, mais elle est encore dans le coma. Melly a entendu des nouvelles à son sujet, à la télévision.

– Oh non. Il se rembrunit, et Princess Google lui sauta de nouveau sur la jambe. Il la gratta derrière l'oreille, enfouit les doigts dans sa fourrure pelucheuse. Tu aurais intérêt à rejoindre l'hôpital, à moins que tu ne préfères que ce soit moi.

– Merci, mais je vais y aller. Elle s'étira, elle se sentait tout ankylosée. Les Gigot ont un avocat au sein de leur famille, et ils déposent plainte pour empêcher la réouverture de l'école et le déblaiement du site. Tu penses qu'ils vont aussi nous attaquer ?

– Et c'est reparti. Il se leva, puis il l'aida à se remettre debout, en faisant la moue. Il avait l'air fatigué, la cravate absente et la chemise déboutonnée, révélant le col de son maillot de corps. L'État et le district scolaire ont les poches mieux garnies que les nôtres, mais comme je t'ai dit, je crois que nous figurerons aussi sur leur liste.

– Alors, que pouvons-nous faire ? Qu'est-ce que cela signifie, au juste ? Pouvons-nous réellement perdre la maison ? Ils nous la prennent, tout simplement, ou ils la mettent en vente ? Elle était incapable de se faire à cette idée. Et le prêt immobilier ? Est-ce que l'on reste redevable à la banque, dans ce cas ?

– Du calme. Il leva une main en l'air. Je dois consulter notre police d'assurance et voir si nous sommes couverts. Je refuse de m'inquiéter de cela pour le moment. Il est tard, et nous sommes tous les deux cassés.

– Tu nous représenterais ?

– Pas maintenant. Je t'en prie. Il leva encore la main, le visage tendu. Je ne peux pas traiter cette question. Une seule chose à la fois.

– Je suis désolée.

– C'est bon. J'ai prêté serment, pour le meilleur et pour le pire, et je le pensais vraiment.

– Alors je suis une femme qui a de la chance. Elle se serra fort contre lui, et il la retint contre elle une seconde.

– Alors c'est ça, notre séance de sexe ? s'indigna-t-il.

Elle rit.

Il la serra une dernière fois, avec ce grognement qui n'appartenait qu'à lui, comme un signe de ponctuation.

– Tu veux un café avant qu'on y aille ?

– Bonne idée.

−Je vais te préparer ça. Il fila droit vers la cafetière.
C'était un fétichiste du café, toujours à la recherche de
la tasse parfaite, à essayer les cafetières à piston, les
machines Cuisinart et, tout dernièrement, une Espresso
Keurig. Il inséra un mug sous le bec, appuya sur le bouton bleu, et Rose s'appuya contre le comptoir.

−Comment se présentent les préparatifs du procès ?

−Pas mal. Je dois me charger d'une tonne de trucs,
mais je suis sur le coup.

−Melly va pouvoir sortir à midi. Tu peux réellement
être là-bas ?

−Oui, je me suis organisé en fonction. Je n'ai pas
envie que tu sois obligée d'essuyer les tirs de la presse à
toi toute seule.

−Merci. Elle savait que ce ne serait pas commode,
pour lui. Son bureau était à une heure de voiture. Et puis
aussi, je sais que tu ne pourras pas t'arranger, mais les
veillées funèbres pour Marylou, Serena et Ellen ont lieu
demain.

−Tu ne vas pas y assister, non ? Il se retourna, l'air
sombre. Derrière lui, un filet de café coulait dans le mug,
et il en émanait un arôme capiteux.

−Si, je dois y aller. J'ai réservé une baby-sitter.

−Tu ne devrais pas, mon cœur.

−Et j'aurai l'air de quoi, si je n'y vais pas ? Elle eut
un geste vers l'ordinateur. Il faudrait que tu voies les
e-mails que je reçois. Ils me croient tous sans cœur.

−Raison de plus pour ne pas y aller. Si on nous traîne
en justice, nous allons devoir la boucler et faire profil
bas.

−Mais toute la ville sera là. Tout le monde adorait
cette enseignante. Tu as entendu Mme Nuru.

– Justement, cela va dans mon sens.

– Nous aurions l'air irrespectueux.

– Alors envoie des fleurs, une brassée de fleurs. Il lui tendit la tasse de café, et elle la posa, pour le laisser refroidir.

– Je ne sais pas.

– Eh bien, moi, si. N'y va pas, je t'en prie. Considère cela comme une faveur que tu me ferais.

– Allons. Ne le prends pas comme cela.

– Comment, comme cela? Une expression blessée traversa ses yeux fatigués. Tu ne sais pas ce qui peut arriver, ou de quelle manière ils risquent de réagir, ou ce que tu risques de faire, toi.

– Qu'est-ce que je risque de faire? Je ne vais rien faire de mal.

– Tu pourrais tenir propos des choses qu'il vaudrait mieux ne pas prononcer. Il but une première gorgée de café, puis s'interrompit. Comme par exemple que tu te sens coupable, ou que tu es triste de n'avoir pas été capable de les évacuer toutes les deux du bâtiment. Toutes ces choses que tu m'as confiées.

Elle se mordilla la lèvre.

– Je pourrais dire tout cela, mais uniquement à toi ou à une amie.

– Comme qui, par exemple?

– Je ne sais pas. Kristen, j'imagine, peut-être. Elle sera là.

– L'enseignante des enfants à haut potentiel? Celle qui travaille pour le district, qui est sur le point de se faire attaquer en justice, et qui n'hésiterait pas à témoigner contre toi, sans quoi elle perdrait son travail? Ses yeux s'enflammèrent. Mon chou, nous n'avons pas d'amis.

Personne ne nous connaît, et ce qu'ils connaissent de nous ne leur plaît pas.

– Nous ne pouvons pas nous résigner. Ce pourrait être l'occasion de leur montrer que nous ne sommes pas ce qu'ils croient.

– Pas question. Le ton de Leo se fit plus sec. Cela n'arrivera jamais.

– Il le faut, Leo. Toi, tu peux te rendre tous les jours au bureau, mais ici, c'est mon univers. Je dois le faire fonctionner, pour moi et pour mes enfants.

– Pas maintenant, pas demain soir. Reste à la maison, tu veux bien ? Tu n'en as pas fait assez comme cela ?

Aïe. Abasourdie, Rose se leva.

– Oh, et puis zut. Il se massa le front avec irritation. Je ne voulais pas dire ça. Je suis désolé, vraiment. Peinée, Rose se détourna de lui et se dirigea vers le salon.

– Je vais à l'hôpital. À demain.

Elle s'avança dans le hall d'entrée silencieux de l'hôpital, désert à cette heure-ci. Il n'y avait pas de journalistes devant l'entrée, et un employé de l'entretien en combinaison bleue trop ample briquait le sol au moyen d'une grande cireuse rotative. Au poste des infirmières, il n'y avait qu'un interne au menton orné d'un bouc, qui était à l'ordinateur et qui eut à peine un signe de tête vers Rose quand elle s'approcha du comptoir de l'accueil.

– Je suis la mère de Melly, je reviens ce soir pour rester avec elle.

– Pas de problème. L'interne jeta un œil à son écran, et Rose vit de minuscules cartes à jouer se refléter dans les verres de ses lunettes.

– J'ai cru comprendre qu'il y avait un autre enfant dans la chambre.

– Plus maintenant. Un lit s'est libéré et les parents voulaient une chambre individuelle.

– Super. Elle regarda autour d'elle. Rosie est-elle là, l'infirmière ?

– Je l'ai vue il y a un petit moment, mais je ne sais pas trop où elle est maintenant.

– D'accord, merci. À plus tard.

Elle traversa le hall en direction de la chambre de Melly et ouvrit la porte. La pièce était sombre et silencieuse, hormis les signes vitaux défilant sur le moniteur, des chiffres rouges, bleus et verts, et qui palpitaient.

– Maman ? demanda doucement Melly, et Rose sentit monter en elle une bouffée de tendresse, se débarrassa de son sac à main qu'elle déposa sur la chaise et s'approcha du lit.

– Comment savais-tu que c'était moi ?

– Tu es ma maman.

Rose sourit.

– Comment ça va, mon oiseau de nuit ? – Tu es revenue ?

– Leo est avec John. Pourquoi ne dors-tu pas ?

– Je ne suis pas fatiguée.

– Eh bien, moi, si. Rose abaissa le garde-corps, se déchaussa et se glissa dans le lit. Tournez, manège.

– À la télé ils ont dit que des dames de la cantine sont mortes dans le feu.

Je déteste la télé.

– C'est vrai, mon sucre, et une enseignante est morte, aussi. Marylou Battle.

– Je ne la connais pas.

–Je ne crois pas, non.

–Elles ont brûlé?

Rose frémit. Une autre vérité qu'elle ne pouvait dire, un autre mensonge nécessaire.

–Non, c'est la fumée qui les a rattrapées.

–La fumée m'a presque rattrapée moi aussi.

–Mais en fin de compte, non, elle ne t'a pas rattrapée. Melly se tut, le souffle un peu court. Le tube à oxygène était en place sous son nez, et on lui avait retiré sa perfusion.

–Elles sont allées au ciel avec papa?

–J'en suis sûre, Mel, lui répondit Rose.

À la mort de Bernardo, elle avait quatre ans, et elle l'évoquait souvent, même s'il ne s'était pas donné la peine de beaucoup la voir, après le divorce.

–Si Amanda meurt, elle ira au ciel?

–Oui. Prise au dépourvu, Rose eut du mal à ne pas en avoir la gorge serrée. Absolument.

–Je pense aussi, fit Melly au bout d'un petit moment.

–Tu es mignonne tout plein! Rose tâchait de prendre le meilleur parti des choses. N'ayant pas de vêtements de rechange pour sa fille, elle avait dû lui acheter un survêtement rose Hello Kitty et des tongs à la boutique de cadeaux de l'hôpital.

–Il y a personne du cours élémentaire qui met du Hello Kitty. Melly boudait au bout du lit. Elle avait pris une douche, s'était lavé les cheveux, et l'odeur de fumée avait presque complètement disparu. C'est pour les bébés.

–Tu pourras le retirer dès que nous serons à la maison.

– Et si des enfants de la classe me voient, comme Amanda ? Elle est dans le même hôpital, tu m'as dit.

– Elle ne te verra pas. Rose n'avait rien entendu au sujet de la petite Gigot. Pas de nouvelles, bonnes nouvelles, espérait-elle. Elle n'avait pas bien dormi et elle était impatiente de rentrer à la maison, après avoir signé les formulaires de décharge et s'être vu remettre une flopée de papiers comportant des instructions pour la convalescence.

– J'aurais aimé avoir ma chemise de Harry Potter. L'infirmière m'a dit qu'elles avaient dû la jeter, mais j'aurais mieux aimé qu'elles ne la jettent pas.

– Nous verrons si nous ne pouvons pas en trouver une neuve.

– Ils ne la font plus, maman. C'était celle du premier film.

– Nous chercherons sur eBay. Rose se demanda si les chemises Harry Potter étaient encore une si bonne idée que ça. Maintenant, écoute, s'il y a des journalistes dehors, ne leur dis rien. Ils te connaissent et ils vont t'appeler par ton nom, mais toi, tu ne réponds pas.

– D'accord. Melly leva les yeux vers la porte qui s'ouvrit, et Leo entra, habillé pour le bureau, avec John dans ses bras, en combinaison bleue, tout éveillé et qui gazouillait. Leo, tu m'as apporté des vêtements ?

– Non. Il se tourna vers Rose. J'aurais dû ?

– Non. Salut. Rose était navrée de s'être disputée avec lui, mais elle se sentait encore distante. John sourit et lui tendit les mains, les doigts tout mouillés, elle le prit dans ses bras et lui donna un baiser sans croiser le regard de Leo. Comment va-t-il ?

– Beaucoup mieux. Pas de fièvre. Il a dormi comme un bébé. Ha !

– Un bisou, Leo ! s'écria Melly, et il la souleva de ses deux mains pour lui déposer un énorme baiser sur la joue.

– Rentrons à la maison. Rose prit son sac et se rendit vers la porte. Il y a beaucoup de journalistes dehors ?

– Quelques-uns. Il porta Melly hors de la chambre et dans le couloir jusqu'à l'ascenseur, où il la déposa. Tu veux appuyer sur le bouton, la p'tite ? Vas-y. Quand on sera dedans, tu appuieras sur *RC*.

Melly appuya sur le bouton descente, puis elle les précéda dans la cabine, lorsque les portes coulissèrent. Ils s'entassèrent à l'intérieur, et elle appuya sur le bouton du rez-de-chaussée.

– *Descendo* !

– Ça va, chérie ? lui demanda Leo sur un ton léger, après la fermeture des portes, mais Rose était occupée avec la tétine de John.

– Bien. Et toi ?

– Bien. Au fait, je t'ai apporté ton téléphone. Il était sur le comptoir de la cuisine. Il sortit le BlackBerry de la poche de son pantalon kaki et le lui tendit.

– Merci. Elle l'accepta avec un sourire inflexible.

– Tu sors toujours, ce soir ?

– Oui. Elle savait que c'était une phrase codée pour évoquer la veillée funèbre, mais ils ne se disputaient jamais devant Melinda qui, à n'en pas douter, était au courant chaque fois qu'ils avaient des mots. Cette enfant n'était pas haut potentiel pour rien.

– Dommage, fit-il plaisamment. J'aurais préféré que tu ne sortes pas. Tu peux toujours reconsidérer la chose.

– Je ne pense pas.

– Je vais t'accompagner à ta voiture. Quand ils atteignirent le rez-de-chaussée, il fit la moue. Prêts, tout le monde ?

– Prêts ! s'écria Melly, et Leo lui prit la main. Les portes coulissèrent, et ils sortirent en file indienne dans le hall moquetté, entièrement silencieux excepté quelques personnes assises dans les canapés modulaires. Derrière l'entrée vitrée, il y avait une horde de journalistes et de caméras.

– Melly, quoi qu'il arrive, tu marches, tu avances, et c'est tout. Rose hissa John plus haut dans ses bras, et Leo souleva Melly au passage.

– Allons-y. Melly, où est ta baguette ?

– Dans le paquet de couches.

– Dommage. Tu peux quand même faire disparaître ces journalistes ?

– On n'a qu'à enfiler notre cape d'invisibilité !

– Ça, c'est une idée !

Il sourit.

– Ça y est, elle est mise ! Vas-y, Leo ! La main de Melly décrivit une boucle autour du cou de son beau-père et, de son autre main, elle pointa droit devant elle, puis ils s'avancèrent en bloc pour franchir les portes et sortir en plein soleil. Les journalistes affluèrent dans leur direction, avec leurs caméras, leurs micros et leurs questions.

« Des commentaires, Rose ? » « Comment te sens-tu, Melly ? Tu es amie avec Amanda ? » « Melly, tu vas à l'école, demain ? Quel effet cela t'a fait quand ta mère t'a sauvée ? » « Melly, est-ce que tu as eu peur, dans le réfectoire ? »

Tanya Robertson rattrapa Rose et courut au petit trot à sa hauteur, micro tendu.

– Madame McKenna, s'il vous plaît, j'ai réalisé une interview avec Eileen. Vous souhaiterez sûrement réagir à sa déclaration. C'est votre dernière chance.

– Pas de commentaires. Rose continua d'avancer, en tenant John tout contre elle.

– Reculez! ordonna Leo, et Melly s'enfouit le visage dans son cou. Rose pressa le pas, actionna la commande des portières et fourra John en vitesse dans son siège pendant que Leo installait Melly à l'avant, lui bouclait sa ceinture et refermait la portière, tandis que l'essaim de la presse s'agglutinait autour de la voiture avec un feu roulant de questions.

« Monsieur Ingrassia, qu'avez-vous à dire à propos de la requête déposée par les Gigot? » « Vous êtes-vous associé à cette requête? Allez-vous aussi intenter une action contre le district? » « Melly va-t-elle retourner à l'école demain? »

Rose se mit en vitesse au volant et inséra la clef dans le démarreur. Son téléphone sonna, mais elle n'en tint aucun compte. Des journalistes s'écartèrent un peu quand elle fit marche arrière, et elle écrasa la pédale de l'accélérateur puis se dirigea vers la sortie, soulagée de les avoir enfin cloués sur place. Elle s'arrêta au premier feu, sortit le téléphone de son sac à main, et consulta l'écran. Le coup de fil provenait de sa meilleure amie, Annie Assarian, et elle appuya sur la touche de rappel.

– Salut!

– Salut, fillette, je t'ai téléphoné et je t'ai laissé des messages. Qu'est-ce qui se passe? Il y a tout un tas d'insanités sur ta page Facebook. Melly, elle va bien?

– Bien. Elle s'attacha à lui répondre sur un ton dégagé, car Melly écoutait. Je peux te rappeler ? Je suis au volant.

– Je serai à Philadelphie cette semaine et la semaine prochaine sur un tournage, et nous venons de finir notre journée. Tu veux prendre un verre ?

– Je suis coincée.

– Et si je faisais un saut ? J'ai ma voiture.

– J'adorerais, si ce n'est pas trop compliqué pour toi.

– Je suis là dès que possible.

– Super. Le visage de Rose s'éclaira. À plus tard, alors. Elle coupa la communication, posa le téléphone dans le support à gobelets, et le feu passa au vert. Tu sais quoi ?

– Tante Nemo va venir ? Ouais !

Rose sourit.

– Comment le sais-tu ? Tu nous as entendues ?

– Quand tu lui parles, tu souris toujours.

– Ah ça, oui. Rose se sentait mieux. Elles ne se voyaient plus tellement, avec Annie, et elle mit un peu les gaz, en se demandant ce qu'il restait à manger dans le frigo.

– Maman, tu crois qu'un jour j'aurai une amie comme Tante Nemo ?

– J'en suis certaine, ma chérie, répondit Rose, mais sa gorge se serra.

Elle prépara des pizzas et bagels pour les enfants, puis elle coucha John pour sa sieste et installa Melly au petit salon-salle de jeux avec Princess Google et un DVD d'*Harry Potter*. Le soleil se déversait entre les lavandes de la baie vitrée, et pendant que les deux femmes débarrassaient la cuisine, Rose raconta toute l'histoire à Annie.

– Tu n'as rien fait de mal, Rose. Son amie secoua la tête, avec son casque raide de cheveux d'un noir d'onyx.

Elle avait de grands yeux d'un marron profond, un peu en forme d'amandes, laissant deviner que ses parents appartenaient à deux ethnies différentes. Les tons chauds de sa peau l'affranchissaient de toute nécessité de se maquiller, elle qui était la maquilleuse la plus recherchée de tout New York.

– Quand même, je me sens très abattue. Rose rinça une assiette et la rangea dans le lave-vaisselle. J'aurais aimé les sortir toutes les deux de là.

– Et au fond, c'est le cas. C'est Amanda qui est retournée à l'intérieur, et toi, tu ne pouvais pas le savoir.

– J'aurais dû.

– Tu n'es pas Superwoman. Tu n'es qu'un mannequin.

Rose sourit. Elle avait cessé de se considérer comme un mannequin depuis des lustres.

– J'aurais agi exactement comme toi, s'il s'était agi de Joey ou d'Armen. Avec Simon, son mari, un sculpteur et professeur d'histoire de l'art à l'université de New York, Annie avait deux garçons.

– Ah oui?

– Complètement. Annie rabattit l'ouverture du sac plastique contenant les bagels et le remit au frigo. En tout cas, c'était très bon, pour du surgelé.

– Je sais, c'est sympa, hein?

– Complètement. Annie rajusta d'un coup sec la fine bretelle de sa robe bain de soleil mauve tendance bohème, qui laissait nus ses bras tatoués de dragons rouges crachant le feu, enfermés dans un cercle, des symboles chinois et une carpe koi orange qui, quand Melly était plus petite, lui rappelait la bande dessinée de Nemo, d'où le sobriquet qu'elle avait inventé à sa marraine.

– Tu te souviens quand on voulait absolument aller chercher nos bagels chez Murray? Ça, c'était super, comme bagels. Rose rinça un reste de sauce tomate d'une cuiller à soupe. Quand on se tapait la queue tous les samedis matin avec tous ces banquiers d'affaires, hein?

– Mais je la fais toujours, la queue, lui répondit Annie en souriant.

– Eh bien, moi, je fais toujours ceci. Rose lâcha la cuiller dans le support aux couverts du lave-vaisselle en la rangeant avec les autres.

– Oh non! Annie éclata de rire. Libère-moi cette cuiller. Laisse-la fréquenter un peu les couteaux et les fourchettes.

– Je vais te dire, les couverts, avant de les laver, il faut les trier, ensuite tu gagnes du temps au moment de les ranger.

– Cela ne fait gagner aucun temps, lui riposta Annie. C'était un désaccord qui remontait loin, aux années où elles partageaient un appartement d'une chambre dans l'East Village, si petit qu'elles rangeaient leurs bottines dans le four.

– Melly est d'accord avec moi. Elle pense que Tante Nemo est dingo.

– Tante Nemo est dingo, mais cela n'a rien à voir.

– Mais en vrai, dis-moi la vérité. Tu aurais fait pareil?

– Oui.

– Tu ne trouves pas que je suis un être épouvantable?

– Je sais que tu n'as rien d'épouvantable. Tu es l'être le plus gentil que je connaisse.

Cela fit sourire Rose.

– Je dois continuer d'aller à la pêche aux compliments?

— Ne t'arrête pas, surtout. Je t'aime, et tu le sais. Le sourire d'Annie s'effaça. Et je déteste l'idée que Melly se fasse maltraiter à l'école. Si Amanda ne l'avait pas houspillée, elles auraient été toutes les deux dans la cour lorsque l'incendie a éclaté. Tu n'avais pas pensé à cet aspect ?

– Si, mais Leo dirait que ce n'est là qu'une cause efficiente parmi d'autres.

– Peu importe. Tout ce que je sais, c'est que Melly aurait pu mourir, suite à ces inhalations de fumée, à cause de cette sale morveuse.

Rose tressaillit.

– Ne dis pas ça.

– Je sais que cela peut paraître dur, mais il faut penser à vous, jeunes gens. Vous avez déjà déménagé une fois à cause de ces maltraitances. Vous n'allez pas encore déménager. Vous n'allez plus réussir à vous trouver une planète disponible. Annie attrapa l'éponge et essuya la table de la cuisine. Quand j'ai lu ce qu'ils racontent à ton sujet sur Facebook, ça m'a fichu en pétard.

– C'était vraiment méchant ? J'ai peur d'aller vérifier.

– Tu devrais me supprimer tous ces messages. Ces gens sont cinglés.

– Ils sont juste bouleversés, à cause d'Amanda.

– Je t'en prie. Tu les as lus, ces messages ? Ces femmes sont jalouses de toi, uniquement à cause de ton allure. Annie finit d'essuyer la table et rinça l'éponge. Tu traverses un enfer, mais personne ne se sent jamais désolé pour les jolies filles.

– Ce n'est pas de ça qu'il s'agit, et je ne suis que « modèle pour les catalogues », tu n'as pas oublié ?

Rose citait là une formule de son ancien agent.

– Quel idiot c'était, celui-là ! Tu valais mieux que les autres filles. Non seulement tu étais superbe, mais tu étais la seule sympa avec tout le monde, même avec les gitanes du maquillage.

Rose ne répondit pas. Elle préférait que le passé demeure le passé. Elle en avait même besoin.

– Tu sais, si Melly n'était pas arrivée, tu aurais gagné une fortune. Même Bernardo était de cet avis. C'était la seule chose sur laquelle il ne s'était pas trompé.

– Nan, maintenant, ils n'utilisent que des actrices. J'ai détalé juste à temps, et heureusement que Melly est arrivée. Quoi qu'il en soit, parlons du moment présent. Et si nous étions traînés en justice ? Nous pourrions perdre la maison. Maintenant, c'est ça qui m'effraie.

– Oh, arrête. Ça m'effraierait, moi aussi. Annie se rembrunit sous son casque de boucles noires. Tu ne vas pas te faire traîner en justice pour avoir sauvé ta gamine, non ?

– Leo a l'air de considérer que si, mais ce n'est pas son domaine. Rose revissa le couvercle du pot de sauce tomate qu'elle remit au frigo. Il n'a pas envie que j'aille assister aux veillées funèbres, mais j'estime réellement devoir présenter mes respects aux victimes, et c'est ce soir. C'est dommage que le soir où tu es en ville, je sois obligée de te lâcher. Navrée.

– Oh, tu ne me lâches pas. Je ne t'ai pas vue depuis, quoi, six mois. Je viens avec toi.

Rose se sentit touchée.

– C'est vrai ?

– Bien sûr. Il ne faut pas que tu y ailles seule, et je n'ai rien d'autre à faire.

– Mais tu ne connais même pas ces gens.

– Et toi non plus. Annie eut un sourire narquois. En plus, je vais dans un tas de soirées où je ne connais personne.

– C'est une veillée funèbre, pas une soirée, et puis, tu ne dois pas rentrer à Philadelphie ?

– Je vais te suivre en voiture, et je repartirai de là-bas. Prête-moi un pull, histoire de couvrir mes tatouages.

Rose sourit.

– Ça, c'est la meilleure des meilleures amies.

CHAPITRE 7

Rose ralentit derrière la file de véhicules menant au funérarium, l'un des hauts lieux de l'Old Town, le centre historique de Reesburgh, divisé en deux par Allen Road. Le soleil de cette fin de journée brunissait les pittoresques maisons de briques, avec leurs vérandas victoriennes, voisines d'une épicerie de quartier à l'ancienne, d'un drugstore qui avait toujours été une affaire familiale et d'une librairie indépendante branchée, baptisée READsburgh.

Elle fit le tour du pâté de maisons pour dénicher une place, suivie par Annie dans sa voiture, et elles finirent par se retrouver à dix rues du salon funéraire Fiore. Elle se gara et mit des lunettes de soleil. Elle avait les cheveux maintenus sous un chapeau en raphia.

– Une sacrée foule, hein ? dit-elle en descendant.

– Oui. Annie renifla l'air ambiant. Hé, tu sens ça ? C'est une odeur de frites ?

– Ce sont les chips de l'usine de Homestead. On sent plus l'odeur par ici que dans l'Old Town, parce qu'on est plus près de l'usine, et dans le sens du vent.

– Et tu absorbes combien de calories, à chaque bouffée ?

– Ne m'en parle pas. Rose marcha du même pas qu'elle sur le trottoir. Il faisait encore très humide, et sa robe en lin noir lui collait désagréablement à la peau. Elles dépassèrent une succession d'élégantes maisons en brique aux façades restaurées, ceintes de leurs vérandas qui en faisaient le tour sur trois côtés, environnées de grands arbres séculaires au feuillage automnal resplendissant.

– Où sommes-nous ? Annie n'arrêtait pas de tourner sa tête joliment coiffée sur sa gauche et sur sa droite.

Rose sourit.

– Cela s'appelle Bosses Row, c'est là qu'habitaient les frères Allen quand ils ont démarré Homestead. L'entreprise a longtemps appartenu à la famille, mais plus maintenant.

– Pas surprenant. Même les familles ne s'appartiennent plus tout à fait, maintenant. Regarde ces maisons. Elles sont magnifiques.

– Elles ont plus de cent cinquante ans.

– Ah, d'acco'd, missié. Rappelle-moi de rapporter de tes chips aux garçons. Je leur dirai qu'elles viennent de la plantation de Scarlett O'Hara.

– Tu n'as rien compris à cette ville, toi. Rose secoua la tête en continuant de marcher, les semelles de ses mocassins noirs claquant sur le trottoir. Ce n'est pas du tout une population homogène. C'est une cité ouvrière, ici. La plupart des gens qui vivent là travaillent à l'usine de Homestead, et il y a aussi pas mal de professions indépendantes. C'est ce que j'apprécie, il y a tout un échantillon de population assez mélangé. Des gens normaux.

– Quel ennui.

Rose rigola.

– Tu n'es qu'une snob.

– Je suis une New Yorkaise. Annie tira sur son cardigan noir. Et je suis tellement immonde dans ce pull. Tu portes ça, toi ?

– Bien sûr. C'est commode.

– On dirait un sac, j'ai l'impression d'être une nonne, là-dedans. Tu ne serais pas totalement éteinte au-dessous de la ceinture, non, en plus du reste ?

– Ho-ho. Rose remarqua un groupe de journalistes sur le trottoir devant elles, armés de caméras et de projecteurs. Là, devant nous, sur la gauche, la presse est là. Quand on sera dans la file, tu resteras sur la droite.

– Pigé. Elles atteignirent l'extrémité de la file d'attente, qui s'étirait dans l'allée dallée du Fiore et sur le trottoir. Il y avait là quelques centaines de personnes, l'air sombre et les yeux embués de larmes. Rose ne s'était pas encore rendu compte du nombre de gens que ces morts affectaient, et elle aurait dû. Une seule vie, et une seule mort, pouvaient toucher tant de monde, et la mort d'une enseignante, cela vous marquait à vie.

– Désolée, cela risque de prendre une heure d'arriver à entrer.

– Cela m'est égal. Faire la queue, j'ai l'habitude. Annie haussa les épaules. Rien que de respirer le bon air d'ici, ça me prolonge mon espérance de vie.

Songeant à Marylou, Serena et Ellen, Rose se sentit envahie par une vague de tristesse. Elle eut à nouveau ces visions de ces volutes de fumée, du feu qui faisait rage, et d'Amanda.

Maman!

– Ça va ? Annie l'attira à elle en la prenant par le bras. Tu as l'air si triste. Tu ne les connaissais pas, hein, non ?

– Non. Rose comprenait très bien ce qu'elle ressentait, mais il y avait trop à dire, et elle n'en avait jamais parlé à personne, sauf à Annie. Je pense sans arrêt à Amanda.

– Je comprends.

Rose remarqua quelques enseignants qui ressortaient du salon funéraire et qui empruntaient l'allée en direction du trottoir, un petit groupe visiblement abattu, dont Mme Nuru, qui se séchait les yeux avec un Kleenex.

– C'est l'institutrice de Melly, fit Rose, en se penchant vers son amie. Je dois aller lui dire bonjour.

– Vas-y. Je garde notre place.

– Merci. Je reviens tout de suite. Rose traversa en direction de Mme Nuru, qui s'arrêta et lui adressa un rapide sourire crispé. Ses yeux aux paupières tombantes étaient tout luisants.

– Bonsoir, Rose. Comment va Melly ?

– Elle est à la maison, je vous remercie. Je suis tellement désolée, et Leo vous transmet ses condoléances, lui aussi.

– Merci.

– Kristen est là ?

– Elle est venue, et elle est repartie. Le personnel de l'école s'est présenté tôt, à l'invitation des familles. Mme Nuru eut une moue. J'ai appris de M. Rodriguez qu'elle vous avait évoqué ma remarque concernant un câblage électrique défectueux. C'était imprudent de ma part. Je suis convaincue que vous préserverez la confidentialité de cette information.

– Bien sûr.

– Kristen est jeune, et elle doit encore mûrir. Elle a besoin d'apprendre à réserver son jugement.

–Vous croyez vraiment? s'enquit Rose, sur la défensive. Je trouve que c'est une enseignante tellement formidable.

– À mon avis, c'est l'expérience qui le dira. Mme Nuru renifla et lança un regard aux autres enseignants. Je dois y aller, elles m'attendent. Melly vient à l'école, demain?

– Je ne suis pas certaine de l'envoyer. Elle se souvint que Mme Nuru jugeait déjà Melly trop sensible et n'entra pas dans les détails. Je ne me suis pas encore décidée.

– Si elle va suffisamment bien, je la mettrais à l'école. Si vous décidiez de ne pas l'amener, transmettez-lui toutes mes pensées.

– Je n'y manquerai pas, merci. Alors, au revoir. Rose se retourna pour regagner la file d'attente en essayant de ne pas remarquer que les gens se mirent à chuchoter entre eux quand ils la reconnurent.

– Tout va bien? s'enquit Annie quand Rose eut rejoint la file.

– J'imagine. Elle est bouleversée. Ils le sont tous. Rose était troublée par les propos de Mme Nuru concernant Kristen, et maintenant, des têtes se tournaient et les gens parlaient entre eux. Euh, regarde derrière toi.

– Je sais, j'ai remarqué ça avant toi. Et voilà la presse.

Elle fit volte-face et découvrit Tanya Robertson qui arrivait sur sa gauche. La journaliste était suivie de son équipe, des techniciens allumèrent des projecteurs, et le cameraman commença à filmer, caméra à l'épaule.

– Madame McKenna, s'il vous plaît. Tanya braqua son micro sur elle. Pouvons-nous dialoguer un petit moment?

– Je n'ai pas de commentaires. Rose leva la main, sachant pourtant que cela ferait mauvais effet à l'image. S'il vous plaît, témoignez un peu de respect.

– Nous sommes sur la voie publique, et si nous pouvions nous parler en tête-à-tête, comme je l'ai fait avec Eileen, cela faciliterait énormément les choses. Avez-vous vu mon interview avec elle ? Avez-vous quelque chose à répondre à ses allégations à votre sujet ?

– J'ai dit pas de commentaires. Rose ne la regarda pas. Elle ignorait qu'Eileen avait émis des allégations à son encontre. Les femmes qui faisaient la queue devant elle avancèrent de quelques pas, et d'autres personnes dans la file continuaient de se retourner en chuchotant et en les dévisageant.

Tanya lui tendit son micro.

– Eileen soutient que vous avez laissé Amanda intentionnellement, parce que vous estimez qu'elle n'arrête pas de houspiller votre fille, et vous lui auriez même téléphoné à ce sujet. Éprouvez-vous de l'animosité envers Amanda ?

– Arrêtez ! Annie l'interrompit, en s'interposant. Est-ce que vous êtes malade ? Si vous connaissiez cette femme, vous n'oseriez jamais déblatérer pareilles insanités !

– Annie, non, ça ira. Rose lui posa la main sur le bras, mais Annie ne l'écoutait pas.

– C'est du harcèlement. J'appelle les flics. Où sont-ils, ceux-là ? Son amie se retourna, puis elle essaya d'interpeller un employé du funérarium, en costume gris, qui réglait la circulation. Monsieur ? Monsieur !

– Annie, c'est bon, non. Rose voulait apaiser la situation. Tout le monde les observait, et une femme de petite taille en tailleur-pantalon noir sortit de la file d'attente et se dirigea vers elles à grands pas, le front plissé de rides de colère.

– Comment osez-vous vous montrer ici ? vociféra cette femme, et les gens, choqués, réagirent par des bavardages et de petits rires crispés.

Rose s'éloigna d'elle. La situation lui échappait, et elle n'avait pas prévu que la presse serait là. Annie, on devrait...

– Vous n'avez pas honte ? L'autre continua d'avancer vers elle, avant de pointer la rue du doigt. Allez-vous en d'ici. Vous n'avez rien à faire là.

– Quoi ? s'exclama Annie, qui n'en croyait pas ses oreilles. Qu'est-ce qui vous prend ? Elle n'a rien fait de mal, et elle a absolument le droit d'être ici. C'est quoi, ici, les sorcières de Salem ?

Tanya Robertson brandissait toujours son micro, et l'enregistrement tournait. Le cameraman zooma sur elles, et le fût télescopique du gros objectif coulissait vers l'avant, vers l'arrière.

La femme beuglait.

– Elle a abandonné une enfant dans l'incendie, elle l'a laissée brûler vive !

– C'est faux ! vitupéra Annie à son tour. Elle a tenté de la faire sortir, mais la fillette a dû retourner à l'intérieur.

– Comment osez-vous accuser cet enfant ? C'est une enfant ! Une petite fille !

– Mesdames, je vous en prie. L'employé du salon funéraire s'approcha, avec un geste des deux mains. Il était chauve et plutôt mince. En un moment pareil, c'est tout à fait déplacé. Je vous en prie.

– Désolée, nous partons. Rose prit Annie par le bras, mais celle-ci se dégagea et pointa le doigt sur la femme.

– Cette femme est cinglée ! Elle pointa le doigt sur la journaliste. Et cette femme là-bas nous harcèle pour vendre des créneaux publicitaires à la télé, pour qu'une nation pleine de gratitude reçoive sa dose de dentifrice, de bière et de déodorant!

– Allons-y. Rose pressa Annie de s'éloigner, mais Tanya Robertson et son équipe les talonnaient.

– Madame McKenna, que pensez-vous du refus de la Cour de faire droit à la requête en référé de la famille Gigot? Pensez-vous que l'école rouvre prématurément? Vous attendez-vous à être poursuivie par les Gigot? Attaquez-vous l'école en justice? Participerez-vous à la veillée aux chandelles de lundi soir?

Rose et Annie repartirent au petit trot en direction de leurs voitures.

Rose se gara sur l'Allen's Dam, le parking public devant l'entrée de l'Old Town, avec ses grands arbres incendiés de couleurs somptueuses, dans les rouges, les orange et les ors, et cette déflagration de nuances lui rappelait le feu qui avait provoqué tant de destruction et tant de haine.

Annie monta dans sa voiture et s'installa côté passager après l'avoir suivie dans la sienne.

– Quel désastre!

– Je me sens tellement foireuse. Elle retira ses lunettes de soleil et les jeta sur la planche de bord. Je n'aurais pas dû y aller. – Bien sûr que si. Tu fais partie de cette communauté. Le problème, c'était l'absence des flics. À New York, il y en aurait eu une flopée.

– Il n'y a pas de flics, ici. Uniquement la police d'État.

– Quoi? Annie leva les yeux vers elle, incrédule. Bien sûr que si, il y a des flics.

– Non. Rose secoua la tête. Toutes les villes d'Amérique n'ont pas leurs forces de police. Je ne le savais pas non plus, mais c'est la vérité. La plupart des bourgades rurales ne possèdent pas de police locale, ou alors elles partagent une unité avec d'autres collectivités. La région est trop peu peuplée, et quand l'économie a plongé, ils ont supprimé les crédits budgétaires.

– De la police ?

– Oui.

– Et en cas d'incendie ?

– Nous avons une caserne de pompiers, et s'il se commet un crime, nous sommes censés appeler la police de l'État. L'agent immobilier nous a promis qu'elle finirait par se déplacer, mais que cela risquait de prendre du temps. En ce qui la concernait, elle ne connaissait même personne qui ait jamais eu à appeler la police, sauf pour les histoires de chasseurs qui vont tirer le coup de fusil quand la chasse n'est pas ouverte. Annie secoua la tête.

– Moi, sans flics, je ne me sentirais pas en sécurité.

– Et moi si, maintenant. Il n'y a pas de criminalité, ici. La plupart des gens ne ferment même pas leur porte à clef. C'est le paradis. Du moins, jusqu'à une date récente.

– En tout cas, je suis désolée d'avoir perdu les pédales avec cette bonne femme. Annie se rembrunit et fit la moue, comme si les coins de sa bouche étaient lestés d'un poids. J'espère ne pas avoir aggravé les choses, te concernant. Tout ça finira par se tasser, il faudra bien.

– Mais oui, ça va aller. Rose se massa le front, elle réfléchissait. Leo avait un petit bungalow près de Lake Harmony, que Melly adorait, et leurs voisins sur le lac, Mo et Gabriella Vaughn, étaient comme ses grands-parents à titre honorifique. On devrait peut-être s'accorder un break, dans notre bungalow. De toute manière, Leo est occupé, et il faudrait qu'on aille tous se détendre un peu tant qu'il fait encore chaud, et puis Melly adore les Vaughn. Qu'en penses-tu ?

– Non.

– Et pourquoi pas ?

– Je sais que tu adores les Vaughn, mais à ton retour, rien n'aura bougé. Tu ne peux pas fuir, Rose.

– Je ne fuis pas, lui répliqua-t-elle, piquée au vif.

– Moi, je trouve que si.

– Et que suis-je censée faire ? Comment puis-je la renvoyer à l'école, lundi ? Ils vont s'en prendre à elle.

– Je pense que tu devrais la mettre à l'école. Je vais te dire pourquoi. Annie inclina la tête, la mine pensive. Toute cette histoire, cet incendie, ces morts, et Melly, Amanda, tout cela ne fait qu'un. Surmonter le tout, ce sera comme un processus de guérison. Comme le sont tous les chagrins, et tous les traumatismes. Ce processus de guérison commence à l'école, demain, avec ce service commémoratif.

Rose mit son ego de côté, et elle écoutait son amie. Annie était certes un peu brusque, mais sincère.

– Si Melly n'est pas présente, cela la mettra encore plus sur la touche qu'avant. Elle aura un temps de retard sur tout le monde, et ça, ça craint. Comme quand tu commences ta journée tard, tu vois la sensation ? Tu ne rattrapes jamais le temps perdu. Tu restes toute la journée déstabilisée, déséquilibrée, tu te sens comme une laissée-pour-compte. Exact ?

– Oui.

– Tu dis qu'elle a créé un lien avec Kristen. Elle va la chercher.

Rose tournait la question dans sa tête.

– Mme Nuru pense que je devrais la mettre en classe, mais elle est furieuse contre Kristen, elle considère qu'elle chouchoute trop Melly. Tout cela est devenu aussi compliqué que de la politique, tout d'un coup.

– Super. Annie retroussa la lèvre supérieure. Elle me plaît bien, celle qui aime bien Melly. Je suis de l'équipe Kristen, moi.

– Moi aussi. Rose sourit. J'aimerais pouvoir la sonder sur tout cela. Elle m'a dit qu'elle allait veiller sur Melly, mais c'était avant qu'ils ne lui tombent dessus. Je ne vais pas mettre ma fille à l'école, à moins que Kristen ne la prenne sous son aile.

– Alors appelle-la et demande-lui.

– J'ai son numéro quelque part à la maison. Puis elle s'aperçut de quelque chose. Tu sais quoi ? L'appartement de Kristen est à deux rues d'ici. J'y ai déposé des petits gâteaux, une fois.

– Pourquoi tu n'y fais pas un saut, tout simplement ? Si elle apprécie ta fille tant que cela, cela ne l'embêtera pas. Tu n'as la baby-sitter que jusqu'à neuf heures, tu aurais intérêt à en profiter. Annie consulta sa montre. Je dois y aller, moi aussi. Oublie les chips pour les garçons. Maman est fatiguée.

– D'accord, oui, c'est pas mal, comme plan. Rose se pencha vers elle et l'embrassa. Tu es la meilleure. Merci beaucoup d'être venue.

– Je serai toute la semaine à Philadelphie. Si tu as besoin de moi, tu m'appelles. Embrasse tout le monde, tu veux ?

– Oui. Même chose pour Simon et les garçons. Je t'adore.

– Moi aussi. Annie ouvrit la portière et monta dans sa voiture, les yeux scintillants de malice. Au fait, je garde ce pull. Je le donnerai à une dame de mon quartier, une sans-abri.

– Non ! Rose lui sourit. Rends-moi mon pull.

Annie éclata de rire.

– Pourquoi, tu vas à un enterrement ?

Prise à contre-pied, Rose battit des paupières, pensant instantanément à Amanda. Le sourire d'Annie s'effaça.

– Oups, navrée. Je viens de gaffer, hein ?

– Nan, et garde-le, mon pull. Rose tâcha de se ressaisir. Et puis, je n'en aurai peut-être plus besoin, hein ?

– Exact ! s'écria Annie, en claquant la portière.

Rose emprunta l'allée de briques conduisant à la maison de Kristen, une bâtisse jumelle massive et carrée dans une rue de maisons mitoyennes plus anciennes. Un homme en maillot de corps blanc et en jean lavait un pick-up Ford rouge dans l'allée, et dès qu'il vit Rose, il coupa son jet d'eau.

– Oulah, je n'avais pas l'intention de vous arroser, fit-il avec un grand sourire. Salut.

– Bonjour, je suis venue voir Kristen. Je suis parent d'un des enfants de sa classe. – Jacob Horton. J'habite au premier étage. Juste une info pour vous, Kristen est rentrée assez bouleversée. Elle revient de chez Fiore.

– Merci, au revoir. Elle se rendit à l'escalier extérieur, monta à l'étage, atteignit le palier en bois, et frappa à la porte-moustiquaire. Kristen ! Elle attendit, mais il n'y eut pas de réponse, et elle frappa de nouveau. Kristen ?

La porte s'ouvrit, et la jeune femme fit son apparition sur le seuil, vêtue d'une robe de coton noire, et elle essuyait ses larmes.

– Rose ?

– Puis-je entrer une minute ?

– D'accord. Elle renifla et s'écarta, et Rose entra, puis la serra dans ses bras.

– Je sais que c'est un moment difficile pour vous et les autres enseignants.

– C'est tellement horrible, tout cela est si épouvantable. Kristen lui rendit son étreinte, puis elle la lâcha et s'essuya encore les yeux. Ces veillées, c'est si triste, Mme Nuru et M. Rodriguez sont si en colère, il y avait même des journalistes là-bas, qui me posaient des milliards de questions, par exemple pour savoir comment s'entendaient Melly et Amanda.

– Je sais. J'y étais. Elle regarda autour d'elle, ses yeux s'adaptèrent à la lumière du petit salon-salle de jeux. Une valise noire était posée sur un canapé rouge à carreaux, et des T-shirts et des shorts étaient empilés sur une bibliothèque peinte, prêts à être rangés dans la valise. Vous partez quelque part ?

– Je suis désolée, je m'en vais. Je ne supporte plus tout ça. Je démissionne.

– Quoi ? s'exclama Rose, atterrée. Quand ? Pourquoi ?

– Tout cela, c'est trop. J'ai tout gâché, je parle trop, et je ne peux plus travailler ici, à surveiller tout ce que je dis, à devoir sans cesse surveiller où je mets les pieds. Ses yeux s'emplirent à nouveau de larmes, la peau de son visage moucheté de taches de rousseur devenait toute marbrée sous le coup de l'émotion. M. Rodriguez m'a dit que je n'avais aucun jugement et que j'ai perdu une occasion de me taire. Je renonce. Je ne suis pas de taille pour être enseignante, du moins pas ici, plus maintenant. Je m'en vais.

– Attendez, mollo. Rose songea à sa fille. Moi, je me disais justement que tout cela finira par passer, forcément.

– Non, ça ne passera pas, ce n'est pas obligé.

– Mais si, Kristen. Vous êtes jeune, et vous ne vous rendez pas compte. Le temps change les choses. Des situations auxquelles on ne pensait pas survivre, on finit par y survivre. Je le sais, je l'ai vécu.

– Désolée, j'ai pris ma décision. Je pars. Je suis désolée. Kristen tourna les talons, attrapa deux T-shirts, les fourra dans la valise, en faisant sursauter un chat blanc qui bondit hors de la pièce, la queue dressée.

– Mais, et Melly ? Et les autres enfants du programme ? Ils viennent de vivre un traumatisme, et Amanda est encore à l'hôpital. Ils ont besoin de vous, maintenant plus que jamais. Melly a besoin de vous.

– Je ne suis que l'enseignante des hauts potentiels, et pas si expérimentée que ça, comme Mme Nuru n'arrête pas de me le répéter.

– Mais les enfants vous adorent. Melly vous adore.

– J'ai votre numéro, je l'appellerai. Kristen disposa une trousse de toilette matelassée dans la valise. Je resterai en contact avec elle.

– Ce n'est pas pareil.

– Vous croyez que je ne le sais pas ? Vous ne croyez pas que je me sens assez coupable comme ça ? Elle attrapa des socquettes et les coinça dans la valise. Je dois penser à vivre ma vie, moi.

– Kristen, je vous en prie, restez. S'il vous plaît.

– Vous ne voyez pas que si je reste, j'aggraverai encore un peu plus les choses pour votre fille ? La jeune enseignante se retourna, visiblement affligée. Ils s'imaginent que je la favorise, et maintenant ils vont aller chercher du favoritisme dans le moindre de mes faits et gestes. Il vaut mieux pour elle que je m'en aille.

– Ce n'est pas cela qui vaut mieux pour elle. Je sais ce qui vaut mieux pour elle.

– Écoutez, je suis vraiment navrée, sincèrement, mais c'est en train de me gâcher l'existence, à moi aussi.

– Alors pourquoi ne prenez-vous pas un peu de recul, le temps de voir comment vous vous sentirez dans quelques semaines ?

– Non. J'ai envoyé ma démission à M. Rodriguez. Par e-mail. Je lui ai suggéré de prétexter une urgence familiale. C'est déjà réglé.

– Vous partez réellement tout de suite ? s'étonna Rose, incrédule.

– Oui. Je vais chez mes parents, et j'apprécierais que vous respectiez la confidentialité de ma décision. Je ne veux pas que ces parents qui sont tous cinglés m'envoient des e-mails ou me mettent encore des saletés sur ma page Facebook. Et plus de journalistes, non plus. Ses jolis traits se radoucirent, et elle redevint la jeune femme pleine de délicatesse qu'elle était en temps normal. Je suis réellement désolée, navrée de tout cela, mais je dois partir, maintenant. S'il vous plaît, laissez-moi. J'appellerai Melly d'ici un jour ou deux.

– Vous me le jurez ? Vous allez lui briser le cœur, si vous ne l'appelez pas. Vous lui devez au moins ça. C'est une personne à part entière, vous savez, avec des sentiments à elle.

– J'ai dit que je le ferai, et je le ferai.

Elle se rendit à la porte, l'ouvrit toute grande, et Rose franchit le seuil, déconcertée.

–Vous n'êtes pas celle que je croyais.

– Comme aucun de nous, ici, fit Kristen, sans un sourire.

Rose s'engagea dans Allen Road, vitre baissée, le coude à la portière, la brise dans les cheveux. Elle avait appelé Leo pour lui parler de Kristen, mais il n'avait pas répondu, et elle lui avait laissé un message. La jeune institutrice privait Melly de sa seule alliée, et elle n'était plus trop sûre de savoir que faire. Elle ne savait pas si elle devait envoyer sa fille à l'école ou comment lui annoncer le départ de l'enseignante, et puis, en fin de compte, ce serait de toute manière un coup terrible.

Elle s'arrêta à un feu rouge. La circulation était moins dense, une fois qu'elle fut dans la périphérie de la ville. Le ciel s'assombrissait, et elle balaya du regard les maisons proprettes avec leur halo de lumière, un samedi soir ordinaire de la banlieue résidentielle. Des parents et des enfants se serraient autour de la table de la cuisine, achevaient leurs devoirs de maths ou de français ou construisaient des volcans à base de lave en bicarbonate de soude ou des tipis à l'armature en bâtons de sucettes. Toutes ces scènes du dimanche soir n'étaient pas aussi idylliques, et cela non plus, elle ne l'ignorait pas. Cela aussi, elle l'avait vécu.

Elle appuya sur l'accélérateur, et les maisons disparurent, avalées par les centres commerciaux et les chaînes de magasins, les pharmacies CVS, les Giant, les Cosco, les Wal-Mart et autres Target. Au-delà, elle entrevit les contours lointains de l'école, avec la silhouette basse de son toit tout en longueur et ses vastes ailes aux deux extrémités. Ces ailes contenaient les salles de classe, et l'entrée et les locaux de l'administration étaient plus proches de l'aile gauche, au nord. Le réfectoire se situait aussi sur la gauche, mais il avait été construit à l'avant de l'établissement, comme une annexe, de plain-pied, pour permettre un éclairage zénithal, grâce aux velux. Elle s'arrêta à un autre feu et, à cette distance, elle aurait pu croire que rien ne s'était produit, là-bas. Aucun incendie, pas de femmes dans des cercueils, pas de fillettes à l'hôpital, pas de parents en colère, et pas de jeune enseignante renonçant à une carrière prometteuse et laissant Melly livrée à elle-même.

Dès que le feu passa au vert, elle accéléra, puis freina à l'approche de l'école. De plus près, elle put voir que la rue, à hauteur de l'entrée, était signalisée par des cônes orange et des chevaux de frise. Des pick-up et des véhicules de chantier étaient garés le long du trottoir, avec une benne à ordure rouillée, tout au bout. Les quelques voitures qui roulaient autour d'elles ralentirent, simple réflexe de curiosité, et elle se retrouva devant l'école, où elle s'arrêta, et stationna derrière un pick-up poussiéreux arborant un autocollant de pare-chocs : « les charpentiers syndiqués ont du meilleur bois ». Elle coupa le contact, et la brise qui filtrait par la vitre baissée sentait le brûlé.

Elle observa le bâtiment et compris ce que voulait dire M. Rodriguez. La quasi-totalité de l'édifice paraissait intacte, avec sa façade en briques presque neuve et ses ailes abritant les salles de classe, toutes les deux en parfait état, car seule la cantine avait été endommagée, tel un œil au beurre noir sur le visage d'une reine de beauté. Les fenêtres du réfectoire formaient des trous béants, des traînées noires gâtaient les rebords de fenêtres et la brique, et une bâche en plastique bleu recouvrait le toit.

Elle songea aux gens qui étaient morts à l'intérieur, aux longues files d'attente devant le funérarium Fiore et, dans son esprit, ce lieu public était devenu un lieu sacré. Il lui semblait impossible qu'il y ait récréation demain, avec des enfants lançant des ballons de basket, sautant à la corde et jouant au foot. Elle revit presque les flammes lui léchant les chevilles, l'ensemble de cette scène, une fois encore. Elle eut cette image éclair de Melly, effondrée à côté de la lunette des toilettes. D'Emily, en pleurs, et de Danielle, qui courait, terrorisée. Ses pensées aboutirent là où elles aboutissaient toujours – Amanda.

Maman!

Elle sortit de voiture, ferma la portière derrière elle et traversa la cour en direction de la cantine, qui avait été barrée en différentes parties avec des rubalises de chantier jaune, des chevaux de frise et un filet orange en guise de clôture provisoire. Elle s'arrêta derrière un cheval de frise, contemplant la scène.

Des projecteurs illuminaient la façade de la cantine, créant des ombres surdimensionnées aux ouvriers qui allaient et venaient du réfectoire à la benne de chantier, avec leurs brouettes, leurs bâches et leurs sacs poubelle remplis de débris calcinés. Certains de ces ouvriers dressaient une cloison en contre-plaqué, probablement celle que M. Rodriguez avait mentionnée, et l'un d'eux, en T-shirt et combinaison de travail, lui sourit en se rendant au pick-up garé devant sa voiture. Il tenait en main un ordinateur portable à usage industriel qu'il remisa à l'intérieur du véhicule, claqua la portière et vint vers elle, d'un pas très sûr.

– Je peux vous renseigner ? lui demanda-t-il sur un ton cordial. Dans la réverbération de lumière sur le mur, elle vit qu'il avait le sourire facile, un nez assez long, des yeux noirs sous un casque de chantier blanc, décoré d'un autocollant de l'équipe de baseball des Phillies. Je m'appelle Kurt Rehgard. Il lui tendit une main forte, qu'elle serra, et sentit ses doigts craquer sous sa poigne.

– Rose. Je jetais juste un œil.

– On en a eu beaucoup comme vous, aujourd'hui.

– J'imagine. Elle contempla l'animation, sur les lieux. Vous travaillez tard, vous.

– Toute la nuit. Les grosses légumes veulent que cette école soit en état de fonctionner, le temps presse, et je vais vous dire, ça ne nous gêne pas. Les heures sup, ça nous plaît, surtout avec cette conjoncture économique. Il eut un geste vers les équipes au travail derrière lui. Mon équipe est de Phoenixville, l'entreprise d'électricité vient de Pottstown, et le génie civil de Norristown. Le district voulait que tout soit remis à neuf sur le site, en prévision des procès auxquels ils s'attendent.

– Il y aura plusieurs procédures ?

Elle sentit sa poitrine se serrer.

– Hola, oui. Tout le monde montre les autres du doigt, et qui est responsable de quoi, et qui a été la cause de ceci, et qui a fait cela.

– J'ai entendu parler d'une fuite de gaz et d'un câblage défectueux.

– Je ne suis pas censé vous en parler, sous peine de mort. Le charpentier se trancha la gorge d'un geste de l'index. Vous êtes journaliste ?

– Sûrement pas. Elle sourit. Juste une maman. Vous disiez, à propos des procès ?

– Ça commence déjà. La première entreprise d'électricité prétend que c'était la faute de l'entreprise de génie civil, laquelle accuse la compagnie du gaz, et les types de l'entreprise de chauffage et de ventilation sont mal parce que les conduits étaient trop rapprochés par rapport aux normes, et quelqu'un a avancé qu'ils ont favorisé la propagation rapide du feu. Il secoua la tête. Tous les capitaines des pompiers, les inspecteurs des bâtiments sont venus sur place, même le FBI, à cause des victimes. Et ensuite, c'était le tour des avocats et des soi-disant experts qu'ils ont engagés, qui sont tous venus prendre des photos. Quel cirque.

Elle en avait le tournis. Cela évoquait les poursuites judiciaires qu'évoquait Leo au dîner, et elle espérait qu'ils ne soient pas entraînés là-dedans. Elle n'apprécierait pas qu'ils fassent partie du procès dont tout le monde parlerait à l'heure du dîner.

– Vous dites que votre enfant est scolarisé ici ?

– Oui. Ma fille est en cours élémentaire, et l'école rouvre demain, ce qui me paraît un peu étrange.

– Pas du tout. Ce n'est pas dangereux, absolument pas. Les enfants ne peuvent pas entrer dans le réfectoire, il y aura des équipes venues réparer les dégâts du feu et les dégâts des eaux dans les couloirs, mais dans le reste du bâtiment, votre gamine sera en sécurité. Ne vous inquiétez pas. Kurt pencha la tête. Je pensais que vous étiez avocate, c'est pour ça que je suis venu vous voir. Et voir si vous étiez mariée.

– Merci, mais je suis mariée. À un avocat.

– Non ! Il fit mine d'avoir reçu une balle, et recula en titubant comiquement. Larguez-moi ce tocard !

Elle éclata de rire.

– Hé, si vous voulez, je vous fais visiter. Vous verrez, c'est sécurisé. Vous voulez faire un tour en vitesse ?

– Je ne dis pas non, lui répondit-elle, intriguée. C'est réglo ?

– Les grosses légumes sont parties, et mes types s'en fichent. Comportez-vous en avocate.

– Ça, je sais faire. Et elle se baissa pour passer sous les rubalises.

Elle suivit Kurt, passa devant un ghetto-blaster moucheté de peinture qui beuglait un vieux disque d'Aerosmith. Des têtes se tournèrent quand ils entrèrent dans le halo des projecteurs et traversèrent la cour transformée en un archipel de gadoue par les brouettes et les allées et venues des pieds bottés. Elle sourit avec un air professionnel, en sachant fort bien que personne n'était dupe. Des ouvriers levèrent le nez vers eux et leur adressèrent un bonjour d'un signe de tête avant de se remettre à la besogne. Ils avaient le visage zébré de transpiration, et n'eurent pas l'air de la reconnaître, soit parce qu'ils n'étaient pas d'ici, soit parce qu'ils avaient travaillé sans interruption, sans avoir le temps de regarder les infos à la télé.

– J'imagine que vous reconstruisez le réfectoire après avoir tout balancé dehors, non ?

– En gros, c'est ça, oui. Je travaille avec Bethany Run Construction, et nous allons nous charger de la démolition, puis de la charpente et de la construction. Tenez, suivez-moi. Il la précéda vers l'issue conduisant à la cour, où les portes à double battant toutes noircies avaient été calées en position ouverte par des parpaings. De la suie tapissait les murs, et les armatures du plafond vitré étaient toutes démantibulées.

– Mon Dieu, lâcha Rose à mi-voix.

– Le couloir est un vrai foutoir, mais au point de vue structurel, c'est sain. Il n'a rien de dangereux, vous voyez ? Ils ont tout de suite obtenu une certification. Dès que nous l'aurons nettoyé de cette flotte, il sera bon pour le service. Il la précéda, en désignant du geste une série de machines noires et bruyantes. Des tuyaux saillaient de chacune d'elles, reliés à des tapis noirs en tôle ondulée fixés au sol crasseux par de l'adhésif industriel. Je parie que vous vous demandez à quoi peuvent bien nous servir ces bestiaux-là.

Rose se sentait surtout attirée par le réfectoire – une vision dantesque. On en avait retiré les tables, les chaises et les panneaux d'affichage décorés, pour ne laisser que la carcasse d'une salle toute noire. De la fumée avait noirci les murs, masqué les carreaux bleus et blancs aux tons si joyeux, et le plafond avait disparu, mettant à nu des poutrelles métalliques, des conduits d'aération en aluminium et des câblages électriques.

– Attendez, que je vous explique. Il y a un tel boucan, ici, moi, je ne supporte pas. Il s'avança vers la première machine et appuya sur un bouton rouge marqué *power*. L'engin fut parcouru de tremblements et se tut, mais les autres continuaient leur tambourinement assourdissant. Vous voyez, ce sont des machines Injectidry. Elles sont allumées jour et nuit. Les sprinklers se sont déclenchés ici, et ces appareils aspirent l'humidité de la dalle du sol, pour éviter qu'elle ne finisse par se déformer.

– Compris, fit-elle, mais elle n'arrivait pas à détacher le regard du réfectoire. Les carreaux du sol étaient fissurés, et des décombres calcinés étaient entassés à l'endroit où on les avait regroupés – des dalles cassées de panneaux isolants du plafond, des poutres en bois fendues et des débris remplis de saletés. Les velux avaient disparu, et la bâche bleue qui recouvrait les carrés béants subsistant à leur place diffusait une lumière bleutée, comme sous un ciel tropical.

– Ces machines là-bas, c'est encore autre chose. Il désigna le bout du couloir, une série de hauts engins gris, tout aussi massifs, branchés à un générateur. Ce sont des déshumidificateurs surmultipliés. Pas du genre de ce que vous avez dans votre sous-sol quand la pompe du puisard tombe en rade, si vous me suivez. Ils empêchent la formation de moisissures toxiques, au cas où vous vous soucieriez de cela pour votre gamin. Vous disiez que c'était une fille, ou un garçon ?

– Une fille. Elle s'avança d'un pas vers le réfectoire, où le mur principal de la cuisine avait été démoli. Elle avait une vue dégagée sur les fours industriels et les rayonnages en acier, tout tordus, réduits en morceaux, comme les vestiges d'un carambolage entre vingt véhicules. Elle n'avait aucun mal à s'imaginer que la déflagration ait pu tuer la pauvre Serena et la pauvre Ellen.

– J'ai une nièce que j'ai emmenée à Disney World, la fille de ma sœur. Son papa est en Irak, alors je lui consacre beaucoup de temps. Je lui ai appris le lancer de balle, et elle m'accompagne aux matches de base-ball des Phillies. D'un geste, il lui indiqua le couloir. Vous voyez, l'endroit est sain. J'enverrais volontiers ma nièce ici. Vous n'avez rien à craindre.

– Super. Elle s'avança encore d'un pas dans le couloir. Et, sous ce nouvel angle, elle put constater que l'explosion avait soufflé la cloison séparant la cuisine de la salle des professeurs, qui n'était que partiellement noircie, mais remplie de meubles fracassés, et un comptoir en formica jaune était réduit en miettes, comme un puzzle cauchemardesque.

– Nous allons tout remettre à neuf. Ce sera même encore mieux qu'avant. Il se pencha vers elle, baissa la voix. Si vous voulez mon avis, ils rouvrent trop tôt. Il ne faut pas précipiter les choses, dans ce genre de travail, surtout au niveau de l'électricité. Sinon, ça vous pète toujours à la figure.

– J'imagine. Cette remarque la tira de sa rêverie. C'est triste de voir l'endroit où des gens sont morts.

– Personne n'a souffert, si cela peut vous soulager. L'explosion s'est produite dans la tuyauterie du gaz, à l'intérieur du mur du fond de la cuisine, un tuyau de vingt millimètres de section qui alimente le four et la salle des professeurs. La déflagration a tout emporté, instantanément.

– C'est terrible, fit Rose, le cœur lourd. Une fuite de gaz ? Comment se fait-il qu'elles n'aient rien senti ?

– C'était dans le mur, et elles ont fort bien pu sentir quelque chose, d'après moi. Mais je vais vous dire un truc, concernant le gaz, on se désensibilise vite. Au début, vous sentez l'odeur, et ensuite vous ne sentez plus rien. Rehgard eut l'air de vouloir nuancer son propos. Ce n'est pas la cause officielle, ils n'ont encore rien déclaré, et je ne vous ai rien dit.

– Vous avez dit quelque chose ?

Sa réponse le fit rire.

– Allons-y. D'un geste, il la dirigea de nouveau vers le bout du couloir, et ils franchirent le seuil pour ressortir dans la lumière aveuglante des projecteurs. Elle plaça une main en visière, pour s'abriter les yeux, et il la prit par le bras. Attention à ce tas de saletés, là.

– Oups ! Elle baissa les yeux sur un monceau de débris noircis, étalés sur une bâche, une vision déchirante. Des tiges tordues de fers à béton et de Placoplâtre éclaté mélangés avec un panier-repas Toy Story, une brique de jus de fruit écrasée et une PlayStation toute cassée. Elle revit Amanda, montrant son nouvel iPod aux fillettes attablées. Subitement, elle comprit pourquoi elle était retournée en courant dans l'école. L'enseignante blonde avait pu la louper, comme l'avait supposé Leo, parce qu'elle se trouvait derrière le groupe d'élèves que l'on évacuait vers la cour.

– Un iPod, bredouilla-t-elle, et Kurt la regarda.

– Je vous demande pardon ?

– Rien, lui répondit-elle, attristée. Ce soir, Amanda gisait dans le coma à cause d'un rutilant gadget tout neuf. Et à cause d'elle.

– Tenez, voici ma carte. Il plongea la main dans sa poche, en extirpa une carte de visite toute racornie et la lui tendit. Si vous avez besoin de vous faire construire une terrasse, ou si vous larguez votre mari, appelez-moi.

– Merci, dit-elle, avec un sourire.

– Vous vous sentez mieux, maintenant que vous avez vu l'école ?

– Oui, mentit-elle, et dès qu'elle eut tourné les talons, elle oublia son sourire.

CHAPITRE 8

– Coucou, mon cœur. Rose entra dans la chambre de
sa fille, qui lisait au lit avec Princess Google. La lampe
papillon de la table de nuit diffusait un halo de lumière
chaude sur sa couette jaune, sa commode cérusé blanc
et un bureau assorti, mais le reste de la pièce était un
véritable sanctuaire dédié à Harry Potter. Un étendard
noir de Poudlard était pendu au-dessus de la tête de lit,
et la bibliothèque contenait les épais volumes de la série,
des figurines, un Choixpeau et une baguette d'Hermione toute neuve. Les rayonnages du bas contenaient
les ouvrages de seconde zone, tout ce qui n'avait pas de
rapport avec Harry Potter.

– Coucou, maman. Elle leva le nez par-dessus son *Beedle le Barde*. Elle s'était coiffée et ses cheveux s'étalaient
en vagues sur son oreiller.

– Comment s'est passée ta nuit ? Rose s'assit au bord
de son lit et lui donna un baiser. Qu'est-ce que vous avez
fait, avec Julie ?

– On a regardé *Up*.

– Bonne idée. Rose avait passé le mot à la baby-sitter,
surtout, rien d'autre qu'un DVD. Ça t'a plu ?

– Oui. Melly inséra soigneusement son signet plastifié dans la page, en veillant à ce que le gland bleu soit apparent, et referma le volume.

– Bon. Salut, Googs. Rose grattouilla Princess Google, l'épagneul releva sa petite tête plate et se pelotonna en une boule de taches rousses et blanches.

– Google est si mignonne.

– Ça oui. Elle a encore croqué l'une de tes culottes ? Ce qui fit sourire Melly.

– Non, elle a été gentille, maman. Je l'ai sortie dans le jardin. Deux fois.

– Et comment allait John ?

– Il a fait une crotte, et il avait la figure toute rouge.

– Super. Comme ça, au moins, on sait qu'il n'a pas croqué de culotte. Melly pouffa de rire.

– Tu es bête, maman.

– Merci.

– L'enterrement, c'était triste ?

– Oui. C'est dur, quand les gens disparaissent.

– Comme pour papa. Et son visage s'assombrit, ce qui lui dessina un minuscule bouton de chair sur son front lisse.

– Exact. Rose sentit monter en elle une bouffée d'amour et d'inquiétude, en observant sa fille qui paraissait si heureuse et si douillettement installée, dans le T-shirt de Leo aux armes de l'équipe des Phillies. On va devoir prendre une décision pour savoir si tu dois aller à l'école demain.

– C'est ouvert ?

– Oui. La cantine est fermée, mais les classes, non. Je viens d'aller voir.

– Je sais, tu as encore l'odeur. Elle fronça le nez. Tu sens comme le feu.

– Beurk. Elle ne s'en était pas rendu compte. En tout cas, demain, c'est juste une demi-journée. Ils vont organiser une réunion avec tout le monde, dans la matinée, en souvenir de ces personnes qui sont mortes, ensuite la classe reprendra, et après, tu rentreras à la maison.

– D'accord, alors je peux y aller.

– Tu te sens suffisamment bien ?

– Oui. Elle haussa les épaules. Je ne suis pas malade. C'est le docteur qui l'a dit.

– Je sais, mais si tu te sens fatiguée ou si tu veux juste te reposer une journée de plus, tu peux rester à la maison. Rose ne jouait pas franc-jeu, mais c'était plus fort qu'elle. Elle s'inquiétait de l'accueil qui serait fait à sa fille, demain. Comment va ta gorge ?

– Ça va. Je peux y aller. Je vais y aller.

– Bon, alors laisse-moi t'expliquer une chose. Tu sais qu'Amanda a été prise au piège dans le feu, et tu dois savoir qu'il y a des gens qui me rendent responsable de ça.

– Pourquoi ?

Elle tenait à rester simple.

– Ils prétendent que je t'ai sauvée, toi, au lieu de la sauver, elle.

– Mais je suis ton enfant.

Rose lui sourit.

– Je sais, mais en réalité, j'ai conduit Amanda à la porte du réfectoire et, quand je suis allée te chercher, elle est repartie à l'intérieur en courant. Je crois qu'elle voulait aller récupérer son iPod.

Aux paroles de sa mère, Melly demeura pensive, apparemment sans se rendre compte qu'elle était passée en deuxième position.

– Je l'ai entendue parler de son iPod. C'était celui de son grand frère. Il l'avait eu pour son anniversaire.

– En tout cas, les autres enfants risquent de te raconter des choses à ce sujet. Tâche de les ignorer, et ne leur réponds pas, d'accord ? Comme avec les journalistes, si tu veux.

– Je vais le dire à Mlle Canton. Elle leur dira d'arrêter.

Rose sentit l'accablement la gagner.

– Mel, écoute, j'ai une nouvelle pour toi, à propos de Mlle Canton. Elle a eu un appel urgent de sa famille, et elle a dû quitter l'école et rentrer chez elle.

– Et elle va rentrer quand ?

– Elle ne reviendra pas. Elle a dû retourner vivre chez elle, pour être auprès de sa famille.

– Pourquoi ? Melly fronça le sourcil, l'air un peu perdu.

– Je n'en sais pas plus que ce que je t'ai dit. Quelqu'un dans sa famille est malade, et elle doit prendre soin de cette personne. Elle est repartie chez elle pour de bon.

– Pour toujours ? Les sourcils de Melly dessinèrent un accent circonflexe, et sa mère hocha la tête, sans lui dissimuler sa déception.

– Oui, je sais, tu l'aimais bien, et tu sais qu'elle t'aime bien, beaucoup même. Mais elle n'y peut rien, elle a...

– Il faut qu'elle revienne. Soudain pleine d'anxiété, Melly haussa la voix. C'est la meilleure maîtresse que j'aie jamais eue.

– Elle ne sera pas en mesure de revenir, mais j'espère qu'elle pourra nous téléphoner, pour nous raconter, nous faire un bonjour, si elle n'est pas trop occupée.

– Mais je l'aime bien, moi. Je veux que ce soit elle, ma maîtresse. Sa lèvre inférieure se crispa, et Rose la serra très fort.

– Je sais, mon chou. J'espère qu'ils vont trouver une nouvelle maîtresse que tu aimeras autant qu'elle. Tu sais, tu n'es pas obligée d'y aller, demain, si tu n'as pas envie.

– J'ai envie, je veux juste qu'elle soit là. Ses yeux bleus brillaient comme seuls peuvent briller les yeux d'un enfant, en trahissant toute sa douleur, ingénue et spontanée. Pourquoi ils ne nous l'ont pas dit avant ?

– Personne ne le savait. Cela arrive, ce genre de choses. Des événements inattendus, et les gens doivent s'occuper de leur famille. Rose changea de position sur le lit, réveillant Princess Google, qui renversa la tête contre la jambe de Melly et leva sur elle ses yeux ronds, marron et fondants. Regarde. Google a compris que tu étais contrariée.

– Je sais. Ça ira, Googs. Elle caressa la tête de sa chienne, avec ses ongles au vernis rose éclatant, impeccable, sans doute l'œuvre de la baby-sitter. Ne sois pas triste, Google girl. Tout ira bien. Tout va s'arranger.

Rose se tut, elle écoutait, elle observait, et ce qui la frappa, c'était que c'était à elle-même que sa fille adressait ces paroles de réconfort.

– Ne t'inquiète pas, Google. Ne t'inquiète pas. Elle continuait de caresser son chien, qui ferma les yeux.

– Tu vois, je crois que grâce à toi, elle se sent déjà mieux.

– Je lui répète tout le temps de ne pas s'inquiéter. Mais elle s'inquiète quand même.

– C'est difficile de faire autrement, parfois.

– Ça, elle le sait. La main de Melly caressa le pelage de l'épagneul, descendit jusqu'à la queue toute duveteuse. Tu vois, maman, comme cette partie-là est blanche ?

Comme une ligne qui zigzague tout du long de son dos ? C'est comme une rivière qui lui coule sur l'échine, et les parties rousses sont sur les flancs.

– Je vois. Rose sourit, et Melly fit courir ses doigts jusqu'à l'encolure touffue, puis elle lui gratta les oreilles.

– Elle aime bien quand je la gratte par là. Elle a des poils emmêlés derrière les oreilles, et j'essaie de les lui démêler. Elle n'aime pas que ça soit emmêlé. Elle aime bien être belle, alors je l'aide. Elle tapota la tache rousse qui ornait la tête de l'animal. C'est l'empreinte du pouce de la Comtesse, en Angleterre.

Rose lui avait appris cette histoire, et c'était l'une des caractéristiques de la race.

– Tu te souviens de comment s'appelle cette tache ?

– La « tache de Blenheim », à cause de la comtesse de Marlborough qui avait l'habitude de poser le pouce à cet endroit, quand elle attendait le retour de son mari, après la bataille de Blenheim.

– Bravo.

– La comtesse vivait au château de Blenheim, en Angleterre. Harry Potter vient d'Angleterre, lui aussi.

– Exact. Rose lui sourit.

– C'est ça que j'aime bien chez Google. On a tous les deux une tache.

Sa mère resta médusée. Amusant, car elle n'avait jamais fait le lien. Elles avaient choisi un cavalier king charles parce qu'elle en avait eu un enfant et parce que ces animaux étaient merveilleux avec les gosses.

– Je vais lui expliquer qu'il ne faut pas qu'elle soit triste à cause de sa tache. C'est grâce à la Comtesse qu'elle a cette tache, et elle est comme ça, et c'est tout. Melly haussa les épaules, en caressant le petit épagneul. Je lui explique que la tache fait partie d'elle. Comme pour Harry Potter. Et elle en a d'autres, en plus. Elle désigna d'autres petites marques qui mouchetaient la patte de la chienne. Je lui ai dit qu'il ne fallait pas qu'elle se fasse du souci pour toutes ses taches.

– Et qu'est-ce qu'elle te répond ?

– Elle me répond qu'elle ne se fait pas de souci. D'autres personnes s'en occupent pour elle. Elle continuait de la caresser, et les yeux ourlés de cils roux de l'animal restaient fermés. Quand je la vois, je ne vois pas ses taches, je la vois, elle, c'est tout. Et je la trouve belle.

Rose sentit sa gorge se nouer.

– Je ressens la même chose. C'est la plus belle chienne que j'aie jamais vue.

Melly leva les yeux.

– Je suis belle, maman ?

– Bien sûr que tu es belle.

– Aussi belle que toi ? Toi, tu es mannequin, dans les magazines.

– Oui, et tu sais ce que cela m'a appris, tout ça ?

– Quoi ?

– Qu'en réalité, la beauté n'a rien à voir avec l'apparence. C'est ce que tu es à l'intérieur, et ce que tu fais dans la vie qui compte. Google est belle parce qu'elle a un beau petit esprit en elle, et toi aussi.

– Et toi aussi, maman. Melly sourit avec douceur, et Rose lui rendit son sourire.

– Merci, mon chou à la crème.

– Je peux aller à l'école, demain.

– D'accord, bonne idée, fit Rose, en espérant que sa réponse sonne juste.

Elle borda sa fille, alla jeter un œil à John, enfila un jean et un T-shirt, puis descendit. Elle entra à pas feutrés dans la cuisine, appuya sur une touche de son ordinateur portable et, en attendant qu'il sorte de sa veille, elle inséra une capsule de décaféiné dans la machine, prit un mug dans le placard et appuya sur *tasse*. Du café chaud gicla dans le mug, et elle pensa à Leo. Il ne l'avait pas encore rappelée, et elle savait qu'il devait être occupé, aussi lui envoya-t-elle un SMS.

« Je t'aime. Canton partie. Appelle qd tu vx. »

Elle alla s'asseoir devant son ordinateur avec sa tasse de café bien chaud. Elle se connecta à son compte Facebook et lut les trois premiers messages de son mur. Elle n'en connaissait pas les auteurs, mais reconnut des noms de la classe, et les textes avaient un air de déjà-vu.

« Je pense que vous êtes une personne épouvantable... »

« Vous devriez partir et retourner d'où vous... »

« Je vous ai vue chez Fiore, et vous devez être folle si vous croyez que... »

Elle n'en lut pas davantage. Elle accéda aux paramètres du compte, puis à *désactiver votre compte*, et cliqua sur *oui*, mettant fin à sa présence sur Facebook. Elle but une gorgée de café, il était fort et amer, puis elle entra dans son compte de messagerie mail et lut la liste des correspondants. Elle n'en connaissait aucun, et leurs e-mails n'étaient guère amicaux :

« Vous êtes tellement fausse... »

« Je ne laisserai pas mon fils... »

« Si j'ai le malheur de vous voir à l'école... »

Elle était sur le point de les supprimer, quand elle remarqua un e-mail du « Directeur Lucas Rodriguez » à la « Communauté scolaire de Reesburgh », qu'elle ouvrit : « Nous pleurons tous la disparition de Marylou Battle, Serena Perez et Ellen Conze, et nous nous réunirons au gymnase en leur honneur, lundi matin (élèves uniquement). Nous tiendrons aussi une réunion pour les parents (uniquement) dans l'auditorium, à 9 heures, et des membres du conseil d'administration et des personnalités seront là pour répondre à toutes les questions que vous vous posez. Veuillez je vous prie conduire vos enfants à l'école de préférence en voiture et tâchez de maîtriser toutes vos réactions d'émotion. Il est temps de surmonter le passé et d'aller de l'avant... »

Elle lut entre les lignes. Demain, M. Rodriguez voulait avoir la paix dans son établissement, et elle aussi. Elle entra dans son compte de mails et ouvrit plusieurs boîtes de dialogue avant de comprendre de quelle façon le désactiver, ce qu'elle fit. Il lui restait une seule chose à régler. Elle ouvrit le site de la chaîne de télévision, qui s'afficha aussitôt avec la bannière « les infos les plus importantes de Philadelphie » en tête de page. Elle glissa sur le titre « L'incendie de l'école déchaîne la controverse » et fit défiler la page jusqu'à ce qu'elle trouve l'interview de Tanya Robertson avec Eileen Gigot. Elle voulait savoir ce qui se tramait, afin d'y préparer Melinda, si nécessaire. Elle brancha l'un des écouteurs dont elle se servait pour ne pas réveiller John quand il dormait, et cliqua sur la flèche *play* de la vidéo.

« Bonjour, ici Tanya Robertson, annonça la présentatrice. Elle était assise à une table de salle à manger, en face d'Eileen, devant des photos de famille et une armoire à façade rompue. Ce soir, je suis avec Eileen Gigot, la mère de la jeune Amanda, qui est toujours hospitalisée au service de soins intensifs, après être restée bloquée dans l'incendie de l'école élémentaire de Reesburgh. La journaliste se tourna vers son interlocutrice. Merci d'avoir accepté de me recevoir. Je sais que c'est pour vous un moment difficile, et je serai brève. Tout d'abord, comment va Amanda ?

– Elle est toujours dans le coma, et nous prions pour elle. Eileen avait l'air épuisée, et elle eut un sourire las. Elle était à peine maquillée, ses cheveux courts et blonds attachés en queue-de-cheval. Elle ressemblait à une version adulte de sa fille, excepté les cernes sombres sous les yeux bleus injectés de sang et le désespoir qui lui creusait des rides profondes aux coins de la bouche.

– J'ai cru comprendre que vous étiez une mère seule, une jeune veuve, et qu'à part Amanda, vous aviez deux fils Jason, treize ans, et Joe, dix ans. Pouvez-vous expliquer à ceux qui nous écoutent comment ils supportent ce terrible accident dont leur sœur a été victime ?

– Les garçons me soutiennent beaucoup, car je travaille. Je suis secrétaire dans un cabinet comptable, à Reesburgh. Ils se prennent en charge, et cela va même au-delà. Amanda est la cadette, et ils la considèrent un peu comme leur mascotte, ou leur chouchoute.

Rose sentit son estomac se nouer. Eileen avait déjà connu un enfer. Et maintenant il lui fallait vivre ceci, avec Amanda.

La journaliste continua.

– Maintenant, vous avez formulé certaines allégations concernant une négligence supposée de la part du district scolaire, de l'entrepreneur principal et de ses sous-contractants.

– Oui, mais sur le conseil de mon avocat, je ne peux pas entrer dans les détails. En tout cas, je ne pense pas que l'on ait mis assez de procédures de sécurité en place. L'école n'avait organisé qu'un seul exercice d'alerte incendie. Eileen pointa l'index en l'air. Et puis, quand le feu s'est déclaré, l'école a laissé des parents bénévoles se charger de l'évacuation des enfants. Ces bénévoles n'ont pas appliqué les procédures correctes. C'est pour ça qu'Amanda est restée prise au piège dans les flammes.

Rose en eut le souffle coupé.

– Qu'entendez-vous par là ? s'enquit la journaliste.

– Là encore, tout ce que je peux dire, c'est que ces bénévoles sont des mamans, et on m'a conseillé de ne nommer personne. Mais l'une de ces mamans a fait en sorte que son enfant soit en sécurité, alors qu'Amanda et les autres ont été livrées à elles-mêmes. Eileen hésita, avec une moue. Je regrette de ne pas avoir été présente, comme ces mamans qui ne travaillent pas. Je n'arrête pas de me répéter que si j'avais été là, Amanda serait heureuse et en bonne santé, aujourd'hui.

– Je comprends. Tanya Robertson se pencha vers elle. Vous m'avez aussi expliqué que cette mère vous avait téléphoné pour se plaindre des mauvais traitements qu'Amanda aurait fait subir à son enfant.

– Oui, elle m'a téléphoné, en effet, pour se plaindre. Eileen eut un regard noir, très noir. Mais Amanda n'est pas méchante. Elle n'embête jamais les autres enfants, ne lève jamais la main sur eux, jamais. Ce n'est qu'une petite fille, une enfant merveilleuse, et tout le monde le sait. Elle fait parfois des caprices, comme tous les enfants, surtout ceux qui ont perdu leur papa. Les enfants règlent ces histoires-là entre eux, et les mamans qui interviennent, franchement, je trouve que ce sont les pires.

Rose en resta bouche bée.

– Mais pour en revenir à notre sujet, reprit la présentatrice, pensez-vous que cette mère ait intentionnellement abandonné Amanda ?

– Je ne suis pas autorisée à en dire davantage. J'ai soumis cette affaire au procureur de district et je lui ai demandé d'intenter des poursuites pénales.

Rose sentit son cœur cesser de battre. Elle se souvint de M. Rodriguez évoquant des poursuites pénales contre le district scolaire. Mais pourrait-elle y être exposée, elle aussi ?

– Êtes-vous en train de nous dire que vous avez porté plainte contre cette mère bénévole, qui aurait intentionnellement omis de secourir Amanda ?

– Le procureur de district m'a dit... Eileen se reprit, puis se tut complètement. Bon, j'ai reçu pour consigne de ne pas en parler. Je n'aborderai donc plus le sujet.

– Merci, madame Gigot. Tanya Robertson se tourna vers l'objectif avec un sourire satisfait. C'est à vous, Tim. »

Rose arracha les écouteurs d'un coup sec, se leva d'un bond et attrapa son téléphone.

– Leo ? fit-elle, anxieuse, quand il décrocha enfin.

Ma chérie, j'allais t'appeler, mais je suis tellement occupé, c'est de la folie. J'ai des gens avec moi en salle de réunion. Attends une seconde. Il masqua le combiné. Jeunes gens, accordez-moi une minute, voulez-vous. Je reviens tout de suite. Mark, je te passe le relais.

Rose patienta, il y eut des éclats de voix, puis le bruit

d'une porte que l'on referme, et elle mit ce petit délai à profit pour respirer profondément.

– Bien, me revoici, fit Leo, de nouveau lui-même. Alors, Mlle Canton est partie ?

– Oui. Elle ne pouvait pas supporter toute cette pression.

– Qu'est-ce qui ne va pas, ma chérie ? Tu m'as l'air bizarre. Il s'est passé quelque chose, à la veillée funèbre ?

Sa voix ne portait pas de jugement, et Rose ne l'en aimait que plus.

– Oui, mais ce n'est pas le problème. Tu as vu les infos du soir à la télé ?

– Tu veux rire ? J'ai à peine le temps d'aller aux toilettes.

– Eileen a laissé entendre qu'elle demanderait au procureur de district d'intenter des poursuites pénales contre moi. Qu'est-ce que cela signifie ? Quel crime ai-je commis ?

– Franchement. Il marqua un temps de silence. Je m'attendais à une procédure civile, mais des poursuites pénales ?

– De quoi parle-t-elle ? Devrions-nous appeler le procureur de district et poser la question ?

– Non, ce serait la pire des démarches. Attends, ne quitte pas. Il y eut encore un silence, puis elle entendit de nouveau sa voix, à l'autre bout du fil, mais plus étouffée. Ils sont dans le dossier, sur ma console, à côté de la statue de l'aigle.

Rose attendit, paniquée. Il serait déjà assez pénible de perdre la maison. Mais finir en prison, ce serait intolérable. Cela paraissait inconcevable, mais là encore, ce n'était ni plus ni moins invraisemblable qu'un incendie dans une école ou qu'une fillette dans le coma.

– Chérie, elle a parlé du procureur de district ? Tu en es sûre ?

– Oui, le procureur de district. C'est d'ordre criminel, non ? C'est différent du civil, non ?

– Oui, bien sûr. Les poursuites pénales, c'est d'ordre criminel, et les peines le sont aussi. Une procédure pour négligence se limiterait au civil, et là, on n'encourt que des dommages et intérêts. Attends, attends. De nouveau, il masqua le combiné de la main, mais cette fois avec davantage de tension dans la voix. La crédence du fond ! Sous l'aigle. À côté du trophée de softball.

– Cela signifie qu'ils vont essayer de m'incriminer, ou pas ?

– S'il te plaît, une seconde. Il soupira de manière audible. Une crédence, c'est un meuble de dossiers. C'est si compliqué que ça ? Puis il s'adressa à Rose. Comment va Melly ?

– Elle est triste pour Kristen.

– Chérie, je vais te dire. La procédure, ici, à mon avis, ça va durer deux semaines, et nous allons tous rester à Philadelphie, à l'hôtel Omni, près du palais de justice. Mais il faut qu'on se renseigne sur cette histoire de poursuites pénales, s'ils ont l'intention de déposer plainte contre toi. Laisse-moi le temps de mettre la main sur quelqu'un qui pourra répondre à tes questions. Dean doit connaître un avocat pénaliste. Je te tiens au courant.

– D'accord, merci.

– Raccroche, et je te rappelle plus tard. Je t'aime.

– Je t'aime, moi aussi, fit Rose, soulagée, mais il avait déjà raccroché.

CHAPITRE 9

Des nuages couleur d'étain cachaient le soleil du matin, Rose portait John à califourchon sur sa hanche et tenait Melly par la main, et ils se frayèrent tous les trois un chemin entre les véhicules en stationnement sur le parking de l'école, qui était plein à craquer. Il n'avait pas été conçu pour que tous les parents amènent leurs enfants en voiture, et elle avait dû se garer sur l'herbe car ils étaient en retard, par-dessus le marché, après une matinée trépidante.

Elle avait dû se mettre en grande tenue, en robe chemisier de coton bleu, parce que Leo lui avait organisé un rendez-vous avec deux avocats. Elle avait aussi changé ses bandages, à la main et à la cheville. Elle remonta John sur sa hanche. Il avait retrouvé son petit caractère tout en douceur, et rebondissait au rythme de ses pas en donnant des petits coups avec ses jambes grassouillettes tout en suçant sa tétine bleu ciel. Elle l'emmenait au cabinet d'avocats avec elle, parce qu'elle l'emmenait partout où c'était possible. Elle n'avait pas mis des enfants au monde pour les laisser à la maison avec une baby-sitter.

Elle continua d'avancer, ravie de voir que la presse se tenait à l'écart de l'enceinte de l'école, cantonnée derrière une barrière, et que Tanya Robertson et son équipe de tournage n'étaient nulle part en vue. Les derniers enfants arrivés avec leurs parents se dirigeaient vers l'entrée, où M. Rodriguez les accueillait avec le directeur adjoint, le conseiller psychopédagogique, le professeur de gymnastique, le professeur d'informatique et la bibliothécaire qui était intervenue le jour de l'incendie. Une légère odeur planait encore dans l'air, mais elle se demanda si elle était la seule à l'avoir remarquée. Elle se surprit à penser à cette PlayStation fracassée, sur le monceau de débris calcinés, puis à Amanda. Elle avait vérifié en ligne, il n'y avait plus eu d'informations sur l'état de la fillette, et Rose avait évité tous les nouveaux reportages à son propre sujet, y compris « Maman héroïque ».

– Maman, viens. Melly la tira par la main. On va être en retard.

– Comment tu te sens, mon cœur ? Ça va ?

– Bien. Melly regardait droit devant elle, et la brise légère lui dégageait une mèche de cheveux de la joue, révélant sa tache de naissance. D'un geste instinctif, elle remit la mèche en place.

– Ne t'inquiète pas. Tout va bien se passer.

– Je ne m'inquiète pas.

– Ils vont vous réunir dans le gymnase, ensuite vous irez en classe un petit moment et tu seras rentrée à la maison avant l'heure du déjeuner. Je viendrais te chercher, et peut-être qu'on fera un truc amusant. Tu veux aller déjeuner dehors ?

– D'accord.

– Mme Nuru tenait à ce que tu sois là, aujourd'hui. Rose sentit les doigts de Melly se raidir dans sa main. Elle t'aime beaucoup, tu sais.

– Peut-être que Mlle Canton sera là, elle aussi, comme une surprise.

Rose sentit son cœur se serrer.

– Non, elle ne sera pas là, Mel. Mais elle te téléphonera.

– Quand ?

– Bientôt, j'espère. Dès qu'elle pourra. Rose se retrouva derrière un élève de cours préparatoire et sa mère, et le garçon jeta un œil derrière lui pour voir qui était là. Quand il s'aperçut qu'il ne connaissait pas ces deux personnes qui le suivaient, il se détourna, puis se retourna de nouveau, en réaction à la tache de naissance de Melly, mais avec un temps de retard. Mel, s'il y en a qui t'embêtent, aujourd'hui, ne t'en fais pas. Cela peut arriver, avec l'incendie et tout.

– Amanda sera là ?

– Non, elle est encore à l'hôpital.

– Et Emily, et Danielle ?

– Oui, je suppose. Tu peux aussi les éviter, si tu veux. Tu as peur qu'elles t'embêtent ?

– Non. Je vais me servir de mon sortilège *Protego*. Cela me fera un bouclier contre elles. Ou alors parfois je me dis que c'est juste des Serpentard. Amanda, c'est un peu comme Drago Malfoy, et Emily et Danielle, c'est Crabbe et Goyle.

Rose était sur le point de lui répondre, mais M. Rodriguez venait dans leur direction, en veston et cravate, les plis de son pantalon battant au vent.

– Melly, voici M. Rodriguez.

– Bonjour, Rose ! Hello, Melly ! Il marchait droit sur elles, et Rose le salua en lui tendant la main.

– Content de vous revoir.

– Moi aussi. M. Rodriguez se pencha pour s'adresser à Melly. Je suis heureux de te revoir sur pieds, et je suis heureux que tu sois venue à l'école aujourd'hui.

– Je ne suis pas malade, et il faut que j'aille à l'école. Mlle Canton va venir ?

– Non, elle a dû rentrer dans sa famille, lui répondit-il, sans le moindre temps de réflexion. Il lui ébouriffa les cheveux, ce qu'elle détestait, sa mère le savait, car ce geste révélait sa tache de naissance. Mme Nuru est à l'intérieur, elle t'attend, et elle est fière que tu sois là, elle aussi. Il lui tendit la main, paume en l'air. Tu veux bien venir avec moi ?

– Ma maman peut venir aussi ?

– Elle va de son côté, assister à la réunion des parents.

M. Rodriguez garda la main tendue, comme une question sans réponse.

– Melly, suis M. Rodriguez, et je te retrouverai tout à l'heure, d'accord ? Elle lâcha la main de sa fille et se baissa, genoux fléchis, pour lui donner un baiser maladroit, que Melinda lui rendit en la serrant tout aussi gauchement, les bras autour du cou de sa mère et de bébé John qui gigotait.

– Bye, maman. Bye, John.

– Bye, mon sucre.

Rose s'attarda, regarda Melly s'éloigner d'un pas sautillant, avec son sac Harry Potter qui bringuebalait dans son dos. Le directeur adjoint, le conseiller psycho-pédagogique, la bibliothécaire et le professeur de gymnastique vinrent tous au-devant d'elle, pour l'accueillir à bras ouverts et avec de grands sourires. Rose sentit monter en elle une bouffée de gratitude pour leur gentillesse, en priant pour que tout se passe bien avec Melly. Parfois, c'était encore ce qu'une mère pouvait faire de mieux.

Maman!

Dix minutes plus tard, Rose avait rejoint les parents qui attendaient dans le couloir d'accès à l'auditorium. Des fenêtres baignaient ce corridor de lumière, ce qui lui rappelait les velux du réfectoire avant qu'ils ne volent en éclats, mais elle s'obligea à se ressaisir. John lui pesait dans les bras d'adorable manière, le nez levé vers elle, tout sourire, en tendant la main pour jouer à je-te-tiens-par-le-bout-du-nez. Elle attrapa sa main tendue et y déposa un baiser, heureuse d'avoir de quoi s'occuper.

La file des parents avança, et elle suivit le mouvement en agitant l'index auquel John avait entortillé le sien. Il pouffait de rire avec sa tétine, et elle lui aurait bien parlé, en lui faisant son petit numéro où elle lui racontait sa vie, mais elle n'avait pas envie d'attirer l'attention sur elle. Elle ne connaissait pas les parents qui se trouvaient devant elle dans la file; il y avait là deux hommes en tenue décontractée, qui portaient les badges jaunes des employés de Homestead au bout de leur cordon, et une femme en tailleur-pantalon, qui consultait ses e-mails d'un pouce aguerri.

Ils arrivèrent devant les portes de l'auditorium, qui étaient ouvertes, et elle put entendre le sifflement discordant d'un micro que l'on déplaçait en le cognant, et un technicien qui répétait «test, un, deux, trois». Les deux hommes entrèrent, suivis de la femme au Black-Berry, puis de Rose avec John. L'auditorium était plein à craquer, il n'y avait plus de places assises et, avec la présence d'autant d'êtres de chair, la climatisation avait du mal à rafraîchir l'atmosphère. Elle trouva une place au milieu de cette foule, sous le balcon, pas mécontente d'être un peu moins visible. Elle redoutait de croiser la mère de Danielle ou celle d'Emily, et elle préférait éviter les confrontations.

Le rideau de scène, avec son motif bleu et blanc aux couleurs de l'école, était fermé, et le prof de gym était sur l'estrade en train de régler le micro quand M. Rodriguez conduisit un groupe de responsables publics vers des sièges pliants marron. Le public bavardait, terminait des conversations au téléphone ou rédigeait des SMS ou des e-mails de dernière minute, la lumière artificielle de leurs divers appareils portables illuminant leur visage par en bas.

M. Rodriguez monta en tribune et tapota sur le micro, ce qui produisit un petit cognement sonore.

– Bonjour à tous, commença-t-il, et bien que Rose ne pût voir son expression de si loin, elle perçut le ton sombre de sa voix, en accord avec la gravité de la situation. Merci d'être venus. Je sais que ces derniers jours ont été très difficiles pour vous tous, comme ils l'ont été pour nous, au sein de la communauté éducative. Nous avons beaucoup de sujets à aborder, alors nous allons commencer sans tarder, parce que je sais que vous êtes nombreux à vous poser des questions, et nous voulons y apporter autant de réponses que possible, au cours de cette heure.

– Oh, flûte ! glapit une femme bien habillée, debout près de Rose. Elle tapait un message dans son iPhone, la tête baissée. Je n'arriverai jamais à m'habituer à ce machin. Ma fille veut une robe pour sa poupée American Doll, mais je n'arrive pas à manipuler cet écran tactile, je n'arrive pas à lui en commander une.

Rose ne commenta pas. Elle n'avait pas envie de courir le risque d'être reconnue, et elle ne coupait jamais la parole aux gens. Elle avait cela en horreur, et elle était toujours surprise de constater à quel point les gens pouvaient être grossiers, même les adultes. Elle continua de regarder droit devant elle.

Sur la scène, M. Rodriguez poursuivait.

– Toutefois, nous ne pouvons pas commencer notre réunion sans d'abord honorer ces trois vies si précieuses que nous avons perdues, ces trois êtres humains qui étaient si uniques pour notre communauté, chacune à sa manière. Je parle, bien sûr, de Marylou Battle, d'Ellen Conze et de Serena Perez. Pour nous inviter à une minute de silence, laissez-moi vous présenter un homme qui n'a pas besoin d'être présenté, le maire de Reesburgh, Leonard Krakowski. M. le maire ?

M. Rodriguez descendit de la scène en conviant le maire, M. Krakowski, un petit homme chauve en costume sombre et cravate, qui monta sur l'estrade d'un pas rapide.

– Les touches, ça me manque. La femme à l'iPhone continuait de jacasser, tout en se débattant avec son clavier tactile. Mais j'adore ce gadget, sinon. Je suis une vraie fana de gadgets. Vous avez un iPhone ?

– Non, répondit Rose, pour la faire taire.

Le maire régla le micro à sa taille en l'inclinant vers son visage, puis s'éclaircit la gorge.

– Bonjour, mesdames et messieurs. Comme vous tous, je suis absolument accablé par la perte de ces trois femmes si attachantes, et ce week-end, j'ai pleuré leur perte, j'ai pris le temps de réfléchir au sens de leur existence, et au sens de notre existence à tous. Par une étrange ironie du sort, c'est dans un moment de tragédie comme celui-là que Reesburgh donne le meilleur d'elle-même, car nous voici tous réunis, comme une seule famille.

– Vous avez une fille ou un fils ? La femme continuait de taper sur l'écran de son iPhone, mais sa voix fit se tourner quelques têtes du rang du fond.

– Une fille, chuchota Rose, de plus en plus nerveuse.

Le maire poursuivit.

– Observons une minute de silence, en cette matinée, pour honorer ces femmes merveilleuses et réfléchir à tout ce qu'elles signifiaient pour nous et pour l'ensemble de notre communauté. Il baissa la tête, comme presque toute l'assistance. Il y eut un ou deux reniflements, mais la femme à l'iPhone continuait de manipuler son écran tactile. Rose baissa les yeux, câlina John pour qu'il garde le silence, mais il y eut un bruissement dans le rang du fond, avec de plus en plus de monde qui se tournait vers eux pour leur lancer un regard. Elle espérait que c'était sa voisine qu'ils regardaient.

– Est-ce que votre fille est très branchée American Girl, elle aussi ? demanda la femme, en s'adressant à elle.

– Chut, chuchota Rose, mais la femme écarquilla légèrement les yeux.

– Oh, mince ! C'est vous qui avez abandonné Amanda.

Mortifiée, Rose revint d'un coup sec face à la salle. Les joues écarlates, la bouche sèche, elle ne savait que faire. Elle ne savait pas si elle devait rester là ou s'en aller. D'autres têtes se tournèrent, au dernier rang, et elle comprit que c'était d'elle qu'il s'agissait.

Le maire releva la tête, achevant sa minute de silence.

– Je vous remercie, et permettez-moi de vous présenter une autre personne que l'on n'a pas besoin de présenter, le sénateur Paul Martin. Sénateur Martin ?

Et le maire s'effaça tandis que le sénateur se levait, grand et mince dans un costume sombre, le visage encadré de lunettes à monture d'écaille. Ses épais cheveux gris reflétaient la lumière des projecteurs de l'auditorium, il releva le micro et prit la parole.

– Bonjour, monsieur le maire, M. Rodriguez, mesdames et messieurs les membres du conseil d'administration, chers parents, chers amis.

Rose resta les yeux rivés sur la scène, en faisant semblant de ne pas remarquer que la femme à l'iPhone s'était penchée vers sa voisine pour lui murmurer quelque chose à l'oreille. La voisine fouillait dans son sac à main, puis elle regarda dans sa direction, et les deux femmes s'écartèrent un peu toutes les deux. D'autres têtes se tournèrent, dans le public, au fur et à mesure que la nouvelle se propageait aux rangs du fond. Tous, ils la dévisageaient, et c'était d'elle qu'ils parlaient.

Le sénateur Martin continua.

– Je me sens honoré de m'adresser à vous ce matin, de vous évoquer la perte d'une enseignante merveilleuse, Marylou Battle, et de ces deux employées de la cantine, Ellen Conze et Serena Perez, deux personnes très dévouées. Ce matin, je lis sur vos visages des expressions de regret et de chagrin, mais je sais que vous allez tous vous ressaisir et que vous saurez rester forts, pour vos familles, et en particulier pour vos enfants. Reesburgh est une petite ville, mais c'est une ville solide, fière, la définition même de ce que doit être une petite communauté comme la vôtre, et ayant travaillé chez Homestead, comme beaucoup d'entre vous, je sais qu'au-delà même de cette tragédie, vous allez persévérer.

Rose préféra ignorer la rumeur sourde sur sa droite, où des femmes discutaient avec quelqu'un d'autre, têtes penchées, chuchotant en se masquant la bouche de leurs doigts manucurés. Elle tint John encore plus contre elle, dans une étreinte protectrice, face à ces gens qui pivotaient à moitié sur eux-mêmes pour jeter un œil dans sa direction. D'autres debout dans le fond préféraient s'écarter d'elle, la laissant seule. Elle se sentait entourée de remuements, de bruissements et de murmures, sans que personne ne lui dise rien.

Elle en avait la gorge nouée. Elle comprit qu'il n'y aurait plus de braillements, comme au funérarium Fiore ou à l'hôpital. Les gens l'ignoreraient et l'éviteraient jusqu'à ce qu'elle devienne invisible, faisant d'elle un individu dont on parlait, mais à qui l'on n'adressait pas la parole. Et, pour la première fois, elle comprit ce que ressentait Melly.

À chaque jour de son existence.

CHAPITRE 10

On conduisit Rose dans une petite salle de réunion, dominée par une rangée de fenêtres hautes du sol au plafond, et où trônait une petite table ronde en noyer couverte de documents, de dossiers de conclusions et d'un ordinateur portable. Les deux avocats se levèrent aussitôt, et leurs silhouettes, vues à contre-jour, étaient nettement différentes ; l'homme de gauche était grand et longiligne, et l'autre, sur la droite, était petit et trapu. Le temps que les yeux de Rose s'adaptent à cette lumière dans leur dos, elle fut incapable de discerner leurs traits, ce qui ajouta à sa sensation irréelle de se trouver face à deux avocats sans visage, l'un des deux étant le défenseur de grands criminels.

– Merci d'avoir bien voulu me recevoir aussi vite, fit-elle, en remontant John sur sa hanche, et le plus grand des deux avocats contourna la table en quelques enjambées pour venir lui tendre une main aux longs doigts. Son sourire policé fut la première image nette qu'elle eut de lui, puis ce furent ses yeux clairs derrière ses lunettes sans monture, et un visage mince encadré d'épais cheveux roux ondulés.

– Oliver Charriere. Sa poignée de main fut ferme et brève, et il paraissait élégant, dans un costume italien superbement taillé, aux rayures discrètes. Ravi de vous rencontrer.

– Je m'appelle Tom Lake, fit l'autre, avec son grand sourire sans façons et une poignée de main d'haltérophile. Il avait le cheveu court et en brosse, les yeux marron derrière une monture façon aviateur, et son costume brun clair tirait un peu aux coutures. Il avait le cou si fort que le col de sa chemise bleue lui rentrait dans la veine jugulaire. À ce stade, nous nous présentons généralement à nos visiteurs comme un tandem, les Mutt et Jeff de la bande dessinée, deux fous de courses de chevaux, vous savez ? Mais je vois que vous devez être trop jeune pour saisir l'allusion, entre la justice et le pari mutuel.

– Pas du tout, mais je vous remercie du compliment, répondit-elle en souriant.

– Café ? proposa Oliver, d'un geste.

Tom sourit.

– Il prend les commandes de boissons, et moi, je prépare les beignets. J'ai pétri de la pâte toute la matinée.

Cette remarque lui arracha un petit pouffement de rire.

– Un café, ce serait super, merci.

– Du lait et du sucre, exact ?

– Oui. Comment le savez-vous ?

– Mon sixième sens façon Spiderman. Oliver traversa le bureau vers la crédence, qui contenait une vasque pleine de capsules de café et un plateau de beignets. Il attrapa des tasses en plastique et les plaça sous la machine à café en appuyant sur un bouton situé sur le capot. Les femmes aiment le lait et le sucre. Très peu de femmes boivent du café noir, et je peux dire qui elles sont, les yeux fermés. Vous êtes trop jolie pour être l'une d'entre elles.

Tom ricana.

– Croyez-le ou non, le sexisme foncier d'Oliver, ça aide, quand on choisit les membres d'un jury.

– Ou une épouse, ajouta l'autre, et ils éclatèrent de rire.

– Permettez-moi. Tom lui présenta un fauteuil Aeron de couleur marron monté sur roulettes. Je vous en prie, asseyez-vous. Ça va, avec le bébé ?

– Oui, merci. Elle prit place, installa John, qui leva vers elle sa frimousse souriante, puis suça sa tétine avec une telle vigueur qu'elle oscillait de haut en bas et de bas en haut. C'est aimable à vous de m'avoir permis de venir avec lui.

– Pas du tout, nous acceptons même les animaux domestiques. Oliver revint à grands pas, avec le café, et Tom lui lança un regard salace des plus comiques.

– Je t'en prie, témoigne un peu plus de respect à madame. C'est le fils de Leo Ingrassia.

– Exact. Rose se sentait détendue. Et en plus, il mord.

– Moi aussi. Oliver posa le café sur la table de réunion, devant elle, puis se pencha légèrement en avant, défit un bouton de sa veste et s'assit face à Rose.

Tom prit un siège à côté de son associé et se laissa lourdement choir dessus.

– Et c'est ici que commence notre cours sur la différence entre les avocats pénalistes, comme mon associé, et les avocats civilistes, comme moi-même. Lui, c'est un odieux ramenard, et moi, je suis hétéro.

Rose éclata de rire.

Oliver secoua la tête puis lança un regard à Tom.

– Ah, les sempiternelles plaisanteries... Tu es viré.

– Tu ne peux pas me virer, je démissionne, et nous sommes ici pour recevoir madame. Tom pointa l'index sur leur visiteuse. Donc vous êtes mariée à Leo, ce veinard, et Leo connaît Dean. J'étais conseil juridique au sein du JAG de la Navy, le Judge Advocate General Corps, avec le frère de Dean. Là-bas, c'est truffé d'avocats à tous les étages. Allez, on s'y met. Tom lança un regard à Oliver, avec un sourire en coin. Dois-je d'abord dégager le pont ?

– Oh, je t'en prie. Tu ne vas pas remettre ça.

– Eh si. Corvée de nettoyage ! Tom tendit le bras droit devant lui, le positionna contre le fouillis de mémos agrafés, de coupures de journaux et de dossiers juridiques photocopiés, et balaya ce fatras vers le bord de la table. Le tout atterrit sur le tapis marron.

Rose éclata encore de rire, et Oliver leva les yeux au ciel, derrière ses lunettes branchées.

– Rose, je vous en prie, ne l'encouragez pas. Maintenant, vous êtes sans doute déjà au courant, en tant que femme d'avocat, mais laissez-moi vous expliquer une chose d'entrée de jeu. Ce matin, vous allez devoir nous supporter tous les deux, un pénaliste et un civiliste, parce qu'on risque de déposer contre vous une plainte pénale, qui émanerait du procureur de district, mais vous n'êtes pas non plus à l'abri de poursuites au civil, assorties d'une demande de dommages et intérêts. Ce sont deux procédures différentes. Entendu ?

– Oui.

– Voilà comment nous allons mener cette réunion de ce matin. Le droit pénal a plus de poids que le droit civil, parce qu'il peut conduire l'accusé à un univers déplaisant, peuplé de verrous et autres cadenas. Cela veut dire que je vais prendre la parole le premier, pendant que Tom essaiera de ne pas se curer le nez. Vous me suivez ?

– Oui. Elle conserva son sourire, même si l'allusion à cet univers de verrous et autres cadenas ne lui plaisait guère.

– Nous sommes tous les deux au courant de votre affaire. Nous avons vu la télévision et des vidéos sur Internet, mais dites-nous ce qui s'est passé à l'école vendredi dernier. Sans rien omettre.

– Eh bien, j'étais l'une des mamans chargées du déjeuner, commença-t-elle, et elle leur raconta toute l'histoire, depuis Amanda imitant la tache de naissance de sa fille en se tartinant le visage de gélifruit, jusqu'aux tas de débris qu'elle avait vus à l'école la veille au soir. Oliver prenait des notes dans son ordinateur portable, et Tom, lui, écrivait dans un bloc-notes jaune, en appuyant si fort qu'il laissait une empreinte dans le papier. Quand elle eut terminé, elle rassembla tout son courage. Bien, alors, quel est le verdict, messieurs ?

Olivier se redressa contre le dossier de son siège.

– D'abord, n'ayez pas l'air si inquiète. Avec nous, vous êtes entre d'excellentes mains. Nous sommes plus intelligents que nous n'en avons l'air. Moi, en tout cas.

– Bon. Elle changea John de position sur ses genoux, il se pencha en avant en s'appuyant sur le creux de son bras et leva le nez vers elle, avec son regard si mignon.

– Laissez-moi vous exposer l'aspect pénal. En vertu de la loi de Pennsylvanie, et en particulier de la loi 18 Pa. C.S.A. Section 301(b)2, la responsabilité pénale peut être imputée pour un acte que l'on a commis, ou que l'on a omis d'accomplir, dès lors que celui-ci est imposé par la loi. Oliver s'exprimait avec confiance et autorité. En d'autres termes, vous n'êtes pas pénalement responsable d'une omission, à moins que votre devoir d'agir ne vous soit imposé par les textes. Entendu ?

– Oui.

– Il y a des circonstances dans lesquelles un devoir envers un enfant s'impose bel et bien à des adultes et, en de telles circonstances, il existe une « relation statutaire ». De ses doigts à demi repliés, Oliver dessina des guillemets en l'air. Par exemple, les parents ont ce devoir envers leurs enfants, ne serait-ce qu'en vertu de leur statut. Cela vous paraît logique ?

– Oui. Elle jeta un œil à John, qui somnolait en suçant son pouce à tout va.

– Maintenant, ce devoir ne s'applique pas qu'aux parents. Il peut s'appliquer à quiconque exerce un contrôle ou une autorité sur un enfant, comme une baby-sitter, une employée de crèche, un petit ami ou une petite amie qui vit avec l'enfant. En Pennsylvanie, cet aspect-là a été établi dans le cadre de l'affaire Kellam.

Rose hocha la tête.

– Si l'on peut dire d'une personne qu'elle exerçait une relation statutaire envers l'enfant, cela forme une base à la responsabilité pénale, dans la juridiction qui est la nôtre comme dans d'autres.

– Comme d'être une maman en charge de l'heure de cantine ?

– Oui, exactement, et cela concerne bien d'autres situations de volontariat dans les écoles, les bénévoles d'une bibliothèque, d'un labo d'informatique, d'une salle de musique, mais aussi les moniteurs et les personnes chargés de l'encadrement lors des sorties et des excursions.

– Vraiment?

– Oui.

– Eh bien, dites-moi. Elle envisagea les conséquences, non sans désarroi. Vous voulez dire que quiconque cafouille en pareille situation peut se retrouver inculpé d'un crime?

– Ne nous perdons pas en conjectures aussi audacieuses. Pour être précis, toutes ces situations revêtent certaines responsabilités, non seulement civiles, mais pénales.

Elle l'ignorait. Elle lissa les cheveux de John en place, mais ce faisant, c'était à nouveau elle-même qu'elle avait le sentiment de vouloir réconforter.

– Si vous m'autorisez une digression, tous les étés, je suis invité à prendre la parole devant des entraîneurs de baseball. La première heure, ils font venir un docteur qui explique aux entraîneurs – à tous les parents, comme vous – les procédures médicales en cas d'urgence. Ensuite, la deuxième heure, je leur conseille d'oublier ce qu'ils viennent d'entendre. Je leur affirme que la seule chose à faire en cas d'urgence, c'est d'appeler le 911. C'est tout. Point à la ligne.

– Pourquoi?

– Parce qu'autrement, ils pourraient encourir des responsabilités civiles et pénales.

Elle trouvait cela épouvantable que la société en soit arrivée là. Tout cela n'était guère civilisé.

– La responsabilité pénale, cela signifie la prison.

– Pas toujours, mais en général, oui.

– Je vais aller en prison ? demanda-t-elle, le cœur au bord des lèvres, mais Oliver leva la main.

– Attendez. Stop. N'allez pas plus vite que nous, s'il vous plaît. Quand vous avez accepté de devenir l'une de ces mamans en charge du déjeuner, il n'en reste pas moins contestable que vous ayez adopté une telle relation envers les enfants.

– Contestable ? Qu'est-ce que cela signifie ?

– Cela signifie que si nous devions vous représenter, nous plaiderions que vous n'entreteniez pas une telle relation avec les enfants, mais c'est une argumentation délicate, et la question de la responsabilité pénale demeure entière, en vertu de la jurisprudence Kellam, parce que vous avez empêché d'autres personnes de porter secours à ces enfants.

– Mais je n'ai rien fait de tel.

– Si, c'est ce que vous avez fait. Vous venez de nous expliquer que vous avez retenu les fillettes dans le réfectoire, après leur avoir refusé de sortir en récréation. Le regard d'Oliver était des plus direct, mais ses yeux ne portaient aucun jugement, derrière ses lunettes minuscules. Elles n'ont pas pu sortir rejoindre les autres enseignants et les autres personnes qui se trouvaient dehors, et qui auraient pu les aider. Ensuite, l'autre maman en charge du déjeuner, Terry, vous a laissée là.

– C'était sa décision. Elle secoua la tête. Je ne voulais pas qu'elle s'en aille.

– Exact, mais au plan juridique, cela n'a pas d'importance. Au moment où cette autre maman, Terry, sort pour aller parler à Mme Snyder, vous reteniez les enfants et vous les mettiez ainsi dans une position où les autres ne pouvaient plus leur venir en aide. Ensuite, en application de la jurisprudence Kellam, le procureur de district dira que vous n'avez pas su leur apporter l'aide appropriée. Et on laissera entendre que vos actes ont été motivés par une aversion envers Amanda, parce qu'elle asticote Melly, ce qui n'arrangera rien.

Rose sentit son ventre se nouer.

– Pouvez-vous contacter Emily et ses parents, ou Danielle et les siens, et tâcher d'obtenir les faits ? Ils pourront confirmer que je les ai bien conduites à la porte.

– Nous essaierons, mais ils refuseront de nous parler, j'en suis convaincu. S'ils comptent vous attaquer, vous ou l'école, ils ne seront pas autorisés à nous parler.

Rose opina. Elle aurait dû le savoir. C'était un cauchemar qui se rejouait. Maintenant, ils n'obtiendraient jamais la vérité. La justice serait tenue en échec par les avocats.

– En plus, selon la jurisprudence Kellam, leur témoignage peut vous être dommageable. Les fillettes disent que vous les avez retenues avec vous pendant la pause, que vous leur avez crié dessus. L'une d'elles a même pleuré, n'est-ce pas ?

– Oui, admit-elle, misérablement.

– La jurisprudence Kellam est pour vous un vilain précédent, même si les faits étaient très différents. M. Kellam était l'auteur de sévices sur enfants.

– Combien de temps est-il allé en prison ?

– Deux cent quarante mois, avec une peine de sûreté de quatre-vingt-dix mois.

– Vous voulez parler de jours ?

– Je veux parler de mois.

Elle en eut le souffle coupé.

– Cela fait vingt ans !

Tom plissa les lèvres, et Oliver leva de nouveau la main.

– Écoutez, rien ne dit que vous allez être accusée.

– Comment savoir si je vais être accusée ? Elle se sentait prise de panique. Qui en décide ?

– Le procureur de district.

– Alors, peut-on lui demander ce qu'il va faire ?

– Non. Il vaut mieux attendre de voir...

– Mais c'est de ma vie qu'il s'agit, et cette incertitude est épouvantable !

– L'incertitude vaut mieux que d'adopter une attitude provocatrice envers le procureur. Ne vous dispersez pas. Ce que nous visons, c'est l'apaisement. Le procureur aura du mal à inculper une jolie maman d'un crime, à moins que la pression de l'opinion ne soit trop forte pour qu'il s'en abstienne. Par chance pour nous, nous ne sommes pas dans une année électorale.

Rose ne se sentait pas si chanceuse que cela.

– S'ils m'inculpent, ils m'arrêteront ?

– Nous demanderions une remise en liberté sous caution, et nous l'obtiendrions. Vous ne risquez pas de prendre la fuite.

Elle réfléchissait à toute vitesse. Caution. Arrestation. Risque de prendre la fuite.

– Il existe aussi une loi pénale distincte, concernant la mise en danger d'un enfant, dont il nous faut également nous soucier. Oliver se tourna vers son ordinateur et tapa sur quelques touches. En matière pénale, la loi relative à l'éventuelle mise en danger d'un enfant dispose qu'un parent ou une garde d'enfant, ou « toute autre personne veillant au bien-être d'un enfant » – il dessina de nouveau des guillemets de ses doigts à moitié repliés – peut être tenue pour pénalement responsable de la mise en danger du bien-être de l'enfant. Et la Cour suprême de Pennsylvanie, dans l'affaire Gerstner, a interprété ce terme pour y inclure des baby-sitters et d'autres personnes ayant « la garde de l'enfant à titre temporaire ou permanent ». Il se tourna de nouveau vers elle, le regard ferme. L'essentiel de cette jurisprudence s'est finalement appliqué aux lois sur la maltraitance et les sévices sexuels infligés aux enfants, ce qui n'est clairement pas le cas ici, mais la loi est la loi.

– Alors en quoi s'applique-t-elle à mon cas ? Comme vous l'avez dit, je ne suis pas coupable de sévices sexuels sur des enfants.

– Bien sûr que non. Il se pencha vers elle. Mais là encore, ce n'est pas significatif au plan juridique. Vous étiez en charge de ces enfants, de manière exclusive, et vous ne les avez pas conduits jusqu'à la cour de récréation. Je ne vous tiens pas pour responsable, mais là n'est pas la question.

Elle n'en croyait pas ses oreilles.

– Supposons que les faits qu'ils avancent soient vrais, en l'occurrence, que vous ayez privilégié votre enfant par rapport aux autres, en abandonnant Amanda et les deux autres petites. C'est de la mise en danger de la vie d'autrui pure et simple.

– Mais ce n'est pas ce qui s'est passé.

– Je sais, mais c'est une question de preuve. Ils auront à prouver leur version des faits, et, alors même qu'au plan théorique la charge de la preuve ne nous incombe pas, nous allons devoir prouver notre version. Maintenant, y a-t-il une cassette de vidéo surveillance dans la cantine ou ailleurs dans l'école ?

Rose n'avait pas songé à cela.

– Je n'en sais rien, cela m'étonnerait. Il y a une vidéo-surveillance dans le bus scolaire. Melly ne prend pas ce bus.

– Vu. Olivier acquiesça. Pour vous inculper, le procureur de district aura besoin de plus amples informations, et ses services essaieront d'en obtenir, dans les jours à venir. Si l'un des assistants du procureur vous téléphone ou passe vous voir, vous ne lui dites rien et vous m'appelez. Entre-temps, ne parlez de cette affaire à personne. N'en parlez pas du tout. C'est entendu ?

– Oui.

– S'il apparaît qu'ils s'orientent vers une inculpation, nous aurons l'occasion de leur exposer ce qui s'est réellement passé. Je ne pense pas qu'un jury disposant de tous les faits relatifs à cette affaire vous condamnerait au-delà de tout doute raisonnable.

– Vous en êtes sûr ?

– Non, mais j'exerce ce métier depuis vingt-six ans et je ne suis pas trop manchot. Amanda est encore vivante. Le procureur risque beaucoup moins de vous inculper si elle survit. Si elle ne survit pas, vous pourriez être sujette à une inculpation de meurtre au troisième degré, c'est-à-dire de violences volontaires ayant entraîné la mort sans intention de la donner.

Elle se sentit vaguement la nausée. C'était un double coup dur. Amanda, mourante, et qu'on l'arrête, elle.

– Gardez votre calme et tenez bon. C'est ma devise, que j'ai empruntée à la famille royale britannique. Il s'autorisa un sourire en coin. Le meurtre au troisième degré, c'est comme la négligence caractérisée. C'est un homicide perpétré avec une volonté criminelle, mais sans intention spécifique de tuer. Il se tourna de nouveau vers son ordinateur portable et tapa encore sur une série de touches. La malveillance se définit comme « un ou plusieurs actes des commettants, dérogeant de manière flagrante aux critères raisonnables de responsabilité, l'incapacité à percevoir que de telles actions puissent créer un risque de mort substantiel ou injustifiable, ou de graves blessures corporelles ». C'est la jurisprudence Yanoff.

– C'est surtout un cauchemar, oui.

– Non, c'est une situation que l'on peut gérer, et que nous allons gérer. Pour l'heure, certains aspects restent en suspens. Il sourit. Maintenant, il est temps de céder la parole à mon génial associé, qui va vous exposer la teneur des textes de loi touchant au côté civil et la stratégie juridique brillante que nous avons élaborée.

Elle se tourna vers Tom, qui se trouvait à la crédence, occupé à verser de l'eau dans un autre gobelet en plastique. Elle était si concentrée qu'elle n'avait pas remarqué qu'il avait quitté la table.

– Minute. Il revint poser le gobelet d'eau devant elle. Buvez un peu.

– Merci.

– Prête ? lui demanda-t-il, sur un ton plein de compréhension, en s'asseyant.

– Bien sûr, mentit-elle. Je suis tout ouïe.

Elle but une gorgée d'eau, pendant que Tom consultait brièvement ses notes, feuilletait les pages avant de relever les yeux.

– Rose, permettez-moi d'abord de vous poser quelques questions.

– D'accord.

– En tant que maman en charge du déjeuner de l'école, vous a-t-on fourni des instructions particulières sur les procédures d'incendie de l'établissement ?

– Non.

– Vous a-t-on demandé de prendre part à un exercice d'évacuation incendie ?

– Non.

Il prit note.

– Avez-vous déjà assisté à un exercice d'évacuation, à l'école ?

– Non. C'est une toute nouvelle école. Nous venons d'emménager en juin dernier.

Il prit également note.

– Avez-vous déjà participé à un exercice d'évacuation incendie, ailleurs, à l'âge adulte ?

– Non.

– Autre sujet. Vous disiez qu'il y avait des procédures qui s'appliquaient aux mamans à l'heure du déjeuner. Il releva les yeux, avec une expression empreinte de sérieux, les coudes sur la table. Il tenait son Bic les doigts serrés. Comment avez-vous été informée de ces procédures ?

– L'une des autres mamans m'en a parlé.

– Qui ?

– Euh, Robin Lynn Katz.

– C'est un autre parent d'élève, n'est-ce pas ? Elle n'est pas employée par l'école ou par le district scolaire ?

– Non. Oui. C'est une maman. Elle commençait à s'embrouiller. Elle tâchait de s'adapter à son débit, si différent de celui d'Oliver.

– Comment Robin Lynn Katz a-t-elle pu avoir connaissance de ces procédures, si tant est que vous le sachiez ?

– Je l'ignore.

– Les procédures pour les mamans en charge du déjeuner sont-elles inscrites quelque part, noir sur blanc ?

– Pas à ma connaissance.

– En tout cas, on ne vous a jamais communiqué d'instructions écrites à ce propos, exact ?

– Exact. Non.

– Quelqu'un de l'école vous a-t-il communiqué des instructions concernant les situations d'urgence ou les procédures de sécurité incendie ? Il eut un geste vers Oliver, qui garda le silence, et qui écoutait. Comme Oliver l'évoquait tout à l'heure avec son exemple des entraîneurs de baseball.

– Non.

– Nouveau sujet. Il vérifia ses notes. Parlons de cette enseignante blonde à la porte de la cour. Vous êtes sûre que c'était une enseignante et pas une maman ?

– Oui.

– Pourquoi ?

– Je ne sais pas. Elle avait l'air de les conduire à l'extérieur, avec des gestes apparemment très professionnels. Elle se comportait comme une enseignante.

– Fort bien. Il prit note. Quand vous êtes retournée en courant au réfectoire, était-elle encore là ?

– Pour autant que je me souvienne, oui.

– L'avez-vous vue ? En d'autres termes, vous ne l'avez pas vue sortir, n'est-ce pas ?

– Non.

Il prit encore note.

– Ensuite, l'école de Reesburgh est un bâtiment neuf, achevé en août dernier, exact ?

– Oui.

– Et vous nous avez déclaré que Kristen Canton vous avait évoqué la fuite de gaz et le défaut de câblage électrique. Le charpentier, Kurt Rehgard, vous a mentionné le même problème. Ce sont les seules personnes à vous avoir expliqué cela ?

Elle réfléchit une minute.

– Kristen m'a confié qu'une enseignante, Jane Nuru, lui avait dit quelque chose au sujet de travaux terminés dans la précipitation et d'une liste des réserves, que l'on joint aux documents de livraison en fin de chantier, qui n'aurait pas été convenablement rédigée.

– Exact. Vous l'aviez mentionné. Désolé. Erreur de ma part. Et il nota la chose. Bien, je change encore de braquet, dites-moi comment vous êtes entrée dans l'école et comment vous en êtes ressortie, en particulier en franchissant cette porte donnant sur la cour.

Elle ne comprenait pas.

– En marchant ?

– Non. Il secoua la tête. Je ne me suis pas exprimé clairement. Dans l'école élémentaire de mon fils, seule l'entrée principale est ouverte, et elle conduit aux bureaux et seulement aux bureaux. Tous les visiteurs doivent se faire connaître.

– D'accord. À Reesburgh, cela fonctionne de la même façon.

– Il vous faut une carte magnétique pour ouvrir les autres portes ?

– Pareil à Reesburgh. Elle réfléchit une minute. Une fois, je suis entrée par l'entrée de service, et elle était verrouillée. Les enseignants ont des cartes magnétiques. Ils les portent autour du cou.

– Bien. Il prit encore note. Dans l'école de mon fils, les portes se verrouillent automatiquement en se refermant. C'est aussi le cas, à Reesburgh ?

– Oui.

– Alors repensez un peu à cette matinée. Parlez-moi des enfants dans le couloir, qui couraient vers la cour. Avancent-ils en une file ininterrompue ?

– Pour la plupart, oui.

– Mais pas tous ?

– Non, je ne crois pas. Je ne sais pas. Elle s'imaginait assez le côté effrayant d'un contre-interrogatoire avec Tom, et se sentit rassurée de l'avoir dans son camp.

– Est-ce que chaque gamin ouvre lui-même la porte, pour sortir ?

– Je n'en suis pas sûre.

– Revoyez la scène. Il leva la main, presque comme un hypnotiseur. Fermez les yeux. Concentrez-vous sur les petits. Que voyez-vous ?

Elle obtempéra. Elle revit de la fumée. Des flammes. Les enfants, un flot mouvant de têtes.

– Voyez-vous la porte se fermer au nez de quelqu'un ? Les voyez-vous appuyer sur la barre, au milieu du panneau, pour l'ouvrir ?

Subitement, elle sut quelle était la réponse, et elle rouvrit les yeux.

– Non. La porte est tout le temps restée ouverte, elle était calée en position ouverte.

Il arbora un grand sourire.

Oliver le regarda avec une mine narquoise et finaude.

– Banco.

Rose ne comprenait pas.

– C'est important ?

– Minute, papillon. Il inclina la tête. Pourquoi était-elle calée en position ouverte, si vous le savez ? Est-ce normal ? L'aviez-vous déjà vue comme ça auparavant ?

– Oui, je l'avais déjà vue comme ça, quand je viens chercher Melly. Elle changea de position et, dans ses bras, John remua, mais resta endormi. Il a fait chaud ce mois-ci, et ils la maintiennent ouverte pour aérer le couloir.

Tom se rembrunit.

– Mais la climatisation ?

– Les couloirs ne sont pas climatisés. Les salles de classe uniquement.

– Oui ! Il se tourna vers Oliver et leva la main pour un tope-là. Tape m'en cinq, frangin !

Oliver eut un mouvement de recul en souriant.

– Du calme. Tu vas réveiller le petit chiot, et moi, je ne suis pas du style à en taper cinq. Et ne m'appelle plus jamais frangin.

Hilare, Tom se tourna vers Rose.

– Ah, mon vieux, je me sens mieux !

– Pourquoi ?

– Voilà pourquoi. Il mit son bloc de côté. D'abord, les bases. En droit civil, il n'existe aucun devoir de porter secours. En d'autres termes, vous n'aviez aucun devoir de secourir Amanda. Mais en vertu du droit civil en matière délictuelle, en Pennsylvanie et presque partout ailleurs, une fois que vous avez entrepris de secourir quelqu'un, vous devez le faire avec les précautions d'usage. La seule exception concerne les médecins, en vertu des lois qui les mettent à l'abri des poursuites judiciaires éventuellement engagées par le patient, mais cela ne s'applique pas à votre cas.

– D'accord.

– Donc, pour le jury, la question serait : « Quelles sont les précautions d'usage, en pareilles circonstances ? » Le jury devra se demander : « Qu'est-ce que j'aurais fait ? » Il se planta un index au milieu du front, feignant de réfléchir. Conduirais-je Amanda et les autres jusqu'à la cour, en risquant de perdre mon propre enfant dans l'incendie ? Ou ferais-je ce qu'a fait Rose, en optant pour un compromis plus ou moins improvisé, qui vise à sauver tout le monde ? Ou ignorerais-je complètement Amanda et les autres pour aller sauver ma gamine ?

Elle en avait la bouche sèche. Elle prit le gobelet d'eau et en but un peu.

– J'ai écouté votre récit, et nous avons à l'évidence un problème de preuve entre ce que vous affirmez avoir fait et ce que tous les autres prétendent. Nous allons devoir surmonter cet écueil, mais le meilleur moyen de vous tirer d'affaire, c'est d'incriminer quelqu'un d'autre.

– Qui ?

– L'école, et l'État. Nous pouvons soit attendre qu'Amanda et ses parents vous attaquent en justice, l'école et vous, soit adopter une posture plus agressive et porter plainte contre l'école.

– Quoi ? Non. Elle s'y refusait. Je l'aime bien, cette école.

Il leva la main.

– N'excluez rien.

– Jamais je ne voudrais porter plainte contre l'école.

– Et pourquoi pas ?

Oliver eut un claquement de langue désapprobateur, en secouant la tête.

– Elle prend du lait et du sucre. Si elle était café noir, elle porterait plainte, ça ne fait pas de doute.

Tom l'ignora, et se pencha vers Rose.

– Vous êtes blessée. Votre gamine a été blessée. Elle a failli mourir. Vous allez devoir faire face à des dépenses dont vous n'avez même pas encore vu les premières factures.

– Oui, mais...

– Écoutez-moi jusqu'au bout, je vous prie. Laissez de côté le câblage électrique défectueux une minute, parce que nous ne disposons pas de tous les éléments de causalité, et pour le moment, je veux me concentrer sur votre cas. Vous allez devoir changer de point de vue sur vous-même. Permettez-moi de vous dresser le tableau. Vous voilà bombardée à l'école, en qualité de maman responsable des déjeuners, sans instructions sur les règles de sécurité incendie, écrites ou orales, et vous auriez pu y laisser la vie. Ainsi que votre fille.

– Je n'ai envie d'attaquer personne en justice, et encore moins tout le...

– L'enseignante à la porte ne remarque pas qu'une fillette repart à l'intérieur en courant, ce qui constitue clairement de la négligence, et la porte de sortie a été bloquée en position ouverte, ce qui constitue une procédure manifestement dangereuse, car un enfant pourrait courir à l'intérieur sans qu'on s'en aperçoive, or c'est bien ce qu'a fait Amanda, et c'est pourquoi elle a été grièvement blessée.

Rose écoutait, en essayant de le suivre dans son raisonnement.

– Mais en quoi l'école nous aurait-elle causé du tort, à moi ou à Melly ?

– On ne vous a pas renseigné sur les procédures en cas d'urgence incendie, ce qui vous a mis en péril. Vous auriez pu y perdre la vie.

– D'accord, et Melly, alors ? Qu'est-ce que l'école lui a fait ?

– Elle n'a pas mis en place de procédures d'évacuation incendie à transmettre aux parents volontaires, pour secourir les enfants en cas de sinistre. Ensuite, l'école aurait pu mettre en place trois ou quatre mamans à l'heure du déjeuner, et pas seulement deux. Cela aurait pu aider, non ? Ou alors, l'une des mamans aurait dû se poster dans le couloir menant aux toilettes, pour voir ce qui se passait. Il secoua la tête. Rose, vous devriez poursuivre l'école en justice, pour les mêmes raisons qui risquent d'amener les Gigot à poursuivre cet établissement. Vous êtes sur le même pied. Melly égale Amanda, juridiquement parlant.

– Sauf que Melly va bien, et Amanda aurait pu mourir.

– Cela ne fait aucune différence, là encore, au plan juridique. C'est une question de dommages et intérêts, relative au montant des dédommagements.

– Qu'est-ce que cela signifie ?

– Cela signifie de l'argent. Il ouvrit grand les mains, paumes vers le plafond. Écoutez, nous ne disposons pas encore de tous les éléments de causalité, c'est certain. Notre principal investigateur est un ancien inspecteur et un ancien enquêteur du service de répression des fraudes, et il est très expérimenté. Il va commencer par examiner la question dans les moindres détails, il obtiendra les rapports des pompiers et de la police de l'État, et il mènera sa propre enquête. Quand nous aurons découvert qui est réellement en faute – l'école, l'entreprise générale, l'entreprise d'électricité, l'inspecteur qui a validé la conformité des travaux, peu importe –, nous élaborerons et nous affinerons notre théorie initiale.

– Quand même. Elle secoua la tête. Je n'ai pas envie de poursuivre l'école. Vous ne savez pas ce que c'est. Ma fille, ils vont la crucifier. J'ai assisté à cette assemblée des parents, c'était comme si j'étais radioactive. Nous venons de nous installer, et nous ne pouvons pas déménager à nouveau.

– D'accord. Du calme. Parfait. Il fit la moue. C'est vous qui décidez. Vous prenez les décisions, nous ne formulons que des recommandations.

– Bien.

– Mais si vous êtes poursuivie, c'est le meilleur argument dont vous disposez, et je pense qu'il suffirait à ce vous l'emportiez, même en cas de décès d'Amanda. Vous n'étiez pas en faute, vous étiez une victime, tout comme Amanda et les autres. Vous tous, vous avez été des victimes du système scolaire, qui réalise des économies en plaçant des mamans et des papas non formés et non payés, des gens normaux comme vous, pour affronter une situation pour laquelle ils sont mal armés et à laquelle ils sont mal préparés. Il se pencha de nouveau vers elle, avec de l'intensité dans le regard. On ne peut pas toujours faire plus avec moins, ni aujourd'hui ni jamais. Vous pouvez compter là-dessus. L'économie va mal, et plus le gouvernement de cet État essaiera de rogner sur les budgets scolaires, plus il y aura d'enfants qui mourront.

Elle resta interloquée. Tom observa un silence, le temps que ces mots fassent leur effet, et le seul bruit, dans la salle de réunion, était celui de John suçant sa tétine, tout à son rêve de bébé.

Oliver applaudit doucement.

– Le discours le plus efficace que l'on ait jamais tenu devant un jury. J'adore cette conclusion en forme de message.

Tom lui lança un regard, avant un grand sourire.

– Je me suis un peu mis en rogne, là, hein ? Mais je le sens bien. C'est un ticket gagnant.

Oliver se tourna vers Rose avec un sourire.

– Vous saisissez maintenant pourquoi Tom est mon associé. Les opérations de recherche-destruction, ça le connaît.

– Mais je ne veux quand même pas m'embarquer dans une procédure, insista-t-elle, encore secouée. Je dois me créer une vie, ici, à Reesburgh, une vie pour nous quatre. Tout le monde s'est déjà monté contre nous. J'ai dû désactiver mon compte e-mail et ils ont posté des messages à mon sujet sur Facebook.

Oliver acquiesça, d'un air entendu.

– Je vois ça tout le temps, désormais, dans mes affaires. La foule n'a plus besoin de torches et de massues. Le procès se déroule sur Facebook. C'est pour ça que vous devez être réaliste. Votre posture d'esquive n'est pas la meilleure. Si nous ne déposons aucune plainte contre l'école, vous savez au moins que nous disposons d'une ligne de défense, et qu'elle pourrait fonctionner. Vous comprenez ?

– Oui.

– Toutefois, je recommande bel et bien de diffuser la nouvelle auprès de la presse. Rien ne nous empêche d'organiser des fuites ou un communiqué, ou les deux. Il va falloir commencer à faire évoluer l'opinion dans votre direction. Vous avez votre version de l'histoire, et il faut la faire connaître.

– Pourquoi ?

– Si vous êtes mise en accusation, la première chose que je ferais serait de demander un changement de juridiction, et je ne l'obtiendrai pas. Il y a déjà eu assez de presse pour entamer votre réputation, mais pas assez pour que votre mauvaise réputation suffise à vous couler.

Elle se sentait désorientée.

– Je ne sais pas comment m'y prendre pour organiser des fuites dans la presse ou pour publier un communiqué de presse. Je croyais vous avoir entendu m'expliquer que je ne devais rien déclarer.

– Vous ne direz rien, nous nous en occupons. Nous avons des gens, des sources. Nous rédigeons le communiqué de presse et nous le diffusons. Vous ne dites rien.

Olivier donnait l'impression de réfléchir à haute voix. Il vous faut une déclaration officielle, surtout dans un endroit comme Reesburgh. C'est une petite ville, où les opinions se confortent les unes les autres. Nous devons renverser le cours des événements.

Les lèvres de Tom se pincèrent de mécontentement.

– Rose, si vous étiez ma femme, je vous formulerais le même conseil. Vous devez anticiper la situation, au plan des relations publiques, que l'on soit au civil, au pénal ou les deux, et que vous soyez plaignante ou défenderesse. Vous allez vous faire massacrer par la presse, et cela orientera l'effectif des jurés contre vous, qu'il s'agisse d'un jury civil ou pénal.

Rose n'avait pas pensé à cela. Il y avait beaucoup d'aspects à intégrer, et tout cela lui paraissait assez écrasant.

– Écoutez, Rose. L'expression de Tom se radoucit. Vous devez agir, mais vous avez un jour ou deux devant vous. Réfléchissez-y bien. Parlez-en à Leo. Si vous voulez recueillir un deuxième avis, libre à vous. Reprenez contact avec nous dès que possible.

Oliver se déplia lentement, se mit debout en boutonnant sa veste.

−Vous êtes face à un terrible dilemme. Vous ne voulez pas attaquer l'école, mais si vous le faites, cela vous aiderait aussi dans votre dossier pénal. Ce serait une manière d'affirmer que vous n'êtes pas en faute. Cela pourrait même dissuader le procureur de vous inculper. La meilleure défense, c'est une bonne attaque, dirais-je, pour employer un cliché.

Tom se leva de son siège.

−Tout cela se résume en deux mots. C'est eux ou vous.

Rose câlina John et se leva à son tour.

−Bon, merci beaucoup, messieurs. J'apprécie le temps que vous m'avez consacré, et vos conseils.

−Un dernier mot. Réfléchissez à ce qui vous tient à cœur. Tom eut un geste vers John. Ce petit bonhomme. Votre fille. Leo. Votre maison. C'est cela que vous devez protéger. Pas l'école.

Elle entendit toute la vérité que contenaient ces propos, même si cela lui fendait le cœur. Elle se souvenait du comportement de M. Rodriguez et de l'équipe de l'école, avec Melly, ce matin.

−N'hésitez pas à dégainer. Il planta son regard dans le sien, avec dureté. C'est de l'autodéfense.

CHAPITRE 11

Elle appuya sur la pédale de l'accélérateur sans quitter la route des yeux, soulagée de pouvoir trouver un prétexte pour éviter le regard de Melly. L'idée d'être traînée en justice était déjà assez pénible comme cela, mais elle ne pouvait tolérer celle de finir en prison. La réunion avec ces avocats l'avait ébranlée, mais le laisser transparaître irait à l'encontre du but recherché si elle emmenait sa fille déjeuner dehors, aussi fit-elle bonne figure.

– Mel, comment s'est passée ta matinée ?

– Bien.

Elle freina à un feu orange qui passait au rouge. Elle était allée chercher sa fille à l'école, sans incident et, quand elles étaient remontées en voiture, les autres parents les avaient ignorées. La presse était restée cantonnée derrière une barrière, et même si les journalistes avaient pris des photos de la voiture quand elles étaient passées devant eux, personne ne les avait suivies.

– Qu'est-ce que tu as fait, à l'école ?

– On a continué avec Flat Stanley.

– C'était rigolo ?

– Mlle Canton n'était pas là. Elle ne reviendra pas.

– Je suis désolée.

– Elle a dû s'occuper de sa maman. Elle est malade.

– Je vois. Est-ce que Mme Nuru t'a dit quand il y aurait une nouvelle maîtresse pour les enfants à haut potentiel ?

Rose lui lança un regard, et Melly resta la tête tournée vers la fenêtre, qui était vitre baissée.

– Non.

– Tu as passé beaucoup de temps avec Mme Nuru ?

– Non. Sammy et Seth se sont bagarrés. Ils se bagarrent tout le temps.

– Qu'est-ce qui s'est passé à votre réunion des enfants ?

— Rien. C'était triste.

– La mienne aussi, c'était triste. Rose repensa à l'assemblée des parents. Mis à part la sensation qu'elle avait eue d'être une pestiférée, ils avaient eu droit à une heure de platitudes, où l'on s'était contenté d'affirmer que l'école allait reprendre son cours normal, ce qui était encore la meilleure option possible pour les enfants. Nous avons observé une minute de silence. Et vous ?

– Oui.

– Qu'est-ce qu'ils ont dit d'autre ? Rien ?

– Qu'il ne fallait pas avoir peur et qu'il n'y aurait plus d'incendie, que nous aurons une nouvelle cantine et que nous aurions quand même notre parade d'Halloween. Melly regarda sa mère. J'ai encore envie de me déguiser en Hermione, tu veux bien ?

– Évidemment.

– Maintenant que j'ai la baguette d'Hermione, c'est encore mieux.

– Parfait, lui répondit-elle, mais elle commençait à être d'un autre avis. Si merveilleux que soit Harry Potter, elle craignait que ce ne soit encore un moyen de creuser la distance entre Melly et les autres.

– Ils ont dit que ce serait bien d'envoyer des cartes de vœux à Amanda, alors on a écrit des cartes. La mienne était vraiment super.

– Ça, c'est gentil. Je suis fière de toi. Rose sourit, car elle le pensait. Cela ne devait pas être facile de faire une carte pour celle qui était votre bête noire. Alors, où est-ce qu'on va déjeuner ?

– Je ne sais pas.

– De quoi tu as envie ? Je n'ai pas eu le temps de préparer des sandwiches, ce matin. Elle jeta un œil au McDonald's, au Saladworks, et autres enseignes de fast-food. Cette partie d'Allen Road enchaînait les galeries marchandes les unes après les autres, toutes avec leurs façades en stuc et leurs faux noms très british, Reesburgh Mews, Reesburgh Commons ou Reesburgh Roundabout. La circulation était dense, avec cette sortie d'école qui avait eu lieu tôt, et l'heure de pointe de midi. Tu as envie d'un Happy Meal ? Ou de poulet ? Tu veux un hamburger ?

– Mlle Canton ne mange pas de hamburgers. Elle mange des burgers végétariens. On en mangeait ensemble. C'était vraiment bon.

– Quand était-ce ? Rose n'avait jamais entendu dire que Kristen et sa fille avaient déjeuné ensemble. Le feu passa au vert, et elle accéléra.

– Elle m'a montré comment on prépare un hamburger végétarien.

– Vraiment ? Quand ?

– Au déjeuner. Elle sortait un hamburger végétarien du congélateur, elle le mettait dans le micro-ondes,

ensuite elle mettait dessus des pickles et du ketchup.
Melly fit le geste de la main. Ses pickles, ils étaient bien
plats. Elle disait qu'on pouvait en acheter au Giant, et les
hamburgers végétariens aussi. Elle m'a montré la boîte,
et c'est marqué Amy's Burgers, mais moi, je les appelais
les Kristenburgers, et ça la faisait rigoler.

Rose ne comprenait toujours pas.

– Pourquoi déjeunais-tu avec elle ?

– Elle m'a vu aller aux toilettes pour handicapés, et
elle m'a dit que je pouvais. Melly se tourna vers sa mère,
le regard plein d'espoir. On peut aller au magasin acheter les mêmes pickles ? Et des Kristenburgers ?

– Bien sûr. Elle voulait quand même savoir ce qui
s'était passé. Si c'était cela qui avait poussé Kristen à
lui envoyer un e-mail au sujet de l'heure du déjeuner,
elle n'en connaissait pas les détails. Pourquoi allais-tu
aux toilettes ? Il y avait un souci ? Je ne vais rien faire. Je
veux juste savoir.

– Mlle Canton disait que j'avais besoin d'être tranquille. Elle appelait ça « mon moment à moi ». Elle me
disait qu'elle déjeunait seule, elle aussi, le vendredi. Ça
ne l'embêtait pas, parce que c'était son « moment à elle ».

Rose connaissait l'emploi du temps de sa fille, mais là
n'était pas le sujet. Le vendredi, les enseignants déjeu-
naient dans les salles de classe, parce qu'ils préparaient
des chemises en carton qui contenaient le travail de la
semaine écoulée et que les enfants remportaient chez
eux. En tant qu'enseignante des hauts potentiels, Kristen n'était pas responsable de la confection de ces chemises, mais cela n'expliquait toujours pas pourquoi elle
déjeunait avec Melly.

– Alors pourquoi déjeunais-tu avec elle ? Que s'est-il passé ?

– Elle m'a dit que j'avais besoin de mon « moment à moi », loin d'Amanda et Emily.

– Elles t'embêtaient, ces deux-là ? Rose essayait de reconstituer la vérité, comme un puzzle.

– Elles disaient que Harry Potter, c'était pour les garçons, et moi, je disais que non. Elles ont juste vu les films, alors elles ne savent pas. Harry, lui, il sauve Hermione, aux toilettes. Tu te souviens, maman ? Comme toi, tu m'as sauvée. Je savais que tu viendrais.

Rose se sentit un pincement au cœur.

– Je t'aime, Mel.

– Je t'aime aussi. Elle se tortilla dans son siège et fit un signe de la main vers John, qui était endormi. Je t'aime, toi, John ! chuchota-t-elle, puis elle revint vers sa mère, toute réjouie. Il est mignon, hein ?

– Il est très mignon. Rose se sentit soudain plus gaie. J'ai une idée. Et si on allait se chercher de quoi déjeuner, et on irait au parc, s'organiser un pique-nique ?

– Il n'y a pas de soleil.

– Tu n'as pas besoin de soleil pour faire un pique-nique. Il ne va pas pleuvoir.

– D'accord. Sa fille opina. Alors, on peut aller chercher des Kristenburgers ?

– Oui.

– Ouais ! exulta-t-elle, et sa mère se dirigea vers la sortie de la rocade.

Deux heures plus tard, elles pique-niquaient à Allen's Dam, repéraient la feuille morte la plus rouge qui soit et passaient à l'épicerie. Avant de rentrer à la maison, Rose voulait faire un dernier arrêt dans une galerie marchande. Elle s'arrêta sur le parking, coupa le contact et se tourna vers sa fille.

– Je pensais aller acheter des livres.

– Super! Melly se retourna vers John, qui babillait à tout va dans son siège à l'arrière. Johnnie, des livres!

– Attention, nous sommes sur un parking. Tu dois me tenir la main. Rose attrapa ses clefs de voiture et son sac, et Melly était déjà en route, sortait dehors et refermait la portière. Rose fit le tour pour aller détacher John de son siège bébé, trouva sa tétine et le souleva pour le prendre dans ses bras. Alors, mon petit pote, comment ça va?

– Bababablebeb, répondit-il, et elle l'embrassa sur la joue pendant que Melly les rejoignait pour venir lui donner la main.

– Maman, je peux fermer la voiture?

– Bien sûr. Elle lui tendit les clefs.

– *Colloportus!* Elle pointa la télécommande vers le véhicule.

– Joli travail. Sa mère connaissait les incantations de base de Harry Potter, car c'était la seconde langue de Melly. Elle laissa tomber les clefs dans son sac et lui prit la main. Je voudrais me trouver un bouquin, et tu peux t'en choisir un aussi.

– Il y en a un nouveau sur le Quidditch. Mon amie du Club Penguin me l'a dit. Elle, c'estHarryfan373, et moi, je suis HarryP2009. Elle adore!

– Mel, est-ce que d'autres enfants de ta classe aiment bien Harry Potter? J'imagine que tu n'es pas la seule.

– Il y a aussi William.

– Sympa. Tu en as parlé avec lui?

– Non. Je sais juste qu'il a un bonnet Gryffondor. Il est marron, comme le mien.

– Alors, on pourrait peut-être l'inviter à jouer à la maison.

– Maman. Melly leva les yeux au ciel. Lui, c'est les jeux vidéos qu'il aime bien, pas les livres.

Rose la conduisit vers la librairie.

– Une femme, à la réunion des parents, m'a dit que sa fille adorait le livre d'American Girl. Elle m'a juré que c'était drôlement bien.

– C'est pas bien du tout. D'un coup de pied, Melly expédia un caillou qui alla ricocher à la surface rugueuse de l'asphalte.

– Tu en as déjà lu un ?

– Non.

– Les enfants de ta classe en ont lu ?

– Toutes les filles, oui. Et elles ont les poupées, aussi.

– Vraiment ? Elles arrivèrent à la librairie, et Rose ouvrit la lourde porte. Alors, comment ça marche ? Tu lis le livre et tu as la poupée qui est dedans ?

Melly lui lâcha la main et fila devant elle. Une femme qui consultait le présentoir octogonal des livres reliés de grand format leva les yeux derrière ses lunettes de lecture, et son regard s'attarda une fraction de seconde de trop sur le visage de Melinda. Sans du tout y prêter attention, Melly se dirigeait déjà vers les livres de Harry Potter, dans le rayon de littérature fantastique. Un Dumbledore en carton présidait à ce rayon, baguette magique en main. Derrière lui flottait l'étendard de Poudlard, avec son blason recouvert de fausses toiles d'araignée.

– Mel, viens voir un peu par ici, lui fit sa mère, et elle se retourna, le regard vif-argent, les yeux en alerte. Dans les librairies, elle s'animait instantanément.

– Viens voir quoi ?

– Par ici. D'un geste, Rose lui désigna le rayon des livres pour enfants, un royaume aux couleurs pastel, peuplé de champignons roses, de perroquets en carton et d'un cottage en papier mâché. Ils ont sûrement des livres d'American Girl, et on peut aussi en choisir pour John.

– Je n'ai pas envie de lire American Girl, maman.

– Et John, alors ? Il a besoin de livres, lui aussi. Elle eut un sourire encourageant, puis elle passa du côté du rayon enfants. Suis-moi. Occupons-nous déjà de ça, et ensuite nous irons voir Harry Potter.

– D'accord. Melly la précéda de son pas sautillant.

– Tu as vu où c'était, American Girl ?

– Par ici. Melly se tenait devant un rayonnage jaune, campée sur ses deux jambes, les genoux tendus au point d'être pliés en arrière. C'était sa posture caractéristique ; elle avait les genoux désarticulés, raison pour laquelle elle ne se débrouillait pas très bien en sport.

– Tu as trouvé quelque chose qui a l'air bien ?

– Nan.

– Laisse-moi voir. Rose s'approcha et fit glisser des rayonnages un American Girl au format de poche. Sur la couverture, une fillette aux cheveux noirs était coiffée d'un chapeau de paille à l'ancienne. *Rebecca au cinéma.*

– Elle a l'air idiote.

– D'accord. Rose haussa les épaules, ce qui constituait le b.a.-ba de la psychologie inversée, l'alpha et l'oméga des parents les mieux rodés. Il y en a peut-être un mieux.

– Là. Melly sortit à son tour des rayonnages un volume de la série et jeta un œil à la couverture, qui montrait une fillette aux cheveux blonds et lisses et au grand sourire, qui effleurait un papillon du bout des doigts.

– *Les Vraies Aventures de Lanie*. Rose trouvait qu'il n'avait pas l'air mal, celui-là. Tu veux essayer ?

– Amanda aime bien Lanie. Elle a aussi une poupée Lanie.

Oups.

– Amanda ressemble à Lanie, non ?

– Oui. Melly remit le livre en place, en le logeant avec soin entre les autres. Tu saisis, maman ? Tu aimes bien les livres qui te ressemblent. Tu as la poupée qui te ressemble. Tu vas sur le site internet et tu crées la poupée qui te ressemble. C'est comme la boutique sur internet de Build-A-Bear, où tu choisis ton ours en peluche, sauf que là, c'est des poupées.

– Oh. Rose se serait volontiers fichu des claques, car elle venait de comprendre le problème. Aucune des American Girls n'avait de tache de naissance. Elle en remarqua une qui serrait dans ses bras un énorme chien tricolore, elle le sortit du rayonnage et tâcha d'arranger le coup. Regarde un peu celui-là, c'est l'histoire de Nicki. Elle aime bien les chiens, et nous, on aime bien les chiens.

– Bblblebeleb. Le petit bras de John amorça un mouvement de piston, ce qui tira un sourire à Rose.

– Johnnie aime bien. Prenons-le.

Une heure plus tard, elle s'arrêtait dans leur allée, avec les enfants endormis, ses courses d'épicerie et un sac plein de livres. Les nuages s'étaient assombris, et la pluie menaçait, donc ils rentraient juste à temps. Elle coupa le contact et elle était sur le point de réveiller Melly quand elle remarqua une voiture étrange garée devant la maison. C'était une Ford Crown Victoria bleu marine et, une minute après, deux hommes en costume en descendaient et se dirigeaient vers elle. Ils n'avaient pas l'air de journalistes ou de vendeurs au porte-à-porte – si cela existait encore. Elle resta au volant et réinséra la clef dans le démarreur.

– Excusez-moi, madame McKenna ? l'interpella l'un des hommes, en plongeant la main dans sa poche tout en s'approchant. Il avait l'air juvénile, le cheveu raidi par un gel, et il portait un costume sombre et une cravate à motifs crénelés. Il brandit une espèce d'étui noir et plat qui s'ouvrit d'un coup sec, révélant un insigne lourd aux tons dorés.

Rose sentit son cœur cesser de battre.

– Je me présente, Rick Artis, du bureau du procureur de district, comté de Reesburgh. Puis-je vous parler une minute ?

Elle en eut aussitôt la bouche sèche. Melly dormait dans le siège passager, à sa droite, et John ronflait à l'arrière, mais l'espace d'une fraction de seconde, elle oublia qu'ils étaient là, qu'ils aient même jamais existé, et elle se sentit transportée dans un autre temps. Tout lui revint d'un coup, comme dans une compression de toutes les journées de son existence, un télescopage du passé dans le présent, qui ne firent plus qu'un, et qui furent soudainement impossibles à distinguer l'un de l'autre, comme les vagues d'un océan.

– Madame McKenna ? Le jeune assistant du procureur de district fronçait le sourcil, tout comme l'autre homme qui était avec lui, plus âgé et plus grand, avec ses lunettes à monture d'écaille, son costume sombre et sa cravate rayée bon chic bon genre. Derrière eux, l'une de leurs voisines, Sue Keller, promenait son chien sur le trottoir, un vieux caniche gris.

Rose cligna des yeux, elle se ressaisissait. Ce ne furent pas les deux magistrats ou le voisin qui la tirèrent d'un coup de sa rêverie, mais le caniche. Il s'appelait Boris et, la semaine dernière, il avait grogné sur Princess Google, en les effrayant, Melly et elle. Cet incident suffit à ancrer de nouveau Rose dans le temps, et elle revint à toute vitesse à l'instant présent, à la fois secouée et desséchée, comme si elle venait d'effectuer sa rentrée dans l'atmosphère terrestre.

– Holà, n'ayez pas peur. Le jeune assistant du procureur referma l'étui de son insigne et le glissa dans la poche arrière de son pantalon. Nous sommes juste deux magistrats. Nous voulions simplement vous parler une minute.

Elle lui fit signe d'un index tremblant, en formant muettement ces mots – *Attendez une seconde.* Elle songea à Oliver et Tom, qui lui avaient conseillé de ne pas parler aux procureurs, mais elle ne voulait pas se donner l'air plus coupable qu'elle ne l'était déjà. Elle inséra la clef dans le démarreur, en tâchant de conserver sa maîtrise d'elle-même.

– Maman ? Melly commençait à remuer, et Rose se pencha vers elle.

– Melly, rendors-toi. Tout va bien.

– D'accord, fit sa fille tout ensommeillée, et Rose tendit la main, attrapa la poignée de la portière, sortit et la referma derrière elle.

– Désolé, nous ne voulions pas vous alarmer. Le jeune assistant du procureur recula, préférant visiblement céder les rênes à son collègue plus âgé, qui s'avança avec un air sûr de lui. De profondes pattes d'oie lui plissaient les yeux, derrière ses lunettes à double foyer, et une auréole de calvitie ne lui laissait qu'une frange clairsemée de mèches châtains très grisonnantes.

– Désolé, notre jeune Rick s'est amené devant vous, là, avec des manières de voleur de voiture, admit-il en lui tendant la main. Je m'appelle Howard Kermisez, je suis également assistant du procureur du comté. Appelez-moi Howard.

– Rose McKenna. Elle lui serra la main, en réussissant à sourire. Sue Keller observa la scène en passant, et Boris flairait la brise.

– Nous ne voulions pas vous effrayer. Nous pensions que vous nous aviez vus. Navré. Il se pencha vers elle, jeta un œil dans la voiture. Et ce doit être la jeune Melly.

– Oui. Mue par un réflexe, Rose s'avança devant la fenêtre, lui barrant ainsi la vue.

– Bienvenue à Reesburgh. C'est formidable de voir des têtes nouvelles s'installer par ici, surtout des bébés. C'est une super petite ville, dans un super État. Il souriait, de manière agréable, mais impersonnelle. Vous vous plaisez, ici, votre mari et vous ? Il est de Worhawk, j'ai cru comprendre.

– Nous adorons cette ville, merci. Mais excusez-moi, je dois faire entrer les enfants. Elle eut un geste derrière elle, comme si cela suffisait à tout expliquer. On ne pouvait pas l'emprisonner, tout de même, parce qu'elle devait préparer le dîner, ensuite il fallait faire des exercices, des fractions, et encore un Flat Stanley à coller dans l'album, une photo prise avec son téléphone portable, pendant leur pique-nique. Melly avait déjà pensé à la légende : « Flat Stanley rencontre un nouveau Triton ».

– Bien sûr, vous êtes occupée, pour l'instant, je vois ça. J'ai trois fils. Ils sont plus âgés, mais vous savez ce que dit ma femme ? Enfants petits, petits soucis, grands enfants, grands embêtements. Il eut de nouveau son sourire froid. On ne va donc pas vous retenir longtemps. Nous aurions juste quelques questions. Vous étiez parent bénévole à l'école élémentaire vendredi dernier, quand l'incendie s'est déclaré, n'est-ce pas ?

– Non, attendez, écoutez. On m'a conseillé de ne pas vous parler. Oliver Charriere et Tom Lake sont mes avocats. Elle avait presque effacé de son esprit le nom de famille de Tom, tant elle se sentait paniquée. Vous devriez les appeler, si vous avez des questions à me poser. J'ai leur carte. Attendez.

– Je ne suis pas sûr qu'il faille prendre les choses de manière si officielle.

– Moi, je préfère que cela se passe comme cela. Elle rouvrit sa portière, attrapa son sac, en sortit la carte et la tendit à Howard. Maintenant, excusez-moi, mais je dois vraiment rentrer préparer à dîner pour les enfants.

– Bien sûr, d'accord. Le sourire d'Howard se figea. Je connais bien Oliver. Je vais lui téléphoner, et ensuite, je vous recontacterai.

– Parfait, dit-elle sur un ton léger, comme s'il s'agissait d'un rendez-vous galant et non d'une arrestation. Elle rouvrit la portière, et Melly se tenait assise bien droite dans son siège, réveillée.

– Maman, c'est qui, ces gens-là ?

– Juste des messieurs qui s'occupent de la justice. Elle tendit la main, déboucla sa ceinture et la laissa se rétracter. Elle avait envie d'emmener les enfants à l'intérieur de la maison et d'appeler Oliver, tout de suite. Allons-y, mon chou. Tu as ton sac ? Prends ton sac.

– Comme Leo ? Melly s'étira lentement.

– Pas aussi drôles que Leo. Elle jeta un coup d'œil par-dessus son épaule, et les deux assistants du procureur regagnaient leur véhicule. Sue Keller et Boris, eux, étaient sur le chemin du retour. Dépêche-toi, allons-y.

– Est-ce que ça va, maman ?

– Je vais bien, je dois juste aller aux toilettes. Allons-y, d'accord ? Elle se dépêcha d'ouvrir la portière à l'arrière, et de détacher John.

– Maman, n'oublie pas le sac de la librairie.

– Je viendrai le chercher tout à l'heure. Elle fit coulisser la ceinture au-dessus de la tête de John et le souleva en le retenant contre son épaule, au creux de laquelle il se relâcha mollement, toujours assoupi.

– Mais je veux mes livres.

– Alors, tu peux attraper le sac ? Elle regarda de nouveau derrière elle. La berline des assistants du procureur était toujours garée devant la maison. Ils n'avaient même pas démarré leur moteur.

– C'est lourd. Melly portait déjà son sac à dos et elle avait du mal à se charger en plus du sac de livres.

– Si tu n'y arrives pas, laisse-le. Je reviendrai le prendre. Elle jeta encore un œil dans son dos, toujours inquiète. La berline n'avait toujours pas bougé. Elle sentit son cœur cogner dans sa poitrine. Procureurs, avocats, inculpations. Elle avait déjà enduré tout cela. Mel, s'il te plaît, dépêche-toi.

– Maman, tu n'as pas les Kristenburgers.

– Je ressortirai prendre les courses.

– On peut quand même en avoir ce soir pour le dîner ? Tu avais promis.

– C'est promis, mais presse-toi, c'est tout. Je dois passer aux toilettes, je t'en supplie. Elle emprunta le trottoir d'un pas rapide, arriva à hauteur de la berline. Les assistants du procureur discutaient encore à l'intérieur, et elle ralentit l'allure pour ne pas donner l'impression de fuir comme une criminelle. Mel, tu as besoin que je t'aide ?

– Non. Je peux y arriver toute seule.

– D'accord, allons-y, alors. Elle vit bien que Howard Machinchose tapait un numéro dans son portable, et elle se demanda s'il ne téléphonait pas déjà à Oliver. Pendant ce temps, Sue Keller les rattrapait, avec Boris qui tirait sur sa laisse, devant elle. Le toutou grincheux gagnait du terrain, et Rose retourna en vitesse aider sa fille. Je vais te donner un coup de main, mon cœur.

– J'y arrivais, maman. Je peux.

– Je sais. Elle se baissa, avec John dans les bras, et souleva le sac de livres. Je n'ai pas envie que Boris s'approche de toi. Tu te souviens, la dernière fois ?

Sa fille se retourna.

– Ah, d'accord. Norbert le dragon. Il a essayé de me mordre, et Google aussi.

– Oui. Allons-y. Elle la guida sur le trottoir, elles dépassèrent la berline, où Howard discutait dans son portable. Le jeune assistant du procureur était assis à droite du conducteur, et il les observait. Elle s'engagea avec Melly, elles marchaient sur les dalles de l'allée.

– Maman, on n'a pas fermé la voiture.

– J'irai tout à l'heure. En ressortant.

– *Colloportus*, fit quand même sa fille.

Elles arrivèrent devant les marches de l'entrée, où Rose posa le sac de livres et lui tendit son sac à main.

– Tu peux me sortir les clefs et ouvrir la porte ? Avec une seule main, je ne peux pas.

– *Alohomora !*

– Pas de sortilèges d'ouverture de portes, je t'en prie. Sers-toi de la clef qui a le truc rouge.

– Je sais, je te vois faire tout le temps. Melly plongea la main dans le sac, trouva le trousseau, inséra la clef dans la serrure, la tourna et poussa la porte. Ça y est !

– Bravo. Ferme. Je redescends tout de suite. Elle laissa Melly au salon avec ses nouveaux livres, monta au premier, coucha John et passa en vitesse aux toilettes avec son sac. Elle sortit son téléphone, et le numéro d'Oliver s'affichait encore dans la liste de ses appels récents. Elle le mit en surbrillance et appuya sur appel. Allô ? fit-elle dès que la femme décrocha à l'autre bout du fil. J'aimerais parler à Oliver ou à Tom. Je suis une nouvelle cliente. Rose McKenna. J'étais chez vous aujourd'hui.

– Je suis désolée. Tom est au tribunal, et Oliver est au téléphone. Peut-il vous...

– Il est au téléphone avec l'assistant du procureur de district de Reesburgh ?

– Je suis désolée, je ne suis pas autorisée à vous livrer cette information, mais je peux lui demander de vous rappeler.

– Merci. Elle laissa son nom et son numéro de portable, puis raccrocha et composa le numéro de portable de Leo. La ligne sonna, sonna, puis la boîte vocale se déclencha. Elle se répéta de se calmer, le temps que sonne la tonalité de la messagerie, puis elle laissa un message : « Leo, j'ai vu les avocats, et deux assistants du procureur étaient ici, devant la maison. Appelle-moi dès que tu peux. »

Elle appuya sur *fin*, puis elle s'assit lourdement sur le rebord de la baignoire, et ses pensées firent un bond en arrière dans le temps, comme un animal sauvage qu'on relâche. Elle connaissait ce genre de souricière. C'était elle qui s'était attiré tous ces ennuis. Elle l'avait véritablement cherché. Son cœur battait à toute vitesse, elle transpirait, et son regard fila en tous sens dans cette salle de bain digne d'un magazine, se posa sur leurs deux lavabos sur colonne, celui de Leo et le sien, et sur les notes bleu vif du rideau de douche assorti à la couleur des épaisses serviettes de bain.

C'était elle qui avait tout choisi, pour leur nouvelle demeure, et à cette minute, en considérant tout cela, elle comprit qu'elle ne méritait rien ; ni le sol de joli carrelage italien, ni les shampooings hors de prix sur le rebord de la baignoire. Elle avait souhaité tout recommencer à zéro, s'offrir un dernier recommencement dans une vie de recommencements, de déménagements sans fin d'un appartement à un autre, et de base en base. La seule différence, à chacun de ces endroits, c'était la couleur des serviettes de bain.

Elle cligna des yeux. Sa mère gisait sur le sol de la salle de bains, dans son peignoir, elle avait encore perdu connaissance. Il fallait la réveiller, la relever, la laver, la dessoûler. De longs cheveux noirs masquaient son joli visage. Les serviettes de bain de cet appartement-là étaient jaunes. Ensuite, roses, et ensuite, blanches. Les serviettes de bain étaient la seule chose qui changeait, dans les appartements où sa mère gisait sur le sol, jusqu'à ce qu'un jour, on ne réussisse plus la réveiller, plus du tout.

Maman !

– Maman ? C'était Melly, derrière la porte. Le bouton de la poignée tournait. Pourquoi c'est verrouillé ?

– J'arrive. Elle se leva et entrevit son reflet, mais ne se reconnut pas. Ses yeux, noirs et bleus, paraissaient hantés.

– *Alohomora.* Melly pouffa de rire, de l'autre côté du panneau de bois.

Elle faisait la vaisselle quand le téléphone sonna. Elle se sécha la main en vitesse, attrapa son portable et se le cala dans le creux du cou.

– Allô, oui ?

– Rose. C'est Oliver. J'ai appris que vous aviez eu de la visite, aujourd'hui.

– Oui. Ils vous ont appelé ? Que vous ont-ils dit ? Elle risqua un œil au coin de la cuisine pour s'assurer que sa fille ne soit pas à portée de voix, dans le petit coin salon, où elle s'était assise devant l'ordinateur pour imprimer une photo de Flat Stanley. John était juché sur sa chaise haute, dans la cuisine, occupé à écraser ses rotini, la main comme un petit poisson rouge. Sa paume faisait du bruit, boum, boum, boum, quand il tapait sur le plateau.

– Ils veulent une entrevue demain. Dans nos bureaux, à dix heures du matin. Cela vous est possible ?

– Mon Dieu, si tôt ? Elle se sentait accablée. Que se passe-t-il ?

– Il faut rester calme et tenir bon, vous vous souvenez ?

– Cela veut dire qu'ils envisagent de m'inculper ?

– Cela veut dire qu'ils enquêtent sur les faits.

Ses entrailles se nouèrent.

– Mais pourquoi si tôt ?

– En ce qui nous concerne, le plus tôt sera le mieux. Nous préférons les rencontrer tant qu'Amanda est encore en vie.

Elle frémit.

– Pourquoi ?

– Comme nous vous l'avions évoqué, il y a moins de pressions de l'opinion et de la famille Gigot poussant à votre inculpation. Pour le moment, le scénario du pire reste purement hypothétique. Vous comprenez ?

– Oui, mais pourquoi prennent-ils si vite l'initiative ?

– Pour un tas de raisons. Il se peut qu'ils veuillent donner suite au dossier tant que vos souvenirs sont encore frais, ou qu'ils tiennent à montrer combien ils sont réactifs et quel mal ils se donnent. Ou alors, ils veulent prouver qu'ils ont la situation bien en main, au cas où Amanda mourrait.

– Vous êtes obligé de vous exprimer comme cela ?

– Comment, comme ça ? Il marqua un temps de silence, avant de reprendre sur un ton plus chaleureux. Désolé. En réalité, je suis plutôt un type sympathique. Vous vous rappelez ?

Elle ne sourit pas. Elle jeta un œil à John, qui frappait sur son plateau. Boum !

– Rose, gardez courage. Je veux qu'ils entendent votre version de l'histoire avant qu'ils n'aient arrêté leurs positions. Si nous montons un dossier suffisamment solide, j'espère que nous pourrons les forcer à battre en retraite.

– Nous sommes obligés de monter un dossier ?

– Pas au sens strict du terme. Je vous expliquerai cela quand je vous verrai. Vous serait-il possible de nous rejoindre dès neuf heures, que j'aie le temps de vous préparer, avant le rendez-vous proprement dit ?

–Oui. Bien sûr. Elle réfléchit une minute. Et si je n'arrive pas à dénicher une baby-sitter aussi tôt dans la matinée ? Que ferons-nous ?

— Melly est à l'école, non ?

–Oui.

–Ne prenez pas de baby-sitter. Je veux que Howard et son laquais voient ce que verra le jury. Amenez votre bébé.

–Vous parlez comme s'il s'agissait d'un accessoire.

–Bien dit. C'est un accessoire.

–Oliver, c'est mon fils, lui répliqua-t-elle, contrariée. C'était de pire en pire.

–Avez-vous déjà parlé à Leo ?

–Non.

– Au plan de la gestion des choses, ai-je raison de partir du principe que vous souhaitez être représentée par nous, tant sur le terrain pénal que civil ?

–Oui.

–Excellent. Nous sommes ravis, et je sais que je peux aussi parler pour Tom. Si vous me dites quelle est votre adresse e-mail, je vous enverrai une lettre d'accord et, quand vous aurez une seconde, envoyez un chèque de provision, qui se monte à cinq mille dollars.

–D'accord. Et puis elle se souvint. Attendez. J'ai désactivé mon e-mail.

–Créez-vous un nouveau compte, et nous en préserverons la confidentialité. Que décidez-vous à propos du communiqué de presse, ou des informations que je serais susceptible de communiquer à l'une de mes sources ? M'autorisez-vous à aller de l'avant ?

– Je n'en sais trop rien. Laissez-moi réfléchir et en parler à Leo.

– Bien sûr. Tenez-moi au courant. À plus tard. Prenez soin de vous.

– Merci. Elle appuya sur *fin*, puis sur *L*, pour appeler le numéro enregistré de Leo, attendit et, au bout de trois tonalités, fut déviée vers la boîte vocale. Avant de laisser un autre message, elle se ressaisit. « J'ai un entretien avec le procureur de district demain matin. Rappelle-moi, s'il te plaît. »

Elle appuya sur *fin*, et son regard vint se poser sur John, qui suçotait ses doigts avec bonheur. Elle n'osait s'imaginer ce qui leur arriverait, à elle ou à Melly, si elle devait aller en prison. Leo devrait embaucher une aide à domicile à plein temps et, même si John réussissait à s'adapter, Melly serait anéantie. Elle avait déjà perdu son père, et maintenant elle allait perdre sa mère. Et maintenant que Kristen était partie, elle n'aurait plus aucun soutien non plus à l'école.

Elle se sentit envahie d'une vague de tristesse si profonde qu'elle dut s'appuyer au comptoir jusqu'à ce que ça passe. Cela la tuait que ses enfants, et Leo, aient à payer pour ce qu'elle avait fait, et, quand même, elle sentait qu'elle pénétrait sur le territoire du paroxysme de la revanche, œil pour œil et dent pour dent. Elle refoula cette émotion en s'efforçant de rester ancrée dans le présent. Il y avait des assiettes à rincer, des plans de travail à nettoyer et un bébé à baigner ; les tâches de la vie au foyer, tout ce qui constituait la trame de l'existence d'une mère. Elle avait toujours tiré satisfaction de ces tâches-là, parce qu'elle savait combien chacune d'elles comptait ; c'étaient là toutes les petites choses qui faisaient d'une maison un foyer, et c'étaient les mamans qui se chargeaient de toutes ces petites choses.

Rose alla voir John, lui retira son plateau, le souleva de son siège et le serra contre elle. Il lui passa son bras potelé autour du cou, et elle le berça, lui murmurant qu'elle l'aimait.

– Allons dire coucou à ta sœur, lui chuchota-t-elle à l'oreille, en contenant son émotion. Elle le porta jusqu'au petit salon-salle de jeux, où Melly leva le nez de l'imprimante, avec un regard bleu interrogateur.

– Maman, c'était Mlle Canton au téléphone ?

– Non, désolée.

– Quand est-ce qu'elle va appeler ?

– Je ne sais pas trop, mais bientôt, j'espère.

– Elle a dit qu'elle appellerait.

– Alors elle finira par le faire, lui assura Rose, pas si sûre d'elle.

Après avoir mis les enfants au lit, elle retourna à la cuisine, débarrassa et s'assit devant son ordinateur, alla en ligne et consulta *philly.com* pour avoir des nouvelles d'Amanda. Les articles précédents n'avaient pas changé, ce qui signifiait qu'elle était encore en vie.

Merci, mon Dieu.

Derrière la fenêtre, la pluie tombait et le ciel s'était assombri, composant ainsi un fond de velours noir, comme la chute d'un rideau de fin. Elle pouvait entrevoir le faîte du toit pointu de la maison voisine, des projecteurs enchâssés dans le sol illuminant sa façade de brique en contre-plongée, éclairant la scène comme un plateau de cinéma. Les grands arbres du jardin, sur le flanc de la maison, perdaient leurs feuilles, mais la nuit et la pluie avaient gommé leurs couleurs, et ils paraissaient noirs et luisants.

Elle se demanda quelle serait la prochaine feuille qui tomberait, en jouant à un petit jeu d'attente avec elle-même, ce qui lui paraissait à la fois inconfortable et familier. Elle avait attendu de voir ce qui arriverait à Amanda. Attendu de voir si elle serait inculpée d'un crime ou poursuivie en justice. Attendu des décennies, depuis que c'était arrivé.

C'était une nuit semblable à celle-ci, et la pluie tombait lentement. Une chute régulière. Sa chute à elle. Rose était capable de raviver le souvenir de cette nuit-là sans même réfléchir. En fait, c'était pour ne pas le raviver qu'il lui fallait réfléchir. Elle le revoyait à cet instant, comme s'il était devant elle. Cela s'était produit vers cette période de l'année, aussi, mais à la fin octobre. La nuit d'Halloween, les feuilles tombées des arbres, les feuilles inertes sur la chaussée.

Elle battit des paupières, et ce souvenir s'effaça. La cuisine était dans la pénombre, les halogènes, sous le comptoir, déployaient leur magie résidentielle. Le seul bruit perceptible, c'était le tapotement des gouttes sur le toit et le raclement feutré du lave-vaisselle, qui enclenchait la vitesse supérieure. Les chiffres bleus luisaient sur la porte, décomptant les minutes et les secondes jusqu'à la fin du cycle. Elle regardait les nombres changer, 36, 35, 34, et céda finalement à la pensée qu'elle avait refoulée, presque sans interruption, depuis l'incendie.

Il me faut un verre.

Elle se leva, alla au râtelier d'angle, plongea la main dans le casier à bouteilles, en fit coulisser le premier vin qu'elle put atteindre, puis referma la porte. L'étiquette mentionnait Louis Jadot, et cela lui irait très bien. Elle ouvrit le tiroir pour en sortir le tire-bouchon, décolla la bague métallique et lui fit les honneurs de la maison, avec difficulté, à cause de sa main bandée. Elle se servit un ballon de ce merlot et, toujours debout au comptoir, vida le verre comme elle en avait l'habitude, au bon vieux temps de son méchant passé. Il avait un bouquet plus amer que dans son souvenir, mais c'était peut-être lié à son état d'esprit.

– Ne dis rien à personne, fit-elle quand Princess Google leva le museau.

Elle attrapa la bouteille par le col et la posa sur la table, puis elle emporta son verre devant son ordinateur et s'assit. Elle se servit une autre lichette de vin, le but et, à travers son verre, son regard tomba sur l'écran, sur la Une du journal voilée par un brouillard alcoolisé. « Maman héroïque ? » s'interrogeait le cartouche du titre, avec cette mention au-dessous : « nouvelles vidéos de témoins ! »

Elle reposa le verre, enveloppa la souris du PC de la paume et coupa le volume. Elle cliqua sur le lien des vidéos, et cela lui donna accès à une liste en bleu lumineux, chacun portant un titre : « Incendie à l'école », Incendie à la cantine de l'école locale », « Arrivée des premiers secours », « Départ de l'ambulance avec Amanda Gigot », et ainsi de suite. Cette liste se lisait comme la description chronologique de son cauchemar. Par chance, elle commençait à ne plus rien éprouver.

Elle se servit encore un verre, le but et cliqua sur l'un des liens, celui des enfants qui sortaient de l'école en courant et débouchaient dans la cour. Elle les regarda arriver, figée par la vision de leurs visages pétrifiés, et elle cliqua, elle regarda, elle regarda, jusqu'à ne sentir absolument plus rien. Elle cliqua sur une autre vidéo, intitulée « Images d'hélicoptère », et vit le toit de la cantine se consumer, puis s'illuminer d'un coup, dévoré par les flammes. Elle fit coulisser le curseur de lecture de la vidéo, d'avant en arrière, d'arrière en avant, déplaçant le temps dans les deux sens, si bien que le passé devint le présent, puis le passé et le présent échangèrent leurs places et le présent doubla le passé, transformant sa vie en palindrome.

Elle sortit de sa rêverie, s'aperçut que son téléphone portable sonnait. L'écran affichait « Leo », elle tendit la main, répondit.

– Allô ?

– Mon chou, c'est toi ? Tu as une drôle de voix ?

– Je dormais. Je me suis couchée tôt.

– Désolé. Tu veux te rendormir ? Comment tu te sens, face à la perspective de ce rendez-vous avec le procureur ?

– Bien, mais j'ai besoin de me rendormir.

– Bien sûr, d'accord. Oliver est un super avocat, alors ne t'inquiète pas. Écoute juste ce qu'il te dit, quand tu le reverras avec le procureur. Et ne te laisse pas ébranler par ces gens. Si tu te réveilles, rappelle-moi, même s'il est très tard. Je t'aime.

– Je t'aime, moi aussi. Elle coupa la communication, reposa le téléphone et tendit la main vers la bouteille.

CHAPITRE 12

Elle but une gorgée de café, mais ce ne fut pas un remède suffisant à sa bouche pâteuse de la veille au soir. Ils s'étaient installés dans une salle différente de la veille, meublée d'une longue table en noyer où n'était posée qu'une pile de blocs-notes. Les fenêtres offraient une vue sur les bosquets qui s'étendaient derrière le centre d'affaires, avec leurs feuillages picturaux, un ciel d'un bleu intense et un soleil froid.

Elle resta assise avec John sur ses genoux, pendant qu'Oliver se présentait aux deux assistants du procureur. Elle portait une robe bleu marine avec un pull assorti, un maquillage discret, ses cheveux en demi-queue de cheval, et John, en polo blanc et en jean, suçait sa tétine et s'agrippait à ses clefs-voitures Fisher Price. Elle avait posé presque de la même manière, pour le catalogue Hanna Andersson, la marque de vêtements d'inspiration suédoise pour les enfants et les mamans, il y avait bien longtemps de cela.

– Messieurs, je vous en prie. Oliver désigna la crédence en noyer, le long du mur, où s'alignaient deux boîtes de cartouches de café, des bagels frais et du fromage à tartiner, autant d'odeurs délicieuses qui parfumaient l'atmosphère. Prenez du café, et nous avons les meilleurs bagels de tous les cabinets d'avocats du comté.

– Merci, mais non, dit Howard et, à l'évidence, sa réponse valait pour eux deux. Il fit rouler un siège pour Rick, puis déboutonna sa veste kaki avant de s'asseoir, avec un grand sourire chaleureux à Rose. Eh bien, voilà, on se retrouve. Maintenant que je peux voir votre bébé, il est mignon, et la ressemblance est remarquable.

– Merci. Rose afficha un sourire professionnel, prudent. Lors de leur entrevue préalable, Oliver l'avait avertie que Howard se servirait de son mode d'approche amical pour l'amener à se confier, et il lui avait conseillé de se refermer comme une huître, ce qui devrait être facile, tant elle était terrorisée.

– Commençons, voulez-vous ? Oliver approcha son fauteuil et s'assit à côté d'elle. Ils étaient dos à la fenêtre, ce qui força les assistants du procureur à plisser les yeux pour s'abriter de cette luminosité. Oliver lui avait laissé comprendre que ce plan de table était intentionnel, mais elle s'était abstenue de lui rappeler qu'hier, c'était elle qui avait dû plisser les paupières.

Olivier s'éclaircit la gorge.

– Je suggère que nous procédions comme suit. Rose va vous expliquer ce qui s'est passé à l'école, ensuite vous aurez le loisir de lui poser des questions, à des fins de clarification. Entendu ?

– Bien.

– Soyons clairs. Rose est ici aujourd'hui parce qu'elle souhaite que la vérité sorte, ce qui n'a pas été le cas jusqu'à ce jour. Entre nous, elle envisage d'intenter une action au civil contre l'école et le district scolaire, suite aux dommages subis à cause de leur négligence.

Elle ne commenta pas. Oliver ne l'avait pas prévenue qu'il tiendrait de tels propos, mais elle laissa son sourire masquer son désarroi.

– Je vois. Howard haussa le sourcil. Ses yeux étaient marron, derrière ses montures d'écaille, et il avait une petite croûte sous le gras du menton, comme s'il s'était coupé en se rasant.

Oliver opina.

– Pour être franc, c'est moi qui lui ai conseillé de porter plainte, tout comme mon associé, Tom, mais son mari et elle n'ont pas encore tranché. Sa fille, Melly, comme vous le savez sans doute, a failli perdre la vie dans cet incendie, et comme vous le voyez, elle a elle-même été brûlée à la main et à la cheville. En outre, Howard, permettez-moi de vous demander si le ministère public compte intenter une action criminelle pour négligence contre l'école et le district scolaire, en relation avec l'incendie ?

– À ce stade, nous sommes encore indécis. Le sourire de Howard s'effaça et, à côté de lui, Rick baissa les yeux, comme si la table de réunion nécessitait un examen attentif.

– J'ose espérer que ce sera le cas. Oliver se redressa contre le dossier de son siège. Qui prend cette décision, d'ailleurs ? Le procureur de district en personne ? Et c'est vous qui lui adressez une recommandation, celle d'y aller ou pas ?

– Quelque chose de cet ordre. Howard paraissait gêné.

– Vous avez bien cerné les tenants et les aboutissants, vous, non ? Même moi, j'ai entendu circuler des rumeurs de câble électrique défectueux et d'une fuite de gaz. Le responsable des pompiers a-t-il pu en déterminer la cause ?

– Nous n'avons pas encore rendu cette information publique.

– Bien sûr, enfin, quoi qu'il arrive, je vous suivrai. Oliver ne s'appesantit pas. À l'évidence, l'entreprise générale et tous ses sous-contractants – électricité, chauffage, et le reste – étaient sous le contrôle et la supervision exclusifs de l'école et du district, et si j'étais à votre place, j'étudierais les méthodes d'adjudication des marchés qui ont permis de les sélectionner en fermant à moitié les yeux sur leurs compétences. Il renifla, comme s'il venait de flairer un léger relent de puanteur. Je sais que la politique de l'État et la politique locale jouent souvent un rôle malheureux dans l'attribution des principaux chantiers de construction, et cela devrait être également soumis à investigation. Si le district a pu attribuer cette mission à une entreprise de seconde zone, leurs services ont dû récolter une maîtrise d'œuvre réalisée un peu n'importe comment, et qui a eu pour conséquence prévisible la perte de vies humaines. C'est de la négligence criminelle.

Rose était surprise de la virulence avec laquelle Olivier abattait son jeu, et cela fit monter d'un cran la tension dans la salle. De l'autre côté de la table, elle sentit Howard se raidir.

– Et je n'insisterai pas sur l'incapacité de l'école élémentaire à mettre en place des procédures de sécurité adéquates, ce que les pièces que vous apporterez au dossier révéleront, si ce n'est déjà le cas. Il eut de nouveau un geste vers Rose. Maintenant, toutefois, ma cliente accepte volontiers de vous parler. Nous espérons que cela vous aidera à monter un dossier contre les gens responsables des morts de trois victimes innocentes – et une petite fille, si Amanda Gigot ne se rétablissait pas. Enfin, espérons de tout cœur que non. Je suppose que vous avez été en contact avec la famille Gigot, et j'ose croire que votre bureau ne succombera pas aux pressions qu'elle exerce pour transformer Rose et sa famille en boucs émissaires.

– Non, rien de tel, se défendit Howard, qui se rembrunit.

– Alors, j'ai du mal à comprendre pourquoi vous avez rendu visite à ma cliente à son domicile, hier. Je me serais figuré qu'elle était la dernière personne avec qui vous auriez voulu vous entretenir, une mère de famille, qui est tout autant victime que la famille Gigot. Vous comprenez, j'en suis convaincu, que nous intentions une action ou non, que c'est là notre position.

– Je comprends. Howard se pencha en avant. Maintenant, si nous pouvions avancer avec...

– Enfin, naturellement, Rose ne renonce en rien à ses droits constitutionnels, qu'elle pourra souhaiter revendiquer par la suite, comme son droit à ne pas s'incriminer elle-même, ce qui, nous l'espérons, ne sera pas nécessaire. Est-ce clair ?

– Oui.

– Ah, et puis, nous n'acceptons qu'un seul interrogateur à la fois. Ce sera donc vous. Oliver désigna Howard. Et si, à un moment ou un autre, Rose souhaite s'interrompre, nous nous interromprons. Si elle se sent mal à l'aise, nous suspendrons la séance. Si elle veut y mettre fin, nous y mettrons fin. Est-ce clair ?

– Oui, lui répondit l'autre, et l'avocat se tourna vers sa cliente avec un sourire confiant.

–Rose, et si nous commencions ?

–D'accord. Elle hissa John un peu plus haut sur ses genoux, et se lança dans son récit. Elle exposa sa version des événements, en traits rapides, tout comme elle l'avait fait avec Olivier et Tom, et Howard l'écouta attentivement, avec une expression de sympathie. Quand elle en arriva au moment où l'on avait conduit Melly en ambulance, Oliver se pencha vers elle, en levant la main comme l'un de ces agents qui règlent la circulation à la sortie de l'école.

–Et le reste appartient à l'histoire officielle, décréta-t-il, en s'adressant à Howard. Donc, vous le voyez, en dépit de ce que la presse ou les Gigot peuvent raconter, ce n'est pas que Rose ait choisi de sauver Melly plutôt qu'Amanda et Emily. Au contraire, elle a choisi Amanda et Emily avant Melly. Les charges criminelles que l'on souhaiterait porter contre elle seraient donc tout simplement dénuées de fondement.

Le regard de Howard se déplaça d'Oliver à Rose, avant de revenir à l'avocat.

Rose retint son souffle. Il lui était difficile de croire qu'elle était assise là en face d'un homme qui devait déterminer le sort qui serait le sien et celui de sa famille. Il maniait tous les pouvoirs et toutes les ressources de l'État de Pennsylvanie. Il avait la capacité de l'envoyer en prison pour vingt ans.

Oliver conserva la parole.

–Je ne puis m'imaginer un jury au monde qui trouverait quoi que ce soit de répréhensible dans sa conduite, parce qu'elle s'est réellement conduite de manière héroïque. Le fait qu'Amanda ait ensuite été blessée incombe aux défauts de construction, à l'inexistence de

procédures de sécurité incendie et à la surveillance enta-
chée de négligence de cette enseignante blonde, au bout
du couloir, qui l'a laissée retourner à l'intérieur courir
après un iPod.

Rose demeura immobile. John tapa ses clefs sur la
table, mais personne ne tint compte de lui.

Howard paraissait plongé dans ses pensées, observant
Rose.

– Juste pour clarifier les choses, où était l'autre maman
en charge du déjeuner, Terry Douglas, quand vous avez
demandé à Amanda et aux autres élèves de rester dans
le réfectoire au-delà de l'horaire ?

Rose eut du mal à avaler sa salive.

– Elle était...

– Stop. Oliver leva de nouveau la main. J'émets une
objection au choix de ces termes, « rester au-delà de
l'horaire », et Rose a été claire à ce sujet. Je ne tolérerai
pas que vous reveniez sans cesse là-dessus.

– Je clarifiais simplement cet aspect.

– C'est déjà assez clair.

– Pas pour nous. Howard secoua la tête. Le souci de
l'État, c'est que Rose a assumé le contrôle exclusif de
ces trois enfants, dont Amanda, et qu'elle a insisté pour
l'exercer.

Rose sentit son estomac se nouer.

– Nous contestons cela, riposta froidement Oliver. Dès
que Rose a repris connaissance, elle a conduit Amanda
et Emily au bout de ce couloir en les confiant ensuite à
la surveillance de l'enseignante qui se trouvait là. Elle
n'a exclu personne, à aucun moment. Personne n'était
présent pour aider les enfants, excepté Rose. Oliver
consulta sa montre. Nous sommes ici depuis une heure.

C'est une heure que vous auriez dû consacrer à interroger l'entrepreneur, les sous-contractants, les responsables du district scolaire et une enseignante qui a laissé une enfant se précipiter en courant dans un bâtiment en flammes. Oliver se leva subitement. Cette réunion est terminée. Au revoir, et nous vous remercions de vous être déplacés.

Howard leva les yeux, en faisant la moue.

– Nous prendre de haut n'aidera pas votre cliente, Oliver.

– Oh, je vous en prie. Oliver ne cilla pas. Je ne prends personne de haut, je suis droit dans mes bottes, et c'est tout. Si vous persistez, je vais devoir me demander pourquoi vous tenez tant à ne pas investiguer auprès du district scolaire et des responsables de l'État qui ont pris la décision de recourir aux services des gens qu'ils ont engagés. Dites-moi, s'il vous plaît, que ce n'est pas parce que ce sont eux qui vous versent votre salaire et celui de votre patron, parce que cela, le jury n'appréciera pas, pas une seconde.

– Quoi? Les yeux de Howard s'enflammèrent, virant au marron furibond, et il se leva, comme Rick. Qu'est-ce que vous entendez par là? Que je suis à la solde de quelqu'un?

– Je n'ai pas dit cela, n'est-ce pas? Oliver contourna la table à grands pas, se rendit à la porte et l'ouvrit calmement. Plus de communication spontanée de pièces. Sachez que si vous vous en prenez à elle, je m'en prendrai à vous.

Oliver s'installa tranquillement dans le siège laissé vacant par Howard, en face de Rose, et il soupira, avec un sourire.

– Bon, maintenant, on va pouvoir parler. Comment allez-vous ?

– Malade d'inquiétude. Elle but une gorgée de son café, qui avait refroidi. Dites-moi, à votre avis, cela s'est déroulé comment ? Il va m'inculper ?

– Ça, je n'en sais rien. Il fronça la lèvre inférieure. Mais vous vous en êtes bien tirée. Votre récit était concis et précis.

– Merci.

– Sa décision ne dépend pas de vous, et vous devez le comprendre. Nous avons dégainé, et nous avons fait couler le premier sang. Il marqua un temps de silence. J'emmêle un peu les métaphores, là.

– Ça ira, je suis encore.

– Vous avez entendu la question qu'il a posée. C'est là tout notre problème. L'affaire Kellam, comme je vous l'ai signalé.

– Dites-moi si vous pensez qu'il va m'inculper. Prenez position.

– Il va falloir attendre de voir, concernant Amanda et le reste, comme je vous l'ai indiqué.

Elle renonça.

– Pourquoi avez-vous parlé de tout cela, concernant mon dépôt de plainte ?

– Pour le faire reculer, pour lui montrer qu'il court un risque s'il se retourne contre vous. Son sourire s'effaça. C'est la guerre, Rose. Ne vous méprenez pas. Tom a raison, là-dessus.

Elle ne savait que dire. Elle était malade d'inquiétude.

– Ce n'est pas le moment d'hésiter. Vous n'avez aucune envie de vous retrouver dans un quartier de détention, à vous dire : « Je regrette que mon avocat n'ait pas été plus agressif, je regrette qu'il ne m'ait pas défendue avec plus de vigueur. »

Elle n'avait pas envie de l'admettre, mais il avait raison.

– Alors, pensez-vous qu'il y ait des pots-de-vin en jeu avec le district scolaire ?

– Bien sûr que non. J'ai juste dit ça pour l'effrayer. Pour lui faire savoir que si j'y suis contraint, je m'en prendrai à lui et à son patron. Je n'ai pas envie qu'il vous attaque, vous, au lieu du district. Je ne le permettrai pas.

– Merci, fit-elle. Et c'était sincère.

– Je pense vraiment que nous devrions faire connaître publiquement notre version, maintenant. Laissez-moi avancer avec ce communiqué de presse, s'il vous plaît. Je vais le rédiger de votre point de vue, et je peux terminer en suggérant que vous envisagez de les poursuivre en justice, pas que vous les attaquez véritablement tout de suite.

– Pourquoi ne pouvez-vous faire connaître ma version sans évoquer des poursuites contre je ne sais qui ?

– Du point de vue des médias, ce n'est pas aussi croustillant, et la première question que me poseront les journalistes, ce sera de me demander si j'engage des poursuites. Si je réponds non, vous paraîtrez faible. Il secoua la tête. Je préfère ne rien dire plutôt que de leur répondre en ce sens. Ensuite, au moins, ils en concluront que vous envisagez une procédure.

– Alors ne dites rien. Pour le monde extérieur, annoncer que j'envisage des poursuites, cela revient au même qu'annoncer que je porte bel et bien plainte. Et ça, ce sont des distinguos réservés aux avocats, Oliver.

– Je vous en prie, parlez-en au moins avec Leo. Voyez ce qu'il en pense.

– D'accord, ça me va.

– Vous verrez, dès que nous serons passés à l'action, les choses vont s'améliorer. À court terme, la situation va se tendre, mais au bout du compte, ce que nous voulons, c'est gagner. Gardez le long terme à l'esprit.

– J'entends bien. Rose était sur le point de se lever et, maintenant que la réunion était finie, John s'était endormi. Ses doigts se relâchèrent, et elle lui fit glisser ses clefs Fisher Price de la main. C'est un si gentil bébé.

– Aujourd'hui, il a vraiment tenu son rôle, notre petite pièce à conviction n° 1.

– Il s'appelle John.

– Ce sera la pièce J, alors.

Elle ne sourit pas, laissa tomber les clefs dans son sac à main, puis souleva John, le posa contre son épaule et se leva.

– Merci pour tout.

– Je vous en prie. Il se leva, lui aussi. Vous savez, j'ai saisi une chose, en vous voyant avec notre pièce à conviction J.

– Vous avez saisi quoi ?

– Pourquoi les gens veulent avoir une progéniture. Moi, je n'ai jamais voulu, mais toutes mes épouses en mouraient d'envie.

– Les enfants, Oliver, il n'y a rien d'autre qui compte. Elle soutint son regard et lui parla du fond du cœur. Ce bébé a besoin de moi, et Melly aussi. Ils aiment leur papa, mais moi, je suis leur univers. Vous devez me maintenir en liberté, rien que pour eux. Pas pour moi. Pour eux.

Il abandonna son expression cynique et parut sérieux.

– Écoutez. Je vais faire de mon mieux, mais je ne peux rien garantir.

– Je sais, dit-elle, et elle en avait le cœur gros. Elle prit son sac et s'en fut. Il y avait une chose qu'elle voulait faire, et elle n'avait pas de temps à perdre.

Elle s'engagea sur le parking de l'école, le visage masqué par ses lunettes de soleil, mais Tanya Robertson et le reste des journalistes massés devant la barrière reconnurent sa voiture. Ils prirent des rafales de clichés et lui lancèrent des questions qu'elle n'entendit pas, derrière ses vitres fermées, leurs voix étouffées couvertes par les berceuses de Walt Disney qui s'échappaient des haut-parleurs du lecteur de CD. John écoutait dans son siège bébé, l'air content, en secouant ses clefs Fisher Price, un jouet qui valait son pesant d'or.

Elle remit les gaz, s'éloigna de la presse autant qu'elle put et se gara. Le parking était presque désert, car il était trop tôt par rapport à l'heure de la sortie, mais pour l'instant, elle était une maman en mission. Elle coupa le contact, se saisit de son sac et glissa John avec son jeu de clefs hors de son siège. Elle plaqua un gros baiser sur sa joue replète, et le bras minuscule de son fils s'agrippa à son cou.

– Blbelbebl, gargouilla-t-il, avec un sourire mouillé qui révéla l'éclair blanc d'une pépite d'émail, sa dent naissante qui pointait de sa gencive inférieure.

Une dent! Avec toutes ces histoires horribles, elle ne l'avait pas encore remarquée. Elle marcha en direction de l'école, atteignit la rampe de béton et entra par la porte affichant : « tous les visiteurs sont priés de se faire connaître à l'accueil ». C'était la seule porte ouverte au public, et elle songea à Tom. Elle ne pouvait s'imaginer poursuivre l'école en justice, raya cette pensée de son esprit et pénétra dans le bureau. La pièce était vaste, avec son panneau de vitres baignées de soleil, ses murs d'un bleu pastel et sa moquette à motifs assortie. Un comptoir d'accueil en placage de chêne divisait le bureau dans le sens de la largeur, et la partie située devant tenait lieu de salle d'attente, avec quatre chaises tapissées de tissu bleu, une table basse et un présentoir en grillage métallique contenant des dépliants de l'association parents d'élèves-enseignants.

– Salut, Jill. Elle releva ses lunettes de soleil sur son front et s'approcha du comptoir. Le bureau de la secrétaire principale se trouvait de l'autre côté. C'était une femme menue et cordiale, Jill Piero.

– Hello, Rose. Jill leva les yeux de son clavier avec un sourire qui se durcit comme de la glace. Comment va Melly ?

– Bien, merci. Rose n'était pas complètement surprise que l'autre la reçoive avec autant de froideur. Je me demandais si vous ne pourriez pas m'aider. Melly était vraiment proche de Kristen Canton, et elle est tellement triste qu'elle soit partie.

– Oui, c'est dommage. Jill fit la moue.

– Kristen m'a dit qu'elle nous appellerait pour faire un coucou à Melly, mais jusqu'à présent, pas de nouvelles. Avez-vous un numéro où je puisse l'appeler ?

– Je ne sais pas si nous l'avons, mais même si nous l'avions, je ne serais pas autorisée à le communiquer.

– Mais Kristen était très proche de Melly, et cela ne l'ennuierait pas.

– Désolée, cela ne m'est pas possible. Jill jeta un coup d'œil derrière elle, vers les autres secrétaires, mais elles étaient toutes les deux au téléphone, à leurs postes respectifs.

– Alors pouvez-vous appeler Kristen et la prier de nous passer un coup de fil ? Je vais vous donner mon numéro de portable.

– Si nous avons un numéro pour la joindre, je le ferai. Mais je ne sais même pas si nous avons ça.

– Voudriez-vous vérifier ? Rose réfléchit une seconde. Ou alors, si vous avez une adresse de domicile de ses parents, je veux bien la noter. Ensuite, je pourrais lui envoyer un mot, ou alors Melly lui posterait une carte.

– Je reviens. Jill se retourna et s'éclipsa derrière le mur, qui rejoignait le couloir menant au bureau de M. Rodriguez.

Rose put entendre un dialogue sans discerner ce qu'ils se disaient, l'un ou l'autre. Elle patienta une minute, mais elle pressentait l'issue et décida de passer à l'action. Elle prit à droite, se rendit au bout du couloir, afin d'aller trouver M. Rodriguez et de lui poser la question elle-même, quand elle repéra les boîtes aux lettres des enseignants, sur sa gauche. Une série de casiers en chêne tapissaient le mur, et chacun d'eux était ouvert, souvent remplis de courrier.

Elle scruta les noms sur les plaques, rangés par ordre alphabétique, et arriva devant les lettres C. Kristen Canton. Sa boîte n'était pas située à hauteur d'yeux, mais plus bas, et elle contenait une mince liasse de courrier. L'école avait dû le conserver, dans le but de lui faire suivre quand la liasse serait assez conséquente. D'une main agile, elle l'en sortit et lut l'adresse de suivi, inscrite en lettres majuscules, à côté de celle de l'école, barrée par une croix. 765, Roberts Lane, Boonsboro, Maryland. Elle la mémorisa, retourna à l'accueil, et attendit Jill, qui fut de retour au bout de quelques minutes.

– Désolée, nous n'avons pas son portable et nous ne pouvons pas communiquer l'adresse du domicile de ses parents.

– Merci de vous être donnée cette peine. Elle quitta le bureau, rabattit ses lunettes de soleil sur son nez, sortit du bâtiment et glissa son téléphone portable hors de sa poche, y ajouta l'adresse des Canton à sa liste de contacts, afin de ne pas l'oublier. Elle allait regagner sa voiture, mais la journée était trop belle pour rester assise au volant, à l'arrêt, jusqu'à l'heure de la sortie des enfants. Sur un coup de tête, elle se rendit vers l'arrière du bâtiment et traversa le parking réservé aux enseignants en refoulant quelques souvenirs, des images fugitives assez déplaisantes.

Voilà l'ambulance!

Elle contourna l'arrière de l'édifice et aboutit à l'autre extrémité de l'établissement. Le parking municipal se situait sur sa gauche, et les bus scolaires étaient garés le long de la clôture cyclone comme une rangée de dents jaunies. Elle longea le terre-plein gazonné des terrains de sport, avec leurs buts de foot qui se découpaient sur fond de ciel, et s'approcha du réfectoire par l'autre côté.

Elle se situait dans la direction du vent, la brise était encore chargée de la puanteur du plastique brûlé, et cette vision raviva en elle toute sa tristesse. Une nouvelle cloison en contre-plaqué dissimulait le réfectoire, cette salle ultramoderne il y avait encore de cela quelques jours, et elle marcha tout du long sur l'herbe noircie, souillée de boue et de débris calcinés. Des ouvriers n'arrêtaient pas d'entrer sur le site du chantier et d'en sortir en franchissant une ouverture ménagée dans un panneau de contreplaqué, par où ils poussaient des brouettes de débris carbonisés ou portaient des matériaux de construction. L'un de ces ouvriers, en T-shirt blanc Bethany Run et pantalon Carhartt, était son ami charpentier de l'avant-veille au soir, Kurt Rehgard.

Il leva les yeux vers elle, la reconnut, et son visage se fendit lentement d'un sourire.

– Hé, salut, madame l'avocate, lança-t-il, en se dirigeant vers elle tandis que ses camarades échangeaient de rapides coups d'œil dans son dos. Comment va votre fille ?

– Elle est de retour en classe.

– Je n'ai plus eu de nouvelles de vous, donc j'en ai conclu que vous n'aviez pas obtenu le divorce. Il se fendit d'un large sourire. Et je sais qui vous êtes, même avec ces grands carreaux noirs que vous avez sur le nez. J'ai votre photo sur le Net. L'article n'était pas très sympa.

– Je n'avais pas l'intention de vous cacher ça. Elle rougit, et il planta son regard dans le sien, les yeux durs et insensibles sous le casque de chantier.

– Si, vous m'avez caché ça.

– D'accord, peut-être. Elle se sentit démasquée. Je suppose qu'ils savent aussi qui je suis. Vos copains.

– Ces clowns ? Il les désigna du pouce, dans son dos. Sûrement pas. S'ils vont sur le Net, c'est pour visionner des vidéos pornos. J'ai fréquenté un institut universitaire de technologie pendant un an, et ils me prennent pour Einstein.

Elle ne réussit pas à sourire.

– Je n'ai pas abandonné cette petite fille. J'ai cru l'avoir sortie de là, mais elle s'est de nouveau précipitée à l'intérieur.

– Je n'ai jamais pensé que vous l'auriez laissée là-dedans. J'ai bien vu. Je suis assez bon juge des caractères. Et puis, vous n'arrêtez pas de revenir par ici, avec un air si triste, comme si vous vous rendiez sur une tombe. Sur le Net, on dit que la famille de cette fillette veut vous poursuivre. Ils sont sérieux ?

– Évidemment.

– C'est débile. Il se renfrogna. Ce n'est pas votre faute. Je vous ai expliqué, le câblage était merdique, et en plus, il y avait une fuite de gaz. L'entreprise, c'est Campanile. C'est eux, les types qui méritent qu'on les traîne en justice.

Rose retint le nom dans sa tête.

– C'est une bonne entreprise ?

– Oui. Campanile, c'est le dessus du panier, mais les erreurs, ça arrive, même avec les meilleures boîtes. L'entreprise d'électricité s'est fichue dedans, et l'inspecteur de fin de chantier aurait dû relever les erreurs. Il a tout certifié, donc il s'est fichu dedans, lui aussi.

– Mais l'inspecteur a dû délivrer sa certification avant l'ouverture de l'école, non ?

– Oui.

– Alors pourquoi est-ce que ça a sauté seulement maintenant, en octobre ? L'école était ouverte depuis un mois.

– Vous avez déjà mis le nez dans une armoire électrique ? Il y a un tas de types qui salopent le boulot, vite fait mal fait, pour que ça soit prêt quand le client veut s'installer. Ils se disent qu'ils reviendront plus tard remettre le truc au carré, mais ils ne reviennent pas. Ou alors, ils oublient. Ou alors, ils se font lourder. Si c'est ce qui s'est passé, c'est la faute de Campanile, de l'entreprise de chauffage ou de l'inspecteur. Pas la vôtre.

– Quel bazar. Elle secoua la tête, en poussant la réflexion un peu plus loin. Ça va être un procès d'enfer, même s'ils n'engagent pas de poursuites pénales.

– Contre vous ? C'est ridicule. Je vais vous dire. Il jeta de nouveau un œil derrière lui. Laissez-moi le temps de poser quelques questions, et je vais voir ce que je peux récolter sur ce qui s'est passé. À titre officieux.

– Vraiment ? Merci.

– De rien. Quand j'ai lu cet article, j'ai pensé à ma nièce, celle dont je vous ai parlé. Les gosses, c'est précieux, et il faut qu'on les protège, et parfois, comme en Irak ou autre, on doit se protéger mutuellement. Vous avez vraiment risqué gros, pour ces gamins.

– Merci, fit-elle, touchée.

– J'vous en prie. Filez-moi votre téléphone, j'en ferai bon usage, et rien d'autre. Il sortit le sien de sa poche, elle en fit autant, et ils ajoutèrent leurs numéros respectifs à leur liste de contact.

– Si on est pas modernes, hein ? ironisa-t-elle, et il eut un grand sourire.

– Bon sang, pour moi, c'était déjà comme de faire l'amour au téléphone.

Elle contourna l'école par-derrière, changea John de position sur sa hanche, relut l'adresse des parents de Kristen dans son téléphone puis composa le numéro des renseignements. Elle obtint celui de leur domicile et attendit d'être mise en relation, s'arrêtant devant une place de parking libre.

« Vous êtes bien au domicile des Canton », annonça la messagerie et, déçue, elle attendit la tonalité.

« Bonjour, je suis Rose McKenna, j'essaie de joindre Kristen. Elle était enseignante de ma fille à l'école élémentaire de Reesburgh, et elle avait l'intention de nous appeler. Nous espérons avoir bientôt de ses nouvelles. Merci de me rappeler quand vous aurez une seconde. »

Elle laissa son numéro de la maison et son portable, puis elle appuya sur *fin* et remit son téléphone dans son sac.

Elle avait vérifié l'heure sur son écran, et il était 14 h 25 – dans dix minutes, ce serait la sortie. Les bus s'alignaient en file et attendaient dans la longue voie d'accès, moteur au ralenti, et des 4 x 4 et des monospaces s'immobilisaient sur le parking. Un groupe de gens venus à pied, qui habitaient près de l'hôtel, se rassemblait à l'entrée de la rampe, des bébés dans les bras ou installés dans des poussettes. Ils discutaient, tout remontés par les nouvelles de la matinée, mais aucun d'eux ne remarqua Rose. Subitement, elle repéra un minibus blanc et trapu d'une chaîne de télévision à l'entrée du parking, la portière coulissa, et Tanya Robertson en surgit avec son cameraman, derrière la barrière.

Rose s'immobilisa, en serrant John contre elle, sans trop savoir quoi faire. Elle n'avait pas envie que la journaliste vienne l'asticoter, donc elle resta là où elle était, en retrait. Les portes de l'école s'ouvrirent, et des élèves de cours moyen en sortirent, chargés de lourds sacs à dos portés en bandoulière à une épaule ou qui leur battaient contre les jambes. Tout un flot d'autres gosses en émergea, se dirigea vers les bus ou vers leurs parents, venus les chercher en voiture ou à pied.

Rose guetta ceux de la classe de Melly, mais ils ne sortaient pas encore. Elle s'avança de quelques pas, mais l'une des mamans la repéra, puis d'autres la remarquèrent, et elle sentit leur air réprobateur à toutes. L'une d'elles était Janine Rayburn, dont le fils était dans la classe de sa fille et, quand Rose lui sourit, elle lui tourna le dos.

Les premiers enfants de la classe de Mme Nuru se présentèrent à la sortie, puis Melly fit son apparition. Elle marchait la tête basse, un peu plus que d'habitude, mais le dos droit, comme toujours, les lanières rembourrées de son sac à dos bien en place aux deux épaules ; c'était une habitude qui touchait beaucoup Rose, car elle la trouvait très parlante. Melly avait besoin d'être parfaite, de maîtriser ce qu'elle pouvait, tant il y avait d'autres choses qu'elle ne maîtrisait pas.

– Melly ! Rose lui fit signe de son bras libre, et sa fille descendit la rampe à toute vitesse, sous le regard des autres mères, qui s'échangeaient des commentaires en se masquant à moitié les lèvres de la main.

– Coucou, maman, coucou, Johnnie ! Elle les serra, John et elle, mais quand elle s'écarta, Rose remarqua une longue contusion rougeâtre à son bras.

– Qu'est-ce que c'est, ça ?

– Oh. Melly recouvrit l'hématome de la main. Je me suis juste cognée.

– Comment t'es-tu fait ça ? insista-t-elle, surprise. Melly n'était pas le genre d'enfants à récolter beaucoup de bleus.

– Je vais très bien, maman. Melly se dressa sur la pointe des pieds pour faire un baiser à John, et ses yeux d'azur étaient lumineux. Salut, monsieur bébé. Je t'adore. John fouetta l'air vers elle, les doigts tendus, et Melly pouffa de rire. Il m'a presque eu, cette fois !

– Qu'est-il arrivé à ton bras ?

– Mlle Canton a appelé ?

– Pas encore. Elle ne lui confia pas qu'elle avait appelé les parents de la jeune femme, car elle n'avait pas envie de créer un espoir. Réponds-moi, pour ton bras.

– Je me suis bagarrée, c'est tout.

– Bagarrée ? Comment est-ce arrivé ?

– J'ai poussé Josh et il m'a poussée et je suis tombée.

– C'est toi qui l'as poussé la première ? Elle n'en croyait pas ses oreilles. C'était du jamais vu. Pourquoi ?

– Rentrons à la maison, maman.

– Pourquoi as-tu poussé Josh ? Elle lui prit la main et elles traversèrent le brouhaha du parking. Des enfants criaient, des portières de minibus coulissaient avant de claquer, des hayons se rabattaient. Des moteurs démarraient et des bus quittaient leur place avec des couinements de circuits hydrauliques, en recrachant des nuages de gaz. D'une pression sur la main de sa fille, elle insista pour avoir une réponse. Mel ?

– Josh m'a dit que tu avais laissé Amanda brûler dans l'incendie comme une frite. Alors je l'ai poussé et il m'a poussée et je suis tombée.

– Oh, non. Elle se sentit nouée de culpabilité. Mel, tu n'as pas à me défendre. Je me moque de ce que les gens racontent à mon sujet.

– D'accord.

– Je suis désolée de ce qui s'est passé.

– Ce n'est pas ta faute. Tu n'as rien fait.

– Qu'a dit Mme Nuru ?

– Elle n'a pas vu.

– Tu ne lui as pas dit ?

– Non. Melly secoua la tête. On peut arrêter d'en parler ?

– D'accord. Rose lui serra un peu plus la main, et elles arrivèrent à la voiture. Rentrons à la maison et on va déjeuner.

– On pourra préparer des Kristenburgers ?

– C'est comme si c'était fait. Elle bascula John un peu plus en arrière sur sa hanche, trouva ses clefs dans son sac et déverrouilla les portières.

– Je voulais ouvrir, moi, maman.

– Désolée, mon cœur. J'ai oublié. Donne-moi tes affaires. Elle ouvrit la portière pour sa fille, la soulagea de son sac à dos et du sac contenant son Tupperware avec son en-cas de la récréation, pour qu'elle puisse monter sans encombre. Melly grimpa dans le siège, et Rose passa à l'arrière, ouvrit, fourra toutes ses affaires par terre et déposa John dans son siège bébé avant de l'attacher. Un 4 x 4 s'arrêta sur la place voisine de la sienne, ne lui laissant plus beaucoup d'espace pour manœuvrer.

– Madame McKenna, excusez-moi, fit la voix d'une femme, à bord du 4 x 4, dans son dos, et elle se retourna. La vitre passager s'abaissa, révélant Tanya Robertson, qui plissa les yeux à la lumière du soleil, si fort que ses faux cils se collèrent.

– Qu'est-ce que vous fabriquez ici ? Vous n'êtes pas autorisée à pénétrer dans l'enceinte de l'école.

– C'est au sujet de mon émission « Mamans Plus ». Elle est très regardée, et j'ai déjà interviewé Eileen...

– Sortez de l'enceinte de l'école avant que je n'appelle quelqu'un. Elle chercha un enseignant du regard, autour d'elle, mais il n'y avait personne qui soit assez près pour voir la scène. Je vous l'ai dit, je n'accorde pas d'interviews.

– Je ne vous en demande pas, en tout cas pas pour parler d'Amanda. J'essaie de vous aider.

– Vous parlez d'une aide ! Et elle lui tourna le dos, elle allait ouvrir sa portière, mais Tanya Robertson tendit la main par la fenêtre, brandissant sa carte de visite.

– Appelez-moi. Il faut qu'on parle de Thomas Pelal.

Rose se figea, stupéfaite.

– Madame McKenna ? Rendez-vous service. Prenez ma carte. Si je n'ai pas de nouvelles de vous d'ici cinq heures cet après-midi, je sors mon reportage.

Rose s'obligea à enchaîner ses gestes, à monter dans sa voiture, à fermer la portière, à tourner la clef dans le démarreur, d'une main tremblante. On la sommait de rendre des comptes, d'expier. D'expliquer, là où il n'y avait pas d'explication. Elle s'était attendue à ce que ça la rattrape, depuis des années, et là, maintenant, finalement, on y était.

– Maman ?

– Quoi ? Elle écrasa la pédale de l'accélérateur, se dirigea vers la sortie, derrière les autres véhicules, et plongea la main dans son sac pour prendre son téléphone. Quoi, mon chou ?

– Tu penses qu'on devrait mettre du munster sur les Kristenburgers, ou de l'emmental ?

– Je ne sais pas. Prise de .panique, elle fit rouler la molette.

– Mlle Canton aime bien le munster, et moi aussi. Il y a un enfant de ma classe qui appelle ça du *monster*. Du fromage monstre. Je trouve que c'est drôle et que c'est mignon.

– Moi aussi. Elle quitta le parking et s'engagea rapidement sur Allen Road, en tâchant de retrouver le numéro d'Oliver au cabinet. Elle avait le cœur qui cognait. Le ciel était sur le point de lui tomber sur la tête.

– Maman, tu te souviens, tu disais qu'en voiture, c'était téléphone interdit.

– C'est important, ma chérie. Elle accéléra, tout en sollicitant les différentes fonctions du téléphone. La circulation était fluide, et elle maintenait l'allure. Aux sorties d'école, tout le monde évitait Allen Road, sauf les parents de l'école élémentaire de Reesburgh. Ses pensées s'emballaient. Elle aurait voulu pouvoir joindre Leo, mais il était au tribunal et ne prendrait pas l'appel. Elle aurait pu lui envoyer un SMS, mais ce n'était pas le genre de message qu'on laissait par texto.

– Tu disais, pas de téléphone, c'est la règle. Tu m'as dit de te gronder si tu téléphonais, c'était comme de faire un régime.

– Eh bien, là, c'est une exception. Elle accéléra encore. La molette était coincée, sans qu'elle comprenne trop pourquoi, et elle n'arrivait pas à enclencher la fonction téléphone. La lumière du soleil inondait les vitres, rendant l'écran illisible.

– Pourquoi c'est une exception ?

– C'est bon, juste cette fois. On est dans le quartier de l'école, alors ne t'inquiète pas. Elle accéda enfin à la fonction téléphone et fit défiler la liste jusqu'à l'avant-dernier appel.

– Alors pourquoi ça compte, qu'on soit dans le quartier de l'école ?

– Les gens roulent plus lentement, autour d'une école. Elle fit rouler la molette pour mettre le numéro en surbrillance, mais elle se coinça de nouveau.

– Maman, attention !

Elle écrasa la pédale de frein avant de presque emboutir un minibus, devant elles, qui avait son clignotant gauche allumé. Elles s'immobilisèrent dans une vibration, l'ABS bredouilla et les pneus crissèrent. Ce ralentissement brusque les projeta tous en avant, puis ils repartirent en arrière, le dos collé à leur siège.

– On a failli tamponner cette voiture ! s'écria Melly, les yeux écarquillés et, dans son siège, John éclata en sanglots.

Rose souffla un grand coup, le temps de reprendre ses esprits. Elle posa le téléphone sur la console centrale et se tourna vers sa fille. Melly avait l'air abasourdi, le front creusé de rides telles qu'on ne devrait jamais en voir au front d'un enfant. Elle pria pour ne jamais revoir cette expression sur le visage de sa fille, mais elle n'était plus sûre de rien. Mel, je suis désolée, désolée. Est-ce que ça va ?

– Oui. Elle hocha la tête, les yeux toujours écarquillés. Et toi ?

– Oui. Elle lui sourit, touchée par sa question. Elle aimait tant sa fille qu'elle en avait mal. Face à ce qui les attendait, tous, elle en aurait pleuré à chaudes larmes. D'un coup d'œil dans le rétroviseur, elle vérifia comment allait John, et il pleurait à pleins poumons, avec sa petite frimousse chiffonnée et sa tétine qui avait disparu. Ouille, Johnnie, je suis désolé.

– Qu'est-ce qui se passe, maman ?

– Rien. Elle savait que Melly finirait par le découvrir, bien assez tôt.

Le minibus devant elles effectua son virage à gauche, totalement inconscient d'avoir frôlé la catastrophe, et Rose remit les gaz.

CHAPITRE 13

Elle ferma la porte de la chambre, après avoir couché John, qui ferait sa sieste, et laissé Melly en bas, plongée dans la lecture de son nouveau livre. Le trajet jusqu'à la maison lui avait laissé le temps de réfléchir, et elle se posait encore plus de questions qu'avant. Pourquoi Tanya Robertson s'intéressait-elle à Thomas Pelal ? Allait-elle diffuser un reportage là-dessus et, si tel était le cas, Rose pourrait-elle la poursuivre en justice, éventuellement, pour l'en empêcher ? Ou devait-elle essayer de l'appeler pour l'en dissuader ?

« Si je n'ai pas de nouvelles de vous d'ici cinq heures cet après-midi. »

Elle consulta le réveil sur la table de nuit ; il était 15 h 13. Elle se laissa choir sur le lit, appuya sur call, et attendit que la ligne la relie à Oliver.

– Charriere & Lake, fit la réceptionniste, et elle se présenta.

– Oliver ou Tom sont-ils là ?

– Ils sont tous les deux au palais, madame McKenna. Puis-je prendre un message ?

– Peut-on les déranger, l'un ou l'autre ? Peut-on les joindre ? C'est urgent.

– Appelez-vous du poste de police ? Êtes-vous en état d'arrestation ?

– Non. Enfin, c'est presque aussi méchant que ça.

– Êtes-vous physiquement en danger ?

– Non, pas du tout, désolée. Elle détestait devoir faire tant de mystère, mais elle n'avait envie d'en parler à personne, en dehors d'un avocat. Est-ce qu'ils vous contactent ? Pouvez-vous leur laisser un message, leur demander de m'appeler dès que possible ?

– Oui, certainement. Ils viennent tous les deux d'appeler, justement, mais s'ils rappellent, je veillerai à ce qu'ils vous contactent aussi vite que possible, en première priorité.

– Merci, au revoir. Elle raccrocha, puis elle appuya sur la touche *L* pour Leo, et attendit la connexion. La boîte vocale prit l'appel, et elle lui laissa un message. « Il est arrivé quelque chose, et c'est vraiment important que tu me contactes dès que possible. » En quelques gestes du pouce, elle accéda à la fonction texte et lui laissa un SMS où elle lui répéta la même chose, puis elle appuya sur *envoyer*. Rien que de penser combien tout cela le blesserait, et l'impact que cela aurait sur leur mariage, elle en avait mal au cœur. Le téléphone sonna dans sa main, et elle sursauta. L'écran afficha le numéro du bureau d'Oliver, et elle appuya sur *répondre*.

– Oui, allô ?

– Madame McKenna ? C'était la réceptionniste. Désolée, je n'arrive pas à les joindre, ni eux ni l'auxiliaire juridique. Ils sont tous les deux au tribunal, à des audiences distinctes. Je vais réessayer.

– Quand a lieu la prochaine suspension de séance ?

– Comme je vous l'ai déjà dit, ils viennent d'appeler, et je sais qu'ils citent tous les deux des témoins à comparaître, cet après-midi. Ainsi que je vous l'ai promis, je réessaierai.

– D'accord, merci, au revoir. Assise au bord du lit, elle appuya sur *fin*. Elle sentait la tension monter en elle. Elle ne pouvait empêcher ce qui allait se produire, et cela mettait en lumière la pire de ses craintes. Peu importait ce que le monde pensait d'elle. Ce qui comptait réellement, c'était sa famille. Elle avait commis des erreurs, dans sa vie, et le pire, c'était que tous ceux qu'elle aimait étaient sur le point de le payer, à cause de la plus lourde de toutes. Ce qui comptait, c'était ce qu'ils allaient ressentir, ce qu'ils allaient subir. Elle devait en parler à Leo avant qu'il ne l'apprenne par la télévision.

« Tu n'en as pas déjà fait assez comme ça ? »

Elle soupira, regarda autour d'elle dans la chambre paisible et ensoleillée qu'ils avaient aménagée ensemble. Elle avait déballé les cartons de déménagement pendant que Leo peignait les murs, d'un bleu poudre pastel qui favoriserait le sommeil, à défaut de les inciter à faire l'amour, plaisantaient-ils. Ils s'étaient entendus sur le choix d'un tapis au bleu assorti, et ils avaient reverni en tandem une commode en pin d'Irlande dénichée dans une boutique d'antiquités de Lambertville. Un miroir dans le même style était accroché au-dessus, et un panneau de gribouillis dessiné par Melly petite, pour leur mariage, que Leo avait encadré ; des cercles crayonnés en rouge, en bleu et en jaune, qui les représentaient tous les trois – une famille toute neuve.

« Si je n'ai pas de nouvelles de vous... »

Elle essaya de repousser la sensation que tout dans cette chambre était sur le point d'exploser, de voler en éclats, comme le réfectoire idéal. Son téléphone sonna de nouveau, et elle baissa les yeux sur l'écran. C'était affiché « Leo ». Elle ne savait comment le lui annoncer, mais elle allait trouver un moyen.

Elle appuya sur *répondre.*

Elle passa l'après-midi à redouter les bulletins d'information des chaînes de télévision, mais elle s'activa, l'esprit ailleurs, refit des Kristenburgers, nettoya les plans de travail, aida Melly à prendre une photo de Flat Stanley, sur un fond de feuilles mortes dans le jardin derrière la maison, changea John et lui donna à manger, et houspilla sa fille parce qu'elle restait trop longtemps connectée sur son Club Penguin. Leo lui avait indiqué qu'il serait de retour à la maison vers huit heures, et elle l'avait préparé du mieux possible, sans rien lui dire au téléphone. C'était une conversation qu'ils ne pourraient avoir qu'en tête-à-tête.

– Mel ? Elle appela dans le petit salon, en vérifiant l'heure à la pendule. Il était cinq heures moins le quart. Elle essuya la figure de John, et chaque fois que la serviette en papier lui touchait la joue, il serrait très fort les paupières, ce qui l'aurait fait rire – n'importe quel autre jour. Mel, je voudrais que tu montes prendre un bain.

– Maintenant ?

– Oui. Rose n'avait pas envie de voir sa fille plantée devant la télé quand il serait cinq heures. Elle raffermit son emprise sur John, qu'elle tenait contre sa hanche, ouvrit le placard du bas et jeta la serviette en papier dans la poubelle, puis elle sortit de la cuisine, en échafaudant déjà un plan pour ces prochains jours. Et je veux te parler d'autre chose.

– D'accord, maman, je quitte mon site. Elle tapa sur une touche de son clavier, et sa mère vint près d'elle lui caresser la tête. Il y avait une fenêtre près de son bureau, et la lumière du soleil se déversait à travers les voilages, créant des touches d'or dans ses longs cheveux et projetant un carré de lumière flou sur le tapis Karastan à motifs où Princess Google était couchée à plat ventre, ses pattes blanches et duveteuses étirées comme celle de Superdog.

– On va te plonger dans un bon bain, et je vais te dire à quoi je pense.

– D'accord, maman, répéta Melly en se levant de son ordinateur, et Princess Google se réveilla, étira ses pattes de devant, puis trotta derrière elles tandis qu'elles montaient l'escalier avec John, qui crachotait des bulles avec sa salive. Maman, regarde, il refait le moteur de horsbord, il adore.

– Bien sûr, qu'il adore. Elle suivit sa fille en haut des marches en la faisant avancer d'une main délicatement posée dans son dos. Il a du talent.

– C'est un bébé sorcier.

– Mel, tu sais à quoi je pensais ? Elles arrivèrent sur le palier, et Rose la guida vers le bout du couloir et jusque dans la salle de bains. Je pensais qu'on pourrait peut-être s'offrir quelques jours de break, sur le lac.

– Quand ?

– Peut-être dès demain.

Melly leva vers elle des yeux encore plus bleus de surprise.

– J'ai école.

– Je sais, mais c'est juste pour quelques jours. Elle s'assit sur le rebord de la baignoire et tint John tout contre elle en se penchant pour tourner le robinet, puis elle tâta le jet du bout des doigts pour en vérifier la température. Princess Google s'installa sur le tapis de bain, en se pelotonnant comme un beignet à la cannelle. Ce ne serait pas rigolo ? On pourrait emporter Flat Stanley au ruisseau et prendre des photos de lui avec les petits poissons. Ce serait sympa.

– Je manquerais l'école ?

– Oui, mais juste quelques jours.

– Qui est-ce qui viendrait ?

– Moi, toi et monsieur le hors-bord. Rose eut un sourire, qu'elle espérait rassurant. Leo doit travailler. Il est en plein dans un procès. Il rentre à la maison ce soir, mais on ne le reverra plus de la semaine.

– Google viendrait aussi ?

– Bien sûr, Goog aussi. On ne peut pas vivre sans elle.

– Pourquoi tu veux aller au lac ?

Rose n'allait pas lui mentir, enfin, du moins, pas trop.

– Il y a simplement trop d'histoires qui se passent ici, avec ce qui est arrivé à Amanda. Je pense que si on partait quelques jours, les choses se calmeraient et ensuite on reviendrait, la semaine prochaine.

Melly resta devant elle, l'air un peu malheureux, un peu perdu, les bras ballants. Le seul bruit audible était celui de l'eau qui coulait dans la baignoire.

– C'est ma faute ? C'est parce que j'ai poussé Josh ?

– Non, pas du tout. Elle aurait aimé pouvoir lui répondre, ce n'est pas ta faute, c'est la mienne. On a le droit de s'accorder un petit repos, même si c'est pendant l'école, c'est un peu comme du « temps à moi ».

On pourrait te faire un mot d'excuse. Tu étais encore à l'hôpital, il y a deux jours.

Melly cligna des yeux.

– Est-ce qu'Amanda est morte ?

– Non.

– Tu crois qu'elle va mourir ?

– Je ne sais pas. Elle regarda sa fille, ses yeux à hauteur des siens, parce qu'elle était toujours assise sur le rebord. Je prie pour qu'elle ne meure pas, et Josh peut raconter ce qu'il veut, je ne l'ai pas abandonnée dans l'incendie.

– Je sais, maman. Melly referma ses bras autour du cou de sa mère, en écrasant John, qui ne protesta pas. Je t'aime.

– Je t'aime, moi aussi, mon cœur. Rose en avait la gorge serrée, puis elle relâcha sa fille et se leva. Allons-y, d'accord ?

– D'accord. Melly s'illumina. Gabriella et Mo seront là ?

– C'est sûr, et nous retournerons les voir. Et puis nous n'y sommes encore jamais allés à cette période de l'année, donc je parie que les feuilles seront très jolies. Il y aura peut-être même des renards.

– Et des hiboux !

– Et des ratons laveurs !

– Ouais ! En deux coups de pieds, Melly expédia ses baskets, et Rose tâta de nouveau l'eau du bain.

– Bon, maintenant, tu vas te laver. Appelle-moi quand tu auras fini. Elle l'embrassa sur la joue, quitta la salle de bains et redescendit avec John, en consultant sa montre. Encore cinq minutes. Elle retourna au petit salon-salle de jeux, devant la télévision, exhuma la télécommande entre les coussins du canapé, appuya sur *on* et baissa le volume. C'était un grand écran, de 106 centimètres, encastré dans l'habillage en merisier d'un ensemble home cinéma, et tout, à cet écran, paraissait gigantesque. C'était la fin d'une publicité, et le visage carré d'un beau journaliste fit son apparition, arborant un sourire de la taille d'un canoë.

Elle s'assit en tailleur sur le tapis, cala John sur ses genoux et lui proposa son index, qu'il porta à sa bouche et mordilla pour calmer la poussée de sa dent. À l'écran, le présentateur laissa la place à une immense photo de Tanya Robertson, la tête plus grande que nature et la bouche, maquillée de rouge à lèvres, de la taille d'une piscine. Derrière elle, un bandeau avec ces mots : « Mamans Plus ». Elle sentit son cœur marteler.

« Bonjour, c'est Tanya Robertson qui vous retrouve, et je poursuis mon reportage "Mamans Plus", où nous nous pencherons ce soir sur le rôle des parents qui se proposent d'offrir bénévolement leur aide dans nos écoles. Vous avez déjà entendu la formule "Qui garde les gardes ?" Eh bien, nous nous sommes posé une autre question : "Qui surveille les bénévoles ?" Beaucoup d'écoles se reposent sur ces parents bénévoles, parfois même dans des situations d'urgence, comme l'a récemment montré l'incendie à l'école élémentaire de Reesburgh. La vie d'Amanda Gigot tient encore à un fil, à l'hôpital de Reesburgh, où elle reste dans l'unité de soins intensifs. »

Quand Rose vit le fond de décor, derrière la présentatrice, laisser place à des images de l'incendie, avec des enfants s'échappant du bâtiment en courant, elle en eut la bouche de plus en plus sèche.

L'expression de Tanya mima une préoccupation des plus photogéniques, exagérée à l'extrême.

« Nous nous sommes interrogés : que savez-vous au juste des mamans qui font office de bénévoles en charge des déjeuners scolaires, d'entraîneuses de softball, d'aides-bibliothécaires ou d'accompagnatrices lors des sorties scolaires ? Que savez-vous au juste des mamans qui veillent sur vos enfants dans des situations potentiellement très dangereuses, comme à Reesburgh ? »

Atterrée, Rose vit les images de l'incendie s'effacer, remplacées par sa photo sur Facebook, avant qu'elle ne supprime son compte.

Tanya Robertson continua.

« Si vous avez suivi le premier volet de "Mamans Plus", vous avez pu voir ma longue interview d'Eileen Gigot, mais aujourd'hui nous allons nous attarder sur Rose McKenna, l'une des mamans responsables du déjeuner le jour où le feu a éclaté l'école élémentaire de Reesburgh. De prime abord, Mme McKenna a été présentée comme une héroïne, parce qu'elle avait sauvé sa fille Melly des flammes. Ensuite, la petite Amanda Gigot a été retrouvée, blessée, dans le même incendie. La famille Gigot soutient que Mme McKenna a fait preuve de négligence en ne secourant pas Amanda, et le procureur de district enquête sur cette affaire. »

Abasourdie, Rose se sentit la gorge nouée. L'écran se métamorphosa en une image d'elle-même à dix-huit ans, son portrait de l'identité judiciaire. Elle était en piteux état, ses cheveux noirs ébouriffés, les yeux bouffis de larmes. Elle avait le visage brouillé, la tête un peu penchée de côté. Sur cette photo, elle avait l'air ivre, alors qu'elle était totalement à jeun. Elle venait juste de vivre le pire moment de son existence.

« Nous avons découvert que Rose McKenna a été

appréhendée, à dix-huit ans, et inculpée sur une présomption de conduite en état d'ivresse, après un accident de voiture mortel impliquant un petit garçon de six ans, Thomas Pelal. L'accident s'est produit à l'entrée de Wilmington, en Caroline du Nord, et la police a pu déterminer que le petit garçon, qui avait traversé devant la voiture en courant, avait été tué sur le coup. Mme McKenna a donc été placée en état d'arrestation, mais les charges pesant sur elle ont ensuite été abandonnées. Mme McKenna s'est refusée à tout commentaire. »

Rose en eut le souffle coupé. C'était vrai, mais ce n'était pas la totalité de l'histoire, et son refus de tout commentaire avait encore aggravé la situation, comme si elle cachait quelque chose.

« Voici la question que nous nous posons, ici, à "Mamans Plus", reprit la journaliste. N'avez-vous pas le droit d'en savoir davantage sur les parents qui veillent sur vos enfants à l'école, sur le terrain de foot ou lors d'une sortie potirons au potager municipal ? Qu'en pensez-vous ? Donnez votre avis sur notre site. Cette série d'émission a généré un total record d'e-mails et de tweets, alors donnez-nous votre opinion. Mon nom est Tanya Robertson, et je vous attends. »

Rose cliqua sur *off*, réduisant la télévision au silence, mais elle entendait encore le cri du petit Thomas Pelal, une seconde avant qu'elle n'écrase la pédale de freins. Il se répercuterait dans son cerveau et dans son cœur, pour l'éternité.

Maman !

Elle était dans la chambre de Melly, elle empilait ses affaires dans un sac, quand elle entendit la porte d'entrée se fermer, en bas. Sa fille lisait dans son lit, avec Princess Google pelotonnée sur l'oreiller à côté d'elle. Leo venait d'arriver, et elle s'arma de courage, jeta un coup d'œil au réveil sur la table de chevet. Il était sept heures et demie du soir, donc il s'était échappé de son bureau, en ville.

– Leo ! s'écria Melly en levant le nez de son *Beedle le Barde*. Leo ! On est là-haut !

– Chut. Rose pliait un pantalon et le coucha dans le sac ouvert. Ne réveille pas John.

– Désolée. Melly inséra son signet dans son livre, le posa et sortit de son lit. Elle avait l'air petite et maigrichonne, dans son T-shirt trop grand, et fila vers l'escalier. Je reviens tout de suite.

– D'accord, mais dépêche-toi. Rose voulait qu'elle soit endormie quand Leo et elle commenceraient à se parler, et elle masqua son anxiété. Elle l'avait dissimulée toute l'après-midi. Ou peut-être même depuis l'accident de Thomas Pelal.

– Leo, je suis là ! chuchota Melly, du haut des marches. En bas, il y eut le bruit des pas lourds sur le parquet du hall d'entrée, il se dirigeait vers la penderie, retira sa veste de costume et referma la porte, puis monta l'escalier.

– La p'tite ! Comment va ma grande fille ?

– On fait les bagages.

– Les bagages ? Il monta, en gloussant. Et où vas-tu ?

– À la maison du lac, voir Mo et Gabriella. Et les ratons laveurs !

Rose grimaça. Elle n'avait pas encore parlé de leur voyage à Leo. Elle se retourna vers lui à l'instant où il arrivait sur le palier et soulevait Melly dans ses bras. Une expression meurtrie lui traversa fugacement le visage, qui s'effaça dès qu'il reposa Melly, lui substituant ce visage neutre que les parents des banlieues résidentielles réservaient à leurs enfants chaque fois qu'il y avait un souci.

– Comment ça va, ma croquette ?

– Bien ! Tu as gagné ton affaire ?

– Pas encore. Je suis rentré à la maison pour faire un coucou à mes filles. Il lui prit la main, remarqua l'hématome qu'elle avait au bras, et son visage s'assombrit. Que s'est-il passé ?

– Je n'ai plus envie d'en parler.

– D'accord. Son regard se posa sur le bagage béant. Il évita le regard de Rose, qui restait impassible. Vous allez à la maison du lac ?

– Oui, je t'expliquerai plus tard. Elle lui fit un baiser sur la joue, vaguement parfumée d'un reste d'après-rasage. Désolée de ne pas t'avoir prévenu.

– Pas grave. Il rejoignit Melly, l'aida à se remettre au lit, à côté de son petit épagneul ensommeillé. Il remonta la couette, la borda et s'assit tout près d'elle. Mel, tu ne l'as pas encore fini, ton livre ?

– Presque. Elle lui montra le signet. J'ai encore dix pages.

– Quoi ? Fainéante, veux-tu avancer. Tu l'as déjà depuis une journée entière.

Elle pouffa.

– Maman veut que je lise American Girl.

– Pourquoi faudrait-il que tu lises American Girl ? Tu es une American Girl !

– Je sais. J'ai pas envie.

– Alors ne le lis pas. Lis ce que tu as envie de lire. On est dans un pays libre. Je suis avocat, alors là-dessus, je suis au courant. Dis-le à maman, ton avocat t'a signalé que tu avais des droits, grâce au premier amendement de la Constitution des États-Unis d'Amérique.

– D'accord ! Elle le regarda, ses yeux s'illuminèrent, et Rose vit bien à quel point elle l'aimait. Malgré le divorce et la mort, ils avaient véritablement réussi à créer une famille, et elle ne supportait pas l'idée qu'elle risquait de tout perdre. Elle redoutait la conversation qui allait suivre, mais le moment était venu.

– C'est l'heure de dormir, Melly, fit-elle, en se forçant à sourire.

– Bisou, Leo. Elle lui tendit les bras, et il la serra fort, en grognant, puis il se leva en remettant en place le pli de son pantalon.

– Dors un peu, toi. J'essaierai de venir te voir demain soir, mais je ne sais pas si je pourrai.

– On sera pas là.

– Oh, c'est juste. Désolé. Alors voilà un autre bisou pour que tu le gardes en réserve. Amuse-toi bien, au lac. Bye-bye, maintenant. Et il la serra encore très fort.

– Leo, dis aussi au revoir à Google.

– Salut, Google.

– Embrasse-la ! Et elle pouffa de rire, elle le taquinait, parce que Leo n'avait jamais envie d'embrasser le chien.

– Pas question, je n'embrasse pas les toutous, uniquement les filles. Il caressa l'épagneul, qui ouvrit à peine un œil. À plus, Google.

Rose vint au chevet de sa fille, lui donna un baiser rapide et tapota la tête de Google. Bonne nuit, mon cœur. Dors bien.

– Maman, est-ce que Mlle Canton a appelé pendant que j'étais dans le bain ?

– Non.

– On peut la rappeler ?

– Demain, je l'appelle.

– Si elle appelle ce soir, tu me réveilleras ?

Rose lui écarta une mèche du front.

– Cela m'étonnerait qu'elle téléphone, mais si jamais, je te réveille. Dis tes prières.

– Je vais les dire. J'en dirai une pour Amanda.

– Moi aussi. Fais de beaux rêves.

Elle suivit Leo en bas, et ils se rendirent tous deux machinalement dans la cuisine. Elle s'attarda derrière la table, pendant qu'il allait directement au frigo. Elle ne savait pas comment entamer la conversation, tant elle se sentait subitement mal à l'aise, avec son propre mari, dans sa propre cuisine. Le soleil couchant brillait à travers la fenêtre, traçant des ombres pointues au pied des tiges de lavandes, comme un lit d'épines.

– Tu as faim ? lui demanda-t-elle.

– Non. Il prit une bouteille de bière chinoise, une Yuengling, l'attrapa par le col, se retourna, tira une chaise et s'assit pesamment. J'ai avalé un sandwich en m'arrêtant pour faire le plein d'essence. Assieds-toi, je t'en prie. Il accompagna sa phrase d'un geste.

– Je suis désolée pour l'histoire du lac. Elle se tassa sur sa chaise, devant le Coca Light éventé qu'elle buvait avant de monter. Elle avait la bouche sèche, et elle en but une gorgée, puis s'obligea à le regarder droit dans les yeux. Il soutint son regard une seconde, et elle y perçut une blessure qui était évidente. Je me suis décidée sur un coup de tête.

– D'accord. Il pinça les lèvres, et il ouvrit sa bouteille de bière avec des gestes lents, comme s'il n'en avait pas déjà ouvert des centaines avec la plus grande facilité. Tu ne me quittes pas, non ?

– Non. Elle rit, ce qui lui permit de se libérer de sa tension nerveuse. Non, bien sûr que non.

– Tant mieux. Il se redressa contre le dossier de sa chaise, la considéra d'un œil distant. J'ai reçu un appel de Martin, sur la route de la maison. Sa femme a vu la chose aux infos et elle l'a appelé. Et Joan m'a appelée elle aussi pour me le signaler.

Elle s'empourpra. Joan était la secrétaire de Leo, et Martin, un vieil ami de Worhawk.

– Je suis vraiment désolée.

– Joan m'a indiqué que nous avions reçu pas mal d'appels, de clients.

– Oh, non. Je suis désolée, vraiment. Que vas-tu leur répondre ? Tu crains que...

– Je vais m'en occuper, mais ce qui m'irrite, c'est ce qui se passe entre nous. Tu aurais été gentille de m'en toucher un mot quand nous nous sommes rencontrés. Ou quand nous nous sommes fiancés. Ou quand nous nous sommes mariés.

Elle se sentit vaguement écœurée. Il conservait un ton de voix mesuré, et il était trop gentil pour hurler, ce qui ne faisait qu'aggraver la situation. Dehors, les cimes effilées des arbres s'inclinaient dans le vent, et le ciel virait au rose criard, une couleur irréelle.

– Quand j'y repense, je vois plein de moments où tu aurais pu m'en parler, mais tu ne l'as pas fait. Même malgré cette histoire avec Amanda, cela aurait été le bon moment pour l'évoquer.

– Je sais. Je regrette vraiment.

– Cela m'aurait éclairé sur quantité d'aspects, comme de savoir pourquoi tu accusais tellement le coup, sur un plan personnel. Cela explique pourquoi tu te sentais si coupable. Alors pourquoi ne me la racontes-tu pas, là, maintenant, toute cette histoire ?

Elle eut du mal à se dénouer la gorge.

– D'accord, bon, pour rester simple...

– Ne reste pas simple. Ce n'est pas simple, et j'ai le temps.

Elle opina.

– C'est arrivé à Halloween, et j'avais dix-huit ans. Je venais de me disputer avec ma mère.

– Vous vous étiez disputées à quel sujet ?

– C'était la soirée d'Halloween, désolée, ça, je te l'ai déjà dit, et j'avais des amis à la maison, des amis de mon boulot. C'était pendant mon année sabbatique après le lycée, quand je vivais avec elle, je travaillais comme mannequin pour épargner de l'argent, pour la fac. Elle m'avait promis qu'elle avait cessé de boire, et en fait, je l'ai crue, Dieu sait pourquoi. Pendant presque un an, elle avait l'air bien, elle suivait de nouveau ses séances aux Alcooliques anonymes, donc je me suis dit qu'il n'y aurait pas de problème si j'invitais des amis à la maison.

Elle marqua un temps de silence, elle tâchait de se souvenir et de ne pas se souvenir, les deux à la fois. Nous étions tous en costumes, moi, j'étais en Cléopâtre, et on distribuait des bonbons aux gamins qui sonnaient à la porte en nous lançant « bonbons ou mauvais sort ! » Ma mère nous a dit bonsoir, tout allait bien, et ensuite, elle est montée à l'étage.

– D'accord.

– Plus tard, elle est tombée dans l'escalier, ivre, et poitrine nue, tant qu'à faire. Rien qu'à ce souvenir, Rose se sentait mortifiée. Elle a descendu les marches sans soutien-gorge, sans rien d'autre que sa culotte et ses hauts talons, mes hauts talons, bizarrement, et elle s'est mise à draguer un de mes amis. Elle est carrément allée s'asseoir sur ses genoux, en lui fourrant ses seins sous le nez, et c'était, enfin, tu vois le style. Rose refoula cette image. Et encore, ce n'est pas le pire côté de cette histoire, loin de là. Quoi qu'il en soit, la fête était finie, et je suis sortie en pleurant. Je suis montée dans sa voiture et j'ai roulé vers mon ancien lycée. J'étais dans sa voiture à elle, moi, je n'en avais pas. Je suis restée sur le parking, qui était désert. J'ai arrêté de pleurer, je me suis calmée, et puis je suis rentrée chez moi. J'étais bouleversée, mais pas assez pour m'empêcher de conduire, et je n'avais rien bu.

– Je sais. Tu n'as pas besoin de me le préciser. Tu ne bois jamais.

– Exact. Elle ne buvait jamais, sauf lors de sa petite rechute, hier soir, dans la cuisine. Elle avait passé ses années d'université à faire la fête plus que de raison, et puis, après son diplôme, quand elle avait commencé de travailler à plein temps, elle s'était arrêtée. Elle avait eu envie d'être une mère, et de ne surtout pas être sa mère. L'alcoolisme de cette dernière avait poussé son père à partir, quand Rose n'avait que dix ans. Elle se souvenait à peine de lui, et il n'était jamais revenu, même s'il lui expédiait des chèques pour subvenir à leurs besoins.

– Alors, qu'est-ce qui s'est passé ?

– Je rentrais chez moi, en voiture, presque tous les petits avaient fini de sonner aux portes, un bonbon ou un sort... C'était autour de neuf heures. Il ne restait que les plus grands, des clodos et des ados qui jouaient au basket, trop branchés pour se déguiser, ceux-là. Mais il n'empêche, je roulais quand même doucement, la chaussée était glissante à cause de la pluie. Elle revoyait la scène devant elle. Des feuilles mouillées un peu partout, donc je faisais attention. Ma mère ne voulait surtout pas qu'il arrive le moindre truc à sa voiture, même pas une griffe. Je revois toute la scène. Je faisais attention. Je n'avais même pas la radio allumée. Je conduisais bien, je...

– D'accord, tu étais prudente.

– Oui, en effet. Elle revit toute la scène se dérouler devant ses yeux, dans sa tête, et elle se sentit plus capable de lui raconter tout cela en temps réel, comme au ralenti, image par image. Quelque chose a surgi devant moi, une forme blanche et floue. J'ai entendu un bruit. Je me suis arrêtée tout de suite, mais la voiture a dérapé sur les feuilles mortes et j'ai entendu un cri. Un enfant, un cri. C'était lui. Rose refoula les larmes qui lui venaient aux yeux. Thomas Pelal.

– Le petit garçon.

– Il avait six ans.

– Où étaient ses parents ?

Elle perçut un changement dans la voix de Leo, il s'exprimait sur un ton presque professionnel. Il réfléchissait déjà en juriste, élaborant une argumentation juridique, recherchant un moyen de l'absoudre de toute responsabilité. C'était sa première réaction instinctive, alors qu'il était en colère contre elle, et elle en ressentit d'autant plus d'amour à son égard, au point de se sentir incapable de croiser son regard.

– Ma chérie ?

– Ses parents étaient plus loin dans la rue, en train de parler à un voisin. Il était avec sa sœur.

– Quel âge avait-elle ?

– Quatorze ans. Elle était sous leur véranda. C'est arrivé juste devant chez eux. Il avait fait tomber un bonbon, un de ces gros bonbons qu'on mangeait à l'époque. Elle forma une boule de ses doigts repliés, sans trop savoir pourquoi. Peut-être parce qu'elle avait vu ce gros bonbon, après l'arrivée de l'ambulance et de la police, sirènes et gyrophares allumés. Le bonbon formait un gros point jaune au milieu des feuilles mouillées, comme un soleil qu'on aurait jeté là. Il avait roulé sur la chaussée. Le petit garçon avait couru après. Je ne l'avais pas vu rouler, c'était trop petit. Il l'avait reçu ce soir-là, dans son sac d'Halloween.

– Et alors, ensuite, que s'est-il passé ?

– J'ai entendu ce bruit. *Toum.* Elle savait qu'elle ne racontait pas l'histoire dans l'ordre, mais peu importait. Son récit s'achèverait de la même manière. Et j'ai compris que j'avais heurté un enfant, parce qu'il a crié « Maman ! ».

Maman !

– J'ai bondi hors de la voiture, je me suis précipitée devant, et il gisait là, tout ratatiné, sur le flanc, il me tournait le dos. Il avait son costume, une taie d'oreiller avec des trous pour le cou et les bras. Rose battit des paupières, mais cette vision, et ses larmes, refusaient de se dissiper. Dieu sait pourquoi j'ai pensé cela, mais je me souviens de m'être dit, c'était un costume tellement mignon et démodé. Je veux dire, moi, j'étais là, dans ce costume de Cléopâtre, toute maquillée, en nylon turquoise, que j'avais acheté dans une boutique. Et lui, il était là, dans sa petite taie d'oreiller blanche, une vraie taie d'oreiller. Il avait dû se le confectionner lui-même. C'était un fantôme.

Leo fit glisser une serviette vers elle, sur la table, et elle l'accepta, bien qu'elle ne l'ait pas vu se lever pour aller la chercher.

– Donc j'ai essayé de le sauver, je connaissais la réanimation cardio-pulmonaire, j'avais effectué un stage de sauveteur. Il avait du sang qui lui sortait de la bouche, mais il était conscient, vivant, et sa sœur est arrivée en courant, mais il disait quelque chose. Rose en avait les larmes aux yeux, et se les essuya avec la serviette en papier. Elle n'avait pas envie de le dire, mais maintenant, elle y était obligée. Rien qu'une fois dans sa vie, il fallait que cela sorte d'elle. Je me suis penchée sur lui, j'ai passé une main sous sa tête, mais des bulles de sang lui sortaient de la bouche, et il a dit quelque chose.

– Rose, c'est bon. La voix de Leo avait retrouvé son ton normal, et ses yeux étaient remplis d'inquiétude. Il se leva pour faire le tour de la table et la réconforter, mais d'une main tendue, elle l'arrêta, parce qu'elle sentait que s'il la serrait dans ses bras, elle risquait de s'arrêter.

– Ses yeux se sont rouverts, ils étaient bleus, il m'a dévisagée, et il m'a dit « Maman ». Rose s'essuya les yeux, les larmes coulaient sans retenue, elle avait le nez pris. J'ai réfléchi, plus tard, c'était peut-être à cause du maquillage Cléopâtre, je faisais plus vieille. Dans l'obscurité, dans l'état où il se trouvait, il se peut qu'il m'ait pris pour sa mère, ou alors il avait envie de s'imaginer que c'était elle. Et, je sais, cela paraît terrible, mais je lui ai répondu.

Leo était un peu interloqué.

– Ah oui ?

– Je n'arrive toujours pas à y croire, je ne sais même pas pourquoi. Je suppose que j'avais envie de le réconforter, donc il a pu s'imaginer que c'était sa mère qu'il avait auprès de lui. Ce n'était pas ma place, mais c'est ce que j'ai fait.

– Que lui as-tu dit ?

– Je lui ai répondu comme si j'étais sa mère. J'ai répondu, comme si c'était elle qui parlait. Je lui ai dit : « Je suis là, et je t'aime. Ta maman t'aime, beaucoup, beaucoup. » Rose fondit en larmes. Et ensuite, il est mort. Là. Devant moi. Là.

Leo vint la prendre dans ses bras et l'assit.

– Ça ira, mon chou. Ça va aller.

– Non, pas du tout. J'ai tué cet enfant.

– Ce n'était pas ta faute. Il la serra fort, d'une étreinte chaude et ferme, pleine de certitude. Les accidents, ça arrive. Des enfants se jettent sous les roues d'une voiture. Ça arrive.

– La maman et le papa sont arrivés en courant, ils étaient hors d'eux. Sa mère a crié son nom. « Thomas ! » C'était horrible, d'entendre ça. Comme un hurlement primitif. Je n'oublierai jamais. Je l'entends encore, là, à l'instant. Rose n'arrêtait pas de secouer la tête. Ma mère était sûre qu'ils allaient nous poursuivre, alors elle a choisi un avocat, et il m'a conseillé de ne jamais les appeler, de ne jamais leur adresser la parole. J'en avais envie, j'avais envie de leur dire que j'étais désolée, comme si cela avait pu servir quelque chose, mais je n'ai rien fait.

– Mon bébé, détends-toi. Bois quelque chose. Il fit glisser sa boîte de soda trop sucré vers elle, mais elle n'en tint aucun compte. Ses larmes se tarirent, et elle se moucha, sans trop y mettre de formes.

– Je dois avoir une mine épouvantable.

– Tu n'as pas à être jolie quand tu pleures. Je ne suis pas ce genre de type, alors ne joue pas à être ce genre de fille.

Elle hocha la tête, en se mouchant le nez avec vigueur. Elle roula la serviette en papier en boule et la posa, puis elle vida son soda.

– Tu en veux un autre ?

– Non, merci. Elle laissa échapper un gros soupir, et il la relâcha.

– Alors pourquoi t'a-t-on arrêtée ? Joan disait avoir vu un cliché de l'identité judiciaire, à la télévision.

Rose se referma comme une huître.

– Ils ont trouvé des bouteilles de vodka dans la voiture, trois bouteilles, vides. Elles étaient à ma mère. Je ne savais même pas qu'elles étaient là. Quand j'ai freiné, elles sont venues rouler de sous le siège avant, et donc les flics ont cru que j'avais bu. Ils m'ont soumis à un éthylotest, qui s'est révélé vierge, mais ils m'ont quand même arrêtée, sur la base de leurs présomptions. Rose se raidit, se remémorant sa dispute du lendemain, avec sa mère. Et les Pelal ne nous ont jamais poursuivies en justice. Je m'y attendais, je le redoutais, mais ils n'ont jamais rien tenté. Je n'ai jamais eu de nouvelles de leur part, et je ne les ai jamais contactés non plus. Je l'aurais fait, mais les avocats m'ont dit non, alors nous avons encore déménagé. Loin, dans le Nord.

– Et ça s'est donc arrêté là. Il pinça les lèvres, l'air sévère.

– Non, pas vraiment. Parfois, je regrette qu'ils ne m'aient pas poursuivie, et comme cela, j'aurais été punie, d'une certaine manière. Ensuite, j'aurais eu le sentiment de payer, et j'aurais pu formuler ce qui s'était passé, et combien je me sentais désolée tous les jours. Elle se sentait trop bouleversée pour exprimer ses pensées. Et maintenant cette histoire, avec Amanda, j'ai le sentiment de vivre le retour de tout cela, d'un retour au point de départ.

– Pas du tout. Ne sois pas sotte. Cela n'a rien de karmique.

– Comment le sais-tu ? Elle le regarda en reniflant. Je te jure, pendant longtemps, j'ai pensé que la marque de naissance de Melly était une revanche. Que l'on punissait mon enfant pour ce que j'avais infligé à une autre femme. Que Melly soit marquée, parce que j'étais marquée. C'est la tache de mon péché, de mon péché originel.

– Arrête, non. Leo leva une main. C'est de la folie.

– Pas pour moi. Pas tout au fond de mon cœur.

– Ma chérie, je t'en prie. Il se rembrunit. Tu ne peux pas continuer de colporter tout ce fatras, à toi toute seule. C'est ce qui me tracasse, que cela ressorte de la manière dont c'est ressorti. Pourquoi ne m'en as-tu pas parlé, tout simplement ?

– Au début, quand nous nous sommes rencontrés, je ne voulais pas, et ensuite nous avons été si heureux, si vite, je ne voulais pas tout gâcher. Elle secoua la tête. Je n'en ai jamais parlé à personne, si cela peut te rassurer.

– Et Bernardo ?

– Non. Personne, même pas à Annie. Avec le recul, cela semble être une erreur, je sais, mais depuis cette période, j'ai gardé ça pour moi.

– Ce n'est pas une erreur. C'est de la méfiance. Leo avait l'air peiné, le front plissé de rides de mécontentement sous ses boucles noires. C'est comme si tu ne te fiais pas à moi. Tu ne crois pas à notre relation.

– Si, j'y crois.

– Non, tu n'y crois pas. Tu ne m'as rien dit, donc c'est que tu n'y crois pas. En même temps, c'est un trop grand secret pour que tu le conserves en toi toute seule. Est-ce que tu as au moins suivi une thérapie, pour ça?

– Un peu, mais cela ne m'a pas aidée. Elle se tourna vers lui, elle retrouvait en partie son équilibre émotionnel. Thérapie ou non, les faits ne changent pas. J'ai tué cet enfant. J'ai commis cet acte. C'est une réalité. Je dois vivre avec, et moi, j'ai de la chance. Thomas Pelal, lui, n'a pas vécu du tout. Elle se sentait très mal, mais elle se jugeait honnête de le formuler ainsi à voix haute. C'est pour ça qu'ils l'ont annoncé aux infos, et c'est pour ça qu'ils ont raison.

– Je t'en prie. Leo écarta le verre vide de Rose, peut-être juste histoire de bouger quelque chose. Ils l'ont annoncé pour faire de l'audience. Ne te laisse pas prendre.

Subitement, le téléphone de Rose sonna, sur la table, et l'écran s'alluma. Kurt Rehgard. Elle était tellement absorbée dans la conversation qu'au début, elle ne reconnut pas son nom. Je le prendrai plus tard.

– Qui est-ce? demanda Leo, en jetant un œil à l'écran. Un journaliste?

– Non, un charpentier, à l'école.

– Quoi? Qu'est-ce qu'il veut?

– Il m'a proposé de m'obtenir quelques renseignements.

– Que veux-tu dire ?

– J'étais à l'école, je lui ai parlé de ce qui a provoqué l'incendie, et il m'a expliqué qu'il allait mener des recherches et me tiendrait au courant s'il trouvait quoi que ce soit.

Leo fronça les sourcils.

– Pourquoi as-tu fait cela ? Et quand ?

– Ce n'est rien, Leo. J'avais du temps à tuer avant d'aller chercher Melly, aujourd'hui, donc je suis allée à la cantine. Elle cligna des yeux. Elle repensait à Thomas Pelal. Écoute, ce n'est pas grave.

– Pour moi, si. Que se passe-t-il ? Peux-tu m'éclairer sur ma propre existence, juste une seconde ?

Elle posa sa serviette imprégnée.

– Je n'ai même pas pu te parler de mon rendez-vous avec Oliver et son associé. Ils m'ont expliqué que la cause réelle de l'incendie aurait une certaine importance, me concernant, car ils veulent que nous poursuivions l'école.

– Alors, pourquoi est-ce que tu vas fouiner là-bas ?

– Parce que je veux savoir.

Leo insista.

– Oliver a un enquêteur, au sein de son cabinet.

– Je sais, mais j'étais curieuse.

– Curieuse ? Leo ouvrit grand les mains, des éclairs dans ses yeux noirs. Tu n'aurais pas dû t'amuser à ça, pas si tu es exposée, pas si nous sommes exposés à des poursuites judiciaires. Tu aurais intérêt à rester aussi loin de la scène que possible, et tu ne devrais pas du tout parler de l'incendie, ou de cette journée, à personne.

– Je me suis bornée à bavarder avec lui.

– Je sais, mais tout ce que tu as pu dire à ce charpentier serait susceptible de faire l'objet d'une communication judiciaire. Admissible devant un tribunal. Il se leva, en secouant la tête. Rose, tu endosses tout, toi toute seule. Tu décides d'aller à cette veillée, sans tenir compte de ce que je pense. Tu discutes avec des charpentiers, de ta propre initiative. Nous sommes censés former un tandem, toi et moi. Tu agis comme une mère célibataire, mais tu n'en es pas une, tu n'en es plus une.

– Non, pas du tout, se défendit-elle, non sans surprise.

– Qu'est-ce que j'ignore, encore ? Y a-t-il autre chose que tu ne me dis pas ? Il se mit à arpenter la cuisine, puis il s'arrêta, les mains sur les hanches. Je suis obligé d'apprendre par ma secrétaire que ma femme a son cliché à l'identité judiciaire ? Je suis obligé d'apprendre par Melly que tu te rends à la maison du lac ? Et maintenant, j'apprends que je ne sais quel charpentier te donne des avis sur les causes de cet incendie, au plan réglementaire, en cas de procédure judiciaire éventuelle contre nous ? Super !

– Ce n'est pas ça, protesta-t-elle, mais cela ne servirait à rien d'entrer dans les détails.

– Tu ne peux pas un peu me parler de ce que tu fabriques ? On ne pourrait pas prendre au moins certaines de ces décisions ensemble ? Tu ne penses pas comme si nous formions une famille.

– Mais si.

– Ah, et en quoi ?

– Eh bien, par exemple, en allant à la maison du lac. Je me suis dit, avec tout ce qui se prépare de si terrible, ce serait encore plus dur pour tout le monde si nous restions coincés ici, surtout pour Melly. Tu as vu cet hématome. Elle s'est bagarrée, à l'école, en prenant ma défense.

– D'accord, c'est justement ce que je veux dire.

– Comment ça ? Elle était convaincue que cette histoire d'hématome renforcerait son argument, pas le sien.

– Si elle s'est fourrée dans une bagarre, eh bien, nous aurons à nous en occuper. Il le faut bien. Comme tu le disais, nous devons nous créer un foyer, ici. Il eut un geste vers la cuisine. Nous nous sommes installés ici parce que tu le voulais, et les brimades ont recommencé, ici aussi. Nous ne pouvons pas nous contenter de fuir, ou du moins, tu ne peux pas. Fuir ne résout rien.

– Leo, tu avais accepté de déménager. Rose éleva la voix, puis la baissa aussitôt, en lançant un regard vers l'escalier. Et je ne fuis pas, je me change les idées.

– Par rapport à moi ?

– Non, par rapport à tout ça, ici.

– Mais je suis ici.

– Non, pas du tout. Tu es là-bas, à ces audiences de procès.

– Et ça recommence. Il se passa une main dans les cheveux. J'aurais aimé que tu m'en parles, c'est tout. J'aurais aimé le savoir. Je me sens mis sur la touche. Il cessa d'aller et venir, avec un soupir résigné. Tu sais quoi, je retire ce que j'ai dit. Va à la maison du lac. Prends quelques jours, prends une semaine. Ce temps de séparation nous fera du bien.

Elle ne comprenait pas ce qui se passait. C'était une chose de partir, et c'en était une autre qu'on l'y envoie. La situation lui échappait.

– Leo, ce n'est pas de toi qu'il s'agit.

– Je sais. Il redressa contre le dossier de sa chaise et la

regarda sans ciller. C'est ce que je suis en train de dire. Il s'agit de toi et des enfants. Tes décisions, tes réactions, ton passé, ta culpabilité, et moi, je suis à la périphérie. Tu m'exclus, et cela n'a rien à voir avec cette procédure.

– Si, au contraire. Tout cela est arrivé si vite, je n'ai pas pu te voir pour te tenir au courant.

– Mon chou, laisse-moi te demander une chose. Si je n'avais pas ce procès en cours, est-ce que tu m'aurais demandé de venir à la maison du lac ? Est-ce que tu as songé à moi ?

Elle hésita. Elle ne savait que répondre.

– Sois complètement honnête. Fais-moi assez confiance pour me dire la vérité, pour une fois.

Aïe.

– Ce n'est pas juste, fit-elle, piquée au vif.

– Alors, dis-moi. Il croisa les bras. Oui ou non ?

– Non.

– Merci, fit-il avec un reniflement. Merci, au moins, pour ça.

Elle était sortie dans le jardin, derrière la maison, elle promenait le chien avant de se coucher. Dans cette obscurité, la brise nocturne était fraîche, avec un soupçon de froideur de l'automne à venir. Le ciel était noir et sans étoiles, mais les lumières de l'intérieur de la maison projetaient des carrés de luminosité dans le jardin. Google, la tête baissée, le museau enfoui dans les feuilles mortes, dessinait une tache blanche près de la clôture du fond. Rose avait reçu un appel d'Oliver, et il lui avait signalé qu'ils n'auraient rien pu tenter pour empêcher la diffusion de l'émission, de toute façon. Il lui avait de nouveau posé la question du communiqué de presse, mais elle voulait encore en parler avec Leo et lui avait répondu en ce sens.

Elle se sentait perdue, les nerfs à vif, après le départ de Leo, qui avait regagné Philadelphie. Elle avait craint que, sachant pour Thomas Pelal, il considère que cela mettait un terme à leur relation, et elle se demanda si ce n'était pas le début de la fin. Leo avait trop bon cœur pour laisser Thomas Pelal être la cause d'une quelconque rupture ; il mettrait cela plus tard sur le compte de sa méfiance à elle, de son enfance, de leur éloignement progressif ou d'autres choses de cet ordre ; mais elle se demandait si ce moment n'était pas celui où sa vision des choses avait changé et si, dans des années, elle ne repenserait pas à cette soirée en se disant : c'est là que notre fin a commencé.

Elle soupira. Les rires préenregistrés d'une sitcom, échappés de la télé de quelqu'un, quelque part, le grondement métallique d'une porte de garage qui descendait, et le couinement de la télécommande d'un 4 x 4 que l'on verrouillait flottaient dans l'air. Un couple se disputait quelque part, l'écho de leurs cris se répercutait, et Princess Google leva le museau pour flairer l'air, la pointe des oreilles rabattues. Le téléphone de Rose se mit à sonner dans sa poche, et elle l'en sortit, en espérant que ce soit Leo. À la lueur de l'écran, elle lut le nom de Kurt Rehgard. Après tout ce qui venait de se produire, elle avait oublié qu'il avait déjà téléphoné précédemment. Elle appuya sur *répondre*.

– Allô, Kurt ?

– Rosie, pourquoi ne m'avez-vous pas rappelé ? Il mangeait légèrement ses mots. Je vous aurais communiqué une bonne info.

– Vous êtes ivre, Kurt ? lui demanda-t-elle, agacée. Elle n'aurait peut-être pas dû lui donner son numéro.

– Nan, allez, quoi, dites à votre clown que vous êtes obligée de vous échapper une heure. Vous pourriez rencontrer mes nouveaux potes.

– Désolée, je dois y aller. Elle appuya sur *fin*. Elle allait glisser le téléphone dans sa poche quand elle se souvint qu'il venait de lui parler de lui fournir une bonne info. Elle appuya sur messages, et elle écouta :

« Rose, j'ai des infos de l'intérieur sur l'incendie. Lors de ce premier appel, les propos de Kurt paraissaient clairs et distincts. Ça sortira, tôt ou tard, mais un copain à moi a entendu l'un des capitaines des pompiers parler, et ils pensent que le feu a démarré quand le câble électrique mal fixé dans le mur a provoqué une étincelle, avec les gaz et les fumées qu'ont pu dégager les pots de laque polyuréthane, qu'une espèce de taré a laissé traîner dans la salle des profs, après avoir laqué les placards. Donc, si vous voulez mon avis, c'est la faute de l'entreprise d'électricité, de l'entreprise générale, Campanile. Au bout du compte, ce sont eux qui sont responsables de la remise en ordre. Rappelez-moi et je vous expliquerai. Faites attention à vous. »

Elle appuya sur *fin*, remit le téléphone dans sa poche et se sortit l'incendie de l'esprit. Sa dispute avec Leo et les informations sur Thomas Pelal avaient tout remis en perspective. Elle devait veiller sur sa famille, continuer de prier pour Amanda et laisser les avocats et leur enquêteur se charger du litige et des poursuites pénales. Elle appellerait Oliver dans la matinée pour lui parler de ce que Kurt lui avait signalé, et ensuite, ce serait à lui de voir. Elle allait mettre à profit ce moment au bord du lac pour se recentrer et se confronter à la question de savoir quoi dire à Melly au sujet de Thomas Pelal.

– Google, viens ici ! s'écria-t-elle, et le petit épagneul releva le museau, ses yeux à fleur de tête dessinant deux taches rouge sang dans le noir. Ils partiraient demain à la première heure, et elle voulait remettre de l'ordre dans la cuisine avant de monter se coucher, aussi, elle adopta le mode corrupteur.

– Google, surprise ! s'exclama-t-elle, et la chienne arriva au trot. Du bout du pied, Rose la poussa à l'intérieur de la cuisine et lui donna un biscuit, puis elle se mit au travail, en rassemblant le monceau de papiers qui encombraient le plan de travail. Elle consacra une demi-heure à lire le courrier qu'elle n'avait pas encore ouvert, à en extraire les factures et à les empiler pour les régler, puis elle mit de côté les avis de l'école : un prospectus pour le concours de sculpture de citrouilles, un formulaire d'autorisation qu'il fallait leur retourner à propos d'une excursion de cueillette de pommes et un rappel de la parade de Halloween organisée par l'école. Elle eut à nouveau la vision éclair de Thomas Pelal dans son costume de fantôme, puis elle parcourut l'avis :

« Chers Parents,

N'oubliez pas, s'il vous plaît : évitez de vous garer sur le parking de l'établissement le matin de la parade de Halloween ! En cas d'urgence, nous aurons besoin de garantir l'accessibilité de ces espaces supplémentaires... »

Elle repensa au feu, à l'ambulance, et puis à Amanda. Elle réunit ses papiers, les empila et, tout en bas de la pile, elle trouva la lettre d'information de l'école pour le mois de septembre, qu'on leur avait remise le jour de la rentrée. Elle se souvenait de cette journée, quand l'école élémentaire de Reesburgh était toute neuve, et quand leur installation ici était porteuse de tant d'espoirs. Elle ne savait pas, alors, que Leo n'éprouvait pas la même chose. Elle consulta le prospectus, avec son fier bandeau en titre, « Reesburgh Elementary ». Sous la rubrique « À la rencontre de l'équipe administrative », la première page montrait M. Rodriguez, le conseiller psychopédagogique et les secrétaires, alignés devant le comptoir de l'accueil. Elle scruta ces visages souriants, sachant qu'elle ne pourrait jamais les poursuivre en justice, jamais de la vie.

Elle tourna la page, où un sous-titre annonçait « À la rencontre des enseignants et du personnel d'encadrement », avec des photos des profs de gym, de musique et d'art, puis le surveillant général et son équipe, et les deux dames de la cantine, Serena et Ellen. Elle eut un serrement au cœur en voyant leur sourire. Il était épouvantable de penser qu'elles avaient trouvé la mort à cause d'une négligence. Elle tourna la page suivante, intitulée « À la rencontre de l'équipe de la bibliothèque », avec une photo de la bibliothécaire et de son assistante, tout sourire entre les rayonnages bien rangés. Elle n'oublierait jamais la gentillesse de cette bibliothécaire, qui l'avait aidée à porter Melly jusqu'à l'ambulance.

Deux autres photos figuraient sous le titre suivant, « À la rencontre de notre équipe d'enseignement spécialisé et de nos enseignants haut potentiel ». Celle de gauche montrait les trois membres du service d'enseignement spécialisé, qui aidaient les enfants atteints de TDA (troubles déficitaires de l'attention) et de TDHA (troubles déficitaires de l'attention avec hyperactivité) ou d'autres troubles, et la photo de droite montrait Kristen Canton, qui était jolie et paraissait exempte de tout souci. Rose éprouvait un tout petit peu de ressentiment envers Kristen, qu'elle n'ait pas encore appelé Melly, et se nota dans sa tête de réessayer de l'appeler demain. Ensuite, elle regarda de nouveau les photos. Les deux clichés regroupaient plusieurs enseignants debout en salle des professeurs, devant le comptoir. La pièce était petite, et les photos, prises depuis la porte, cadraient la totalité de la salle. Sur la gauche, il y avait une cuisinette, avec un grille-pain, un micro-ondes et la cafetière, flanqués d'un four et d'un petit frigo. La pièce était meublée de six tables rondes, où l'on déjeunait, et il n'y avait pas de pots de laque polyuréthane ou de débris de chantier visibles. La salle paraissait d'une parfaite propreté, et les placards avaient un aspect laqué. Elle retourna la lettre d'information pour vérifier à nouveau la date, et elle était datée du jour de la rentrée. La photo avait dû être prise avant l'ouverture de l'établissement, pour une parution dans la lettre.

Elle repensa à sa visite sur place, le soir après l'incendie, et cela lui paraissait si loin. Ce soir-là, elle avait pensé à Amanda, surtout quand elle avait découvert ce jeu vidéo calciné. Mais elle avait vu la cantine, la cuisine, et même jusqu'à la salle des profs. Le mur qui avait été éventré par la déflagration séparait la cuisine de la salle des professeurs. C'était là que la fuite de gaz et le câblage électrique défectueux devaient se trouver. Elle ne savait pas ce que cela signifiait, ou si cela signifiait quelque chose, et en tout cas, ce n'était plus son problème. Elle ajouta cela à la liste des points qu'elle devait aborder avec Oliver, mit la lettre d'information sur la pile et considéra que la cuisine était propre et nette.

– L'heure de faire dodo, Google. Du bout du pied, elle repoussa la chienne vers l'escalier, puis elle consulta l'horloge du four. 22 h 55, presque temps pour les infos de onze heures. Elle était curieuse de voir s'ils allaient de nouveau diffuser le sujet sur Thomas Pelal, et elle passa au petit salon, prit la télécommande et cliqua dessus en la braquant vers la télévision, tout en laissant le volume coupé. Elle n'avait pas besoin d'entendre rejouer son passé, ou de risquer de réveiller les enfants.

Il y eut d'abord des pubs pour les camions Boniva et Chevy, puis le présentateur fit son apparition à l'écran, avec derrière lui un bandeau annonçant : « Incendie dans un entrepôt ». S'ils devaient repasser le reportage, ce serait sans doute à la fin de la demi-heure, aussi s'installa-t-elle dans le canapé, et le chien sauta à ses côtés, avant de se faufiler sur ses genoux. Le sujet suivant concernait des échanges de coups de feu dans une station-service, puis l'effondrement d'un vieux pont à l'entrée de Camden ; elle comprit de quoi il s'agissait grâce au titre en bandeau, et elle envisagea, à partir d'aujourd'hui, de toujours regarder les infos sans le son, car aucun de ces sujets n'exerçait sur elle le moindre impact émotionnel. Rose caressait la tête toute soyeuse de la chienne, qui lui faisait l'effet d'une balle de baseball en fourrure.

Le bandeau changea de nouveau, cette fois sur une info exclusive, et elle s'impatienta, car elle avait appris depuis belle lurette que les infos exclusives n'étaient ni exclusives ni des infos. Elle regarda l'écran s'animer sur un plan aérien d'une autoroute, la nuit, un accotement cerné de véhicules de patrouille de la police, lançant des éclairs de leurs gyrophares rouges. Il avait dû se produire un accident de la circulation, et elle songea aussitôt à Leo, qui était reparti à Philadelphie. Elle attrapa la télécommande et remit le son.

Le présentateur continuait son commentaire : « ... appelée sur les lieux d'un accident mortel, sur la Route 76, en direction de l'est. »

Elle s'assombrit. La Route 76, c'était la voie express en direction de Philadelphie.

« La mort des deux occupants de la voiture a été constatée sur les lieux. Il s'agit de Hank Powell, vingt-sept ans, et de Kurt Rehgard, trente et un ans, tous deux de Phoenixville. »

Quoi ? Elle n'était pas sûre d'avoir correctement entendu. Ce n'était pas possible. Ce devait être un autre Kurt Rehgard. Son Kurt Rehgard à elle venait tout juste de l'appeler. Elle venait à peine d'écouter son message. Elle appuya sur *pause* et se repassa le reportage jusqu'à la réapparition des plans de l'autoroute, puis elle appuya sur *play*.

« ... s'agit de Hank Powell, vingt-sept ans, et de Kurt Rehgard, trente et un ans... »

Abasourdie, elle regarda le reste du reportage. Ce devait être le même Kurt Rehgard. C'était un nom si peu courant, et il lui avait semblé un peu éméché. Il était sorti faire la fête avec des amis.

« Vous pourriez rencontrer mes nouveaux potes. »

Elle sortit son portable, fit pivoter la molette jusqu'à la fonction téléphone et vérifia l'heure de son appel. 22 h 06. Ensuite, elle vérifia l'heure qu'il était. 23 h 12. Elle comprit ce qui avait dû se produire. Kurt avait quitté le bar, éméché, après quoi il l'avait appelée, et il avait pris la route pour rentrer chez lui, avec son ami. Et maintenant, ils étaient morts.

Le journal avait repris son cours, puis ce furent de nouveau les spots publicitaires, mais elle n'entendait et ne voyait rien. Il y avait eu trop de morts, ces derniers temps, trop de destruction.

Elle mit un très long moment à trouver la force de se lever.

CHAPITRE 14

C'était une matinée ensoleillée, et elle appuya sur le bouton bleu de la machine à café. Elle en était déjà à sa deuxième tasse. Elle n'avait guère trouvé le sommeil de la nuit, car elle avait pensé à Kurt, à Thomas Pelal, et Amanda. Leo n'avait pas appelé, et elle ne l'avait pas appelé non plus pour lui annoncer la mort du charpentier, car elle savait qu'il était occupé et cela lui paraissait un peu hasardeux, après leur dispute. Melly dormait au premier, et John était assis dans sa chaise haute, tout content, à pourchasser sur son plateau ses céréales Cheerio en forme de mini-rondelles, de ses doigts mouillés.

Elle alla s'asseoir devant son ordinateur et accéda au site du journal, en se demandant depuis quand, de maman qui s'intéressait aux infos, elle s'était changée en maman qui suivait le cours de son existence au fil des dépêches. Elle balaya rapidement la page de Une et poussa un soupir de soulagement de ne voir aucune mention d'Amanda, ce qui signifiait que la fillette devait être en vie.

Merci, mon Dieu.

Elle jeta un coup d'œil au bas de l'écran, repéra un titre – « L'alcool en cause dans la collision de la voie express » – et cliqua, en balayant rapidement les cinq lignes d'introduction :

« Deux résidents de Phoenixville, Kurt Rehgard, 31 ans, et Hank Powell, 27 ans, de Bethany Run Construction, ont trouvé la mort dans un accident survenu en état d'ivresse hier soir... »

Elle lut l'article, mais il ne contenait aucune information supplémentaire, pas de photo des deux hommes, aucune mention de survivants, ce qui lui laissa la même sensation de vide qu'hier soir. Elle cliqua sur la page Infos locales, où sa photo s'affichait à côté de celle de Thomas Pelal. Cette vision la laissa interdite : tous les deux, côte à côte, liés l'un à l'autre pour l'éternité, la coupable et la victime, la vie et la mort, le présent et le passé, juxtaposés.

Maman!

Elle se tassa un peu plus dans son siège et lut l'article : « Révélations après l'incendie de Reesburgh ». Le papier indiquait qu'elle avait « causé la mort d'un garçon de six ans, après l'avoir heurté avec sa voiture », et il s'achevait sur la mention du fait que les accusations contre elles avaient été levées et qu'elle n'avait été « reconnue coupable d'aucun délit ». Le dernier paragraphe citait des propos d'Oliver, que l'on avait interviewé au téléphone la veille au soir :

« Il convient de souligner que ma cliente, Rose McKenna, n'a été reconnue coupable d'aucun délit en relation avec l'accident qui a coûté la vie à Thomas Pelal. Qui plus est, Mme McKenna est une maman héroïque qui a été blessée en tentant de sauver sa fille et trois autres enfants, dont Amanda Gigot, lors de l'incendie de l'école. Rose et son mari envisagent désormais d'intenter une procédure contre l'État, le district scolaire, l'école et les entreprises qu'elle a engagées pour négligence en matière de procédures d'évacuation incendie et pour défaut de construction. »

Quoi? Elle en resta bouche bée. Avant de le laisser affirmer qu'elle envisageait des poursuites contre l'école, elle avait signifié à Oliver qu'elle souhaitait d'abord en parler avec Leo. Elle n'osait imaginer combien M. Rodriguez, Mme Nuru et le reste du personnel enseignant en seraient blessés, combien ils se sentiraient trahis, en apprenant cela. Elle tendit la main vers son téléphone, tapa le numéro de l'avocat, se présenta et pria qu'on le lui passe.

– Oliver est au tribunal toute la journée, madame McKenna. Le même procès qu'hier, lui répondit la réceptionniste.

– Et Tom?

– Même chose, mais ils vont tous les deux appeler ici.

– S'il vous plaît, demandez à l'un ou l'autre de me contacter sur mon portable, dès que possible.

– Certainement.

– Merci, fit-elle, et elle appuya sur la touche *fin*. Elle jeta un œil sur John, qui mâchonnait un Cheerio pour se soulager les gencives. Elle consulta ensuite la pendule: 8 h 10. L'heure de téléphoner à l'école pour les informer que Melly serait absente. Elle composa le numéro de l'administration, en espérant qu'ils n'aient pas encore lu la presse.

– Administration, répondit une voix de femme, qu'elle reconnut.

– Jill, comment allez-vous? C'est Rose McKenna, la mère de la petite Melly Cadiz.

– En quoi puis-je vous aider ? Le ton de la voix fut instantanément glacial, et Rose sentit son cœur se serrer.

– Je voulais juste vous prévenir que Melly ne sera pas à l'école aujourd'hui. Je veux l'emmener quelque part au...

– C'est très bien. Merci.

– J'espérais que l'on pourrait considérer cela comme une absence justifiée. M. Rodriguez m'avait dit que si...

– Pas un problème.

– Je ne sais pas pour combien de temps ce sera, peut-être jusqu'à la fin de la semaine.

– Parfait. S'il n'y a rien d'autre, je vais devoir y aller.

Et la communication fut coupée. Rose raccrocha. Les secrétaires et le reste de l'administration avaient appris qu'elle envisageait une procédure. De simplement extérieure, sa famille était devenue une famille de parias. Soudain, le téléphone de la maison sonna, et elle vérifia l'identité de l'appelant. Kristen Canton, lut-elle, et elle décrocha.

– Kristen, comment allez-vous ? fit Rose, reconnaissante de la voir ainsi l'appeler. Melly vous a réclamée.

– Désolée d'appeler si tôt, mais je ne voulais pas laisser encore s'écouler une journée sans lui parler. Je pensais pouvoir la joindre avant que vous ne la conduisiez à l'école.

– C'est parfait, aujourd'hui, elle n'y va pas. Rien qu'à entendre le son de sa voix, cela raviva son affection envers la jeune enseignante. Nous prenons quelques jours pour aller au bord du lac, le temps que les choses se tassent. Comment allez-vous ? Mieux, j'espère.

– Je reprends plus ou moins mes marques. Merci. Il y eut un temps de silence. Désolée d'avoir été un peu grossière, le soir de mon départ. J'étais bouleversée.

– Moi aussi. Je suis moi aussi désolée d'avoir été si brusque, et d'avoir essayé de vous joindre tant de fois chez vous. Cela n'a pas trop agacé vos parents ?

– Non, ils prennent cela très bien.

– Ils sont contrariés de votre démission ?

– Non, cela aussi, tout bien réfléchi, ils comprennent. Ils sont un réel soutien. Je vais m'accorder un peu de temps, moi aussi, me prélasser et me laisser dorloter par ma mère.

– Je suis certaine qu'elle adore ça. Rose sourit. Laissez-moi aller chercher Melly. J'entends ses petits pas à l'étage. Vous patientez une seconde ?

– Bien sûr.

– Super. Elle alla au pied de l'escalier. Melly, c'est Mlle Canton au téléphone, pour toi.

– Ouais ! Les pieds nus de la fillette martelèrent le plancher du palier, puis elle dévala les marches, dans le T-shirt de Leo, sa main effleurant la rambarde. Princess Google galopait derrière elle, en agitant sa queue duveteuse.

– Tu es contente, hein ?

– Oui !

Rose retourna au combiné mural et appuya sur la touche du haut-parleur, comme lorsque c'était Leo qui les appelait.

– Je mets le haut-parleur, Kristen, et vous allez pouvoir papoter, toutes les deux.

– Génial. Melly ?

– Mlle Canton ! Melly grimpa sur sa chaise, pendant que Rose allait ouvrir la porte de derrière pour laisser le chien sortir dans le jardin. Ensuite, elle alla ouvrir le placard, en sortit le paquet de céréales, attrapa un bol et une cuiller et posa le tout devant Melly. Elle voulait partir tôt pour le lac, un trajet de trois heures.

– Comment vas-tu, Melly ? lui demanda Kristen, d'une voix chaleureuse, malgré le timbre métallique du haut-parleur.

– Bien ! Est-ce que votre maman est toujours malade ?

La question tétanisa Rose, qui avait oublié qu'elles avaient menti à Melly sur la raison du départ de la jeune enseignante.

– Elle va mieux, je te remercie de penser à elle, répondit cette dernière.

– Alors vous allez revenir à l'école, maintenant ?

– Non, je dois rester à la maison. Je ne crois pas que je vais revenir, Melly. Je suis désolée, mais je n'y peux rien. La voix de Kristen était grosse de regrets, et Melly, pinçant la lèvre inférieure, semblait désappointée.

– C'est bon, fit-elle quand même.

– Tu sais, Melly, je n'ai pas besoin d'être ta maîtresse pour que nous restions en contact. On peut s'échanger des e-mails, et je t'appellerai, et tu peux m'appeler, toi aussi. Je vais donner mon numéro de portable et ma nouvelle adresse e-mail à ta maman, avant qu'on ne raccroche, d'accord ?

– D'accord. Mais je n'ai pas d'e-mail, moi.

– Tu peux te servir de celui de ta maman.

Rose n'intervint pas pour signaler qu'elle n'avait plus d'e-mail, elle non plus. Elle alla au réfrigérateur, en sortit le lait et le posa sur la table.

– Melly, dis-moi comment tu vas. Comment va l'école ?

– Bien.

– Tout se passe bien ?

– Oui...

Rose remarqua que sa fille ne mentionnait pas sa bagarre avec Josh.

– J'ai entendu dire que tu partais pour le lac. Ça va être rigolo.

– Mes grands-parents habitent là-bas, pas mes vrais grands-parents, vous savez, et puis il y a des ratons laveurs et des renards. J'ai eu *Les Contes de Beedle le Barde*. J'adore !

– J'en étais sûre. Quelle est ton histoire préférée ?

Rose n'avait pas compris que cette recommandation émanait de Kristen.

– J'aime bien « Babbitty Lapina et la Souche qui gloussait ».

– Celle-là est très bien, en effet. Ma préférée, c'est « Le sorcier au cœur velu ».

– Je l'adore aussi ! s'exclama Melly, tout de suite d'accord. J'aime bien le passage où il...

Rose perdit le fil des détails sur Harry Potter et vida le lave-vaisselle, nettoya le plateau de John, lui essuya le visage et les doigts, laissa rentrer le chien et lui remplit son écuelle, éteignit la machine à café et, d'un geste, invita Melly à terminer son bol de céréales, au milieu d'une conversation sur les sorciers, les guérisseurs, les fontaines magiques, les géants, les sorcières, les ensorceleurs, les rois et les charlatans, toutes choses qui l'amenèrent à conclure que les enseignants étaient les êtres les plus magiques de l'univers.

– Melly, dit alors Kristen Canton, je dois filer, et je sais que tu dois partir pour le lac. Rose, vous êtes là ? Je vais vous donner mon numéro de portable et mon e-mail.

– Me voici. Rose prit le combiné en main, mais l'icône de la batterie avait viré au rouge et il avait besoin d'être chargé. Une seconde, fit-elle, en basculant John sur son autre hanche, le temps de dénicher un bout de papier et un stylo. Allez-y.

Kristen lui débita son numéro et son e-mail à toute vitesse.

– Bon, au revoir, toutes les deux, ajouta-t-elle. On se reparle plus tard, on reste en contact, les amies.

– Et comment, fit Rose, rassérénée. Merci encore. Portez-vous bien.

– Melly, amuse-toi bien, au lac, dit encore la jeune femme.

– Ça oui, j'emporte ma baguette d'Hermione.

– Bon. À plus tard !

Elle raccrocha, puis elle se pencha vers Melly pour l'embrasser.

– Tu sais à quoi je pensais ? Peut-être que pour nos prochaines vacances en famille, on pourrait aller au parc à thème Harry Potter, en Floride. Ça te plairait ?

Les yeux de la fillette s'allumèrent.

– C'est pour de vrai ? L'une de mes amies du Club Penguin m'a dit qu'ils avaient inventé un endroit comme ça, mais moi, je pensais que ça n'existait pas pour de vrai.

– Bien sûr que si. Elle la serra encore dans ses bras.

– Ouais ! On va pouvoir montrer tout à Johnnie. Elle se dressa debout sur sa chaise et fit un grand sourire à son petit frère, qui se pencha vers elle et lui tendit la main.

– Allez, on est partis pour le lac ! Rose se sentait le moral regonflé, mais trois heures plus tard, la bonne humeur de tout le monde s'était évaporée.

Rose était au volant, avec Melly à côté d'elle, malheureuse. John gargouillait dans son siège bébé, envoûté par ses clefs Fisher Price, et Princess Google était pelotonnée près de lui. Ils étaient à une heure de la maison du lac, coincés à la barrière de péage de Pennsylvanie, en pleine heure de pointe, quand Melly annonça qu'elle voulait rappeler Kristen. Mais Rose avait laissé son numéro de portable sur le bout de papier, à la maison.

– Pourquoi tu ne l'as pas emporté avec toi ? ronchonna sa fille, de plus en plus renfrognée.

– J'ai oublié, et il n'est pas dans mon téléphone parce qu'elle nous a appelées sur la ligne de la maison. Pourquoi veux-tu la rappeler, d'ailleurs ?

– Je veux lui parler des Kristenburgers et d'un dessin que j'ai fait pour elle. Tu as son e-mail ? demanda-t-elle avec une lueur d'espoir.

– Non. Il est aussi sur le papier, à la maison. Rose était incapable de se remémorer cette adresse, une combinaison incompréhensible de lettres et de chiffres, plus un mot de passe qu'une adresse. On pourra lui écrire en rentrant.

– On peut faire demi-tour ?

– Non, ma chérie. C'est trop loin. Rose lui désigna la circulation, une ligne de feux rouges aussi longue qu'une piste d'atterrissage, la chaleur émanant de leurs capots en vagues ondulées. Les nuages s'étaient dissipés, pour une autre journée de forte chaleur, de températures invraisemblables.

– Je veux vraiment lui parler, maman. Elle adore les Kristenburgers. Je lui ai dit que j'en ferais.

– On pourra lui raconter une autre fois.

– Et la photo que j'ai prise pour elle, c'était Albus Dumbledore, et lui, elle l'adore. Je n'ai jamais pu la lui offrir.

– On aura l'occasion de lui envoyer quand on sera de retour à la maison.

Melly regarda par la fenêtre et se tut.

Rose se sentait un peu prise de remords. Elle savait que cela ne concernait pas le dessin ou les Kristenburgers. Melly avait du mal à dire au revoir à Kristen.

– Ça va, mon bébé?

– Bien.

– Attends, j'ai une idée. Elle attrapa son sac à main et en sortit son téléphone portable. Je n'ai pas besoin de son numéro de cellulaire. J'ai celui de ses parents et je peux l'appeler chez eux.

– Trop cool! Melly regarda sa mère avec le sourire. Mais pas pendant que tu conduis.

– Là, on est à l'arrêt. Elle vérifia deux fois plutôt qu'une. Elles n'étaient pas seulement à l'arrêt, elles étaient pratiquement en stationnement. D'un geste du pouce, elle accéda à l'historique de ses appels, arriva au numéro des Canton, appuya sur *appel* et laissa sonner. Presque immédiatement, une femme âgée prit la communication, sans doute la mère de Kristen.

– Allô, madame Canton, fit Rose.

– Non, je suis désolée, qui est à l'appareil?

– Rose McKenna, la mère d'une des élèves de Kristen. Nous nous sommes parlé ce matin, et je voulais lui faire part d'une autre chose. Est-elle là?

– Oh, vous devez être cette dame qui a laissé tous ces messages.

– Oui, navrée, c'est moi. Merci de les lui avoir transmis.

– Je n'ai rien transmis. C'est leur fille?

Rose ne comprenait pas. Elle avait l'impression d'une conversation sans queue ni tête.

– Savez-vous qui est Kristen ?

– Non, je ne l'ai jamais rencontrée, ni elle, ni les Canton. C'est moi qui assure le gardiennage de la maison. C'est l'agence qui m'envoie. L'agence qui se charge des entretiens de sélection.

– C'est bien le domicile de ses parents, la maison des Canton ? insista Rose, troublée. L'adresse qu'elle avait notée l'autre jour à l'école lui revint à l'esprit. Roberts Lane, Boonsboro, Maryland ?

– Oui, c'est le domicile des Canton, mais le professeur et son épouse, M. et Mme Canton, sont en congé sabbatique au Japon. Je ne connais pas la famille.

– Mais Kristen ne vit pas là-bas ?

– Non. Personne n'habite ici de toute l'année, à part moi et deux chats.

Rose était perplexe. Kristen lui avait dit qu'elle était à la maison avec ses parents.

– Avez-vous une adresse ou un numéro pour joindre Kristen ?

– Non. Cela étant, vous êtes la deuxième personne qui appelle aujourd'hui pour la contacter. Maintenant, si vous voulez bien m'excuser, j'étais occupée à quelque chose.

– Bien sûr, je vous remercie. Rose appuya sur la touche *fin*, et Melly l'interrogea du regard, en fronçant le sourcil.

– Qu'est-ce qui se passe ? Elle est sortie ?

Rose ne comprenait pas, et elle n'avait pas envie d'expliquer à sa fille que Mlle Canton avait menti.

– La dame a dit qu'elle n'était pas là.

– Elle est peut-être allée dans son autre maison.

– Quelle autre maison ?

– Sa maison de Lava Land.

– Qu'est-ce que c'est, Lava Land ? Rose la regarda, déconcertée. Lava Land, c'est un endroit véritable ? C'est un truc de Harry Potter ?

– Non, maman. Melly eut un petit gloussement. C'est vrai, c'est près d'une plage.

– Mlle Canton a une maison à la plage ? Où ?

– Je ne sais pas.

Rose renonça. Peu importait où.

– Comment es-tu au courant de sa maison à la plage ?

– Elle m'en a parlé. Elle adore la plage. On en avait parlé. J'aime bien le lac, et elle aime bien la plage. Elle dit que moi, je suis plutôt lac, et qu'elle, elle est plutôt plage.

La circulation se fluidifia, et Rose accéléra doucement, puis elle dut lever le pied et freiner, en contrôlant aussitôt dans son rétroviseur si John allait bien. Sa tétine était tombée, et il mâchonnait ses clefs, mais il avait l'air heureux de vivre.

– Mlle Canton m'a dit que nous pourrions lui rendre visite à Lava Land, l'été.

– Vraiment. Tout en restant en position *drive*, Rose gardait le pied sur le frein. La file s'était de nouveau immobilisée. Il devait y avoir un accident quelque part ; ces derniers temps, il y avait toujours un accident quelque part. Quelque chose ne tournait pas rond, dans ce monde, et maintenant, Kristen se comportait étrangement.

– Alors, comment est-ce qu'on va pouvoir lui parler ? insista Melly.

– Je ne sais pas si on va pouvoir. Laisse-moi réfléchir une seconde. Rose s'efforça de tirer au clair ce qui se passait. Elle n'avait pas compris à quel point Melly avait fini par être proche de Kristen. Mlle Canton te manque, hein ?

Melly détourna la tête vers la vitre.

– Ça va.

– Que les gens nous manquent, on a le droit.

– Tu m'avais déjà dit ça pour papa.

– Exact. Rose tressaillit. Melly réussissait à se montrer si directe, parfois, ses reparties surgissaient de nulle part, à la vitesse d'une balle de baseball. Une personne ne doit pas forcément être morte pour nous manquer. Pour toi, c'est une perte, c'est pareil. Si tu ne vois plus cette personne, ou si tu n'entends plus sa voix. Elle pensait à son propre père, dont elle se souvenait à peine, excepté sa voix. Grave, profonde, et gentille. Quand tu perds quelqu'un, c'est triste, et cela aide d'en parler.

Melly garda le silence, et Rose avança.

– Mel, qu'est-ce qui te plaît tant, chez Mlle Canton ? Qu'est-ce qui va te manquer ?

– Tout. On aimait bien se parler, dans la classe, à l'heure du déjeuner.

– Du déjeuner ?

– Oui, comme la fois où elle m'a vue dans les toilettes pour handicapés. Elle m'a dit de venir manger et parler avec elle.

– Devant des Kristenburgers, comme les vendredis ?

– Oui. Melly hocha la tête, le visage toujours détourné. Elle n'avait personne pour déjeuner avec elle, à ce moment-là, elle était exclue.

Rose profita de ce moment pour tirer une leçon de cette réflexion.

– On n'a pas besoin d'être une enfant pour se retrouver exclu, hein ?

– Non. Melly regarda sa mère, et son visage se fendit d'un sourire contrit.

– Tu n'as pas besoin de parler bizarrement, d'avoir des envies particulières ou de porter des lunettes. N'importe qui peut se retrouver exclu, pour une raison ou une autre, n'importe quand. Ou même sans aucune raison.

– Ou pour une raison qui est bête. Comme Ryan. Josh ne veut pas jouer avec lui et il l'appelle Pain de Seigle parce qu'il a des cheveux qui sont blonds presque gris. C'est bête, hein?

– C'est bête. Ryan n'y peut rien, s'il a cette couleur de cheveux, et il ne peut pas la changer.

– Je sais, hein? Melly leva les yeux au ciel. Quand tu as le diabète, comme Sarah, il te taquine. Elle doit toujours avoir une pompe avec elle, comme une seringue, elle nous a montré. Et il taquine Max parce qu'il ne supporte pas de manger du beurre de cacahuètes. Il a tout le temps un EpiPen avec lui, si jamais il a une allergie.

– Tu vois ce que je disais? C'est bête, et c'est tout. On ne peut pas contrôler ce que les gens font ou ce qu'ils disent. Rose appuya de nouveau sur l'accélérateur, car la file se remettait à avancer. C'était en voiture qu'elles avaient certaines de leurs meilleures conversations, et elle n'ignorait pas que d'autres mamans en retiraient la même impression. D'un bout à l'autre du pays, à peine les portières fermées, les enfants étaient captifs, et la voiture devenait un lieu de thérapie familiale sur roues.

– C'est ce que dit Mlle Canton. J'ai fait une photo d'elle. Tu veux voir? Elle est dans mon sac à dos.

– Bien sûr.

– Attends. Melly tira son sac à dos de ses pieds, à droite de la console centrale, elle en sortit son classeur,

d'où elle fit glisser une feuille de papier cartonné jaune.
Regarde. C'est moi, Albus Dumbledore et Mlle Canton.

– Ouah, s'écria Rose en jetant un œil. Melly avait dessiné au crayon deux filles souriantes, une grande et une
petite, et elles se tenaient par la main avec une silhouette
qui portait un chapeau pointu. C'est un super dessin.

– Merci. Je l'ai fait pour Mlle Canton, mais je n'ai pas
pu lui donner. Il y a eu l'incendie, et je ne l'ai plus revue.

– Oh, d'accord, tu la voyais les après-midi, donc ce
jour-là, tu ne l'as pas vue.

– Et puis elle est tombée malade. Mme Nuru m'avait
prévenue qu'elle allait être absente, et que nous aurions
une remplaçante.

– Ah. Rose ne savait pas que Kristen était malade, le
jour de l'incendie, mais elle ne s'était pas préoccupée de
la chose, avant cela. Maintenant, elle établissait le lien.
Marylou Battle, l'enseignante remplaçante qui avait
trouvé la mort, avait dû être appelée en remplacement
de Kristen.

– J'ai peur d'avoir dessiné la barbe d'Albus trop
longue. Dans les livres, elle n'est pas si longue.

Rose avait l'esprit ailleurs.

– Melly, je peux te poser une question? Quand
Mlle Canton et toi vous mangiez des Kristenburgers,
c'était dans la salle des professeurs?

– Oui.

– Juste elle et toi, parce que c'était le vendredi, et parce
qu'elle avait un emploi du temps différent des autres
professeurs?

– Oui.

Rose réfléchit une minute. L'enseignante remplaçante
avait été tuée dans la salle des professeurs, et c'était là

aussi qu'étaient restés les pots de laque polyuréthane. Si Kristen avait été à l'école ce jour-là, elle aurait elle aussi trouvé la mort dans la salle des professeurs. Et si Melly avait été avec elle, elles auraient péri toutes les deux. Les doigts de Rose raffermirent leur emprise sur le volant.

– Tu trouves qu'elle est bien, sa barbe, maman ?

– Parfaite, lui répondit-elle, mais elle se sentait perturbée, mal à l'aise. Kristen avait menti sur l'endroit où elle se trouvait et elle avait quitté Reesburgh en vitesse, en se prétendant trop bouleversée par cet incendie et par le harcèlement des journalistes. Mais ce n'était pas forcément la vraie raison.

– Ce dessin, elle va l'adorer. Melly le remit dans son classeur, qu'elle rangea dans son sac à dos. On peut le lui envoyer par mail.

– Bien sûr qu'on pourra, fit Rose, soucieuse. Ce scénario sentait mauvais, et une série d'hypothèses étranges lui traversèrent l'esprit. Et si Kristen avait su que l'explosion allait se produire ? Et si elle s'était arrangée pour ne pas être présente à l'école ce jour-là ? Et si elle avait été impliquée d'une manière ou d'une autre, et si elle avait démissionné et fui, pour éviter de se faire prendre ?

– On est presque arrivées ?

– Presque. En proie à la confusion, Rose reprit le cours de ses pensées. Cela n'avait aucun sens. Une enseignante dévouée n'allait pas faire sauter une école pleine d'enfants. Mais tout de même, Kristen devait savoir que les enfants seraient à l'extérieur des locaux, en récréation, à cette heure-là.

– Encore combien de temps ?

– À peu près une heure. Rose aurait trouvé cela fou, si ce n'était que Kristen avait menti. Pourquoi aurait-elle menti sur l'endroit où elle se trouvait ? Et si elle avait menti là-dessus, sur quoi d'autre encore avait-elle menti ?

Rose avait la sensation bizarre que quelque chose clochait. Elle ne pouvait empêcher les questions d'affluer, et elle ne pouvait nier qu'il existait une personne qui connaîtrait les réponses.

Kristen.

Elle s'engagea dans l'allée voisine de leur bungalow, une maisonnette de style Cape Cod avec ses bardeaux de cèdre, niché à côté de celui des Vaughn, au beau milieu des bois aux couleurs automnales. Leo avait acheté cet endroit comme un refuge et, quand ils s'étaient mariés, il lui avait expliqué que c'était sa dot. Ce souvenir la fit sourire, mais elle se le sortit aussitôt de la tête. Elle n'avait pas envie de penser à Leo pour le moment.

Elle coupa le moteur, gara la voiture et fit signe à Gabriella, à genoux devant sa maison, occupée à travailler dans un jardin débordant d'asters roses, d'anémones rouge pivoine et de marguerites jaunes, avec leur cœur noir, comme autant de signes de ponctuation. Cela créait un spectacle superbe, mais Rose était toujours préoccupée, l'esprit entièrement absorbé par Kristen.

– Hé, madame V ! glapit Melly par la vitre baissée, et Gabriella se releva, en s'appuya sur une planteuse à bulbes au long manche.

– Melly ! fit Gabriella, souriante et, avec ses yeux aux paupières tombantes, elle suivit du regard le passage de leur voiture. Ses cheveux argentés étaient coiffés en mèches crantées du plus bel effet, et sa chemise de travail bouffante et son pantalon de jardinier cachaient un corps mince qu'elle entretenait, ce qui lui donnait plutôt quarante ans que soixante-cinq.

– Ma fille, tu n'as pas le droit d'avoir une mine pareille! lui lança Rose en ouvrant sa portière. Elle s'extirpa de son siège et s'étira, respirant à fond l'air de la montagne. Là-haut, le soleil vous réchauffait et la brise était réparatrice, mais elle n'avait qu'une envie, ouvrir son ordinateur.

– Toi, pour mon ego, tu es merveilleuse! Gabriella vint vers la voiture, en tirant sur ses gants à motifs au bout des doigts noircis par le terreau. Quel régal de vous revoir. J'étais si contente que tu appelles.

– Nous sommes là! Melly jaillit de la voiture et se précipita la tête la première dans ses bras, suivie de Princess Google, gagnée par cette humeur.

– Melly! Gabriella la serra très fort et réussit à flatter le poitrail de la chienne, qui sauta contre son pantalon pour attirer son attention. Comment vas-tu, ma chérie?

– Nous sommes encore en vacances! Melly la relâcha et attrapa la planteuse à bulbes. C'est quoi, ça, madame V?

– Un outil pour planter des bulbes. Tiens, essaie, par là. Gabrielle lui désigna un carré de terre sur leur pelouse, déjà ratissée de toutes ses feuilles. Tu le tiens par le manche, tu appuies, tu tournes, et ensuite tu déposes un bulbe de tulipe dans le trou.

– Comme ça? Melly courut et sauta sur la planteuse comme sur une échasse sauteuse.

– Parfait. Gabriella eut un sourire radieux.

– Vraiment? Rose souleva sur son épaule un John endormi. Comme ça, elle va la casser, non?

– J'espère bien, je déteste ce machin, fit Gabriella avec un petit rire. C'est Mo qui me l'a dégotté, et je n'ai pas le cœur de lui dire que je préfère travailler avec mes mains.

– Ha ! C'est si bon de vous voir !

Rose serra Gabriella dans ses bras, respirant au passage les deux parfums dont sa chemise de travail restait imprégnée, ceux de L'heure bleue et de la cigarette, des Merit Light.

– Toi aussi, c'est bon de te revoir. Gabriella la serra à son tour contre elle, puis elle caressa le petit dos de John, dans son T-shirt. Il a grandi, depuis juin.

– Je le nourris et je le fais boire autant que nécessaire.

– Donne-le un peu à mamie. J'ai besoin de m'accorder ma petite dose. Gabriella lui tendit les bras. Je ne vais pas le réveiller.

– Un tremblement de terre ne le réveillerait pas. Je t'en prie, prends-le, comme ça, je vais pouvoir vider la voiture. Nous nous sommes arrêtés avant de partir pour prendre un peu de provisions.

Elle lui confia John et contourna la voiture par l'arrière, Gabriella la suivit, en le câlinant contre sa joue.

– Je ne peux pas prétendre que je suis surprise de te voir, après ce que j'ai lu sur toi et cet incendie à l'école. Gabriella posa sur elle un regard plein de compréhension. Je suis de tout cœur avec toi, et Dieu merci, Melly va bien.

– Malgré ce que racontent les journaux, je n'ai pas abandonné cette petite...

– Ne m'en parle même pas. Gabriella leva la main. Cela va sans dire. Tu me raconteras tout quand tu en auras l'occasion, mais nous te connaissons trop bien. Nous avons essayé de t'envoyer un petit mot de soutien affectueux, mais nous avons juste pu laisser un message, et notre e-mail nous est revenu.

– Merci d'avoir essayé, mais c'est une longue histoire. Elle ouvrit le coffre à distance et en sortit trois sacs de commissions, puis le fourre-tout qui contenait son ordinateur portable. Allons déjeuner, qu'on se raconte un peu les choses. J'ai de quoi préparer des assiettes anglaises.

– Bon. Mo va pouvoir occuper Melly. Au fait, je suis descendue à trois cigarettes par jour. C'est pour ça que je plante des bulbes comme une forcenée. Gabriella désigna un sac de toile contenant de l'engrais à base de cendre d'os et un sac de treillage. Si tout cela tient, nous allons devenir la Hollande.

Rose sourit.

– Accorde-moi juste le temps de rentrer tout ça dans la maison. Je ressortirai chercher le reste.

Elle laissa le coffre ouvert et marcha sur les feuilles mortes, vers la porte du bungalow.

– Je vais rester ici avec Melly. Leo nous rejoint ?

– Non, il est en plein dans une grosse procédure, lui répondit Rose, et à cet instant, de l'autre côté du chemin d'accès, la porte des Vaughn s'ouvrit et Morris, le mari de Gabriella, sortit en plissant les yeux face à la lumière du soleil. Ancien banquier d'affaires à Princeton, il était grand et mince, avec le hâle permanent d'un éternel marin et les manières élégantes d'un diplômé de Yale. Son visage taillé à la serpe se fendit d'un large sourire dès qu'il repéra Melly.

– Est-ce là Melly la Jeunette ? lança-t-il, la main en visière, et Melly sauta de sa planteuse de bulbe et courut vers lui, suivie de Princess Google.

–Monsieur V ! siffla-t-elle, et Rose lui fit un grand sourire, tout en se ruant vers sa porte.

–Salut, Mo !

–Bienvenue, heureux de te revoir ! s'exclama-t-il en s'adressant à Rose, au moment où Melly le cueillait à la taille.

Rose tourna la clef dans la serrure, en jonglant avec ses clefs et ses sacs, puis se dépêcha d'entrer à l'intérieur, où elle fut accueillie par une odeur de cèdre. Le niveau de plain-pied ne formait qu'une seule grande pièce, que Leo appelait toujours « la pièce-pas-si-grande », avec son canapé écossais hors d'âge et ses chaises, une petite télévision et des rayonnages bourrés de vieux puzzles, de jeux de société et de livres de poche sur la droite, et sur la gauche, une petite cuisine avec des appareils professionnels. Elle se pressa d'aller se décharger de ses sacs dans le coin cuisine, sur une longue table de ferme, et elle déposa son fourre-tout, puis sortit son ordinateur.

Elle l'ouvrit, appuya sur le bouton de mise en route et attendit qu'il quitte son état de veille et se connecte à Internet. Ils étaient au milieu de nulle part, mais Leo avait fait en sorte que sa retraite sauvage soit équipée du wifi. En quelques minutes, le portable se connecta à Internet, elle ouvrit le site MapQuest, cliqua sur *Maps*, et, fonçant bille en tête, tapa « Lava Land, Pennsylvanie ».

« Nous n'avons pas trouvé de correspondance exacte à votre recherche. Veuillez réessayer. »

Elle savait que cela ne pouvait être Lava Land, mais cela devait être quelque chose d'approchant. Cela ressemblait à LaLa Land, le surnom de Los Angeles, mais personne par ici ne possédait de maison sur la plage à L.A.

Au lieu de quoi, elle tapa «Lava Land» et «Maryland», car c'était là que les parents de Kristen avaient leur résidence principale. Elle tapa *enter*, et une boîte de dialogue surgit aussitôt : «Nous n'avons pas pu trouver de correspondance exacte à votre recherche, mais nous avons trouvé un lieu similaire, LaVale, Maryland.» Elle cliqua sur le lien, affichant la région dont LaVale était le centre, mais cette ville se trouvait dans l'intérieur des terres, et pas près d'une plage.

Elle tapa «Lava Land, Pennsylvanie», et la fenêtre s'afficha avec ce nom, *Lavansville, Pennsylvanie*, sur laquelle elle cliqua. Lavansville se situait aussi dans l'intérieur des terres. Elle essaya «Lava Land, New Jersey», puis cliqua. Une fenêtre surgit cette fois en proposant *Lavalette, New Jersey*.

«Lavallette». Elle prononça ce nom à haute voix, et il sonnait presque comme Lava Land. Elle cliqua sur le lien, et une carte emplit l'écran. Lavalette, New Jersey, se trouvait le long d'une étroite langue de terre, sur le littoral du New Jersey, près de Toms Rivers et de Seaside Heights. Ce devait être une bourgade de bord de mer. Elle ouvrit les pages blanches, tapa «Canton» et «Lavalette, New Jersey», et, en cinq secondes, elle avait l'adresse d'une rue et un numéro d'appartement sur Virginia Avenue. Il n'y avait pas de numéro de téléphone, mais elle n'en avait pas besoin.

Elle avait d'autres projets en tête.

Après le déjeuner avec les Vaughn, qui acceptèrent avec joie de jouer les baby-sitters pour la journée, elle prit la route. Elle roulait en direction de l'est sous un ciel clair et ensoleillé, et elle commençait à se sentir mieux,

plus forte. L'autoroute s'ouvrait devant elle, elle accéléra, filant le long de somptueuses frondaisons automnales, dépassant des centres commerciaux et de petites
villes. Cela faisait du bien d'aller de l'avant, de prendre
l'initiative au lieu de tout le temps réagir. Elle était trop
restée sur la défensive, trop portée à l'esquive, depuis
l'incendie de l'école, et même bien avant cela, depuis
Thomas Pelal.

Maman!

Elle entendit sa voix et, pour une fois, elle lui fit honneur, en n'essayant pas de la chasser de son esprit. Elle
s'était sentie horriblement mal, horriblement coupable,
depuis si longtemps, toujours à redouter que le pire de
ses secrets ne s'ébruite, et maintenant que c'était le cas,
si épouvantable que ce soit, elle pouvait enfin respirer.
La vérité l'avait réellement libérée, et elle entendait faire
rouler les dés. Maintenant que Leo savait tout d'elle, et
en priant pour qu'il veuille encore d'elle, elle ne pouvait
plus contrôler ses réactions, ni les siennes ni celles de
personne d'autre.

Son téléphone sonna sur le siège à côté d'elle, et elle
réduisit sa vitesse pour le prendre en main. Elle reconn-
nut le numéro d'Oliver à l'écran, mais elle n'avait
aucune envie d'expédier cette conversation. La circulation était peu chargée, et elle s'arrêta sur l'accotement,
des gravillons giclant sous ses pneus, puis elle appuya
sur *répondre*.

– Allô, Oliver?

– Rose, je réponds à votre appel. J'espère que vous
vous sentez mieux, depuis notre dernier entretien.

– En effet, mais pas pour la raison que vous croyez.
Oliver, pourquoi avez-vous annoncé que j'allais poursuivre l'école?

– J'ai signalé que vous songiez à poursuivre l'école.

– Oliver, je vous avais demandé de ne rien annoncer de ce genre. Nous en avions discuté, vous vous souvenez ?

– Non, vous m'avez indiqué que vous alliez en discuter avec Leo, et je suis tombé sur lui au palais de justice. Je lui ai évoqué notre conversation, et il m'a donné son feu vert pour déclarer que vous réfléchissiez tous les deux à d'éventuelles poursuites contre l'école.

– Leo ? s'enquit-elle, surprise. Il vous a répondu cela ?

– Je croyais vous avoir entendu dire que s'il était d'accord, vous seriez d'accord.

– Je n'ai pas dit cela. Elle reprit ses esprits. Je suis désolée si vous m'avez mal comprise. Ce n'est pas parce que je vous ai signalé que je voulais lui en parler que cela signifiait que vous pouviez lui en parler et obtenir son accord. Leo n'est pas votre client. Moi, si.

– Il sait identifier une bonne stratégie de la défense quand il en voit une, et j'espère que vous avez changé d'avis.

— Non, et je n'en changerai pas. Elle ne se mit pas en colère. Pour la première fois depuis longtemps, elle se sentait dans une totale maîtrise d'elle-même. La simple suggestion que je puisse attaquer l'école est dommageable pour ma famille. À l'administration, aujourd'hui, quand je leur ai téléphoné, ils étaient d'une froideur glaciale, et je n'ose imaginer de quelle manière Melly pourrait suivre la classe dans une école que ses parents attaquent en justice.

– Ils n'ont aucun droit de réagir ou de vous faire subir des représailles, et je leur enverrai immédiatement une lettre d'injonction afin qu'ils cessent de tels agissements.

– Oliver, ce sont des êtres humains, ce sont des individus. Ils éprouvent des sentiments. Vous ne pouvez pas envoyer des lettres d'injonctions à des sentiments. Rose aurait pu en rire, si elle avait été d'une autre humeur. J'ai essayé, et cela ne marche pas.

– Rose. Vous êtes en très mauvaise posture, vous vous rappelez ? On risque d'intenter contre vous une procédure civile et vous inculper aussi au plan pénal, d'un jour à l'autre. La manière la plus intelligente d'agir consiste à prendre les devants et à porter plainte la première.

– Je ne sacrifierai pas ma famille pour sauver ma peau, et l'école n'a rien fait de mal.

– Bien sûr que si. L'enseignante blonde, à la porte, qui a laissé Amanda...

– Assez. Rose voulait revenir sur terre, enfin. C'était une urgence, et cette enseignante a fait de son mieux, dans ces circonstances, tout comme moi. Pensez-vous qu'elle voulait qu'Amanda reste prise au piège dans les flammes ? Est-ce que quelqu'un a réellement voulu cela ?

– Ils ont laissé les portes bloquées en position ouverte.

– Il faisait chaud, Oliver. Les gens commettent des erreurs, et ils n'ont pas à être poursuivis en justice pour cela. Rose pensait à Thomas Pelal. Vous ne croyez pas que cette enseignante se sent déjà assez mal comme cela ? Pour le restant de ses jours ?

– Bien, répliqua-t-il sèchement. Alors nous n'intenterons aucune action, mais il vous faudra vous gagner les faveurs de la presse, vis-à-vis de l'opinion et du tableau des jurés. Il faut que nous orientions l'histoire dans notre sens.

– Non, il n'est pas question d'orienter l'histoire dans notre sens, il est question de la vérité. Je ne poursuis personne, et je ne menace personne non plus. Ça, ce serait se comporter en persécutrice qui malmène les gens. Je déteste les petites teignes, et je préfère finir aux oubliettes plutôt que d'évoluer dans cette direction. Et elle en vint finalement au fait. Oliver, je suis désolée, mais vous êtes viré.

– Vous ne parlez pas sérieusement.

– Si. Facturez-moi votre temps passé, et je vous enverrai un chèque.

– Rose, je suis le meilleur avocat pénaliste de l'État. Qu'allez-vous faire ?

_ Je vais réfléchir. Au revoir, Oliver. Elle coupa la communication, et elle était sur le point de redémarrer quand elle entrevit l'heure, au tableau de bord.

Et cela lui donna une idée encore meilleure.

Elle appuya sur la touche *L* pour joindre Leo, et attendit que la ligne s'établisse. Il était 17 h 15, et l'audience avait dû être ajournée. Elle connaissait les horaires du procès car elle l'avait secondé, une fois, en salle d'audience, et il s'accordait en général une pause avant de dîner, et d'enchaîner avec la préparation des témoins, plus tard dans la soirée.

– Salut, fit-il froidement, en prenant l'appel.

– Salut. Je te prends à un bon moment ou à un mauvais moment ?

– Je n'ai qu'une minute. Nous sommes sur le point d'aller dîner.

– Je m'en doutais, j'irai donc droit au but. Elle perçut son ton distant, mais elle n'en attendait pas davantage. Je viens de raccrocher avec Oliver. Il m'a dit que tu lui avais donné ton accord pour annoncer que nous envisagions des poursuites. C'est vrai ?

–Oui.

–Pourquoi lui as-tu répondu ça? À l'administration de l'école, ils sont furieux contre moi, et je ne peux leur en vouloir.

–Je t'ai envoyé chez Oliver parce que c'est l'un des avocats les plus brillants que je connaisse, et il a élaboré une défense très intelligente. Laisse-le faire son métier.

–La procédure n'est pas toujours la réponse, Leo. Tu réfléchis trop en avocat.

–Et tu peux m'en tenir rigueur?

Subitement, elle se rendit compte de ce qu'il avait voulu dire, l'autre jour.

–Chéri, écoute. Je suis confuse de ne pas t'avoir parlé de Thomas Pelal, et navrée de ma manière d'agir. Tu avais raison. Je n'ai pas pensé à nous en tant que famille, et maintenant, je sais ce que tu ressens. C'est nul. Parce que tu n'as pas non plus pensé à nous en tant que famille, en donnant ainsi le feu vert à Oliver.

–Si, je pensais à nous. C'est pour cela que je lui ai répondu en ce sens. Le meilleur moyen de protéger notre famille, c'est de poursuivre l'école.

–Non, pas du tout. Sais-tu ce qu'ils vont faire subir à Melly? Sa vie va être un enfer. Rose ne comprenait plus. Si nous étions réellement un tandem, ce serait cinquante-cinquante, et aucun de nous deux n'a de pouvoir de veto sur l'autre. Donc je n'agirai pas ainsi vis-à-vis de toi, mais tu n'as pas non plus le droit d'agir de la sorte vis-à-vis de moi.

–Je n'ai pas le temps de m'occuper de cela, pas maintenant. Il soupira, il était de nouveau tendu.

–Ce n'est pas ce que j'attends de toi. Et puis, je n'ai plus envie de te cacher des choses, donc je te signale que je suis sur le point de rendre visite à Kristen pour lui demander pourquoi elle a quitté l'école. Je pense qu'elle était peut-être au courant pour l'incendie, ou qu'elle a pu être impliquée.

– Vraiment ?

– Oui. Les enfants sont avec Gabriella et Mo.

– Qu'est-ce que tu vas faire ? lui demanda-t-il, sur un ton trahissant maintenant l'inquiétude.

– Lui parler. Découvrir la vérité.

– Est-ce bien sage ?

– Je le crois, et je le dois.

– C'est ce dont se chargent les enquêteurs des cabinets d'avocats. Notre avocat, quel qu'il soit, peut s'en occuper.

– Aller voir Kristen, c'est une chose dont je dois me charger moi-même, pour moi-même, par moi-même. Tu ne comprends peut-être pas, tu n'es peut-être pas d'accord, mais je ne te réclame aucune permission. Je te tiendrai au courant des événements. Je dois y aller.

Leo observa un silence.

– Mon chou, qu'est-ce qui t'arrive ?

– Il m'arrive l'âge adulte, lui répondit-elle avec un sourire.

CHAPITRE 15

Le temps qu'elle repère Virginia Avenue, qu'elle se gare à la hauteur de la maison de Kristen, le long du trottoir d'en face, et coupe le contact, le soleil se couchait. Lavalette était en fait une petite ville balnéaire assoupie, sur une île au large de la côte du New Jersey. La rue qu'elle avait prise était large, entrecroisée de câbles téléphoniques qui ployaient un peu bas, où des maisons d'un et deux niveaux alternaient avec des bungalows. L'adresse des Canton correspondait à une maison plus récente, sur deux étages, en plus du rez-de-chaussée, qui semblait comprendre plusieurs appartements. Le leur était le 2-F, et Kristen était sans doute là, car une lumière était allumée au deuxième étage, sur la rue.

Rose attrapa son sac à main et sortit de voiture, puis elle traversa la rue, gravit les marches du perron et parcourut les noms alignés sur les boutons de sonnette. Il y en avait six, et celui des Canton figurait en face du 2-F. Elle sonna au 1-F, en face de William et Mary Friedl. Au bout d'une minute, une femme âgée lui répondit.

– Oui ?

– Madame Friedl, je suis désolée, pourriez-vous m'ouvrir ? C'est mon mari qui a la clef et il est resté à la plage.

La porte sonna, et Rose entra, monta les marches et frappa au 2-F, en se tenant bien dans l'axe du judas.

– Kristen, laissez-moi entrer. Il faut que je vous voie.

– Rose ? Kristen ouvrit la porte, les yeux très bleus, bleus de stupéfaction. Que faites-vous ici ?

– Je pourrais vous poser la même question. Rose pénétra dans l'appartement et repoussa la porte derrière elle, pour la refermer. Vous m'aviez dit que vous étiez dans le Maryland.

– Vous ne pouvez pas rester là. Un livre en main, Kristen recula, mais à peine. Ses cheveux châtain roux, couleur feuille morte, étaient noués en queue-de-cheval, et elle portait un sweatshirt gris avec un short de gym noir. Je vous en prie, maintenant, partez.

– Pourquoi n'appelez-vous pas la police ?

– Pourquoi êtes-vous ici ? Comment m'avez-vous trouvée ?

– C'est une drôle de question, ça. Êtes-vous seule ? Rose jeta un coup d'œil autour d'elle, dans le petit salon, mais il paraissait désert et tranquille, avec un canapé couleur fauve, des fauteuils assortis et une grande télévision. Le mur au-dessus du home-cinéma blanc était couvert de photos de coquillages. Qu'est-ce que vous fabriquez, Kristen ? Vous m'avez menti ce matin sur l'endroit où vous vous trouviez, et je veux savoir pourquoi.

– Allez-vous en, je vous en prie. La jeune femme voulut se diriger vers la porte, mais Rose lui barrait le passage, et elle sortit son téléphone de son sac à main.

– Appelons la police. Vous pourrez leur expliquer que vous étiez justement absente de l'école le jour où tout a sauté, ce qui vous a sauvé la vie, non sans tuer aussi trois autres personnes, y compris votre remplaçante, Marylou Battle.

Les yeux de Kristen s'enflammèrent.

– Qu'est-ce que vous racontez ?

– Je pense que quelqu'un a provoqué l'explosion qui a causé cet incendie, soit vous, soit un employé de l'entreprise de construction, Campanile, qui opérait avec vous.

Kristen en eut le souffle coupé.

– C'est dingue ! Pourquoi aurais-je fait cela ?

– Je l'ignore, mais vous fuyez quelque chose, et croyez-moi, je sais reconnaître une fuyarde quand j'en vois une. La fuite, chez moi, c'est une manie.

– Vous vous trompez. Kristen s'affaissa dans un fauteuil en osier et posa le livre sur le coussin du siège. Je n'avais rien à voir avec cet incendie. C'était un accident.

– Alors pourquoi étiez-vous absente, ce jour-là ?

– J'étais malade.

– Vous n'aviez pas l'air malade, quand je vous ai vue. Vous ne me paraissez pas très malade, là, maintenant. Et pourquoi m'avez-vous menti, au téléphone, aujourd'hui ?

– Ce ne sont pas vos affaires.

– Mais si, ce sont mes affaires. Vous aviez l'habitude de déjeuner avec Melly dans cette salle. J'ai le droit de savoir ce qui se passe, parce que je vous ai confié mon enfant.

– Vous vous trompez. Kristen rougit, sous ses jolies taches de rousseur. Je suis ici parce que je souhaitais m'isoler, comme je vous l'ai expliqué. Tous ces parents, là-bas, ils me font peurs, ce sont des cinglés, et ces journalistes.

– Vous auriez pu me dire où vous étiez, ou en informer l'école.

– J'ai informé l'école.

– C'est encore un mensonge, Kristen. Rose sentit la colère prête à éclater dans sa poitrine. Ils font suivre votre courrier au domicile de vos parents. C'est là que vous leur avez raconté que vous étiez.

– Je ne suis tenue de raconter quoi que ce soit à personne. Kristen se tortillait dans son siège, et Rose remarqua le livre qu'elle était en train de lire, calé près d'elle. La couverture n'était pas visible, mais elle en aurait reconnu le dos n'importe où. Avant que Kristen ait pu l'en empêcher, elle tendit la main et attrapa le volume calé contre sa cuisse.

– C'est ce que je pensais. Ce livre-là, je l'ai lu deux fois. À quoi s'attendre quand vous attendez un bébé.

– Ce ne sont pas vos affaires, répéta la jeune femme, visiblement affligée, et Rose baissa d'un ton, en s'asseyant en face d'elle sur le canapé.

– Vous avez raison. Mais si voulez mon avis, il est temps de dire la vérité.

– Non.

– Essayez. En général, ça marche, et je peux vous aider, le cas échéant.

– Je n'ai pas besoin d'aide.

– Kristen. Rose s'exprima à voix plus basse. Vous êtes enceinte et vous le cachez à tout le monde. Cela m'a tout l'air d'une fille qui a besoin d'aide, ça.

– D'accord, bon, je suis enceinte. Elle avait les larmes aux yeux, mais elle cligna des paupières, pour refouler ses pleurs. Mon petit ami est de Reesburgh, il travaille dans les assurances. Il a rompu avec moi, et je ne sais pas quoi faire. Je n'ai pas envie de l'apprendre à mes parents, et de toute manière ils sont loin, donc je suis venue ici pour me remettre à flot. C'est pour cela que j'étais absente de l'école le jour de l'incendie. Je souffrais de nausées du matin.

– Donc vous ne saviez pas que cet incendie allait se déclarer ?

– Non.

– Et vous n'y étiez pour rien ?

– Bien sûr que non. Kristen eut un rire, et Rose se sentit soulagée et déconcertée, les deux à la fois.

– Alors comme ça, votre petit ami ne veut pas du bébé ?

– Ce n'est pas cela. Il ignore que je suis enceinte. Il a rompu avec moi avant de le découvrir, et je ne risque plus de le lui annoncer, maintenant.

– Il a le droit de savoir. Je parie que c'est lui qui essaie de vous retrouver. Quelqu'un d'autre a appelé pour vous, chez vos parents, d'après ce que m'a expliqué la personne chargée du gardiennage.

– C'était lui. Il m'appelle tout le temps sur mon portable, mais il n'a aucune envie que je revienne. Kristen s'essuya les yeux du dos de la main. Il veut les clefs de son pick-up minable, que j'ai balancées dans l'océan.

– Ah, je suis navrée.

– Moi aussi, mais pas pour le pick-up.

Rose sourit.

– Pourquoi n'en parlez-vous pas à vos parents ? Je suis certaine qu'ils vous aideront, et ils apprécieraient d'être tenus au courant.

– Vous ne connaissez pas mon père. Kristen en frémit.

– Qu'est-ce que vous allez faire du bébé, si cela ne vous ennuie pas que je vous pose la question ?

– Je pense le garder, ou la garder, lui répondit-elle,

avec assurance. Je pense être capable de gérer ça toute seule.

Rose se sentait de tout cœur avec elle.

– De quoi vivez-vous ?

– De mes économies, et j'ai de l'argent hérité d'une tante. Ça va, merci. Elle plissa la lèvre inférieure, avec une expression de regret. Je suis désolée d'avoir laissé Melly en plan, vraiment, c'est sincère. C'est pour ça que je vous ai téléphoné ce matin.

– Je sais. Rose se leva, alla vers elle, la serra dans ses bras. Mangez des crackers tous les matins, pour commencer. Des Saltines à l'ancienne. Vous sentirez moins la nausée.

– Merci.

– Je ferais mieux d'y aller. C'est une longue route. Elle se rendit à la porte, puis elle s'arrêta. Permettez-moi juste de vous poser une question. Vous vous souvenez d'avoir vu des pots de laque polyuréthane dans la salle des professeurs, ces derniers temps ?

– Oui. Ils peignaient les placards. Je me souviens qu'il y avait des écriteaux « peinture fraîche » partout, et ça sentait fort.

– Quand ?

– Jeudi, la veille de l'incendie. Pourquoi ?

– Quelqu'un m'a expliqué que cette laque polyuréthane est en partie responsable de l'explosion. On a laissé ces pots à cet endroit, et ce sont eux qui ont explosé.

– Et alors ?

– Alors, je ne saisis pas. Elle haussa les épaules. Pourquoi irait-on peindre des placards en octobre, un mois après l'ouverture de l'école ? Surtout si ça dégage une telle odeur qui va gâcher le repas des gens qui déjeunent juste à côté. Ce n'est pas logique.

– Je l'ignore. Peut-être une deuxième couche ? Kristen se leva, se rendit à la porte, la tint ouverte. Vous ne direz à personne que je suis ici, n'est-ce pas ?

– Non, mais vous, vous devriez. Rose plongea la main dans son sac. Tenez, prenez ça. Elle trouva son portefeuille, en sortit cent dollars, et tendit cet argent à la jeune femme, qui se défendit d'un geste, pour l'en empêcher.

– Non, je ne pourrais pas.

– Si, il le faut. Je vous en prie. Rose lui mit l'argent dans la paume. Bonne chance, chère Kristen.

– Merci. C'est si gentil de votre part.

– Oh, attendez. Prenez aussi ça. Elle sortit de son sac une feuille de papier pliée en deux, l'ouvrit et la lui montra. C'est le dessin de Melly, c'est vous deux. Et là, Albus Dumbledore, avec son chapeau.

– Je le connaissais, fit-elle, avec un sourire à nouveau mouillé de larmes, et Rose lui dit au revoir en la serrant dans ses bras.

– Si vous avez besoin de moi, appelez-moi. Et Melly veut que vous sachiez que nous mangeons des Kristenburgers.

– C'est délicieux, hein ?

– En paquets de vingt, ça se discute.

Kristen éclata de rire.

– Je peux garder le dessin ?

– Bien sûr. Rose se rendit à la porte. J'ai raconté à Melly que je vous l'avais posté, et c'est le dernier mensonge que je raconterai à ma fille, sauf pour le Père Noël.

Quand Rose posa le pied dans la rue, il faisait noir, mais avant de regagner sa voiture, elle alla vers la plage et retira ses chaussures, goûtant la sensation du sable frais en marchant le long du rivage, à l'extrême bord du continent américain. Elle avait encore une ampoule à la cheville, et les vaguelettes froides roulaient à ses pieds, réparatrices et bénéfiques. Elle huma les odeurs salines et la fraîcheur humide de l'air, au croisement de l'été et de l'automne, et au croisement de sa vie, aussi.

Elle pensa à Leo, en espérant ne pas avoir creusé l'écart avec lui, car elle ne savait pas trop où elle allait. Et elle ne savait pas quoi faire ou que penser de l'incendie de l'école non plus. Elle fixa la noirceur de l'horizon, en quête de réponses, sachant qu'il existait certainement une explication, une formule, tout là-bas, sans qu'elle puisse la discerner. Pourtant, elle scruta la profondeur de l'obscurité, s'efforçant de l'y déceler, et elle finit par penser à Kurt Rehgard. Il avait disparu, et elle ne savait pas où il avait fini, lui non plus. Et elle ne savait pas non plus où sa mère avait fini, et son père pas davantage.

Elle pensa à la mort, et à la vie qui recommençait, du début, en Kristen. Et elle pensa à cet endroit entre la vie et la mort, où dormait Amanda, en attendant de se réveiller, ou de ne pas se réveiller. Elle prononça pour elle une prière silencieuse. Le vent lui souffla les cheveux du visage, et elle inspira profondément, s'emplissant les poumons d'une goulée d'air après l'autre, laissant cet air la dynamiser, la régénérer. Elle continua de penser à Kurt et à l'incendie, sentant que quelque chose ne collait pas dans tout cela. Elle ne connaissait pas les réponses, et elle ne connaissait même pas les questions, mais elles étaient là, quelque part.

De retour au bungalow, elle s'assit devant son portable, à leur table de ferme, et regarda des vidéos de l'incendie. Elle l'avait déjà fait, dans ses moments les plus sombres, mais là, elle poursuivait un nouveau but. Elle cherchait quelque chose qui soit susceptible de lui livrer un indice sur ce qui s'était produit vendredi dernier à l'école. Elle but une gorgée de café fraîchement passé, mais elle n'avait pas besoin de caféine pour tenir le coup, même s'il était minuit passé. Melly et John dormaient chez les Vaughn, selon leurs habitudes de baby-sitting, quand Leo et elle sortaient au-delà de dix heures du soir.

Elle cliqua sur *play*, sur le lien le plus récent, celui de la trente-quatrième vidéo. Elle était sidérée de voir que l'on en ait tant ajouté, provenant de téléphones portables, de petites caméras Flip, d'iPods et de caméscopes, des images créées dans un monde où tout le monde filmait tout ce qui se passait autour d'eux, au moment même où cela se passait, chacun devenant ainsi l'observateur de sa propre existence.

Elle eut une sensation similaire en regardant cette vidéo et se visualisa, hors de son propre corps, les épaules voûtées devant l'écran de son portable. Le seul élément d'éclairage, c'était la suspension au-dessus de sa tête, qui projetait un cône de lumière sur le sommet de son crâne, comme le chapeau pointu de Dumbledore. Elle ne pouvait s'empêcher de se transposer à l'extérieur du bungalow nimbé de pénombre, à travers ses murs, dans la nuit noire, une obscurité qui effaçait les contours du toit et les cimes dentelées des grands feuillus qui se découpaient sur un fond d'épaisse couverture nuageuse comme autant de couteaux de chasseurs. La pleine lune rôdait au-delà, laissant la nuit opaque et impénétrable.

Elle cliqua sur une autre vidéo, qui montrait les mêmes enfants terrifiés courant hors du bâtiment scolaire, mais filmés sous un autre angle. Elle parcourut du regard les titres des vidéos plus anciennes, inversant la chronologie, jusqu'à la période où elle faisait encore figure de maman héroïque. À côté de cette vidéo, il y avait un reportage qu'elle n'avait pas vu : « Mamans Plus : Tanya Robertson dialogue avec Eileen Gigot ». Elle cliqua sur le lien et, après un spot publicitaire, la présentatrice apparut à l'écran :

« Bonjour, c'est Tanya Robertson qui vous retrouve, et ce soir j'entame mon reportage "Mamans Plus", pour aller au-delà des scènes de la vie d'une maman célibataire dont la fille a été prise au piège par les flammes à l'école élémentaire de Reesburgh. Ce soir, j'aimerais répondre à la question que nous nous posons toutes et tous au sujet de ces mères qui sont seules – comment font-elles ? »

Rose regarda, intriguée.

« Pour revenir sur le passé, la vie d'Eileen Gigot a basculé il y a sept ans, le 11 août, chez Homestead, une entreprise réputée dans le monde entier, qui a ouvert en 1948 avec un établissement de moins de 600 m² où l'on ne fabriquait que des chips. Aujourd'hui, Homestead emploie presque quatre mille personnes et l'usine s'est agrandie au point de dépasser les 5 000 m² de superficie. On y produit des chips, du pop-corn et des tonnes de ces petites choses salées ou sucrées que nous mangeons tous, et que Homestead expédie dans le monde entier depuis Reesburgh, en Pennsylvanie. »

Rose en conclut que Tanya préparait le terrain du prochain spot de pub, jusqu'à ce que s'affiche une photo de l'ancienne usine Homestead, qui se transforma en l'usine actuelle, sur un commentaire en voix off: «Le mari d'Eileen, William Gigot, adorait son métier à Homestead, mais il a trouvé la mort dans un accident de chariot élévateur, à l'usine.»

Rose observa la photo que l'on montra ensuite, de William Gigot et trois autres personnages vêtus de chemises jaunes aux couleurs de Homestead, avec leurs badges à leurs noms, Wijewski, Modjeska et Figgs. Bill Gigot était un grand et bel homme, aux yeux bleu clair, que l'on retrouvait chez Amanda. L'image à l'écran changea de nouveau, et on retrouva Tanya, installée en face d'une Eileen en larmes, près de son armoire à façade rompue.

«Comment imaginiez-vous que vous alliez vous en sortir, en élevant trois enfants toute seule? lui demanda Tanya Robertson. La caméra se tourna vers Eileen, les yeux luisants, au milieu d'un visage qui paraissait prématurément ridé, et Eileen répondit.

– Je crois que le Seigneur ne nous impose que les fardeaux que nous sommes capables de supporter, et rien de plus. Bien sûr, j'aurais préféré que les choses se passent autrement. Bill me manque, bien sûr, il me manque tous les jours.»

Rose sentit son ventre se nouer, mais elle ne cessait de repenser à l'incendie, au polyuréthane, et à Kurt. Elle revint à la première page, retrouva le reportage sur l'accident et cliqua sur la vidéo. Des images tournées depuis un hélicoptère s'affichèrent à l'écran, et elle regarda de nouveau le sujet, en s'interrogeant sur les propos qu'il lui avait tenus.

«C'est la faute de l'entreprise générale, de Campanile.»

Elle interrompit la vidéo, entra sur Google, tapa Campanile, et trouva leur site Internet. Il s'ouvrait sur une page élégante avec la photo d'un hôtel immense, et le texte annonçait :

« Le Campanile Group est une entreprise de construction qui est à la pointe de son secteur, où elle met en œuvre de nouvelles méthodes qu'elle applique à un métier vieux comme le monde. La famille Campanile est à l'origine de l'entreprise, voilà plus d'un siècle, et même si nous accordons un grand prix à ces origines qui sont les nôtres, en Pennsylvanie, nous avons connu une expansion et une croissance nationale... »

Rose avait compris l'essentiel. Son regard tomba sur le lien à propos de, et elle cliqua dessus. Il y avait une photo d'un autre bâtiment, mais pas de liste ou de biographies des cadres, juste une chargée de relations publiques. Elle se souvenait que Kurt avait parlé d'un « pote » qui lui avait signalé que Campanile avait commis une faute, et elle se demanda si ce pote n'était pas quelqu'un qui travaillait avec lui sur le chantier de l'école. Kurt était employé par Bethany Run Construction, aussi tapa-t-elle ce nom dans Google.

Un autre site s'ouvrit, bien plus modeste que celui de Campanile. La page de Bethany Run montrait trois hommes en bleu de travail devant des fondations en parpaings. La légende indiquait : « Vince Palumbo, Frank Reed et Hank Powell, nos grands fondateurs. » Les seules pages de la colonne de gauche mentionnaient les *chantiers en cours*, les *chantiers réalisés* et contenaient le formulaire *contactez-nous*.

Rose cliqua sur les *chantiers en cours*, ce qui la conduisit à un cadre vide, excepté un bandeau avec cette mention :

« Désolé, notre page chantiers en cours est en cours de chantier ! » L'école élémentaire de Reesburgh n'était pas mentionnée, et elle cliqua sur *chantiers réalisés*, où l'on voyait trois petites maisons neuves. Il n'y avait pas de page à propos de. Elle resta perplexe, puis elle repensa au reportage sur l'accident de Kurt. Il avait trouvé la mort avec un ami dont elle avait oublié le nom. Elle cliqua en arrière et lut l'article en ligne jusqu'à ce qu'elle trouve ce nom – Hank Powell. Cela lui disait quelque chose. Elle cliqua de nouveau sur le site de Bethany Run et vérifia de nouveau ; Hank Powell était bien l'un des trois « fameux fondateurs ».

Elle se sentit gagnée par la tristesse et se demanda si Powell n'était pas le pote en question. Une ligne, sous les articles, proposait un lien vers les notices nécrologiques, et elle cliqua sur celle de Kurt. Elle était succincte et s'achevait sur cette formule : « Consultez et signez le Livre d'or. » Elle cliqua, et l'écran s'ouvrit sur une page Internet conçue pour ressembler à un livre ouvert, avec deux rubriques, une pour Kurt, et une autre pour Hank Powell :

« Oncle Hank, Nous t'aimons et tu nous manques. Nous aurions tant aimé pouvoir retourner à la plage avec toi. Ta nièce et ton neveu, Mike et Sandy. »

« Cher Kurt, Une lumière s'est éteinte de nos vies. Nous prions pour toi, et fais un coucou pour nous à Papa quand tu le verras. On t'aime, Carline et Joan. »

Rose lut chacun de ces messages, et elle se sentait le cœur lourd.

« Kurt, Tu étais un grand ami et un grand charpentier. Signé : Vince. »

Elle se remémora ce prénom, Vince. Elle cliqua pour

revenir au site de Bethany Run, et Vince Palumbo était l'un autre des trois fondateurs; c'était peut-être lui, le copain. Elle réfléchit. Vince n'était pas sorti boire un verre avec Kurt, ce soir-là, et c'était Hank Powell qui accompagnait Kurt, donc c'était sans doute Hank le copain. Cela signifiait que les deux hommes qui savaient que Campanile serait fautif étaient tous deux morts.

Elle se leva, s'étira, fit le tour de la pièce, s'arrêta devant la fenêtre et regarda dans l'obscurité. Elle continuait de penser à Kurt, à Campanile et à cet accident de voiture, et elle commençait à se demander si tout cela n'était pas lié. Une autre série d'hypothèses lui vint à l'esprit. Et si cet accident n'en était pas un? Et si on avait tué Kurt et Hank parce qu'ils savaient quelque chose au sujet de Campanile? Et si l'on avait tué Kurt parce qu'il avait posé des questions sur l'incendie?

Rose ne savait pas si elle voyait là des liens qui n'existaient pas, ou si elle en établissait certains qui méritaient de l'être. Kurt avait bu, mais ce n'était peut-être pas la boisson qui avait été la cause de l'accident. Il avait dit quelque chose à propos de ses nouveaux copains, et elle ignorait ce que cela signifiait. Peut-être quelqu'un l'avait-il envoyé dans le décor, contre un arbre ou autre. Elle scruta l'obscurité, n'y vit que sa propre silhouette aux contours indistincts qui se reflétait dans la vitre.

Elle observa son reflet si sombre. Si Kurt avait été tué parce qu'il posait des questions sur l'incendie, elle était responsable de ce meurtre. Elle lui devait de découvrir la vérité.

Elle ne se contenterait pas de moins.

Elle ne pouvait plus, c'était fini.

−Tu es sûre que cela ne t'ennuie pas de faire encore la baby-sitter, Gabriella ? demanda Rose en tenant John dans ses bras. Il tendit la main pour lui attraper le nez de ses doigts écartés, tout mouillés d'avoir été dans sa bouche, et elle lui fit un baiser sur la joue.

−Pas du tout. Gabrielle la rassura d'un geste. Le soleil ne s'était pas encore levé au-dessus des arbres, mais la ravissante cuisine des Vaughn était déjà inondée de lumière. Tu sais que j'adore les enfants, et Mo adore passer du temps avec Melly.

−Merci. Je déteste l'idée de partir sans lui dire au revoir.

−Laisse-la dormir. Nous avons veillé tard, en regardant un *Harry Potter*. Tu l'appelleras plus tard. Ça ira très bien.

−Et le chien, tu t'en charges ?

−Le chien est super, lui aussi. J'ai envie d'avoir un cavalier king charles, comme vous, j'en ai déjà parlé à Mo. Google dort sur l'oreiller de ta fille. C'est charmant.

−Mais si je suis partie jusqu'au week-end ?

−Je t'en prie, prends ton temps.

−Bien, merci. Rose donna un dernier baiser à John et le tendit à Gabriella, avec un pincement au cœur, puis elle se rendit à la porte. Tu as mon numéro de portable, hein ?

−Oui, merci. Et tu as le mien. Gabrielle ouvrit la porte moustiquaire sur une journée déjà chaude, tout animée de pépiements d'oiseaux. La pelouse des Vaughn s'étendait devant chez eux comme un tapis constellé de rosée, et un grand buddleia abritait des machaons et des monarques aux ailes orange et veinées. Quelle matinée ! Pourquoi dois-tu repartir, d'ailleurs ?

– J'ai encore quelques rendez-vous, avec des avocats et autres. Rose sortit. Elle avait horreur de leur mentir, mais s'ils savaient la vérité, ils s'inquiéteraient. Vivre sans mentir allait s'avérer plus difficile qu'elle ne l'avait cru – c'était comme de compter ses calories journalières.

– D'accord, bonne chance, fit Gabriella, en sortant sur le seuil. Porte-toi bien.

– Oui, merci. Rose embrassa la tête toute chaude de John une dernière fois, mais quand elle descendit les marches, il se mit à pleurer, avec de petits sanglots étouffés. En entendant ces pleurs à vous briser le cœur, elle se retourna, gagnée par la culpabilité à la vue de cet adorable petit visage rose tout chafouin. Oh, mon Johnnie, on se revoit bientôt.

– Vas-y, ça va aller très bien, je te promets. Compréhensive, Gabriella lui fit signe d'y aller, et Rose s'en fut avec un soupir, en se jurant que son absence allait en valoir la peine.

Elle se dépêcha de rejoindre sa voiture, sortit son téléphone dans la foulée, tapa la touche de numérotation abrégée pour appeler Leo, écouta la tonalité, puis ce fut la boîte vocale, où elle laissa un message. Elle reposa son téléphone, s'installa au volant et démarra. Elle jeta encore un coup d'œil derrière elle, et vit Gabriella qui câlinait John sur la dernière marche.

Rose réprima un autre soupir, puis elle roula. Elle se sentait déchirée de les laisser à nouveau, mais il fallait qu'elle tire cette affaire au clair, ne serait-ce que pour elle. Elle ne pouvait être au clair avec eux si elle n'était pas claire vis-à-vis d'elle-même. Et cela faisait longtemps qu'elle n'était plus claire avec elle-même.

Et ce temps-là était révolu, pour de bon.

Elle se gara dans une rue un peu au-delà de l'école, pour que la presse ne repère pas sa voiture, puis elle en descendit et la verrouilla. Elle avait enfilé une chemise blanche d'homme, un jean, des baskets et, avec ses lunettes de soleil sous une casquette de l'équipe des Phillies, personne ne la reconnaîtrait. Elle se dirigea vers l'école, droit sur la cantine, où elle remarqua que la cloison en contre-plaqué avait été repeinte par les élèves. La fresque représentait un soleil tout sourire au-dessus d'une pelouse à l'herbe épaisse ponctuée de tournesols géants, d'arbres nains et de papillons mouchetés de pois, une version enfantine du paradis, destinée à masquer une version adulte de l'enfer.

Elle emprunta l'ouverture dans la palissade, là où une entrée de fortune était habillée d'une feuille de plastique en guise de porte, puis elle s'immobilisa. C'était très tranquille, pour un chantier. Pas un ouvrier n'entrait ou ne sortait, comme c'était le cas précédemment. Elle jeta un œil dans la rue, et seul un pick-up poussiéreux était garé le long du trottoir, là où il y en avait toute une file, auparavant.

Elle retira ses lunettes de soleil, revint à l'entrée et contourna la feuille de plastique. À l'intérieur, il faisait sombre, et la cantine s'était transformée en grotte baignée d'une teinte bleu ciel surnaturelle, à cause de la bâche tendue sur le toit. Cela sentait encore le brûlé, même si l'on avait dégagé la quasi-totalité des débris. Elle sentit des gravillons sous ses semelles, et comprit qu'elle se trouvait au fond du réfectoire, près des toilettes pour handicapés. Ne voyant personne dans les parages, elle continua, passa devant une lampe de chantier équipée d'ampoules à haute puissance, perchées sur leur tige de métal. Vers le fond de la pièce, elle discerna le dos imposant d'un ouvrier, coiffé d'un casque de chantier blanc, d'un T-shirt blanc sale et d'une combinaison de peintre.

– Excusez-moi, s'écria-t-elle, et l'ouvrier se retourna. Il poussait une brouette, et son ventre rebondi pendait entre les poignées de l'engin. Des lunettes de protection lui rentraient dans ses joues replètes et il avait des écouteurs branchés sur un iPod.

– Désolé, je ne vous avais pas vue, fit-il, avec un léger accent traînant du Sud. On se connaît? Il retira un écouteur d'une oreille et plissa les yeux derrière ses lunettes, puis il posa sa brouette et se dirigea vers elle. Attendez. Oui, je vous reconnais. Vous êtes la nana qui plaisait bien à Kurt, c'est ça? La maman de la télé.

– Euh, oui, fit-elle, songeant aussitôt qu'elle ferait bien de revoir son déguisement. Je voulais parler à quelqu'un, au sujet de Kurt.

– Bien. L'ouvrier retira un gant de coton tout usé et lui tendit la main. Je m'appelle Warren Minuti. Je travaille aussi pour Bethany Run. Enchanté de faire votre connaissance.

– Rose McKenna. À son tour, elle lui tendit la main, qu'il enveloppa de sa paume gigantesque et rugueuse.

– Mon épouse et ses amies parlent toutes de vous. Elle est vissée à cet écran de télé. Il défit ses lunettes de protection et les déposa dans son casque. Moi, je lui ai dit, vous devez être quelqu'un de bien, parce que Kurt vous appréciait.

– Merci. En apprenant la nouvelle de sa mort, j'étais anéantie. Je suis tellement désolée. C'était un garçon charmant.

– Ça oui. Warren lâcha un lourd soupir, et ses larges épaules s'affaissèrent. À Bethany, on forme une petite équipe, on n'est que neuf gars. On prend un chantier à la fois, peut-être deux, donc de perdre Kurt et Hank, il pouvait rien nous arriver de pire. Et Hank, il avait une épouse et un autre bébé qui venait de naître. Il secoua la tête. Enfin, bon. De quoi vouliez-vous parler ?

– Kurt m'a téléphoné lundi soir, avant l'accident, et il m'a évoqué quelque chose à propos d'un « copain à moi », qui lui avait expliqué que des types de Campanile avaient laissé des pots de laque polyuréthane en salle des professeurs. Il m'a précisé que c'était cela qui avait alimenté l'incendie. Je me demandais qui ce copain pouvait être. Vous le savez ?

– Eh bien, le meilleur copain de Kurt, c'était Hank.

– Hank Powell, qui a été tué avec lui ?

– Ouais. Les deux veillées funèbres ont lieu ce soir, et les enterrements, c'est demain.

– C'est là qu'il y aura tout le monde ?

– Ouais, mais je ne peux pas y aller, c'est pour ça que je suis ici. Ils viennent de partir, tous, pour se préparer, mais moi, j'ai envoyé mon épouse. Le soir, je vais chez Drexel, pour étudier le droit.

– Ça ne doit pas être facile. Mon mari est avocat. Elle se tut un instant, elle réfléchissait. Kurt vous avait parlé de ces nouveaux copains ? Vous savez quelque chose là-dessus ?

– Non.

– Hank aurait-il été au courant au sujet de Campanile ou de pots de laque polyuréthane ?

– Je n'en sais rien.

– Est-ce que quelqu'un chez Bethany Run avait l'habitude de travailler pour Campanile ?

Warren s'étrangla de rire.

– Personne ne quitterait Campanile pour nous, pas en ayant le choix. Campanile, ils boxent carrément dans une autre catégorie que nous. C'est des gros.

– Vous, savez-vous quoi que ce soit au sujet de Campanile ou de pots de laque polyuréthane ?

– Non.

Elle prit encore le temps de réfléchir une minute.

– Pensez-vous que quelqu'un d'autre, chez Bethany Run, sache quelque chose au sujet de Campanile ?

– Possible, mais je n'en sais rien. Je n'ai jamais rencontré personne de l'équipe de Campanile. On est arrivé après l'incendie.

– Et si je voulais savoir qui de chez Campanile a travaillé sur le chantier de l'école ? Un de vos gars serait au courant ?

– Non.

– Alors je suppose que le seul moyen de savoir quels types de Campanile ont travaillé sur ce chantier, c'est de poser la question à Campanile.

– Bonne chance. Il eut un gloussement. Ils vont jamais vous fournir ce genre d'information, surtout s'ils pensent qu'un procès se pointe au portillon, comme ils disent, aux infos.

– Vous avez raison. Elle prit un prospectus. Savez-vous au juste comment s'est produit l'accident de Kurt ? Je veux dire, comment est-ce arrivé, exactement ?

– Tout ce que je sais, c'est que Kurt conduisait, c'était son pick-up, et il a quitté la route avant de percuter un arbre. Il n'y avait pas d'accotement sur cette portion de la voie express.

Rose devait lui confier ce qui la préoccupait, sans quoi elle n'irait nulle part.

– Cela vous paraît étrange, que l'alcool y soit pour quelque chose ?

– Oui, cela m'a un peu surpris.

– Pourquoi ? s'enquit-elle, intriguée.

– J'en ai conclu que les journaux montaient un peu en épingle l'aspect alcool, car cela ne ressemblait guère à Kurt. Il aurait bien bu une bière ou deux, au maximum. Il devait être fatigué, il a piqué du nez, et c'est la combinaison des deux qui les a fichus dedans.

– Et Hank ? Il buvait ?

– Jamais, plus du tout. Cela faisait trois ans qu'il n'avait plus touché un verre. Marie lui aurait botté le cul.

Rose sentit le battement de son cœur s'accélérer.

– Quand Kurt m'a appelée, avant l'accident, il avait l'air légèrement ivre, il mangeait un petit peu ses mots.

Warren se rembrunit.

– Cela ne lui ressemblait pas. C'était un type responsable. Il veillait sur sa sœur et sa nièce.

– Je sais. Je pourrais vous faire écouter son message. Je l'ai sauvegardé, si vous voulez l'entendre. Elle hésita. Cela risque de vous paraître assez bouleversant, maintenant.

– Non, allez-y.

Elle sortit son téléphone de son sac, puis elle accéda au message et le repassa, haut-parleur enclenché. Les paroles amplifiées de Kurt se répercutèrent étrangement dans le réfectoire calciné, puis le message s'interrompit. Elle guetta la réaction de Warren, dans ce halo bleuâtre et crépusculaire.

– Je peux pas dire que je saurais expliquer ça, admit-il, en se frottant le menton.

– Il a l'air un rien éméché, non ?

– Assez, oui.

– S'il était ivre, pourquoi Hank l'aurait-il laissé conduire ? Cela ne vous paraît pas bizarre ? Qu'un type avec une épouse et un bébé qui vient de naître laisse son copain bourré le reconduire chez lui ?

– Et alors, vous, qu'est-ce que vous en dites ?

– Je me demande si quelqu'un n'a pas tué Kurt parce qu'il posait des questions sur l'incendie. Ou parce qu'il était au courant pour cette laque au polyuréthane.

– Quoi ? Warren ouvrit de grands yeux. Vous me parlez d'un meurtre, là.

– Je sais. J'essaie juste de comprendre, et je ne m'explique pas pourquoi Hank aurait laissé Kurt prendre le volant alors qu'il était éméché. À moins que Hank ne s'en soit pas aperçu. Elle réfléchissait, en se creusant les méninges. À moins que Hank ait vu Kurt boire ses deux ou trois bières habituelles, et que quelqu'un lui ait versé autre chose dans son verre. L'un de ces nouveaux potes qu'il a mentionnés. C'est plausible, n'est-ce pas ? Cela aurait pu se produire.

– Possible, mais un meurtre ?

– Je dis juste que ça sent mauvais, vous ne croyez pas ? Ce type qu'on entend dans mon message sauvegardé n'a pas la voix de Kurt, s'il avait seulement bu deux bières, non ?

– Non, mais je ne saisis toujours pas pourquoi Hank serait monté en voiture avec lui.

– Peut-être que Hank ne s'est aperçu de rien. Et si Kurt ne lui avait pas beaucoup adressé la parole ? Et si Hank avait vu Kurt boire juste deux bières et se soit dit que pour conduire, c'était sans souci, même si son collègue avait la bouche un peu pâteuse? Rose rangea son téléphone. Quelque chose ne cadre pas, et deux hommes sont morts. Et moi, je pense que c'est en rapport avec l'incendie.

Warren fit grise mine.

– On devrait aller voir la police.

– Avec quoi? Qu'est-ce qu'on leur raconte? Un type bourré est monté dans son pick-up, il a pris le volant, et il a eu un accident? Cela n'a rien de suspect.

– Exact.

– Et la police considère que l'incendie était accidentel. En plus, je suis la dernière personne qu'ils croiraient, parce que je suis impliquée.

– C'est vrai aussi, ça. Warren lâcha un énorme soupir qui souleva sa poitrine massive. Mais si quelqu'un a tué Kurt et Hank, je veux être le premier à le savoir.

– Alors, vous pourriez peut-être m'aider, fit Rose, avec espoir.

Elle démarra, avec Warren installé à sa droite. Il avait enfilé un pantalon et un polo propres, qu'il gardait toujours avec lui, pour ses cours du soir, et s'était rasé dans les toilettes messieurs de l'école. Elle vit bien, à la lumière, qu'il était plus âgé qu'elle n'avait cru, il devait avoir dans les trente-cinq ans. Ou alors, c'était cette grimace qui lui crispait la mâchoire, comme s'il s'apprêtait déjà à accomplir la besogne qui l'attendait. Ils étaient en pleine heure de pointe, sur les routes de campagne autour de Reesburgh, en direction du siège de Campanile, près de West Chester.

– Alors, quel est votre plan? lui demanda-t-il, en lui lançant un regard.

–Passons tout cela en revue, si vous voulez. Elle n'était pas trop sûre de ce qu'elle allait faire ensuite. Si nous ne savons pas d'où nous venons, nous ne pouvons pas savoir où nous allons.

–Ça, c'est profond.

–Ne m'en parlez pas. C'est un truc que je viens d'apprendre. Elle sourit. Bon, Kurt pensait que les pots de polyuréthane laissés en salle des profs ont contribué à l'explosion, mais on l'a supprimé avant qu'il ne puisse poser la question du pourquoi et du comment. Jusqu'à présent, j'ai entendu invoquer plusieurs raisons différentes, censées expliquer cette explosion, notamment le câblage électrique défectueux, une fuite de gaz, et une liste des réserves que l'on n'aurait pas établie. Vous, qu'avez-vous entendu dire ?

–La même chose, sauf pour la liste des réserves. Il y a des listes de réserves qu'on n'établit jamais, et rien n'explose pour autant.

–Alors, qu'est-ce qui a bien pu causer cette explosion ?

Il haussa les épaules.

–Le rapport du capitaine des pompiers ne sera pas rendu public avant des semaines, et ce sera tout le propos de ces procédures judiciaires, et du reste.

–Alors, essayons de deviner par nous-mêmes. C'est vous l'expert, et moi je suis une... maman.

Il eut un sourire en coin.

–Vous êtes surtout un petit peu cinglée, ma petite dame.

Elle lui sourit à son tour. Elle ralentit, dépassa un Amish qui conduisait un boghei, la tête baissée, seule sa barbe restant visible sous le bord de son chapeau de paille.

– Nous détenons un avantage. Ils estiment que tout cela est accidentel, et pas nous.

– D'accord.

– Donc comment provoque-t-on une explosion avec du gaz, des câbles mal fixés et des pots de laque, au juste ?

Warren l'observa.

– Où disiez-vous qu'ils étaient stockés, ces pots ?

– De laque polyuréthane ? Dans la salle des profs. Elle repensa à sa conversation avec Kristen. Quelqu'un a peint les placards, le jeudi, la veille de l'explosion, et les a laissés là. Moi, cela me paraît curieux.

– Pourquoi ?

– Laquer des placards, c'est le style de choses que l'on fait avant d'emménager, c'est ce que nous avons fait dans notre nouvelle maison et, dans la salle des professeurs, les travaux de peinture étaient déjà terminés, j'ai vu une photo. Pourquoi les placards auraient-ils eu subitement besoin d'une deuxième couche ? C'était un mois après l'ouverture de l'école.

Warren hocha lentement la tête.

– C'est là que les professeurs déjeunent ?

– Certains, oui.

Il fronça le nez.

– Ça devait empester.

– En effet, et c'est aussi la réflexion que je me suis faite. Elle repensa à Kristen. La salle des profs sentait très fort, et il y avait des écriteaux « peinture fraîche » partout.

– C'est intéressant.

– Pourquoi ?

– Le polyuréthane aurait masqué toutes les odeurs de gaz.

Elle lui glissa un regard. Sa réponse lui fit dresser une oreille.

– Donc, si un sale type savait qu'il allait provoquer une fuite de gaz, il aurait pu laquer quelques placards rien que pour masquer l'odeur.

– Exact.

– Comment provoque-t-on une fuite de gaz ? C'est difficile ?

– Non, très facile. Le gaz a fui dans le mur de séparation entre la cuisine et la salle des professeurs, et il y avait un gros tuyau de vingt-deux millimètres de section, à cet emplacement. Je le sais, c'est moi qui ai déblayé les décombres. Si quelqu'un a pénétré dans le bâtiment mercredi ou jeudi soir, il a pu tourner d'un quart de tour ce robinet du gaz encastré dans le mur.

– Cela ne se verrait pas, un trou dans le mur ? s'enquit-elle, alors que les paysages de campagne cédaient la place à une bretelle de sortie, en direction de la Route 202, vers le nord.

– Pas si c'était derrière un placard ou derrière un appareil. Le gaz aurait fui, mais personne ne l'aurait senti, à cause du polyuréthane, et puis, c'est une odeur à laquelle on se désensibilise.

Elle se remémora Kurt lui tenant le même propos, concernant cet effet de désensibilisation.

– Alors, supposons que ce sale type ait laqué les placards pour masquer l'odeur de gaz. Comment le mur éclate-t-il ?

– Il lui faut une étincelle, qui provoque la déflagration.

Warren se rembrunit, plongé dans ses pensées.

– Du câble dénudé ne fournirait-il pas une étincelle ?

– Possible, mais pas à coup sûr. Il secoua la tête. Ce n'est pas nécessairement une étincelle.

– Alors, qu'est-ce qui cause une étincelle dans un mur ?

– L'étincelle n'a pas forcément à venir du mur. Le polyuréthane se trouvait dans la salle des professeurs, donc l'étincelle aurait pu provenir de là. Un appareil peut suffire, ou le four.

Rose réfléchit une minute. Les Kristenburgers.

– Et un four à micro-ondes ?

– Oui. Ils ont pu trafiquer un micro-ondes pour qu'il provoque une étincelle.

– Comment cela ?

Warren la regarda.

– Vous n'avez jamais mis du papier alu dans un micro-ondes ? Vous obtenez des étincelles, des éclairs, la totale.

– Non, de l'alu, ça n'aurait pas marché. L'enseignante l'aurait vu.

– Pas si l'alu était dissimulé dans le four, comme par exemple sous l'armature plastique de la partie haute. Les yeux marron de Warren s'animèrent. Voilà, j'ai pigé. Jeudi, vous laquez les placards et vous laissez les pots de laque sortis. Ça sent très fort. Ensuite, jeudi soir, quand il n'y a plus personne, vous cachez de l'alu dans le micro-ondes, vous tournez un robinet sur l'arrivée de gaz, et vous dénudez le câblage électrique dans le mur. Un électricien peut réaliser le tout en un quart d'heure.

– D'accord.

– Ensuite, vous laissez les couvercles des pots de laque entrouverts, pour que les émanations atteignent le micro-ondes. Personne ne sent rien, parce que de toute manière ça pue, et vous placez des écriteaux.

Rose était un peu perdue.

– Mais comment les émanations de laque pénètrent-elles dans le four ?

– Elles sont aspirées.

– Je croyais que les micro-ondes étaient hermétiquement clos.

– Pas du tout. Une étincelle dans le four, avec des vapeurs de polyuréthane à l'intérieur, cela suffirait à provoquer une explosion, et si le gaz avait fui dans le mur, à partir d'un gros tuyau de section de vingt-deux, ça provoque un gros boum !

Il fit un bruit d'explosion entre ses doigts épais.

– Qu'est-ce que le câblage dénudé vient faire là-dedans ? Ce n'est pas le truc de trop ? Elle y songea une minute, avant d'apporter elle-même la réponse à sa question. Attendez, peut-être pas.

– Pourquoi cela ?

– Parce que cela se verrait, par la suite, une fois les pompiers sur place. En d'autres termes, si vous voulez que la chose ait l'air d'un accident, il vous faut une cause innocente, comme un câblage mal protégé. Elle en était abasourdie. Tout cela se tenait. Comme vous le disiez, un câble peut provoquer une étincelle, mais ce n'est pas assez sûr. Donc c'est une explication, mais pas une cause suffisamment fiable.

– Exact. Warren opina et se pencha en avant. Un électricien peut réaliser tout cela, et très facilement. S'il était sur le chantier, il disposait d'une clef. Ou quelqu'un d'autre en aurait une, notamment un responsable de la hiérarchie. Forcément, Campanile, c'est l'entreprise générale, et c'est eux qui embauchent le type qui les installe, ces foutues serrures.

– Juste. Rose n'avait pas pensé à cela. Donc nous avons besoin de savoir qui est le sous-contractant qui s'est chargé de l'électricité et quelle équipe d'électriciens Campanile a engagé sur ce chantier, et nous partirons de là.

– Comment vous y prendrez-vous ?

– Pas moi, vous.

– Moi ? Il la dévisagea comme si elle était folle. Comment ?

– Vous êtes charpentier, non ?

– Depuis toujours. Mon père était déjà dans le métier.

– D'accord, alors, disons que vous pourriez chercher un emploi chez Campanile. Elle accéléra. Elle pressait l'allure, parce qu'il était déjà 16 h 15 et il fallait qu'ils arrivent au siège de Campanile avant la fermeture. Vous entrez, vous déposez une candidature pour un poste, et vous obtenez l'info de manière informelle. Dans le courant d'une conversation.

– De quelle manière ?

– Vous y arriverez bien. Elle lui jeta un regard. Vous avez la tête de l'emploi parce que vous êtes pile dans le rôle, et vous n'êtes pas d'ici, donc rien ne vous empêche de poser un tas de questions sans éveiller les soupçons. D'où êtes-vous, avec votre accent ?

– D'Arlington, dans le Texas.

– Vous ne forceriez pas un peu sur votre accent ?

– Bien sûr, m'dame, je peux, lui répondit-il timidement. C'est quoi, les répliques que je dois balancer ?

– Vous leur précisez que vous êtes du Texas et que vous êtes quelqu'un d'ambitieux. Il vous faut un boulot et vous voulez débuter au sommet, avec les meilleurs. Et vous avez entendu dire que les meilleurs, c'était Campanile, ce style de truc.

– Je leur fais un peu de lèche, quoi.

Elle hocha la tête.

– Disons qu'il vous faille un nouveau poste, et vous voulez grimper rapidement l'échelle. Vous tenez à travailler chez Campanile et à devenir... comment appelle-t-on cela, qu'est-ce que vous voudriez être ?

– J'adorerais devenir chef de projet.

– Parfait. Campanile en a, des chefs de projets ?

– Bien sûr. Mais je parie qu'ils ne procèdent que par promotion interne.

— Bon, laissez-leur vous répondre, d'abord. Racontez-leur que vous êtes nouveau dans la région, donc vous ne connaissez pas de sous-contractants, mais vous êtes capable de travailler pour n'importe qui.

– Dois-je mentionner Reesburgh ?

– Non, je m'en abstiendrais. Je n'ai pas du tout envie qu'ils fassent le lien entre vous et l'incendie.

– Mais je dois les amener à me parler des sous-contractants du chantier de Reesburgh.

– Vous ne pouvez pas attaquer là-dessus bille en tête. Elle lui lança un regard tout en continuant de rouler à vive allure. Attendez. Écoutez. Les sous-contractants, c'est important, non ?

– Bien sûr. Il pencha la tête, il l'écoutait. La bonne fin du chantier dépend entièrement des sous-contractants.

– Précisément. Disons cela, et supposons que vous soyez compétent dans la gestion des sous-contractants et pour obtenir d'eux qu'ils fournissent le meilleur travail qui soit. Racontez-leur une histoire bien innocente sur un sous-contractant que vous avez géré, au Texas.

– Je n'en ai géré aucun.

– Inventez. Elle ignorait si son plan constituait une entorse à son nouveau régime, strictement sans mensonges, mais au moins, là, ce n'était pas elle qui mentirait. Lâchez-leur les noms de quelques sous-contractants d'Arlington, demandez-leur s'ils travaillent avec de bons sous-contractants, et ensuite vous amenez la conversation sur les sous-contractants en électricité, et là, vous obtiendrez peut-être le nom d'un ou deux électriciens du chantier de l'école. Combien a-t-il pu y en avoir ? Pas tant que ça. Vous croyez que ce serait dans vos cordes ?

– Oui. Il se redressa.

– C'est une grosse boîte, si grosse qu'ils doivent avoir une direction des ressources humaines. S'ils ignorent qui sont leurs sous-contractants, vous risquez d'avoir à aller jusqu'à interroger quelqu'un qui les connaisse, quelqu'un qui n'appartienne pas à l'administration.

– J'y ai déjà pensé. Je vais leur dire que je veux parler à quelqu'un qui a été sur le terrain. Je vais dire que je suis venu jusqu'ici en avion et que je n'ai pas envie de repartir avant d'avoir vu quelqu'un ce soir.

– D'accord, bien. Elle sentit monter en elle une inquiétude à son sujet. Si vous n'arrivez pas à obtenir de réponse, alors allez-vous en. Ne faites rien qui soit susceptible d'éveiller leurs soupçons. S'ils s'en sont pris à Kurt, ils pourraient s'en prendre à vous.

– Qu'ils essaient. Warren haussa le sourcil. Je suis du Texas, moi.

Assise au volant, Rose se tassa dans son siège en faisant semblant de lire dans son BlackBerry, alors qu'elle voyait à peine son écran, à travers ses lunettes de soleil.

Warren était entré dans le siège de Campanile à 16 h 40, et il était 17 h 45. Cela signifiait qu'il avait probablement pu entrer en relation avec son deuxième interlocuteur, mais elle commençait à s'inquiéter. Elle priait pour ne l'avoir exposé à aucun danger.

Elle avait garé sa voiture dans la dernière rangée du parking, où l'on ne pourrait la voir depuis l'entrée, et elle gardait un œil sur la porte principale dans son rétroviseur en attendant qu'il fasse sa réapparition. Les locaux de Campanile étaient situés dans un centre d'affaires très ordinaire : des bâtiments tout en longueur avec des façades en pierre des champs et vitres fumées. Chaque entreprise avait son parking dédié à son nom, et il y avait des tiges de maïs séchées attachées à la pancarte Campanile, à côté d'une balle de paille et d'une citrouille géante.

Rose regarda des files d'employés de Campanile franchir les portes, arborant leurs badges d'identification autour du cou, sortir du bâtiment dans les rires et les bavardages ou en allumant une cigarette. Tout le monde se rendait à sa voiture, et elle entendit les portières se déverrouiller comme autant de criquets mécaniques. Au début, ce furent surtout des femmes, puis un groupe plus mélangé, la plupart des hommes vêtus de polos bleu marine frappés au nom de Campanile, ou tenant à la main des porte-blocs bleu marine ou des besaces bleu marine siglés à celui du Campanile Group.

À cause de la chaleur, elle avait laissé sa vitre ouverte, et puis elle n'avait pas envie de laisser tourner son moteur et de risquer d'attirer l'attention sur elle. Des bribes de conversations entre employés flottaient avec la brise, et elle en saisit quelques-unes au vol : « Je t'ai dit de ne pas lui envoyer d'e-mail, appelle-le, c'est tout, Sue. Il te doit une explication. » Et « Il faut qu'on modifie la cage d'escalier, qu'on la replace côté sud. Problème résolu. » Et « Revois les chiffres, Don. Fais le calcul ! »

Rose contrôla de nouveau dans son rétroviseur, et deux hommes en costume sortirent à leur tour, un petit chauve, et l'autre, un grand gaillard aux cheveux noirs fortement charpenté, qui devait mesurer près d'un mètre quatre-vingt-dix et peser plus de cent dix kilos. Il ne lui était pas inconnu, mais elle ne savait pas d'où elle le connaissait. Il descendit les marches, en se penchant pour parler à l'autre, et leur conversation était trop discrète pour qu'elle entende quoi que ce soit.

Elle essaya encore de resituer le plus grand des deux, qui se dirigeait vers une voiture. Le vent ouvrit sa veste de costume et les pans voletèrent, dévoilant une panse imposante, et autre chose encore. Un pistolet, glissé dans un étui porté à l'épaule. Elle cligna des yeux, saisie par cette vision. Elle l'avait déjà vu, mais elle était totalement incapable de le resituer. Le grand type braqua sa télécommande et déverrouilla un 4 x 4 bleu marine arborant le nom du Campanile Group sur la portière.

Elle resta tassée dans son siège, en continuant de se creuser la cervelle. Ce n'était pas à l'école qu'elle avait vu ce gaillard. Quelqu'un d'aussi grand, elle s'en souviendrait, car elle était elle-même de grande taille. Où l'avait-elle croisé ? À une soirée ? Elle ne connaissait personne, chez Campanile. Elle n'avait jamais entendu parler de cette entreprise, avant l'incendie.

Subitement, le petit chauve s'arrêta près de sa voiture et se retourna, en interpellant le grand type.

– Hé, Mojo ! cria-t-il, et l'autre fit volte-face.

– Quoi ?

– Je rectifie. Le jeudi, c'est mieux !

Le grand type lui répondit d'un signe, manière de lui confirmer qu'il avait compris, puis il monta dans son 4 x 4.

Mojo ?

Rose ne connaissait aucun Mojo. À l'évidence, c'était un surnom. Elle attrapa son téléphone et chercha la fonction photo pendant que l'homme enclenchait la marche arrière de son 4 x 4, avant d'engager la position *drive* et de filer devant elle. Lorsqu'il la dépassa, elle prit un cliché, le sauvegarda, appuya sur la touche *zoom* pour l'agrandir et étudier le visage de l'homme. Cette tête lui disait vraiment quelque chose. Un long nez, des cheveux noirs, une charpente massive.

Soudain, elle se rappela pourquoi elle l'avait reconnu. Elle l'avait vu hier soir, dans l'une des vidéos qu'elle avait consultées, sur le site de la chaîne de Tanya Robertson. Elle activa la connexion internet dans son BlackBerry, entra sur le site de la chaîne et appuya sur la touche jusqu'à ce qu'elle ouvre les titres sur l'incendie. Elle trouva le lien de l'interview de la journaliste avec Eileen Gigot pour son émission « Mamans Plus », puis elle appuya sur *play*. Elle attendit le défilement de l'intro sur les mères seules, puis le reportage continua avec un commentaire passe-partout sur l'usine de Homestead. La photo de quelques hommes s'afficha à l'écran, et l'un d'eux dominait largement les autres.

Elle appuya sur *stop*. Le personnage de la photo ressemblait à Mojo, mais l'écran était trop petit pour qu'elle lise son nom complet. Elle ne savait pas si cela présentait une importance, mais elle n'avait pas le temps d'y réfléchir pour l'instant.

Warren se dirigeait vers sa voiture.

−Vous y êtes arrivé, Dieu merci. Elle déverrouilla la portière, et il introduisit sa grande carcasse dans le siège à sa droite et prit place.

−Voilà l'histoire. Il faut d'abord que je vous avertisse, je pense que vous aviez tort.

−Que voulez-vous dire ? Rose perçut un changement dans le ton de sa voix, et ses yeux bleus s'étaient refroidis. Elle démarra. Que s'est-il passé ? Qu'est-ce qu'ils ont fait ?

−Rien. Je suis entré, j'ai parlé à cette dame des ressources humaines, et j'ai rempli un dossier de candidature. Elle m'a dit que Campanile n'avait pas de postes à pourvoir pour le moment. Ils nomment leurs CP par la voie de la promotion interne.

−Leurs CP ? Leurs chefs de projets ? Elle sortit de la place de parking en marche arrière, puis avança au pas vers la sortie, derrière les autres véhicules.

−Oui. J'ai dit que je voulais parler à quelqu'un qui opère sur le terrain, et ils étaient tous là à traîner dans le couloir, rien que des types vraiment sympas, alors elle en a appelé un dans son bureau. Chip McGlynn. Je me suis retrouvé avec lui, en tête-à-tête. Prenez à gauche, là. Si vous me déposez au train, je peux encore arriver à l'heure pour mon cours du soir. Ils m'ont indiqué que la gare se trouvait sur Lancaster Avenue. Ils m'ont même proposé de me déposer.

−Vous a-t-il précisé qui était le sous-contractant en électricité, à l'école ?

– Non, il ne connaissait pas le chantier, et je n'ai pas insisté.

– Il ne le connaissait pas ? Elle quitta le parking derrière les véhicules qui les précédaient. C'est un type qui opère sur le terrain, et il n'était pas au courant d'un chantier dont toute la presse parle ?

– À dire vrai, je pense qu'il savait, mais il n'avait pas envie d'en parler. Ça, j'ai pigé. Beaucoup de grosses entreprises générales gardent le silence sur les sous-contractants qu'elles emploient. C'est comme un secret de fabrication.

– Vous ne disiez pas ça, tout à l'heure. Elle se rembrunit, sans quitter la route des yeux.

– Non, mais une fois que je me suis retrouvé assis avec lui, et que j'ai vu l'entreprise de l'intérieur, avec leurs bureaux qui sont franchement sympas, après avoir rencontré Chip et les autres types, j'ai compris qu'il était ridicule de penser qu'ils puissent assassiner qui que ce soit.

– Vous ne pouvez pas soutenir cela sur la base de...

– Ils m'ont répondu qu'ils me proposeraient le premier poste qui se présenterait, et puis ils me feraient passer CP si je suis du niveau. Et s'ils appellent, j'accepterai.

– Vous travailleriez pour eux ? s'écria-t-elle, surprise. Mais ils pourraient être...

– Ils ont créé ce truc qu'ils appellent le Mur de la renommée, avec des tonnes de récompenses de toutes les associations du bâtiment auxquelles vous pouvez penser, et certaines de l'État, aussi. Ils récoltent les très gros chantiers.

– Mais et Kurt et Hank ? L'accident ?

– Je ne peux pas l'expliquer, mais il y a un tas de choses que les gens sont incapables d'expliquer. Ce que je peux vous affirmer avec certitude, c'est que Chip et les autres, là-bas, ne les ont pas tués, ou qu'ils n'ont pas fait sauter une école élémentaire. Il eut un haussement de ses lourdes épaules. Ils ont des photos de leurs gosses partout. Ils sponsorisent une équipe de softball, et pour la journée de la Fondation Make A Wish, ils offrent un tour en grue à nacelle à un petit garçon d'Allentown.

– Mais Kurt disait qu'ils avaient les pots de laque.

– Pas exactement. Il a expliqué que quelqu'un avait laissé de la laque polyuréthane dans la salle, et moi, je vous l'affirme, ce n'était pas fait exprès. Cela arrive tout le temps. L'ouvrier moyen est un porc.

Rose eut de nouveau la vision de Mojo.

– L'un de leurs employés porte un pistolet. Je l'ai vu.

– C'est sans doute un type de la sécurité, ou alors, il convoie la paie ou des sommes en liquide. Un tas de gens portent des armes, et ça n'en fait pas des salauds. Bon Dieu, mon père a deux fusils dans son pick-up, et il n'y a pas plus honnête.

– Ce type n'a pas l'air de transporter de la petite monnaie. C'était un cadre, avec une cravate. Il s'appelle Mojo.

– Mojo ? Les yeux de Warren s'allumèrent. Je viens de le rencontrer. C'est un type super. C'est leur responsable de la sécurité. Joe Modjeska.

Rose retint le nom.

– Qu'est-ce que vous voulez dire, le responsable de la sécurité ?

– Mojo, c'est le directeur de la sécurité. C'est pour ça qu'il est armé. Il tire à soixante-trois.

Rose eut un mouvement de recul.

– Il tire à quoi ?

– Non, c'est au golf. Il est à soixante-trois sous le par. Il a remporté le tournoi de golf des célébrités. Cole Hamel y a participé, et Werth, aussi. Mojo m'a dit qu'il m'obtiendrait des billets, l'an prochain. Warren avait l'air aussi surexcité qu'un gamin. J'adore l'équipe de baseball des Phillies.

– Moi aussi, mais Mojo ne fait pas partie des Phillies. Rose tourna dans Lancaster Avenue. Donc, ils vous ont convaincu.

– Non, simplement, j'ai eu la réalité en face de moi. Son ton de voix se durcit. Vous feriez mieux d'oublier toute cette histoire.

– Vous ne croyez pas qu'ils vous ont manipulé, intentionnellement ?

– Pourquoi feraient-ils ça ? Ils ne savent pas qui je suis. Je n'ai pas mentionné Reesburgh.

Rose se tut, elle roulait à petite allure dans cette rue où la circulation était chargée, à hauteur du Dunkin'Donuts, de la banque et d'un Starbucks.

– Pourquoi une entreprise de travaux publics aurait-elle besoin d'un directeur de la sécurité ? Ce n'est pas étrange ?

– Pas du tout. Savez-vous le nombre de vols qui se produisent sur les chantiers ? Les gens volent tout ce qu'ils sont capables d'emporter. Des matériaux, comme des tuyaux de cuivre, des générateurs, des foreuses, tous les outils. À Bethany Run, nous ne sommes pas assez gros pour avoir un type comme lui, mais Campanile, si.

Rose tâcha de s'imaginer la chose.

– Alors Mojo serait tout le temps sur la route pour aller inspecter les sites de chantiers de Campanile, vérifier les questions de sécurité ?

– Oui, bien sûr.

– Cela signifie qu'il aurait accès à tous les sites, à toute heure. Il aurait même les clefs.

Warren leva les deux mains en signe de dénégation.

– Arrêtez, attendez, n'allez pas encore vous emballer.

– Il aurait pu trafiquer le micro-ondes ou déposer les pots de laque en salle des professeurs.

– C'est dingue. Il eut un rire moqueur. Jamais il ne ferait ça, et puis, il n'est pas électricien. C'est un type de la hiérarchie. J'aimais Kurt et Hank comme si c'étaient mes frères, mais je ne pense pas qu'on les ait assassinés.

– Moi, si. Rien qu'à formuler la chose à voix haute, elle sentit un frisson lui parcourir l'échine.

– Erreur. Kurt a fait un mauvais choix, et Hank n'a pas réfléchi, et maintenant, ils ont tous les deux disparu. Rien ne pourra les ramener, et il ne faut pas chercher à voir une quelconque autre signification à leur mort. Warren désigna le côté gauche de la rue. Voilà la gare.

– Eh bien, merci de votre aide. Rose s'engagea sur l'aire de parking.

– Je vous en prie. Il descendit de sa voiture, prit son sac de voyage et se pencha vers elle. Vous allez laisser tomber, non ?

Rose pensa à Leo, qui lui avait dit la même chose.

– Je ne pourrai jamais laisser tomber.

– À votre guise. Portez-vous bien.

– Vous aussi. Elle le regarda s'éloigner, en se demandant quoi faire ensuite. Elle repensa à Mojo et à son pistolet, et elle avait besoin d'en savoir davantage. Elle prit son téléphone, ouvrit son navigateur internet et tapa « Joseph Modjeska » sur Google. Il y avait une page entière d'entrées, et elle cliqua sur le premier lien :

« Effraction au siège d'une société

"...Le directeur de la sécurité, Joe Modjeska, s'est déclaré satisfait de constater que les locaux de Campanile n'avaient pas été cambriolés, et que tous les ordinateurs portables étaient..." »

Elle cliqua et lut encore quelques dépêches, mais ce n'étaient que des communiqués de presse, accompagnés de photos de Mojo au tournoi de golf des célébrités, avec Justin Timberlake et Charles Barkley. Elle fit défiler la page Google pour remonter dans le temps et tomba sur le communiqué de presse annonçant l'engagement de Mojo :

« Le PDG de Campanile, Ralph Wenziger, est heureux d'annoncer la nomination de Joe Modjeska au poste de nouveau directeur de la sécurité de la compagnie. Wenziger a déclaré : "Joe nous rejoint en nous apportant son immense compétence, après avoir passé quatre ans au sein de l'inspection de la santé et du travail de l'État du Maryland..." »

Elle consulta la date de ce communiqué. C'était il y a moins de six mois, ce qui signifiait que Mojo était nouveau chez Campanile. Cela paraissait curieux. En écoutant Warren, elle n'avait pas compris que Mojo était un employé de fraîche date. Elle surfa du côté du site des Pages blanches, tapa son nom et trouva son adresse.

837, Hummingbird Lane, Malvern, Pennsylvanie.

Elle la saisit dans son GPS et appuya sur recherche.

Elle se gara devant la maison de Mojo, qu'elle découvrit non sans surprise. C'était une sorte de manoir en pierre des champs, un édifice flanqué de deux ailes imposantes et à la porte d'entrée majestueuse. L'arrière de la propriété était ceint de grands arbres, formant un écran sur fond de ciel d'automne, la maison proprement dite étant perchée au sommet d'une forte pente, tellement en retrait de la rue qu'elle n'eut pas à se soucier de se faire repérer. Au jugé, elle évalua la propriété à 1,5 million de dollars – et elle était pratiquement devenue experte en la matière. C'était elle qui avait recherché leur maison de Reesburgh et elle avait épluché les annonces du site de la base de données de tout l'immobilier américain comme d'autres écument les sites pornos.

Quelque chose lui échappait. Mojo avait passé les quatre dernières années à travailler pour l'inspection du travail de l'État du Maryland, et six mois seulement chez Campanile. Même s'il gagnait une fortune à présent, comment avait-il les moyens de s'offrir une maison pareille ? Quel genre de directeur de la sécurité possédait une maison dépassant le million de dollars ? Quelle espèce d'employé de l'État ? Son téléphone l'interrompit dans ses conjectures en l'avertissant de la réception d'un SMS. Elle le prit et tapa sur la fonction *texte*. C'était Leo :

« Désolé, je suis trop occupé pour rappeler. Ça va ? »

Elle soupira. Le message n'avait rien de chaleureux et de douillet, mais au moins, son mariage existait encore. Elle tapa sur répondre.

« Oui. Bon courage. Baisers. Moi. »

Elle vérifia l'horloge du tableau de bord : 19 h 15. Le ciel s'assombrissait, et elle sentait l'air fraîchir par la vitre ouverte. Elle repensa à Melly et John, et elle appela Gabriella, qui décrocha après la première sonnerie.

– Rose, comment vas-tu, ma chérie ? Ça s'arrange ?

– Oui, merci. Vous tenez le choc, tous les deux ?

– Tout va merveilleusement. Melly est encore sortie

avec Mo, et John va bien, lui aussi. Il a découvert mon bracelet, et ça l'amuse à n'en plus finir. Il a des goûts de luxe, ce garçon.

Rose observait toujours la demeure de Mojo.

– Je n'ai pas encore tout à fait terminé. Pouvez-vous résister encore un jour ou deux, et je vous tiens au courant ?

– J'espère bien que tu vas nous les laisser jusqu'au week-end. Melly jardine avec Mo. Attends un peu de voir le résultat.

– Merci infiniment, fit Rose avec gratitude. Cela me rend vraiment service.

– Nous le savons, et maintenant je vais te laisser. J'ai un bébé à qui je dois apprendre à dire mamie. Baisers, à plus tard.

– Je t'embrasse, moi aussi. Rose appuya sur *fin* et regarda le soir tomber. Rien qu'à observer cette maison, elle se sentait un peu perdue. Elle était tellement habituée à sonder ses idées auprès de Leo, et il lui était difficile de réfléchir sans être accompagnée. Son regard tomba sur l'avant-dernier SMS, dont elle n'avait pas entendu la notification. Il venait d'Annie.

« Qu'est-ce que cette histoire au sujet de Thomas Pelal ? Appelle, s'il te plaît. Tu vas avoir besoin de moi, maintenant. »

Rose entra dans son répertoire téléphonique, repéra le numéro d'Annie et appuya sur *appel*.

CHAPITRE 16

Rose était assise en face d'Annie, à côté d'une table encombrée de reliefs d'un plat de poulet rôti livré par le service d'étage. L'arôme du romarin flottait encore dans la petite chambre d'hôtel, dont la fenêtre donnait sur Philadelphie et la rivière Delaware, aussi noire et dense que les écailles d'un python. Elle avait tout raconté à son amie Annie concernant Thomas Pelal, ce qui les avait toutes deux fait fondre en larmes, puis elle l'avait informée du reste, y compris le manoir de Mojo.

– Bon, bon, bon, Annie se gratta la tête, ses ongles mal taillés enfouis entre ses courtes mèches tire-bouchonnées. Ce type, là, ce Mojo, c'est un barjo. Il lui faut un pistolet pour quoi, pour protéger des tuyaux en cuivre ?

– Je sais. Rose avait les bras croisés autour des genoux qu'elle avait ramenés contre sa poitrine, et elle voyait enfin confirmer la justesse de ses soupçons. Donc, je ne suis pas cinglée ?

– Non, je pense que ce type sent mauvais, et cela m'inquiète pour ta sécurité. Annie changea de position dans sa chaise en tissu à motifs, en tiraillant l'ourlet de sa robe bain de soleil blanche sur ses jambes minces. Elle était pieds nus, les ongles vernis rouge vif. J'en conclus que tu ne disposes pas d'assez de preuves pour alerter la police de l'État, mais pourquoi tu n'engages pas un détective privé ? Ce serait plus sûr.

– Il reste encore à en trouver un, et pour le moment j'ai le sentiment de savoir ce que je fais, et j'ai envie de le faire moi-même. J'ai envie d'aller au fond de cette histoire, et en un sens je crois être la seule à pouvoir.

– Et si cela laissait penser à autre chose, te concernant ? Annie fit la moue. Et si tu te sentais coupable au sujet d'Amanda au point d'essayer d'inventer une intention criminelle derrière cet incendie, pour éviter que l'on t'en impute la faute ?

– Non, je préférerais que toute la ville ne me déteste pas, c'est vrai, mais cela n'a rien à voir. Ce n'est pas de moi qu'il s'agit, mais d'Amanda, et même de Melly.

– Tu essaies de te racheter pour ce qui s'est passé ce soir-là, avec Thomas Pelal ?

– Je ne crois pas.

– Pourquoi ne m'as-tu jamais parlé de lui, Rose ? Annie inclina la tête, cette question était posée avec gentillesse. Je ne t'aurais pas jugée. Cela aurait pu arriver à n'importe qui.

– J'avais honte, j'étais gênée. C'est épouvantable. Rose se passa la main dans les cheveux. Mais j'ai fini par lâcher prise, avec lui. Je porterai toujours le deuil de sa mort, mais là, c'est autre chose.

– Ça, je comprends. Annie redressa la tête, jaugeant son amie d'un œil calme et sombre. Tu sais, je perçois un changement chez toi. Tu fouilles en profondeur. Tu cherches à réellement comprendre ce qui se passe.

– Au lieu de m'enfuir ?

– Oui. Annie eut un sourire plein de douceur. Je suis fière de toi.

– Merci, fit Rose, touchée.

– Le seul problème, c'est que je suis aussi inquiète. Et Annie fit de nouveau la moue. Ces gars-là ne jouent pas. Cela ne me plaît pas trop que tu les espionnes, et ils ne vont pas apprécier, eux non plus.

– Je sais. Rose avait fini par s'inquiéter, elle aussi. Elle était jeune maman, et la vision du pistolet de Mojo ne la quittait plus.

Le visage d'Annie s'éclaira.

– J'ai une idée. Tu vas rester passer la nuit ici, non ? J'ai un lit supplémentaire.

– J'aimerais bien, si cela ne t'ennuie pas. Je n'ai pas envie de rentrer à Reesburgh. Je suis un peu le cul entre deux chaises. Elle n'ignorait pas où se situait le véritable problème. Je déteste qu'on se dispute, avec Leo.

– Je te comprends. Annie secoua la tête. Regarde-nous, toutes les deux. Deux sauvageonnes qui se sont transformées en épouses.

– Je m'en rends compte, tu sais. Rose songea à la manière dont elle retrouverait Leo, sans savoir comment cela se déroulerait, puis au jour où elle remettrait Melly à l'école, sans savoir non plus comment cela se passerait. Tout d'un coup, je ne cadre plus avec mon ancienne vie.

– Tu n'as jamais cadré. Maintenant, tu as enfin cette chance. Te créer une vie qui te corresponde. Leo finira par changer de point de vue. Vous traversez une mauvaise passe, voilà tout. C'est ça, le mariage.

– Nous verrons. Rose savait que c'était plus compliqué que cela. Il faut qu'on modifie deux ou trois aspects de notre comportement, l'un comme l'autre.

–C'était justement ce que je pensais. Annie se leva, rédynamisée. Pour cela, je peux t'aider.

–Comment?

–Lève-toi. Ce soir, tu restes ici, et il va falloir qu'on s'y mette tout de suite. Annie était déjà en mouvement, elle alla récupérer ses sacs de couleur noire, empilés comme des billots près du porte-bagages.

–Qu'y a-t-il?

–Tu vas voir.

Annie exerça sa magie, et Rose garda les yeux fermés. Son vanity-case était couvert de poudres, de blush, d'applicateurs de mascara, de cotons-tiges utilisés, de petites éponges blanches en forme de demi-lunes, comme autant de minuscules quartiers d'une pièce montée de mariage. Elles avaient déjà réalisé le plus gros la veille au soir et, ce matin, elles procédaient aux dernières touches. La chambre d'hôtel était lumineuse et baignée de soleil, avec en fond sonore le «Today Show» à la télévision –Meredith Viera interviewait un chef français.

–Tu as presque fini? Les yeux clos, Rose but une gorgée de son café qui refroidissait. Elles avaient de nouveau commandé un repas au service en chambre, et elle était prête à partir. Elle avait déjà imaginé ce que serait sa prochaine initiative.

–Maintenant lève les sourcils, mais sans ouvrir les yeux. Deux minutes, avant la révélation finale.

Rose sentit le pinceau souligner ses sourcils.

–Cela n'a pas besoin d'être parfait.

–Reste tranquille, sinon je t'oblige à porter un faux nez.

–Je n'ai pas besoin de faux nez.

–Comment ça? Je crée les plus beaux faux nez du métier. C'est une honte qu'il ne t'en faille pas un. C'est comme de commander du saumon dans un restau de viande.

–Merci, mais pas de nez pour moi. Dépêche-toi un peu.

–D'accord, tu es mon chef-d'œuvre. Ouvre les yeux.

–Incroyable! Rose regarda son reflet et faillit ne pas se reconnaître. Ses longs cheveux aux tons foncés avaient disparu, car ils étaient désormais teints d'un rouge chaud et crantés, avec un savant balayage autour des oreilles. Annie lui avait remodelé les sourcils, modifié la couleur, désormais d'un brun rougeâtre, et lui avait aussi assombri la peau avec un fond de teint. Personne ne la reconnaîtrait plus d'après les images d'elles diffusées à la télévision ou dans les journaux, et c'était exactement ce qu'il lui fallait pour mener à bien ses plans de la journée. Elle posa son café. Merci infiniment!

–Autre chose. Tu vas mettre ceci. Elle lui tendit une paire de grandes lunettes de vue, en plastique rose. Atroces, hein?

–Beurk. Rose les chaussa. Où les as-tu dégottées?

–Dans une boutique rétro, au Village. Elles datent de 1982, environ. Maintenant, te voilà prête pour devenir madame Machin, n'importe où dans l'Amérique profonde. Ta beauté naturelle si caractéristique a to-ta-le-ment disparu, et tu as tout ce qu'il faut pour te faire oublier.

–C'est génial.

–Je t'en prie. Annie rangea son crayon noir à sourcil. Tes sparadraps, ça va?

– Oui, merci. Rose vérifia sa main et sa cheville. Ses brûlures guérissaient gentiment, et elle s'était débarrassée de ses bandages.

– Maintenant, sois prudente et reste en contact. Et ne porte plus tes lunettes de soleil. Le regard des gens s'attarde sur celles qui portent des lunettes de soleil. J'adore ta coiffure.

– Moi aussi. Rose secoua la tête, comme Google quand elle se séchait. Je me sens si libre !

– Toutes les femmes sont comme toi. Annie rassembla ses poudriers. Il n'y a que les femmes pour associer une coiffure à la liberté. Nous sommes libres, mesdames. Nous avons le droit de vote, maintenant.

Rose la serra dans ses bras pour prendre congé.

– Cela t'ennuie si je te laisse ranger ?

– Pas de souci. Va nous les choper, tigresse.

– Je suis partie. Rose alla récupérer son sac, mais s'arrêta net quand elle vit l'écran de la télévision. On y diffusait un flash d'info local, et le visage de Tanya Robertson remplit le cadre. Une photo d'Amanda Gigot s'afficha derrière elle. Annie vint la rejoindre, dans son dos, et elles se figèrent toutes les deux debout devant les infos, sans rien dire ni l'une ni l'autre.

Oh, non. Je t'en prie, sois en vie.

« La jeune Amanda Gigot n'est pas sortie du coma, et ce matin elle lutte toujours pour rester en vie, pendant que la ville de Reesburgh réagissait dans la matinée au rapport officiel du capitaine des pompiers du comté, qui a établi que l'incendie de l'école était accidentel. Mardi, les élèves sont retournés en classe pour leur première journée complète, le programme de reconstruction de la cantine est en place, et la vie retourne à la normale dans cette charmante communauté déchirée par la tragédie et la discorde. »

Rose secoua la tête.

– Ils ne recherchent même pas d'agissements intentionnels.

À la télévision, Tanya Robertson continua.

« Le bureau du procureur de district signale qu'il poursuit son enquête, et des inculpations en relation avec l'incendie de l'école et les lésions d'Amanda Gigot suivront dès que leurs investigations seront terminées. »

– Cela me concerne, fit Rose, subitement plus inquiète, et Annie lui donna une tape dans le dos.

– Allez, vas-y, montre-leur qu'ils se trompent.

– C'est parti ! Rose attrapa son sac, se ressaisit et, un quart d'heure plus tard, elle était de retour dans sa voiture, en route vers le sud, sur l'Interstate 95. Le soleil se levait, le ciel était dégagé, et la route s'ouvrait devant elle. Ses cheveux courts voletaient dans le vent, et sa résolution était plus forte que jamais.

Elle serait là-bas dans deux heures.

Elle releva ses fausses lunettes sur son front et s'approcha de l'accueil, en tenant en main un bloc sténo qu'elle avait acheté au drugstore du bout de la rue. Les bureaux de l'inspection du travail de l'État du Maryland étaient exigus et encombrés, avec un portemanteau à l'ancienne, un faux ficus en pot et un support à parapluies. Des chaises dépareillées, du mobilier typique de l'administration, étaient regroupées dans la salle d'attente autour d'une table basse branlante couverte de piles de formulaire du département du travail du Maryland, d'une brochure multicolore intitulée « La sécurité sur le lieu de travail et VOUS», et un exemplaire défraîchi du magazine *People*.

– Puis-je vous aider? lui demanda une femme afro-américaine assez âgée, derrière le comptoir de l'accueil, avec un sourire aimable.

– Bonjour, je m'appelle Annie Adler. Rose était certaine que ce serait son dernier mensonge, mais le sevrage de but en blanc était difficile. Joe Modjeska m'envoie chez vous. Vous savez, Mojo? Il travaillait ici, il y a encore à peu près six mois.

– Mojo! Bien sûr, comment va-t-il? J'adore cet homme.

– Il va très bien, il travaille pour Campanile, juste de l'autre côté de la frontière, en Pennsylvanie.

– Je sais. Il a toujours dit qu'il était fait pour des postes plus importants. Un grand gaillard, et la personnalité qui va avec.

– À qui le dites-vous. Il est à soixante-trois sous le par, maintenant, et il ne parle plus que de ça.

– Le golf, le golf et encore le golf. Cet homme ne vivait que pour le golf!

– Ils sont tous pareils, non? Moi, je ne vis que pour les chaussures.

– Ha! La femme lui tendit la main par-dessus son comptoir. Je m'appelle Julie Port. Que puis-je pour vous?

— Je suis pigiste pour *Hunt Country Life*, un magazine qui paraît dans le sud de la Pennsylvanie, là où habite Mojo. Elle brandit son bloc sténo. On réalise un petit profil sur lui, et je me demandais s'il ne serait pas possible de vous poser une ou deux questions à son sujet. Il m'a dit que cela ne devrait pas vous embêter, et un peu de bonne presse ne pourrait que lui être utile.

– Mais bien sûr. Julie vérifia la salle d'attente, qui était déserte. On n'est pas très occupés, aujourd'hui, et je peux vous accorder quelques minutes. Si cela peut aider Mojo, j'hésite pas. Elle passa sur le côté, ouvrit une porte battante et, d'un geste, l'invita à la suivre. Venez avec moi. On va aller en salle de repos.

– Merci. Rose la suivit, elles passèrent devant des collègues qui discutaient au téléphone et tapaient sur leur clavier, puis elles se rendirent au bout d'un couloir, dans une salle à manger meublée de tables en formica et de chaises en plastique, où trônait un alignement de distributeurs automatiques.

– Je vous en prie, mettez-vous à l'aise. Julie lui désigna une chaise, et s'assit.

— Merci. Rose prit un siège, posa son bloc sténo sur la table, l'ouvrit à la première page et sortit son stylo de son sac à main. Alors, il a commencé à travailler ici il y a cinq ans à peu près. Il était chez Homestead, avant, c'est ça, hein ? À Reesburgh ?

– Oui, c'est ça. Il était leur directeur de la sécurité. Le visage de Julie s'affaissa un peu, se creusa de rides, ses bajoues soulignant le coin de ses lèvres tombantes. Il l'a pris très mal.

– Qu'est-ce qu'il a pris très mal ? Rose ne comprenait pas ce qu'elle voulait dire.

– Il s'en est voulu, mais ce n'était pas faute, tout ça. Julie ponctua d'un claquement de langue. Les accidents de chariot élévateur, c'est ce qu'il y a de plus courant, et ce n'était pas sa faute si cet homme est mort.

Ouah. Rose comprit qu'elle faisait allusion à Bill Gigot.

– Mojo a un si grand cœur.

– Ça, c'est sûr, et c'était un excellent directeur de la sécurité, là-dessus, je suis formelle. Il est très minutieux.

– C'est l'impression qu'il donne, en effet.

– Oui, et d'après ce qu'il m'a raconté, l'éclairage était insuffisant, sur l'aire de chargement où cet homme travaillait, et il n'était pas vraiment expérimenté dans le maniement du chariot élévateur. En fait, c'est Mojo qui lui avait dégotté cet emploi dans le bâtiment des cacahuètes.

Rose prenait des notes en abrégé, mais pour de bon, cette fois.

– Le bâtiment des cacahuètes ?

– C'est là qu'ils fabriquent les crackers au beurre de cacahuète. Ils utilisaient un équipement spécial et tout, pour protéger les gens contre les allergies aux cacahuètes. C'est les réglementations de la Food and Drug Administration et de l'État.

– Donc, vous disiez.

– Enfin, pour en revenir à cette histoire, cet homme n'avait pas assez d'expérience pour manipuler un chariot élévateur. Parce qu'aussi, ils sont obligés de rouler sur des allées signalisées, et tout. Un chariot élévateur, ça se manie pas à la légère.

– Bien sûr que non. Rose continuait de prendre des notes.

– Mojo, il n'aimait pas causer de ce qui s'était passé, mais j'ai bien vu qu'il était sacrément triste, tout au fond de lui. Cet employé, il est tombé du haut de l'aire de chargement, sa tête a heurté le sol, il a été tué sur le coup. C'est Mojo qui l'a trouvé, en faisant sa ronde. Julie eut encore son claquement de langue. Il s'est arrangé pour que la veuve touche un joli chèque, sans même qu'elle ait besoin de porter plainte ou de les poursuivre en justice.

– Il est comme ça, Mojo, hein? Rose prit encore note, et Julie secoua la tête.

– Enfin, bon, y a jamais de bonne action qui reste impunie. Avant qu'il ait compris ce qui lui arrivait, Mojo, il s'est fait virer.

– Oh, non. Rose baissa la voix. Ils l'ont mis à la porte?

– Je pense qu'ils lui ont demandé sa démission, vous savez comment ils procèdent. Mais il était trop fier pour s'épancher, en tout cas avec moi. Julie se rembrunit. Vous n'allez pas mettre ça dans votre article, hein?

– Rien de tout ça ne paraîtra, je vous le promets. Rose réprima un petit pincement de culpabilité.

– Merci. Julie opina. Je vais vous dire un truc à son sujet. Après sa formation, il est entré ici comme directeur, mais il n'a jamais pris personne de haut.

– Il était chargé de quoi, ici?

– Oh, c'est vrai. Vous n'étiez peut-être pas au courant, parce que l'administration du contrôle réglementaire de Pennsylvanie est dirigée par les fédéraux. Julie se racla la gorge. Enfin, l'OSHA, la direction de la Santé et du Travail, gère les réglementations de sécurité de tous les personnels à l'extérieur de Washington. Mais certains États, comme le Maryland, ont aussi leurs propres agences de contrôle.

– Je vois. Rose continuait de noter, et Julie se prenait au jeu.

– Nous coopérons avec les fédéraux, et nous travaillons dur pour être sûrs que toutes les femmes et tous les hommes de cet État exercent leur métier en sécurité et dans des conditions saines.

– Et donc, Mojo est arrivé ici tout de suite après sa formation. Où s'est-il formé ?

– À Baltimore, avec tous les autres ?

– Pourquoi fallait-il qu'il se forme, puisqu'il avait été directeur de la sécurité chez Homestead ?

– Ça, c'était ce qu'il s'imaginait ! Julie s'esclaffa. Dans tous les cas, ici, on doit se former, mais lui, ce qu'il ne savait pas, c'est de quelle manière on procède, chez nous.

Rose réfléchit une minute.

– Je ne lui ai pas posé la question, mais à l'époque, était-il résident du Maryland ?

– Non, il avait dû venir s'installer ici.

Rose hésita, et Julie se pencha vers elle.

– Ensuite, vous allez me demander comment il a décroché ce poste, et ça, moi, je n'en sais rien. Il s'est installé dans le comté de Harford, juste à la frontière de l'État. Je savais qu'il ne resterait pas éternellement. Il avait envie de retourner en Pennsylvanie, et ils étaient en train de se construire cette maison. Vous avez vu comment c'est, chez lui ?

– Oui, c'est là que je l'ai interviewé.

– La famille de sa femme, c'est eux qui ont de l'argent. Ça, c'est de lui que je le tiens. Elle se pencha de nouveau vers son interlocutrice. Sinon, à votre avis, comment il aurait les moyens de s'acheter une maison sur mesure, surtout en la faisant construire par cette société, là, extrêmement chic ? Et qui lui a tellement plu qu'il est allé travailler pour eux.

– Campanile. Rose fit mine de prendre note, et subitement un néon se mit à clignoter au-dessus de sa tête.

– Ho-ho ! Julie leva le nez en l'air, avec une moue agacée. Et c'est reparti. Le service de la maintenance va encore devoir nous changer ce néon. Les néons, moi, je n'y connais rien, vous savez, ces longs trucs tout maigrichons.

– Moi non plus.

– Mojo, lui, il ne tolérait jamais ça. S'il était là, il montait sur une échelle, il attrapait un tournevis, il retirait ce panneau, là-haut, et il le changeait lui-même, le tube, sans attendre. Julie hocha la tête. Mojo, il sait tout réparer.

– Même les lumières ?

– Absolument. C'est une autre chose que vous ne savez sans doute pas sur Mojo. Ça, vous pouvez le mettre dans votre article.

– Quoi ?

– C'est un crack en électricité.

Survoltée, Rose reprit la route, fonça sur l'Interstate 95, direction plein nord. La circulation était plus fluide, et elle gardait le pied sur l'accélérateur, en dépassant les traînards. Elle se sentait pleine d'énergie, les nerfs à vif. Mojo ressemblait de plus en plus à un tueur ; il avait accès à l'école à toute heure, donc il avait pu placer les pots de laque en salle des professeurs, et il en savait assez côté circuits électriques pour trafiquer le microondes, dénuder un fil et provoquer une fuite de gaz.

C'était Mojo qui avait fait tout cela, elle le sentait, mais elle ignorait pourquoi. Campanile venait de construire l'école, alors pourquoi aurait-il voulu la faire sauter, surtout quand cela risquait d'entraîner des procédures judiciaires contre son propre employeur ? Elle fonçait sur cette autoroute, et un flot de questions ne cessait de l'assaillir. Pourquoi aurait-il voulu assassiner des enfants ?

Même s'il savait qu'ils seraient en récréation, ce serait courir un risque terrible, et ses actes avaient entraîné la mort de trois membres du personnel.

Elle doubla une Honda en douceur, en repensant à tout cela. En l'espace de quelques jours, il y avait eu deux autres morts, qui ressemblaient à des accidents sans en être et, après sa visite à Baltimore, elle se sentait encore plus paranoïaque. Elle n'avait pas compris que Mojo avait un lien avec Bill Gigot ; partout où Mojo se trouvait, la mort semblait le suivre, et elle commençait à se demander si celle de Bill Gigot avait été aussi un accident.

Elle filait vers sa maison, vers Reesburgh, mais elle ne savait pas encore quelle serait sa prochaine étape. À ce jour, elle ne détenait aucune preuve que Mojo ait commis un meurtre, et encore moins trois meurtres, ce qui lui interdisait toujours d'aller prévenir la police. Elle avait appelé Annie et Leo pour leur apprendre ce qui se tramait, mais ni l'un ni l'autre ne lui avait répondu, et cette fois, elle n'avait pas laissé de message. Elle était toute seule.

Elle emprunta la bretelle de sortie et, peu à peu, le terrain lui devenait de plus en plus familier. Des fermes aux façades à bardeaux blancs et de hauts silos bleus. Des parcelles de maïs et de soja ruisselantes de soleil, leurs feuilles rondes et vert foncé frémissant sous le souffle de vents invisibles. Elle traçait au milieu de ce paysage, en repensant à Bill Gigot et à Homestead. Elle n'était jamais entrée dans cette usine ; Melly et elle avaient manqué la visite de l'école sur place, car c'était l'année du cours préparatoire. Homestead avait accueilli des parades de Halloween et de Noël organisées par la ville, et l'entreprise finançait aussi une équipe dans ses championnats de softball et de basket-ball. À part cela, Rose en savait très peu sur cette entreprise.

Il était peut-être grand temps d'aller en apprendre davantage.

Après tout, elle était journaliste.

Elle sortit de sa voiture, sur le parking des visiteurs, huma l'arôme alléchant des frites en pleine cuisson et contempla l'usine Homestead, qui se situait de l'autre côté de la voie d'accès. Ce n'était pas un bâtiment unique, mais une série de cinq – d'immenses boîtes en métal ondulé, peintes d'un blanc éclatant, rehaussées d'une large bande jaune. Des nuages de vapeur s'échappaient des cheminées en acier et filtraient par les évents métalliques à la limite des toits plats, avant de se dissiper dans le ciel d'un bleu limpide. Rose savait qu'Homestead était une grosse société, mais elle ne s'était pas rendue compte que les locaux étaient si vastes.

Elle se retourna, percha ses fausses lunettes de vue sur son nez, mit son sac en bandoulière et se dirigea vers un trottoir rempli de gamins en sortie scolaire, encadrés par des enseignants, des moniteurs et des mamans, tout ce petit monde faisant la queue pour effectuer une visite guidée de l'usine. Elle se fraya un chemin entre ces files d'enfants vers l'entrée des bureaux de la direction de Homestead, un bâtiment imposant de trois étages, au design épuré, moderne, avec sa façade de brique sombre et ses vitres de verre fumé.

Homestead Snack Foods, ce nom était discrètement affiché en lettres jaunes, et elle arriva devant les portes de l'administration générale, franchit le seuil et se retrouva dans un atrium aménagé en espace d'attente, haut de deux étages, dominé par la présence d'un lustre très contemporain en verre dépoli. Un bureau d'accueil rutilant trônait au fond de la salle, mais la réceptionniste était occupée au téléphone, la tête baissée.

Rose regarda autour d'elle. Il y avait sur sa gauche un espace d'attente où deux messieurs en costume discutaient devant une table basse en verre et, sur la droite, une vitrine contenant des produits Homestead, qui était flanquée par une autre, plus grande, où étaient exposées des récompenses en verre gravé et plexiglas. Elle renfermait notamment un ensemble d'épis de cristal et des trophées annuels de la sécurité – et elle n'eut aucun mal à deviner en quelle année ils avaient été décernés : sept ans plus tôt, à la mort de Bill Gigot.

– Puis-je vous aider ? fit la réceptionniste en s'adressant à elle, et Rose se retourna, puis se figea aussitôt. Cette réceptionniste était l'une des mamans de l'école, mais pas de la classe de Melly. Elle n'avait pas d'autre choix que de miser sur son déguisement, exécuté de main de maître.

– Hello. Elle s'approcha du comptoir. Je m'appelle Annie Adler.

– Bonjour, fit la jeune femme, sans la reconnaître, apparemment.

– Je travaille pour *Home Cuisine*, un nouveau magazine. Nous publions un reportage sur les ménagères qui confectionnent elles-mêmes leurs chips, et je me demandais si je ne pourrais pas discuter avec quelqu'un des procédés de cuisson qui se pratiquent chez un grand acteur du secteur, comme Homestead. J'aimerais vraiment en savoir davantage sur votre fonctionnement, notamment au sujet de vos procédures de sécurité sur le lieu de travail.

– Bien sûr. La réceptionniste lui sourit poliment. Voudriez-vous convenir d'un rendez-vous pour la semaine prochaine ? Notre directrice des relations publiques, Tricia Hightower, est occupée cette semaine. La Harvest Conference, l'assemblée annuelle du groupe, se tient ici, au siège, avec tous les cadres et les principaux commerciaux de toutes nos succursales.

– Merci, mais j'ai fait une longue route. A-t-elle une assistante, ou quelqu'un d'autre à qui je puisse m'adresser ?

– Non, Tricia gère personnellement toutes les relations presse.

Rose essaya un autre angle d'attaque.

– Puis-je parler avec quelqu'un au département production, éventuellement un chef d'atelier ? J'aimerais beaucoup m'entretenir avec une personne qui occuperait la position idéale pour me livrer sa perception des choses de l'intérieur.

– Désolé, ce n'est pas notre politique, et aujourd'hui, c'est « jour de groupes », donc si vous ne faites pas partie d'un groupe, aucun accès à nos locaux n'est autorisé. Maintenant, voulez-vous convenir d'un rendez-vous pour la semaine prochaine ? Puis-je prendre un numéro de téléphone, et elle vous rappellera ?

— Non, merci, c'est au-delà de ma date de bouclage. Rose n'avait qu'une envie, se sortir de là, tant que c'était encore possible. Je rappellerai. Merci de votre patience.

– Je vous en prie, fit la réceptionniste, et Rose tourna les talons, se dirigea vers la porte. Elle posa le pied sur le trottoir, respira encore des relents de pomme de terre frite et, préoccupée, marcha vers sa voiture. Elle ne savait pas trop quoi faire ensuite, mais elle avait encore envie d'en savoir davantage sur Mojo et l'accident de Bill Gigot. L'entreprise avait sans doute dû déposer toutes sortes de rapports sur l'accident, mais elle ignorait comme se les procurer. Jouer les fausses journalistes avait ses limites.

– En rang, Jake ! cria l'un des enseignants à la cohue des enfants. Allez, jeunes gens, tenez-vous bien, on y va !

Rose se faufila entre des enfants très dissipés, que les enseignants et les mamans houspillaient comme de jeunes veaux égarés. Une équipe d'employés de Homestead les aida à les regrouper pour entamer la visite de l'usine.

– Excusez-moi, fit l'un de ces employés en s'adressant à Rose. Vous n'êtes pas avec le groupe de l'école élémentaire du Saint-Rédempteur ? Vous êtes tous inscrits, et votre groupe part tout de suite !

– Moi, répondit-elle, avant de se ressaisir. Elle n'avait aucun autre moyen de pénétrer dans l'usine, et elle avait envie d'en savoir plus sur cette aire de chargement, où Bill Gigot avait trouvé la mort. Attendez-moi, j'arrive !

On la guida dans la traversée d'une boutique de cadeaux bondée, remplie de snacks Homestead, de T-shirts, de casquettes de baseball, de chaînes porte-clefs, de livres de cuisine et de pommes chips en forme de peluches, le tout portant le sigle de la marque Homestead. Vers le fond, cette boutique se resserrait en un étroit goulet, un passage qui débouchait sur un hall où se répercutaient les éclats de voix de tous ces gamins surexcités.

– La salle de cinéma, c'est par ici! s'exclama une employée de Homestead, aux cheveux noués en queue-de-cheval. Nous allons voir un film!

Elle n'avait pas d'autre choix que de suivre le mouvement, même si visionner un film vidéo d'entreprise, avec des personnages de chips qui parlent, était bien la dernière chose à laquelle elle ait du temps à consacrer. Fort heureusement, le film en question ne durait que douze minutes, l'équivalent de la faculté de concentration d'un gamin de six ans – et de celle d'une maman qui s'efforçait de solutionner un meurtre.

– Suivez-moi, je m'appelle Linda! lança l'employée à la queue-de-cheval, et on conduisit le groupe au bout d'un couloir, puis d'un autre. Les enfants pouffaient de rire, se pointaient du doigt, se bousculaient, et Rose en conclut qu'il y avait décidément une place toute particulière, au ciel, réservée aux enseignants et aux mamans qui les encadraient lors des sorties scolaires.

– D'abord, la fabrique de bretzels, et ensuite, la fabrique de chips! annonça Linda, en les précédant dans un large corridor jalonné de fenêtres aux vitres en plastique, hautes du sol au plafond, offrant une vue dégagée sur le volume de l'usine, deux étages plus bas. Le groupe de l'école du Saint-Rédempteur fusionna avec deux autres groupes scolaires déjà présents sur les lieux, et Rose respirait, elle se sentait moins oppressée. Toutes les mamans allaient penser qu'elle faisait partie d'un des autres groupes.

Linda entama son laïus.

– Alors, Homestead Snacks a débuté avec la famille Allen et, aujourd'hui, c'est devenu un groupe multinational de produits alimentaires qui possède plus de trente kilomètres carrés de terrain à Reesburgh, et notamment un hôtel, le Reesburgh Motor Inn, un complexe d'accueil, le Reesburgh Visitor Center, le musée de la Pomme de terre et d'autres encore.

Plus de trente kilomètres carrés ? Rose observa Linda, sidérée. C'était pratiquement la totalité du comté.

– Homestead emploie presque quatre cents personnes à son siège de Reesburgh, et beaucoup plus dans ses trente-cinq succursales d'un bout à l'autre des États de la côte Est. Linda désigna la fenêtre. Vous voyez ici la première étape de la cuisson des bretzels, le passage de la pâte au pétrissage, où elle est malaxée avant d'être extrudée, c'est-à-dire expulsée...

Rose cessa de l'écouter, préférant scruter le parterre de l'usine, en contrebas. C'était un vaste espace bien éclairé, occupé par des alignements d'équipements en acier trempé. Les murs étaient de parpaings badigeonnés en blanc, et le sol en carrelage industriel d'un rouge terne. Curieusement, il n'y avait là que six employés en combinaisons jaunes, exécutant des tâches diverses, les tympans protégés par des bouchons d'oreilles et coiffés de filets qui leur maintenaient les cheveux.

– Des questions avant que nous ne poursuivions la visite ? s'enquit Linda.

Rose croisa son regard.

– Vous avez tant d'employés, mais il n'y a que six personnes là, en bas, pour faire tourner toute cette fabrique de bretzel. C'est normal ?

– Bonne question ! lui répondit Linda, avec un entrain très officiel. La plupart de nos employés sont des chauffeurs routiers, et nous possédons une flotte de mille camions et camionnettes qui sillonnent les routes. C'est la machine qui effectue tout le travail de cuisson, ce qui évite à nos employés d'avoir à trop se fatiguer à des tâches pénibles, par ces températures étouffantes. Et puis, quelle que soit l'heure, de jour comme de nuit, vous ne verrez ici qu'un tiers des employés de notre usine, parce que nous travaillons vingt-quatre heures sur vingt-quatre, en trois équipes : de 6 heures à 14 heures, de 14 heures à 22 heures, et l'équipe de nuit, de 22 heures à 6 heures.

Rose se demanda combien de gens avaient pu assister à ce qui était arrivé, la nuit où Bill Gigot s'était fait tuer.

– C'est le même nombre d'employés qui travaille au sein de chaque équipe ?

– Non, il y en a beaucoup moins au sein de l'équipe de nuit. Et maintenant, allons-y ! Linda les précéda vers une autre fenêtre, qui surplombait de très larges tapis roulants convoyant lentement des bretzels à l'état de pâte encore crue jusque dans un four de vastes dimensions.

– Qu'est-ce que c'est que ces machins ? demanda un petit garçon en désignant des tuyaux rouges qui sortaient des machines.

– Ce sont des câbles. Maintenant, avant d'aller voir les chips, nous devons traverser des bureaux, ce que nous allons faire en vitesse. Voici le bureau de la directrice du contrôle qualité. Linda désigna une femme âgée coiffée d'un filet, en blouse de laborantine, derrière une vitre. Cette dame mange des pommes de terre chips cinq fois par jour. Qui a envie de reprendre son poste ? Les enfants poussèrent des hurlements, et Linda les pressa d'avancer. Ici, c'est le bureau du directeur de la sécurité. Comme vous voyez, tous nos employés portent des filets sur la tête et des bouchons d'oreille, et il y a même des filets pour la barbe !

Les gamins éclatèrent d'un rire tapageur, mais Rose, elle, songeait que c'était l'ancien bureau de Mojo, une petite boîte en parpaing blanc, avec une table de travail encombrée. Il n'y avait personne à l'intérieur.

– Le directeur de la sécurité effectue-t-il des rondes la nuit, pour contrôler le déroulement des opérations ?

– Tout à fait, oui, j'en suis certaine, lui répondit Linda, avec son sourire automatique. Il n'en fallait pas plus à Rose pour comprendre que la patience de cette petite dame avait des limites. Maintenant, nous allons passer à notre atelier d'emballage et notre entrepôt. Elle les conduisit devant le bureau portant un écriteau directeur de la sécurité, puis à la coursive du deuxième étage, qui surplombait un vaste espace rempli de cartons portant la marque d'Homestead empilés du sol au plafond.

– Vous voyez tous ces cartons ? Linda prit place à la fenêtre. Il y en a des blocs et des blocs, entassés là ! Ils seront expédiés dès demain, pas seulement dans tous les États-Unis, mais en Amérique latine, au Mexique, en Jamaïque, et aussi dans les Caraïbes. Vous voyez ce chiffre sur le côté du carton ? Nous connaissons la provenance de tous les ingrédients de nos bretzels, à quel endroit nous avons acheté la levure, la farine, le sel et le malt, en respectant les réglementations strictes de la FDA.

– J'ai une question. Rose leva la main. Julie avait indiqué que Bill Gigot travaillait dans le bâtiment des cacahuètes, sans qu'elle sache trop ce que désignait cette appellation. Y a-t-il un bâtiment des cacahuètes, ici, qui soit séparé des autres ? Mon fils aîné fait parfois de menues allergies aux arachides, et j'ai cru comprendre que vous fabriquiez des crackers au beurre de cacahuète.

Une autre mère hocha la tête.

– Mon fils fait une allergie aux cacahuètes, lui aussi. Une allergie très sévère. Nous devons tout surveiller, sinon il fait un choc anaphylactique. L'un de ses camarades et lui doivent prendre leurs repas seuls, à l'école, dans leur salle de classe. Le beurre de cacahuète, il leur suffit d'en respirer, ils peuvent en mourir.

Une troisième mère intervint.

– Ma fille souffre d'une allergie au gluten. Cela nous crée beaucoup de souci, mais au moins ce n'est pas mortel.

Les autres mères se mirent à parler de leurs enfants atteints, eux, d'allergie au soja et à d'autres denrées, et Linda leva la main pour réussir à placer un mot.

– Pour répondre à votre question, nous n'utilisons pas du tout de cacahuètes dans la préparation de nos produits, et ils sont tous sans cacahuètes. Nous fournissons une liste complète de nos produits sans allergènes, sans soja et sans gluten, et nous créons aussi des produits kasher, qui sont certifiés dans les règles.

L'autre maman se rembrunit.

– Mais vous fabriquez bien des crackers au beurre de cacahuète. J'en ai vu en vente, au supermarché.

– Nous ne les fabriquons pas, mais nous les vendons sous le nom de Homestead. Ils sont fabriqués par une autre usine, en dehors de l'État.

Rose songea à Bill Gigot.

– Mais à une période, vous fabriquiez bien des crackers au beurre de cacahuète, ici, non ? J'ai entendu parler d'un bâtiment cacahuètes...

– Oui, et nous fabriquons aussi des bretzels fourrés au beurre de cacahuète, mais pas dans ce bâtiment. Linda pointa le pouce dans son dos. Nous avons longtemps produit des crackers et des bretzels fourrés au beurre de cacahuète de l'autre côté de la route d'accès, derrière la voie ferrée. On appelait cela le bâtiment-cacahuètes, mais il a été réaffecté à la fabrication des bretzels fourrés au chocolat. Et maintenant, c'est l'heure des chips.

– C'est quoi, ça ? demanda le petit garçon aux lunettes, en pointant du doigt une longue tige métallique au mur de l'usine.

– C'est ce qui nous sert si quelqu'un est coincé dans la machine. Linda conduisit le groupe au bout du couloir. C'est comme un long et gros cure-dent.

Rose continua de suivre le mouvement, perdue dans ses pensées. Il était tout à fait possible que Mojo ait tué Gigot. C'était arrivé pendant le service de nuit, dans une unité plus petite et un bâtiment à part. Il ne devait y avoir là que deux autres employés et, en tant que directeur de la sécurité, Mojo aurait eu toute liberté d'agir. Il n'était pas impossible de donner à une blessure de chariot élévateur une allure accidentelle. Mojo aurait pu frapper Gigot à la tête, le tuer, puis l'asseoir au chariot et le faire basculer par-dessus le rebord du quai de chargement. Et, avec ses compétences en électricité, Mojo aurait su comment désactiver toutes les éventuelles caméras de surveillance.

La visite s'achevait, et elle regagna sa voiture, sortit ses clefs et ouvrit les portières à distance. Elle ne pouvait s'empêcher de penser à Bill Gigot, de se demander si on ne l'avait pas tué. Elle ne savait pas trop quoi faire pour en savoir davantage, et elle ne voyait toujours pas le rapport qu'aurait eu sa mort avec l'incendie de l'école, si rapport il y avait.

Elle traversa le parking des visiteurs, moins plein maintenant, où les enfants se mettaient en rang pour embarquer dans leurs bus. Il devait être une heure passée, le moment pour eux de retourner à l'école juste à temps pour la sortie. Elle consulta sa montre, et en fait, il était presque deux heures. Elle était sur le point de monter en voiture, mais elle regarda de l'autre côté de la voie d'accès, où des employés laissaient leur véhicule sur le parking et se dirigeaient vers l'usine. La deuxième équipe prenait son service à deux heures, et elle observa les employés, regrettant de ne pouvoir entrer avec eux pour en apprendre davantage sur la manière dont Bill Gigot avait été tué et voir à quoi ressemblait le quai de chargement du bâtiment des cacahuètes.

Elle fourra son sac à main dans sa voiture, la verrouilla de nouveau, glissa ses clefs dans sa poche puis marcha en direction de la voie d'accès. Elle ignorait comme elle allait entrer dans le bâtiment des cacahuètes, mais elle improviserait.

C'était une usine de chips, pas le siège de la CIA.

Elle suivit l'allée qui menait à l'autre bout de l'enceinte de l'usine en traversant la voie d'accès. Le terrain était en pente douce, et l'allée traçait une fourche, menant à droite vers l'usine principale, et à gauche vers un bâtiment plus petit, également en tôle ondulée, peint d'une bande jaune. Une voie ferrée unique le longeait, avec des wagons citernes noirs, et ce devait être le bâtiment des cacahuètes, où c'était presque l'heure de la deuxième équipe.

Une petite aire de parking se situait sur la gauche du bâtiment, et des employés sortaient de leurs voitures, se saluaient, et se dirigeaient ensemble, en un flux régulier, vers une entrée sur la gauche. Ils n'étaient pas très nombreux, une vingtaine à peu près, sans doute, ce qui signifiait que Rose serait repérable, malheureusement.

Elle élabora un plan improvisé à la hâte, prit la voie de gauche et remarqua alors un autre bâtiment, vaste et tentaculaire, avec plusieurs satellites qui s'y rattachaient par des allées. Quand elle s'en approcha, elle put lire un panneau, « Homestead – centre de conférences », décoré de citrouilles et d'un épouvantail assez effrayant. Un parking se remplissait, sur la droite, et elle devina que ces gens arrivaient pour assister à la Harvest Conference.

Elle arriva au pied des marches du bâtiment des cacahuètes, traversa pour pénétrer sur le parking des employés et approcha de l'entrée, fermée par deux portes jaunes. Des employés faisaient coulisser dans le lecteur leur carte plastifiée qu'ils portaient pendue à un cordon jaune autour du cou, et Rose emboîta le pas de deux femmes, une Blanche assez âgée et une Noire assez jeune, qui bavardaient entre elles. La jeune fit passer sa carte et franchit la porte, puis son amie la suivit, et ce fut le tour de Rose.

Elle se retrouva dans un hall avec les deux femmes, qui prirent toutes les deux une carte dans un plateau jaune fixé au mur et l'insérèrent dans le lecteur d'une pointeuse. Un écriteau annonçait à côté : « Information : protection auditive requise dans toutes les zones de production », avec cette mention moins officielle : « La sécurité, c'est le travail de tous ! »

La plus âgée des deux se tourna vers Rose, en lui souriant poliment. Elle avait une auréole de cheveux gris et bouclés et des lunettes à double foyer.

– Puis-je vous aider ?

– Oui, merci. Rose releva ses lunettes sur son front. Est-ce ici que vous fabriquez les bretzels fourrés au chocolat ?

– Oui, mais vous n'avez pas le droit d'entrer. Ce n'est pas ouvert au public.

– Je ne suis pas le public. Je m'appelle Annie Hightower. Je suis nouvelle, ici.

– Une nouvelle embauche ?

– Oui. Rose lui sourit, et de manière convaincante, espérait-elle. Je suis censée débuter la semaine prochaine, du côté du quai de chargement. Je suis une cousine de Tricia Hightower, aux relations publiques. Vous la connaissez ?

– Bien sûr, je l'ai déjà rencontrée, Tricia, mais personne n'a fait circuler d'offre d'emploi, à ma connaissance. La femme se tourna vers sa collègue plus jeune qu'elle. Hein, Sue ?

Sue avait l'air déconcerté. Elle avait des yeux vert clair, la peau mate et un joli sourire.

– Pas que je sache. On devrait appeler Tricia.

– On ne peut pas. Rose dissimula du mieux qu'elle put le paquet de nerfs qui lui nouait le creux du ventre. Elle est très occupée, avec la Harvest Conference. Elle m'a dit qu'elle me retrouverait ici pour me faire visiter, mais elle a dû oublier. Oh, non, ou alors, c'est moi qui en ai trop dit. C'est un poste qui va être à pourvoir. J'étais supposée venir jeter un œil avant de commencer.

– Ho-ho, je comprends. Sue grimaça. Il y a quelqu'un qui va se faire virer. Qui ça ? Vous savez conduire un chariot ?

Nom de Dieu !

– Non, attendez. Rose n'allait pas s'amuser à faire semblant de conduire un chariot élévateur. J'ai parlé de cette équipe-ci ? Désolé, je voulais parler de l'équipe de nuit. C'est pour ça que je suis là, maintenant. Tricia voulait que j'aille jeter un œil à un poste qui est encore occupé par quelqu'un, pour l'instant. Elle m'a dit que j'occuperais le même, mais que je remplacerais une employée de l'équipe de nuit.

– Ah, bien. Sue eut un grand sourire de soulagement. Si vous ne conduisez pas de chariot, je parierais que vous ferez partie des contrôleuses. Cela se passe juste à côté du quai de chargement.

– Je le savais ! Sa vieille amie lui jeta un regard. Francine va se faire virer, et elle le mérite, ça, c'est sûr.

– Depuis le temps. Sue opina en signe d'assentiment, et la femme plus âgée se tourna vers Rose, avec le sourire, en lui tendant la main.

– Annie, je m'appelle June Hooster, et bienvenue chez Homestead. Vous allez adorer, ici, c'est une super entreprise. Juanita, c'est la contrôleuse de notre équipe, et je vais vous présenter.

– Formidable, merci.

– Je me demande ce que Tricia va faire de vous. Vous demander de porter un uniforme ? Sue lorgna les mocassins de Rose. Et vous n'avez pas les bonnes chaussures. Il vous faut des « chaussures d'équipe », comme on les appelle.

– Désolée, elle ne m'a pas prévenue. Rose s'écarta, car une autre employée franchissait la porte, puis se dirigea vers une pièce au bout du couloir. Je n'ai pas envie de rentrer chez moi après m'être tapée toute cette route. J'ai même pris une baby-sitter.

– Ah, ça, c'est autre chose. Sue rigola, en lui donnant une petite tape sur l'épaule. Une baby-sitter, faut en profiter. Moi, quand j'en ai une qui vient, je me presse surtout pas de rentrer.

June sourit à Rose.

– Venez avec nous, on va vous procurer un uniforme et vous montrer les ficelles du métier. On n'a pas le droit de garder un téléphone portable ou un sac à main posé par terre, alors vous allez pouvoir ranger vos affaires dans un casier fermé à clef.

– Merci, mais j'ai laissé mon sac dans la voiture. Elle les suivit au bout du couloir et franchit une porte portant la mention « vestiaire femmes ». Elle avait honte de leur mentir, mais il était toujours difficile de respecter un régime sans mensonges aussi strict.

Surtout dans une fabrique de chips.

Elle se trouvait dans l'atelier à côté de Juanita, et elle avait l'impression d'être sa sœur jumelle, dans sa combinaison jaune, avec ses bouchons d'oreille et son filet à cheveux en tous points identiques. Seules dix employées travaillaient dans cette salle immense, qui contenait quatre imposantes chaînes de machines gérant une production presque entièrement automatisée, fabriquant des biscuits et des bretzels fourrés au chocolat avant de les répartir, après comptage, dans des sacs scellés et de les emballer dans des paquets en carton. Ces boîtes étaient ensuite acheminées à hauteur d'homme, sur un transporteur mu par des rouleaux en acier, jusqu'à Juanita et Rose, qui les passaient aux rayons X.

– C'est un boulot facile, alors faut pas vous laisser impressionner. Juanita ne quittait pas des yeux son appareil à rayons X. Il émanait de l'écran un rayonnement verdâtre, où s'affichaient douze cercles fantomatiques. Juanita désigna l'image, de son index à l'ongle vernis rouge sous ses gants de plastique transparent. Regardez. Tout ce qu'il faut faire, c'est vérifier qu'il y ait bien douze sachets par carton. Comme celui-là, vous voyez ?

– Oui. Rose hocha la tête. Et vous les comptez ?

– Oui, il faut bien, au début. Après, avec l'expérience, on évalue au jugé. Mais quand on débute, il faut les compter.

– D'accord.

– Regardez. Juanita fermait déjà le carton et l'envoyait poursuivre son circuit, sur le transporteur à rouleaux. Si c'est bon, vous fermez le carton. Sinon, vous le retirez de la chaîne, et vous le remettez là. Elle eut un geste vers une table à roulettes, derrière elles, à l'instant où une autre boîte roulait devant elle, qu'elle dut faire passer devant la machine à rayons X. L'écran vert s'alluma. Vous voyez, celle-là, elle est bonne, elle aussi.

– C'est difficile de suivre le rythme, remarqua Rose, et elle parlait sérieusement.

– En effet. Faut être rapide. Le principal, ici, c'est la production. Il faut maintenir les chaînes en action. Pas d'interruption.

– C'est comme *Charlie et la chocolaterie*, hein ?

– Parfois, oui, admit Juanita, avec un sourire.

Rose n'avait pas compris à quel point le travail en usine pouvait être stressant. Les boîtes arrivaient sans répit, et il régnait dans cette salle une chaleur excessive, malgré les grands ventilateurs industriels qui équipaient le plafond. Un bourdonnement sourd remplissait l'air, concurrençant celui des ventilateurs, et le sol vibrait sous les lourdes machines de la chaîne de fabrication.

– L'autre jour, l'une des chaînes est tombée en panne, et les ingénieurs ont réparé si vite qu'il y avait de quoi vous flanquer le tournis. Comme on dit, le temps, c'est de l'argent. Si une seule chaîne tombe en rade, cela coûte cent mille dollars. Une autre boîte fit son apparition, et Juanita la passa dans la machine aux rayons X, contrôla l'écran verdâtre, puis en referma les rabats. On ne peut pas laisser passer une boîte si elle contient moins de douze paquets. Ensuite, le client paie douze paquets, et n'en reçoit que onze.

– C'est pas bon, ça.

– C'est certain. Pas bon pour moi. Juanita désigna un code à l'encre noir sur le flanc du carton. Ce chiffre indique de quel lot il s'agit, et cela permet de le tracer jusqu'à l'équipe qui a commis l'erreur, ensuite Scotty déboule, et il me fait : «Juanita, c'est toi la contrôleuse, et tu as merdé. » On reçoit quelques avertissements, et ensuite, c'est la porte, comme pour Francine.

– Qui est Scotty ?

– Notre patron. Frank Scotty. C'est le chef d'équipe.

– Il est là ? Elle n'avait pas compté avec la présence d'un superviseur.

– En général, il fait un saut, mais là, avec la Harvest Conference, il a un peu les nerfs. Ils organisent une soirée avec toutes les grosses légumes. Juanita leva les yeux au ciel. Vous le verrez, Scotty, quand il passera. On travaille ensemble depuis dix ans.

– Ça fait un bail. Elle en déduisit que Juanita était là lorsque Bill Gigot avait perdu la vie, et elle pourrait encore détenir des informations sur sa mort, même s'ils n'appartenaient pas à la même équipe. Vous savez, Tricia m'a dit qu'ici, avant, on appelait ça le bâtiment des cacahuètes, à l'époque, hein, c'est ça ?

– Eh oui. On fabriquait des biscuits au beurre de cacahuète et les bretzels fourrés, ici. Il fallait séparer ça des autres produits, parce que dans l'usine principale, il n'y a pas de cacahuètes. Vous savez, à cause des allergies. On n'est pas garantis sans cacahuètes, il y a un tas de règlements vraiment compliqués, alors on se contente d'indiquer que c'est une production sans cacahuètes, comme beaucoup d'entreprises. Mais bon, ça, c'est maintenant. Juanita expédia la boîte vers sa destination, puis elle contrôla la suivante aux rayons X. À l'époque, on avait toutes sortes de procédures, il fallait tout séparer. Il fallait tellement faire attention, c'était casse-pieds. Regardez. Elle désigna l'écran aux rayons X et, dans un angle, elle avisa un emplacement vide, là où un paquet aurait dû se trouver. Un de manquant. Pas bon, ça, hein ? Occupe-t'en.

Rose attrapa le carton et le posa sur la table derrière elles.

– Bon travail, fit l'autre avec un sourire. Enfin, bon, à l'époque, les questions autour des allergies aux cacahuètes ont commencé à peser plus lourd dans la balance. Les commandes ont carrément chuté. Les écoles ont arrêté d'acheter tout ce qui pouvait contenir des cacahuètes. Les mamans ne voulaient plus courir le risque d'introduire dans l'école un petit goûter qui rende les autres enfants malades. Une allergie aux cacahuètes, un gamin peut en mourir, vous savez. Juanita en frémit. Je ne voudrais pas être responsable de la mort d'un petit. Moi, je pourrais pas vivre avec cette idée.

Rose revit fugacement Thomas Pelal, mais refoula aussitôt cette vision. Il fallait qu'elle oriente la conversation autour de Bill Gigot.

— Tout le commerce des cacahuètes a plongé, surtout les bretzels fourrés au beurre de cacahuète. Juanita positionna une boîte dans la machine à rayons X, effectua un balayage et envoya le colis fermé sur le transporteur à rouleaux. On avait quatre chaînes de fabrication dédiées aux produits à base de cacahuètes, on ne recevait plus de commandes, et ces chaînes restaient à l'arrêt des journées entières d'affilée. Pendant ce temps, les pépites fourrées au chocolat se vendaient, c'était de la folie, surtout dans les pays d'Amérique latine et dans les Caraïbes, surtout parce qu'il fait très chaud, là-bas, je crois. Avec le chocolat qui est à l'intérieur, ça ne vous salit pas les doigts comme les dragées M&M. Juanita se tourna vers elle, avec un clin d'œil. On n'avait pas assez de machines dans l'usine principale pour alimenter les commandes de pépites au chocolat, et ces machines, ici, dans le bâtiment cacahuètes, restaient sans tourner, parce qu'on ne pouvait les utiliser que pour les cacahuètes. Juanita contrôla une autre boîte à l'écran. On perdait de l'argent à la pelle.

Il fallait que Rose amène Juanita à lâcher ce sujet, mais elle était tellement bavarde.

— Si vous étiez là il y a dix ans, vous avez su pour...

– C'était la sale période. Les patrons voulaient passer de la production cacahuètes à la production chocolat, fabriquer des biscuits au chocolat, fourrer les pépites de chocolat, mais ça prenait du temps, d'organiser la bascule. On ne pouvait pas utiliser tout de suite les machines à cacahuètes pour fabriquer du chocolat. Juanita referma une autre boîte. Il fallait qu'on les nettoie complètement, ensuite, il a fallu les soumettre à l'inspection, et je ne sais quoi encore. Les machines restaient inertes, comme si elles étaient cassées. On n'avait pas de travail, on travaillait dans l'usine principale. On effectuait nos tournées. On faisait des remplacements. On balayait. Mais la paie n'était pas la même, les directeurs devenaient chèvres, et les chefs d'atelier aussi. On est resté en quasi-chômage technique pendant presque six mois, c'était il y a sept ans, je m'en souviens parce que mon cadet avait trois ans, et il vient d'en avoir dix.

Rose vit là une ouverture pour aborder le sujet Bill Gigot.

– J'ai entendu Tricia dire qu'il y avait eu un type qui était mort, ici, vers cette période.

– Ouais, Bill. Juanita pinça les lèvres, avec une expression sinistre. Il était de service de nuit, là où vous serez. Je me souviens, parce que j'étais malade d'inquiétude, à cause de Noël. On ne savait pas ce qu'on aurait les moyens d'acheter aux gamins, ou pendant combien de temps j'allais devoir accepter une paie réduite. Juanita surveilla l'écran aux rayons X. Finalement, on a redémarré avec les fourrés au chocolat, et même si on ne fabrique plus de pépites ou de biscuits fourrés aux cacahuètes, on n'inscrit toujours pas la mention « sans cacahuètes » sur les emballages. On ne peut pas courir le risque, à cause de la FDA et du risque de poursuites judiciaires.

– J'ai entendu dire qu'il avait eu un accident de chariot élévateur.

– Eh oui. Juanita désigna un endroit sur leur gauche. Par là-bas. Vous voyez le quai de chargement, d'ici.

– C'est à vous ficher la chair de poule. Rose se retourna, mais elle ne pouvait pas voir derrière l'angle du mur. Les accidents de ce genre, ça se produisait souvent ?

– Un accident mortel, ici, à Homestead ? Sûrement pas. Juanita jeta de nouveau un œil à son écran. Les chariots, ça peut être dangereux. Bill venait de l'usine principale, attendez, laissez-moi réfléchir. Je ne sais plus au juste quand il a commencé – Juanita positionna la boîte suivante –, mais je sais qu'en juillet, il était là. Je m'en souviens à cause des vacances. Nous avions organisé un pique-nique de l'atelier, et lui, c'était le nouveau, le type de l'usine principale. Les gens de la fabrique de cacahuètes restaient toujours entre eux. C'était un sujet de plaisanterie, entre nous. Elle eut un petit rire. Bill, c'était un chic type, et il avait intégré l'entreprise depuis un bout de temps. Et ensuite, tout d'un coup, je rentre, et j'apprends qu'il est mort.

– Je me demande comment c'est arrivé. J'imagine qu'il n'était pas très expérimenté dans le maniement du chariot.

– Si, si. Très. Il pilotait aussi un chariot à l'usine principale.

Rose ne saisissait pas. Mojo avait expliqué à Julie que Bill n'était pas expérimenté.

– Alors, n'est-ce pas étrange qu'il ait pu avoir un accident, alors qu'il était si expérimenté ?

– Non, des accidents, il en arrive aux gens expérimentés, justement. Je pense qu'il leur en arrive davantage, parce que les types rodés ne font plus si attention. Mon voisin est couvreur depuis trente ans, et la semaine dernière, il est tombé d'une échelle et il s'est cassé la jambe. Juanita secoua la tête en refermant les rabats de la dernière boîte. N'empêche, c'était tellement triste, quand Bill est mort.

– J'en suis sûre. Est-ce que quelqu'un a vu ce qui s'est passé, cette nuit-là ?

– Non, il n'y avait pas d'autres employés dans les parages. Nous étions en effectif réduit, à cause de ce que je vous ai expliqué. Juanita referma un autre carton. Quand ils l'ont retrouvé, il était trop tard. Il a saigné à mort.

– Mince ! Qui l'a trouvé ? Rose vérifiait ce qu'elle savait déjà.

– Le directeur de la sécurité. Joe Modjeska. Mojo. Juanita envoya une autre boîte sur le transporteur. Un super type.

D'accord.

– Vous étiez souvent en relation avec lui ?

– Mojo était tout le temps là. Il était tellement là, dans notre bâtiment, qu'on l'appelait M. Cacahuète. Juanita sourit, en faisant avancer la boîte suivante. Il a démissionné, mais j'ai entendu dire qu'ils l'avaient cherché. Le capitaine coule avec son navire.

– Pourquoi Mojo était-il si souvent là ? Vous aviez d'autres problèmes de sécurité, à l'usine principale ? Rose ne voulait pas paraître trop inquisitrice. Je n'ai pas envie de travailler dans un endroit où il y aurait un tas de soucis de sécurité, moi.

– Ne vous inquiétez pas, le nouveau type ne passe presque jamais. Juanita zyeuta de nouveau son écran. Mojo nous aimait bien, c'est tout, c'est ce qu'il disait. Il nous trouvait plus drôles, et c'est vrai. Elle sourit, et Rose l'imita, mais elle mourait d'envie de jeter un œil à ce quai de chargement, pour vérifier le reste du récit de Mojo.

– Je peux faire une pause pipi, chef ? demanda-t-elle.

Elle se rendit au quai de chargement, en ralentissant le pas comme si elle allait juste se balader. Deux hommes en uniforme phosphorescent vert citron, peut-être pour plus de visibilité, pilotaient des chariots élévateurs orange à la carrosserie tout éraflée, en filant sur le sol bétonné. Le quai de chargement était large et tout en longueur, le sol encombré de cartons d'emballage aplatis, empilés à côté de palettes où s'entassaient des caisses, sous film plastique, pour les réunir en blocs. Sur la gauche, il y avait un alignement de portes, comme des portes de garage, aux fenêtres rectangulaires, et deux de ces portes étaient fermées. Les autres étaient ouvertes sur des conteneurs de remorques et, à première vue, ces conteneurs ressemblaient à une longue série de chambres obscures.

Elle se souvint que Mojo avait dit à Julie qu'il faisait sombre, sur ce quai de chargement, mais il faisait aussi clair ici que dans les ateliers, avec des rangées de néons à nu fixés à un support métallique au plafond. Elle se demanda si l'on n'avait pas amélioré l'éclairage après la mort de Bill Gigot, et se dit de poser la question à Juanita. Même si sa mort était un meurtre, elle était curieuse de savoir si l'on n'avait pas modifié l'éclairage rien que pour sauvegarder les apparences.

Elle s'écarta, laissant passer l'un des hommes qui pilota un chariot chargé d'une palette de caisses sous film plastique jusque dans l'un des conteneurs. Deux gros phares équipant la cabine comme les yeux d'un gros crabe éclairaient sa route, et même si le quai de chargement avait été plongé dans l'obscurité, ces phares auraient remédié au problème. L'une des portes de garage était béante, sans camion stationné devant, et un rai de soleil le traversait comme un pilier à l'oblique. Rose s'imaginait très bien comment un opérateur de chariot élévateur pouvait frôler de trop près le rebord du quai et basculer, mais elle ne pensait toujours pas que c'était ce qui était arrivé à Bill Gigot.

Elle retourna vers l'atelier questionner Juanita à propos de l'éclairage, mais s'arrêta quand elle remarqua un homme qui s'approchait d'elle, au poste de contrôle. Il pouvait s'agir du superviseur, Scotty, et elle n'avait pas envie de courir le risque qu'il contacte Tricia. Elle fit volte-face, regagna le vestiaire et sortit du bâtiment en vitesse.

Cinq minutes plus tard, elle était dans sa voiture et sortait de l'enceinte de l'usine, sous le soleil de cette fin d'après-midi. Elle arracha d'un coup son filet à cheveux, ses lunettes, ses bouchons d'oreille et ses gants, mais ne s'arrêta pas pour retirer son uniforme. Elle ne pouvait courir le risque de se faire prendre, et elle avait la tête qui bourdonnait. Ainsi, Mojo avait menti au sujet de la mort de Bill Gigot en essayant de présenter la chose comme un accident, ce qui rendait le meurtre d'autant plus vraisemblable.

Elle mit les gaz, fonçant vers Reesburgh, et la circulation était déjà plus dense. Elle ne saisissait pas pourquoi

Mojo aurait tué Bill Gigot, et elle aurait aimé sonder Leo sur la question. Elle jeta un œil à l'horloge du tableau de bord – 17 h 15. Il devait tout juste sortir du tribunal, et elle réussirait peut-être à le joindre. Elle farfouilla dans son sac et en extirpa son téléphone, ralentit et, au premier feu rouge, elle tapa sur la lettre *L* comme Leo. Elle attendit que ça sonne, mais tomba sur la boîte vocale, et elle laissa un message.

« Rappelle-moi dès que tu pourras. Je t'aime. »

Elle appuya sur *fin*, puis composa le numéro d'Annie alors que le feu était encore au rouge, mais ça ne répondait pas non plus. Le feu passa au vert, et elle repartit à faible allure, en tâchant de se décider sur la suite des événements. Elle n'avait encore recueilli aucune preuve susceptible d'être communiquée à la police, et elle ne savait pas trop quel rapport le meurtre de Bill Gigot aurait eu avec l'incendie de l'école, en dehors du lien Mojo. C'était un puzzle où quelques pièces manquaient, mais curieusement, elle se sentait plus proche de la solution que jamais.

Elle roulait, les yeux fixés sur cette étroite portion de route nationale, et elle voyait à peine les arbres et leurs feuilles recroquevillées à travers le pare-brise. Son téléphone sonna. Elle n'identifia pas le numéro à l'écran, mais n'avait pas envie de manquer un appel, si c'était Leo ou Annie qui la contactaient depuis un autre téléphone, aussi décrocha-t-elle.

– Allô ?

– Rose ? fit une voix de femme, entrecoupée de sanglots. C'est... Kristen.

– Kristen, qu'est-ce qui se passe ? s'enquit-elle, tout de suite inquiète. L'enseignante semblait pleurer à chaudes larmes.

– J'ai besoin... d'aide. Je vous en prie... aidez-moi.

– Mon Dieu, c'est le bébé ? Est-ce que ça va ? Kristen, appelez le 911. Je ne pourrais pas arriver à Lavalette à temps.

– Non, ce n'est pas... le bébé. J'ai tellement peur. S'il vous plaît, j'ai besoin de vous parler. Je n'ai personne d'autre.

– Qu'y a-t-il ? Je suis là. Je peux vous écouter. Rose cherchait déjà une éclaircie dans la file de véhicules, afin de se ranger sur le bas-côté. De quoi avez-vous peur ? Que se passe-t-il ?

– Je ne peux pas vous en parler au téléphone. Ses sanglots s'espacèrent. Où êtes-vous ?

– À Reesburgh. Et vous, où êtes-vous ? Dans le New Jersey ?

– Je ne peux pas vous le dire, mais... j'ai besoin de vous voir. Quand nous aurons raccroché, je vous enverrai un SMS pour vous indiquer où et quand me retrouver.

– Pourquoi ? Que se passe-t-il ?

– Rose, tout ce que je vous ai raconté, c'étaient des mensonges.

– Que se passe-t-il ? Rose était dans sa voiture avec Kristen. La jeune institutrice avait compris que c'était elle, exceptionnellement bien déguisée, et ça l'avait rassurée. La nuit était tombée, et elles étaient garées en bordure d'un champ de maïs, en rase campagne, en périphérie de Reesburgh. L'air était pur et frais, et la seule lumière émanait de la pleine lune, des pleins phares de sa voiture et du tableau de bord, qui baignait le jeune visage de Kristen, révélant ses yeux mouillés. On voyait bien qu'elle avait enfilé son T-shirt gris et sa tenue de jogging à la hâte.

– Rose, je vous ai menti, sur tout. Enfin, sauf sur un truc. Je suis enceinte.

– D'accord. Rose essaya de dompter les battements de son cœur, qui martelait à tout va. Elle avait retiré son uniforme de Homestead, qu'elle avait enfilé par-dessus ses vêtements.

– Mais ce n'est pas le bébé de mon petit ami, comme je vous l'ai raconté.

– C'est le bébé de qui ?

– Heu... Kristen hésita. Disons simplement que j'aurais aimé que ce soit le sien, parce que c'est un garçon formidable. Et il n'a pas rompu avec moi, c'est moi qui ai rompu avec lui.

– Qui est le père du bébé ?

– Paul Martin. Le sénateur Martin.

Rose en resta bouche bée.

– Vous plaisantez ?

– Non. C'est la vérité.

– Mais il est marié, il est beaucoup plus âgé que vous, et c'est un sénateur des États-Unis.

– Je sais. J'ai longtemps cru que je l'aimais, mais j'ai dû perdre la boule. Kristen secoua tristement la tête. Nous nous fréquentions en catimini, depuis le début de l'été. Je l'ai rencontré en venant chercher des papiers à l'école, et des gens du district scolaire lui faisaient visiter le site du chantier. L'un d'eux nous a présentés, il m'a invité à parler de ma classe. Il m'a téléphoné, et nous avons commencé comme cela.

Rose se souvenait que le sénateur Martin était venu parler à la classe de Melly, sur l'incitation de Kristen.

– D'accord, alors racontez-moi ce qui se passe.

– Cette explosion à l'école, c'était moi qui étais visée. Je pense qu'il a tenté de me tuer.

– Le sénateur Martin ? Rose n'arrivait pas à se faire à cette idée. Elle avait cru que Kristen était impliquée dans cette explosion, mais il s'avérait qu'elle n'était pas la criminelle, mais la victime. Le sénateur Martin a essayé de vous tuer ?

– Enfin, il n'a pas agi lui-même, mais je pense qu'il a commandité la chose. Si je n'avais pas été absente cet après-midi-là, ils m'auraient tuée.

– Comment le savez-vous ? Qu'est-ce qui se trame, là, bon sang ?

– Paul connaît mon emploi du temps. Il sait que tous les vendredis, je déjeune seule, et que je me fais cuire un hamburger végétarien au micro-ondes.

– Comment sait-il ça ?

– Parce que c'est ce jour-là que nous nous parlions. C'était la seule fois de la semaine que nous nous parlions, pendant ma journée de travail. C'était notre secret. Elle se mordit la lèvre, les yeux luisants de larmes. Vous aviez raison. Marylou Battle se trouvait là où j'aurais dû être, exactement à la même heure, et je pense qu'ils ont trafiqué le micro-ondes pour qu'il explose dès que je m'en serais servi. C'est elle qui est morte, à ma place. Et Melly aurait pu se trouver là, elle aussi. Je suis tellement désolée, vraiment.

Rose n'avait pas envie d'entrer là-dedans, pas pour le moment.

– Le sénateur ne savait pas que vous seriez absente ce jour-là, que vous seriez souffrante ?

– Non. J'ai eu des nausées matinales, ça, au moins, c'était vrai, et à la dernière minute, j'ai décidé de ne pas me rendre à l'école. Je ne lui en ai rien dit. J'avais pensé l'appeler de l'école, à la même heure que d'habitude, comme nous le faisions toujours.

– Alors, pourquoi aurait-il voulu vous supprimer ? C'est parce qu'il ne veut pas du bébé ? À cause du scandale ?

– Bien sûr, il ne veut pas de ce bébé. Il redoute le scandale et un divorce, et il n'y a pas que cela. C'est à cause de ce que je sais, ou de ce qu'il croit que je sais. Elle soupira. C'est arrivé la fois où nous étions censés nous retrouver dans notre coin de campagne.

– Quel coin de campagne ?

– Une maison, à une heure d'ici à peu près, plus vers Washington. Elle appartient à l'un de ses amis, qui sait rester discret. Nous nous retrouvions là-bas quand Paul avait le temps. Il l'appelait notre nid d'amour.

Charmant.

– Nous étions censés nous retrouver, mais Mme Nuru voulait revoir tout un programme de leçons avec moi. Alors je l'ai appelé et je l'ai averti, mais ensuite, elle a annulé, et j'avais envie de le voir. Il n'a pas rappelé, mais de toute manière, il ne rappelait jamais, pas s'il y avait des gens autour de lui. J'y suis allé, mais il n'était pas seul.

– Une autre femme ?

– Non. Il était avec un homme.

– Il est gay ?

– Non, c'était un homme que je ne connaissais pas, et ils étaient installés au salon. J'avais ma clef, donc j'ai ouvert, et quand je suis entrée, j'ai senti que c'était tendu. Vous savez, vous sentez ce genre de tension flotter dans l'atmosphère, comme lorsque vous arrivez dans une pièce après une bagarre ?

– Oui.

– Paul ne m'attendait pas. Et l'autre homme non plus.

– Attendez. Paul, euh, le sénateur, n'avait pas reçu votre message ?

– Il n'avait pas dû consulter sa messagerie. Et puis parfois, les messages arrivent en retard, vous savez ? Cela ne vous arrive jamais ?

– Si.

Rose opina.

– Paul a fait sortir l'homme en vitesse, et ensuite, on a eu une énorme dispute.

– À quel sujet ?

– Paul craignait que je n'aie entendu de quoi ils parlaient, mais je n'avais entendu qu'une chose, et cela n'avait aucun sens. Le simple fait que je l'aie vu avec cet homme, ça le mettait en rogne.

– Qui était-ce ?

– Je ne sais pas. Mais ensuite, j'ai vu sa photo, à un tournoi de golf de célébrités.

Rose en eut le souffle coupé.

— Joe Modjeska.

Kristen cligna des yeux.

– Oui. Vous le connaissez ?

– Non. Il travaille pour Campanile, l'entreprise générale qui s'est chargée du chantier de l'école. Rose se redressa dans son siège. Quand les avez-vous vus ensemble ?

– Le mercredi avant l'explosion.

– Et l'explosion a eu lieu le vendredi. Rose reconstituait l'enchaînement. Modjeska est le type qui a laissé les pots de laque polyuréthane dans la salle, ce qui était censé vous tuer.

– Comment savez-vous tout cela ? demanda Kristen, décontenancée.

– Peu importe. Qu'est-ce que vous les avez entendus dire ? Cela n'avait aucune logique, pour vous ?

– Il était question de cacahuètes et de pays étrangers.

– Que voulez-vous dire ? s'enquit Rose, tous les sens en alerte.

– Ils parlaient de cacahuètes et de la Jamaïque, de l'Amérique latine, du Chili, d'une série de pays étrangers. Je lui ai demandé de quoi ils parlaient, et il a piqué une crise. Elle leva les mains, l'air bouleversé. C'est pour ça, c'est dingue, ce truc. Je ne voyais absolument pas de quoi ils parlaient.

– Moi, si. Modjeska a tué Bill Gigot.

– Le père d'Amanda ? Kristen ouvrit de grands yeux. Mais je croyais qu'il était mort il y a de ça des années.

– En effet. Il travaillait chez Homestead, et il a été tué dans un accident de chariot élévateur, mais je pense qu'il s'agit d'un meurtre. Joe Modjeska était directeur de la sécurité, à l'époque. Il y a juste une chose, je ne sais pas pourquoi. Je n'arrive simplement pas à mettre le doigt dessus. Elle regardait devant elle, à travers le pare-brise, l'obscurité. Elle eut une vision de la plage, quand elle cherchait des réponses dans le noir, en laissant libre cours à ses pensées. Et puis subitement, cela lui vint. Oh, mon Dieu. Je crois que je sais.

– Quoi ?

– J'ai appris qu'à cette période, Bill Gigot avait été transféré à la fabrique de cacahuètes, mais l'activité cacahuètes était sinistrée. Ils voulaient reconvertir les machines pour la production de chocolats, mais il a fallu du temps, parce que ces machines avaient servi aux cacahuètes, et...

– Il y a des gens allergiques aux cacahuètes, comme Jason.

Rose resta interdite.

– Jason qui ?

– Jason Gigot. Le frère aîné d'Amanda. Il souffre d'une grave allergie aux cacahuètes, et Eileen m'a raconté cette histoire incroyable, la manière dont ils l'ont découvert.

– Comment cela ?

– Ils ignoraient qu'il était allergique, mais leur papa travaillait chez Homestead, et ils l'avaient affecté à la fabrication des biscuits au beurre de cacahuète, ou un truc comme ça. Un soir, il est rentré chez lui, il a pris le petit Tom dans ses bras, et l'enfant a fait un choc.

Rose l'écouta, subjuguée. C'était la dernière pièce du puzzle, et elle sentait que tout s'emboîtait.

– Tom a eu la gorge qui s'est mise à gonfler, il n'arrivait plus à respirer, et ils ont dû le conduire à toute vitesse à l'hôpital. Il a failli mourir, et ils ne savaient même pas qu'il était allergique. Il devait avoir, quoi, six ans. Amanda était bébé, à l'époque.

Se souvenant de ce que lui avait dit Juanita, Rose élabora aussitôt un scénario.

– Si une chaîne de production ne fonctionne pas, à Homestead, cela coûte à l'entreprise cent mille dollars par jour. Durant la période dont nous parlons, les machines fabriquant les produits à base de cacahuètes n'ont pas tourné pendant six mois. Cela représentait des millions de dollars, et Homestead avait alors des tas de commandes de bouchées fourrées au chocolat. Ils ont donc dû se servir des machines à cacahuètes pour honorer les commandes de chocolats, de nuit.

– C'est terrifiant ! Kristen secoua la tête avec incrédulité. Des enfants ont pu mourir. Ils auraient vraiment fait une chose pareille ?

– Pour une telle somme d'argent, oui. Rose réfléchit, et cela se tenait. Ils faisaient tourner les machines en secret, en fabriquant des biscuits au chocolat et des bouchées fourrées sur les machines à cacahuètes. Personne ne voyait la différence, à part l'équipe réduite de nuit et le directeur de la sécurité.

– Modjeska ?

– Ils l'appelaient M. Cacahuète, parce qu'il traînait souvent là-bas, et maintenant, nous savons pourquoi. L'équipe de nuit était au courant, mais cela ne représentait que quelques personnes, et elles ont gardé le secret. En plus, elles étaient sans doute payées pour ça. Après avoir vu l'usine et le bâtiment-cacahuètes, elle se représentait assez bien de quelle manière tout cela avait pu s'organiser. Je parie que Bill Gigot était du nombre, jusqu'à ce que son fils Jason ait failli mourir, puis il a voulu y mettre un terme.

– Et Eileen ? Vous ne pensez pas qu'elle savait, elle aussi ?

– J'en doute. Elle devait savoir qu'il avait été transféré à l'unité cacahuètes, mais pas qu'ils y fabriquaient des produits à base de chocolat sur ces machines. Il n'aurait pas couru le risque de le lui dire. Rose songea à ce que lui avait expliqué Juanita. Homestead avait reçu quantité de commandes d'Amérique latine et des Caraïbes, pour des produits chocolatés, donc je pense qu'ils acceptaient ces commandes pour l'export, uniquement. C'est peut-être ce dont vous avez entendu parler le jour où vous avez interrompu cet entretien entre Modjeska et Martin.

– Je vois. Kristen hocha la tête, l'air lugubre. Ils parlaient de pays où ils expédiaient ces sucreries contaminées.

– Exact. Face à la perversité d'un plan pareil, Rose restait sans voix. C'est répugnant, mais c'est brillamment pensé. En fabriquant ces produits contaminés pour l'exportation uniquement, ils couraient beaucoup moins de risque. Ensuite, si des enfants mouraient, c'était dans des pays où les gens n'avaient pas l'argent nécessaire pour attaquer Homestead, et où la FDA n'allait pas surveiller. Modjeska se moquait de savoir que cela risquait de tuer des enfants, tant que ce n'étaient pas des Américains.

– Mais Bill Gigot, si.

– Bill Gigot ne voulait plus faire tourner les machines aux cacahuètes, et c'est à cause de cela qu'ils l'ont tué.

Elles demeurèrent toutes les deux silencieuses, une longue minute. Rose estimait que l'on devait bien cela à Bill Gigot. Une minute de silence pour un père aimant.

– Une chose que je ne comprends pas. Kristen inclina la tête. À propos de quoi Paul et Modjeska se disputaient-ils, alors ? Le meurtre Gigot est survenu il y a bien trop longtemps.

Rose songea à la maison somptueuse de Modjeska.

– Je parie que Mojo le faisait chanter, à propos du meurtre de Bill Gigot, justement.

– Mais si Modjeska parlait, ils avaient tous deux à y perdre.

– Le sénateur avait plus à perdre que Modjeska, et davantage d'argent à dépenser. Je parie que Mojo le fait chanter depuis l'époque de ce meurtre. De toute manière, il a trop d'argent pour en justifier la provenance. Rose repensa à Julie. Il raconte aux gens que c'est celui de sa femme, mais je parie que c'est un mensonge. La seule chose que je ne saisis pas, c'est pourquoi le sénateur Martin s'est impliqué là-dedans.

– Il était chez Homestead, à l'époque.

– Exact, il était chez Homestead, j'oubliais ! Elle se remémora le discours du sénateur lors de la réunion, à l'école. Il a évoqué son travail chez Homestead. Quand y était-il, exactement ? Qu'y faisait-il ?

– Il en a été président-directeur général, jusqu'à il y a sept ans, quand il a été élu.

– Bill Gigot a été tué il y a sept ans.

Kristen en eut le souffle coupé.

– Vous pensez que Paul...

– S'il était PDG, je parie que c'est lui qui a conçu ce plan.

– Non ! Kristen porta la main à sa bouche. Mon Dieu, cela me rend malade. J'en suis malade.

– Seigneur, fit Rose, d'une voix feutrée. La réalité dont elle venait de prendre conscience lui fit l'effet d'un coup en pleine figure. Il a tué des gens pour alimenter les profits de son entreprise, et pour veiller à sa carrière. Notre sénateur est un assassin.

– Vous croyez vraiment ?

– Oui. Rose réfléchit à haute voix. Quand Bill Gigot a cessé de marcher dans la combine, Modjeska l'a tué, et le sénateur Martin a couvert le meurtre. Ils ont présenté cela comme un accident, et le sénateur a tiré les ficelles pour se protéger, lui, et Homestead. J'ai appris en visitant l'usine que l'entreprise possède la quasi-totalité des terrains du comté. Cela signifie que c'est un gros contributeur fiscal, avec une assiette importante. En plus, je me demande dans quelle mesure ils n'ont pas contribué à la campagne de Martin. Je parie que cela s'est présenté aussi après le meurtre de Bill Gigot. Elle songea à un autre aspect. Modjeska a quitté Homestead pour un poste dans l'administration de l'État du Maryland. Je parie que c'est le futur sénateur qui le lui a dégotté.

– C'est un cauchemar. Kristen essuya une larme. Alors, maintenant, que faisons-nous ?

– Nous allons voir la police de l'État, et nous leur exposons tout. Maintenant, nous avons une preuve. Vous, et votre histoire.

– Non, on ne peut pas aller les voir. Il connaît des gens là-bas.

– Alors, nous irons avertir le FBI.

Kristen se mordit la lèvre.

– Mais ils ont essayé de me tuer. Je devrais peut-être sortir des États-Unis...

– Réfléchissez bien, chère Kristen. Rose lui posa une main sur l'épaule. Vous ne pouvez pas continuer de vous enfuir. Cela ne marche jamais, enfin, pas très longtemps, en tout cas. Modjeska est dangereux. Je pense qu'il a tué Kurt Rehgard et Hank Powell, les charpentiers qui se sont mis à poser des questions sur l'incendie.

Kristen se tut, avec de grands yeux effrayés.

– Cela fait six personnes qu'ils ont tuées, à ce jour, afin de protéger leur secret. Ils sont impitoyables, et vous n'êtes pas seule, plus maintenant. Vous avez un enfant, et vous être obligée de penser à lui, désormais.

– Je sais. Ses yeux s'emplirent de larmes. Quel genre d'homme est-ce ? Il aurait tué son propre enfant.

– Le FBI peut vous protéger, et vous n'y arriverez pas à vous toute seule. Rose prit son téléphone, qu'elle avait posé sur la console centrale, et tapa le 411 pour avoir les renseignements. Je les appelle.

– Vous pensez que c'est ouvert ?

– Il faut bien. C'est le FBI, non ? Pas une boutique de yaourts glacés. Elle attendit que l'opératrice réponde et demanda les coordonnés. C'est à Philadelphie, en Pennsylvanie, pouvez-vous me mettre en relation avec le Bureau fédéral d'investigation ? Je dois signaler un crime.

Subitement, un téléphone portable se mit à sonner dans la poche de Kristen, et elle se pencha pour l'attraper, pendant que Rose attendait qu'on la mette en relation.

Kristen vérifia l'écran de son portable.

– C'est Eileen, fit-elle. Dois-je répondre ?

– Eileen Gigot, qui vous appelle ? Rose était surprise. Pourquoi ?

Il y eut un déclic sur la ligne, mais pas encore de sonnerie.

– Je ne sais pas, mais elle m'a déjà contactée, sur la route pour venir ici. J'ai écouté ma boîte vocale, et dans son message elle me demandait de la rappeler dès que possible.

Le portable ne cessait pas de sonner dans sa main, avec insistance.

Oh, non.

– Il pourrait s'agir d'Amanda, vite, prenez-la !

– Oui, allô ? fit Kristen dans son téléphone.

– Comment ? Allô ? s'écria Rose dans le sien. Elle ouvrit la portière et sortit de la voiture, en prononçant une prière silencieuse.

Je Vous en prie, laissez-la vivre.

Elle se tenait en lisière du champ de maïs, elle parlait au téléphone, elle essayait de comprendre les méandres de la bureaucratie fédérale en regardant les papillons de nuit voleter dans le faisceau de ses phares. Cette vision lui inspira une sorte d'analogie, mais elle n'arrivait pas à mettre le doigt dessus, et elle avait résolu suffisamment de mystères pour ce soir.

– Permettez-moi de clarifier les choses, monsieur. Vous appartenez au FBI, n'est-ce pas ?

– Oui, je suis un agent chargé des dépôts de plaintes.

– Mais vous ne pouvez pas enregistrer de plaintes ?

– Pas après 16 h 45, et pas le week-end.

– Donc vous êtes un agent chargé des dépôts de plaintes qui ne peut pas enregistrer de plaintes ?

– Pas à 20 h 36, je ne peux pas, non.

Rose lui avait indiqué qu'elle détenait des informations concernant un meurtre, car en évoquer six aurait paru insensé. Pour la même raison, elle n'avait pas mentionné le sénateur Martin.

– Mais l'opératrice du standard du FBI m'a transférée chez vous.

– Je sais, mais nous n'enregistrons pas de plaintes au téléphone en dehors des heures ouvrables.

– Alors, pourquoi m'a-t-elle transférée chez vous ?

– Pour que je puisse vous en informer.

Rose était abasourdie.

– Vous avez pris mon appel pour me dire que vous ne pouvez pas prendre mon appel ?

L'agent en charge de la réception des plaines hésita.

– Pour le Bureau, il est important que le public soit en mesure de contacter un être humain au lieu d'un répondeur, pour qu'on leur parle comme nous le faisons vous et moi en ce moment.

– Je ne sais pas si je me sens mieux de parler à un être humain, quand je lui annonce que je dispose d'informations concernant un meurtre, et quand il me répond qu'il ne peut pas entendre ce que j'ai à lui dire pour le moment. Pour moi, c'est assez proche de la réponse d'une machine. Elle lança un regard vers sa voiture, où Kristen était encore au téléphone avec Eileen, tête baissée. Monsieur, je suis désolée. La vie de mon amie est en jeu, et je ne sais pas quoi faire.

– Si votre amie est en danger, alors elle devrait appeler le 911, ou la police locale.

– Mais elle ne peut pas. Elle craint qu'ils ne soient de mèche, qu'il n'y ait une conspiration.

Elle s'entendait parler, et elle se faisait l'effet d'être folle, elle aussi.

– Alors je vous encourage, vous et votre amie, à vous présenter à nos bureaux et à déposer une plainte, ou à rappeler demain, et nous enregistrerons ce dépôt de plainte au téléphone.

– D'accord, je vous remercie. Elle raccrocha juste au moment où Kristen sortait de la voiture et se dirigeait vers elle, ses joues lisses à nouveau souillées de larmes. Elle tenait un téléphone portable au clapet ouvert dans sa main tendue. Rose se sentait les genoux flageolants, et elle eut l'esprit traversé par l'image éclair de l'explosion du réfectoire. La boule de feu. Les cris d'Amanda. Du sang sur sa tête blonde. La sandale manquante.

Kristen lui tendit le téléphone.

– Eileen veut vous parler.

Rose fixa l'appareil des yeux, mais elle fut incapable de le prendre. Elle n'avait pas envie de savoir. Elle était incapable d'écouter, pas à cette minute. Et sûrement pas la voix d'une femme accablée de douleur.

– Prenez-le, insista doucement Kristen. Je vous en prie.

Rose secoua la tête. Le seul bruit audible était celui du chant des grillons et des papillons de nuit frappant les phares de la voiture.

– Non, ce n'est pas ça, la rassura la jeune femme, en déchiffrant l'expression de Rose. Amanda est en vie, toujours aux soins intensifs. Mais c'est moi, j'ai tout gâché, je suis désolée. J'ai parlé à Eileen du meurtre de Bill, et elle a piqué sa crise. S'il vous plaît, prenez-la au téléphone. Calmez-la.

– Quoi ? Rose demeura interdite. Vous lui avez dit ? Pourquoi avez-vous fait cela ?

– C'est sorti, c'est tout. La jeune enseignante recouvrit le téléphone de sa paume, l'air affligé. Elle m'a appelée pour me dire qu'un homme était venu à l'hôpital, il me cherchait, il a prétendu être mon père. Ce devait être quelqu'un envoyé par Modjeska, ou même Modjeska lui-même. Je lui ai dit : « Attention, c'est un meurtrier », et elle m'a fait : « Qu'est-ce que vous racontez ? », alors je lui ai raconté.

Rose se serait giflée. Elle aurait dû mettre en garde la jeune femme, qu'elle ne se répande pas de la sorte.

– Rose, parlez-lui. Expliquez-lui. Elle a le droit de savoir, non ?

– Bien sûr qu'elle a le droit de savoir, mais pas tout de suite. Pas de cette manière. Elle est au chevet de sa fille, flûte, quoi.

– Je vous en prie, parlez-lui. Je lui ai dit que nous appelions le FBI, mais elle va à l'usine, pour les confronter.

– Chez Homestead. Quand ?

– Maintenant. Ce soir. Elle m'a dit que c'était la Harvest Conference, et tous les patrons seront présents. Elle va se confronter à eux sur ce qui est réellement arrivé à Bill et aux machines à cacahuètes et…

– Non, elle ne peut pas aller là-bas. Rose empoigna l'appareil. Eileen, n'allez pas chez Homestead! Vous serez en danger...

La ligne était déjà coupée.

– Non! D'un geste du pouce, elle fit défiler le journal des appels, puis elle appuya sur *appel*, afin de recontacter Eileen. La ligne sonna, sonna, puis la boîte vocale s'enclencha, et elle laissa un message. « Eileen, je vous en prie, arrêtez! N'allez pas à l'usine. Ils vont vous tuer... »

« Fin du message », fit une voix mécanique, qui l'interrompit.

Rose prit Kristen par les épaules et la regarda droit dans les yeux.

– Écoutez-moi. Il faut aller au FBI. Tout de suite, toute seule. Vous n'avez pas de temps à perdre.

– Il faut que j'y aille sans vous? Kristen, ouvrit de grands yeux paniqués.

– Oui, il faut que j'arrête Eileen. S'ils pensent qu'elle sait ce qui est arrivé à Bill, ils la tueront avant qu'elle n'ait eu le temps de leur souffler un mot.

– Mais et vous? Ils essaieront de vous tuer...

– Non, ils ne me connaissent pas, et même s'ils me connaissaient, j'ai une autre allure qu'avant. Vous m'avez à peine reconnue, vous vous souvenez? Allons-y, dépêchons. Rose se pressa de rejoindre sa voiture, avec Kristen derrière elle, et en la tirant par le bras.

– Mais j'ai peur.

– Je sais, ma jolie. Elle ouvrit la portière de sa voiture. Mais il n'y a pas d'autre solution. Vous ne pouvez pas venir à Reesburgh avec moi, ce serait vous jeter dans la gueule du loup.

– Je ne peux pas rester ici ?

– Dans un champ de maïs ? Rose lui posa la main sur le bras. Plus vite vous irez au FBI, plus vous serez en sécurité. Vous n'avez pas quelqu'un à qui vous fier, qui pourrait vous accompagner ?

– Mon petit ami, j'imagine. Erik. C'est le type le plus merveilleux qui soit, et je l'ai largué pour le sénateur. Il voulait se marier. Il aurait fait n'importe quoi pour moi.

– Alors appelez-le, tout de suite. Arrangez-vous pour qu'il vienne vous chercher. Allez au FBI, à Philadelphie, qu'il vous conduise dans sa voiture. Ne vous arrêtez pas en route. Rose monta dans la sienne, tourna la clef dans le démarreur et la dévisagea par sa vitre baissée. Rappelez Eileen, aussi. Si elle ne décroche pas, insistez. Dites-lui de ne pas y aller. Dites-lui de ne pas aller à Homestead.

– D'accord.

– Tout ira bien. Vous y arriverez. *Alohomora.*

Kristen sourit, un peu tremblante.

– La formule qui déverrouille les secrets.

– Peu importe. Veillez sur vous, surtout.

Kristen se redressa.

– Très bien. Et vous aussi.

Rose mit les gaz, s'engagea sur la route et démarra. Elle fila sur cette route de campagne, se dirigea vers le péage en direction de Reesburgh, en surveillant la présence éventuelle de policiers. Elle dépassa une voiture, puis une autre, en s'enfonçant dans la nuit fraîche et froide, la bande dorée de la ligne médiane s'embrasant dans le faisceau de ses pleins phares.

Son cœur cognait dans sa poitrine, elle serrait les dents. Elle espérait pouvoir arriver à l'usine à temps.

Elle venait de plus loin, et Eileen devait avoir quarante minutes d'avance sur elle, à moins que l'un des membres de sa famille, à l'hôpital, ne l'ait convaincue de ne pas y aller ou ne l'ait retardée.

Elle savait qu'elle n'était pas autant en sécurité qu'elle avait voulu le faire croire à Kristen. Elle avait laissé un gros écueil derrière elle, aujourd'hui, à Homestead. Le superviseur se demanderait pourquoi la nouvelle recrue était partie et il aurait sans doute appelé Tricia Hightower pour se renseigner sur cette prétendue cousine. Et quand la directrice de la communication lui aurait répondu qu'elle n'avait pas envoyé sa cousine à l'usine, ils auraient informé la sécurité, qui serait aux aguets, surtout ce soir, avec la réception organisée par l'entreprise.

Sa main gauche s'agrippait à mort au volant, tandis que de la droite, elle fouillait son siège pour récupérer son téléphone. Elle appuya sur *L* pour Leo, et la ligne sonna, sonna, avant que ne se déclenche la boîte vocale de Leo. Elle n'avait pas envie de l'effrayer, mais elle ne put maîtriser l'émotion dans sa voix.

« Chéri, rappelle-moi ! Je suis en route pour Homestead. S'il te plaît, dépêche-toi... »

Bip. Subitement, son téléphone s'éteignit. La batterie était à court d'énergie.

– Flûte ! Elle jeta son appareil et écrasa la pédale de l'accélérateur.

Elle franchit le péage et atteignit la sortie Reesburgh en un temps record, mais elle gardait le sentiment angoissant que cela ne suffirait pas. Elle jeta un rapide coup d'œil sur la pendule du tableau de bord, avec ses chiffres rougeoyants : 21 h 17.

Elle avait échoué. Elle aurait quinze bonnes minutes de retard sur Eileen. Cette prise de conscience lui fit monter les larmes aux yeux. Il ne pouvait pas y avoir une mort de plus. Pas tant qu'il lui resterait un souffle de vie.

Elle cligna des paupières, pour dissiper ses larmes, et garda le pied sur l'accélérateur en filant sur la voie rapide. Elle fit un appel de phare à une VW blanche pour la forcer à s'écarter de son passage, mais loin devant elles, toutes les voitures freinaient, leurs feux stop rougeoyant dans une longue courbe. Elle ne leva pas le pied, espérant que ce ralentissement serait temporaire, ou qu'elle pourrait passer sur la file de droite.

Elle s'engagea dans la courbe à vive allure, mais la VW blanche ralentissait encore un peu plus, au-dessous de la limite de vitesse. La police de l'État avait arrêté quelqu'un sur l'accotement côté droit, et un véhicule de patrouille s'était arrêté derrière un van bleu, la barre de son gyrophare clignotant en rouge, blanc, bleu. Rouge, blanc, bleu. La file ralentissait au passage, cette scène inspirant un respect très provisoire des règles aux automobilistes, à moins que ce ne soit pure curiosité. La VW ralentit au pas.

– Allez ! Rose flanqua un coup sur son volant. Elle jeta un œil vers l'accotement, et s'y reprit à deux fois. La conductrice du van immobilisé ressemblait à Eileen.

Elle changea de file pour la voie des véhicules lents, en jetant de nouveau un regard pour s'en assurer. Une conductrice. Des cheveux courts et blonds. C'était Eileen, et elle conduisait le même van que celui dans lequel elle était arrivée à l'hôpital, par cette soirée épouvantable.

« Bon, vous êtes contente, maintenant ? »

Elle dépassa Eileen et le véhicule de patrouille, assaillie d'un flot de pensées. Et si ce flic n'avait pas arrêté Eileen pour excès de vitesse ? Et s'ils avaient découvert qu'elle était en route pour la Harvest Conference ? Alerteraient-ils quelqu'un à l'usine ? La sécurité de Homestead ? Et Mojo ?

Elle en avait l'estomac retourné. La file reprit de la vitesse. Elle n'était plus derrière Eileen, elle la précédait, ce qui la plaçait en bien meilleure posture. Elle emprunta la bretelle de sortie, puis elle prit à gauche dans Allen Road, sans cesser de guetter le van bleu d'Eileen dans son rétroviseur.

Elle accéléra. Il fallait qu'elle arrive à Homestead avant Eileen, et là, elle avait une chance de la coiffer au poteau. La circulation n'était pas très chargée, et Reesburgh était obscure et déserte, la ville entière s'était endormie. Elle effaça la pharmacie, la succession de grandes surfaces et finalement l'école, où tout avait commencé.

Où tout aller s'achever, au bout du compte.

Ce soir.

CHAPITRE 17

«Bienvenue chez Homestead Snacks», annonçait le panneau, et elle le considéra d'un œil neuf. L'enceinte était silencieuse, sans le brouhaha des groupes de scolaires et de visiteurs, mais les réverbères et les fenêtres des bureaux directoriaux projetaient une lumière éclatante, comme une ville en plastique au milieu d'un train en modèle réduit. Illuminée, fausse, et sans vie.

Elle s'avança à une allure réduite vers la voie d'accès, passa devant les sorties signalisées – visiteurs, bus et unité de production principale. Cette dernière n'avait pas de fenêtres susceptibles de révéler si l'intérieur était éclairé, mais elle put entendre les bruits étouffés des machines. Des nuages de vapeur s'échappaient des cheminées, en volutes épaisses au contact de l'air froid de la nuit. Le parking réservé aux employés n'était qu'en partie plein, et elle se souvint, suite à sa visite, qu'un tiers des employés travaillait en équipe de nuit.

Elle gardait un œil sur le van d'Eileen, mais il n'était nulle part en vue. Elle ne l'avait plus revu dans son rétroviseur sur le trajet jusqu'ici, mais elle n'avait pas non plus roulé à une allure assez lente pour permettre à la jeune mère de la rattraper. Elle avait un autre plan en tête.

Elle prit à gauche au panneau du centre de conférences et s'enfonça sur une route sinueuse qui serpentait entre les arbres et déboucha sur un vaste parking, presque occupé au maximum de ses capacités. Des lampes espacées à intervalles réguliers illuminaient toute l'aire de stationnement, baignant les véhicules immobiles d'une lumière froide. Elle se gara dans le fond, près de l'entrée, aussi loin d'un réverbère que possible, puis elle coupa le contact et scruta les lieux.

Le parking était silencieux, parce que tout le monde avait déjà rejoint l'imposante réception, au centre de conférences. Le bâtiment s'ouvrait sur des baies vitrées du sol au plafond et, à l'intérieur, des couples en tenue de soirée dansaient sur un sol parqueté ou dînaient autour de tables de banquet éclairées de candélabres. Un orchestre jouait, et le toum-ta, toum-ta d'un rock médiocre des années soixante-dix se propageait dans l'air nocturne, puis une section de cuivres prit la suite en une sorte de fanfare. Des hommes en smoking montèrent sur une estrade décorée. Il s'agissait sans doute du PDG de Homestead et d'autres cadres dirigeants. Le dernier de ces hommes en smoking était le sénateur Martin, qui monta les marches en faisant signe des deux mains, et la foule éclata en applaudissements assez sonores pour être audibles depuis le parking.

Elle contrôla du côté de l'entrée, sur le flanc du bâtiment, en face des bureaux de la direction. Des fumeurs se tenaient devant les portes principales, le bout rougeoyant de leurs cigarettes bien visible, et deux vigiles discutaient, repérables uniquement à leur chemise d'un blanc éclatant et à leur casquette. Une berline blanche portant la mention « sécurité du site » était garée à l'écart, sur la gauche, et elle devina que le sénateur Martin devait avoir sa propre escorte de protection, avec lui, à l'intérieur.

Elle entrouvrit sa portière, se glissa au dehors et, d'un pas furtif, traversa la voie d'accès pour aller se tapir derrière des arbustes. Le sol était froid et les taillis la griffaient, mais elle resta accroupie, et elle attendit. Cela ne prit pas très longtemps.

Le van bleu d'Eileen s'engagea lentement dans la voie d'accès, vers le centre de conférences, et s'approchait du parking.

Rose quitta sa position accroupie, se releva, mais resta derrière le taillis qui la camouflait en partie.

Eileen se glissa au pas sur le parking, se gara à un emplacement situé loin de l'entrée du centre de conférences, près de la voiture de Rose. La vitre du conducteur était fermée, mais elle discerna la jeune femme à cause de ses cheveux blonds.

La jeune femme s'était garée loin du centre de conférences, exactement comme l'avait prévu Rose.

Il était temps d'y aller.

Elle compta.

Un, deux, trois.

– Eileen, laissez-moi monter, vite ! chuchota-t-elle, en essayant d'ouvrir la portière du van, qui était verrouillée. Elle lui montra son visage, les mains plaquées contre la vitre. C'est moi, Rose !

Estomaquée, le regard pétrifié de frayeur, Eileen se tourna vers elle. Elle s'écarta de la vitre, battit en retraite vers la place côté passager.

– Laissez-moi monter ! Ce n'est rien, c'est moi, Rose.

Le visage de l'autre se détendit, elle se pencha et déverrouilla la portière.

– Qu'est-ce que vous faites ici ? Vous êtes rousse, maintenant ?

– Chut, ils vont nous entendre. Elle s'engouffra, s'installa dans le siège et referma la portière derrière elle. Ils vont débouler. C'est ce que vous voulez ? Alors, chut.

– Que voulez-vous ? Qu'est-ce qui vous prend ?

– Eileen, il faut partir d'ici et aller au FBI...

– Vous êtes folle ? À la lumière des réverbères, son visage était pétri d'angoisse. Vous n'en avez pas assez fait à ma famille ? Vous me pourchassez ?

– Eileen, c'était sûrement épouvantable d'apprendre ce que vous avez appris au sujet de Bill, mais...

– Ne l'appelez pas par son prénom, comme si vous le connaissiez. Vous ne l'avez pas connu. Vous ne me connaissez pas. Laissez-moi tranquille.

– Je suis de votre côté.

– Non, pas du tout. Vous avez abandonné Amanda dans les flammes.

– Non, je ne l'ai pas abandonnée, mais ce n'est ni le moment ni le lieu pour en parler. Vous pouvez me haïr autant que vous voulez, mais allons-nous en tout de suite, allons faire condamner ces types. Et le sénateur Martin est l'un d'eux !

– Ce ne sont pas vos affaires. Ce sont les miennes. Pourquoi êtes-vous là, d'ailleurs ?

– J'ai recherché les causes de l'incendie, et cela m'a conduit à Homestead, c'est tout. Si vous pensez que je me suis mêlée de ce qui ne me regardait pas, j'en suis désolée, mais ce n'est pas la meilleure manière de procéder de...

– Ne me dites pas ce que j'ai à faire, l'interrompit-elle, le regard farouche. C'est de mon mari que nous parlons. Vous, vous avez encore le vôtre !

– Eileen, écoutez. Il se peut qu'ils nous surveillent, en ce moment même. J'ai vu qu'on vous avait arrêté au péage. Et s'ils avaient fait ça pour vous stopper ?

– Comment savez-vous que l'on m'a arrêtée sur la route ? Vous me suivez ? Vous me harcelez ?

– Ils vont vous tuer, Eileen. Ils n'ont aucune envie d'aller en prison et ils vont devoir vous tuer, si la vérité sort au grand jour. Elle eut un geste vers le centre de conférences. Regardez, à l'entrée. Ils ont des vigiles. Qu'allez-vous faire ? Ils ne vous laisseront pas accéder au...

– Je connais ces types. Je les ai reçus chez moi pour des barbecues. Ils ne peuvent rien me faire, pas devant l'entreprise tout entière. Elle se détourna, tira d'un coup sec sur la poignée de la portière, et elle allait sortir du van, quand Rose l'attrapa par le bras.

– Je vous en prie, n'allez pas...

– Descendez !

La dernière chose que vit Rose, ce fut un poing aux ongles manucurés.

Qui lui fonçait en pleine figure.

Elle reprit conscience, quelque peu sonnée. Elle ouvrit les yeux. Elle était affaissée dans le siège conducteur du van. Sa joue gauche lui faisait un mal de chien. Elle était seule. Elle retrouva ses esprits avec une seule pensée.

Eileen.

Elle se força à se redresser et remarqua une certaine agitation à l'entrée du centre de conférences. Deux vigiles de Homestead se démenaient pour faire monter

Eileen de force dans la berline de la sécurité. L'un d'eux plaqua la main sur la bouche de la jeune veuve, et l'autre lui maintenait les bras, qu'elle agitait en tous sens, et ils réussirent à la faire monter sur la banquette arrière, avant de claquer la portière.

Oh, mon Dieu.

Elle regarda sur la droite. À l'intérieur du centre de conférences, la fête continuait comme si de rien n'était. Ignorant ce qui se tramait, les invités garnissaient les tables du banquet et réservaient toute leur attention à ce qui se passait sur l'estrade, où le sénateur Martin avait pris la parole devant les dirigeants de Homestead.

Rose se tourna de nouveau vers la berline et, atterrée, elle vit un vigile se ruer au volant et l'autre regagner précipitamment l'entrée du centre. La berline relâcha un nuage de gaz d'échappement et se dirigea vers la gauche, effectua un demi-tour et roula vers la voie d'accès.

Elle glissa à la hauteur de Rose, qui se tassa dans son siège, le cœur battant. Si elle sortait du van en hurlant, ils viendraient la chercher et ils l'escamoteraient, comme Eileen. Elle n'avait pas de téléphone, ne pouvait appeler personne. Son seul avantage, c'était que les vigiles ignoraient qu'elle était là, même s'ils reviendraient récupérer le van de la maman d'Amanda, plus tard. S'ils avaient l'intention de la tuer, ils n'allaient pas laisser son véhicule ici. Ils ne laissaient aucune preuve derrière eux, aucune. Ils n'en avaient pas laissé une seule, jusque-là.

Rose vérifia le démarreur, et les clefs étaient encore là, pendantes. Elle serait prête à suivre la berline, si elle quittait l'enceinte, mais celle-ci remonta la voie d'accès, franchit la sortie vers le bâtiment de production principal et disparut à l'intérieur. Tout se passait comme si le bâtiment avait absorbé la berline tout entière, avec Eileen à son bord.

Elle entrouvrit la portière, se faufila hors du van, la laissa ouverte et s'avança jusqu'au pare-chocs en restant tapie. Elle atteignit l'extrémité du van, contrôla ce qui se passait à l'entrée. Le vigile restait devant, et un fumeur l'avait rejoint, en allumant sa cigarette. Ni l'un ni l'autre ne regardaient dans sa direction.

Elle prit une profonde inspiration et, toujours accroupie, traversa l'allée à toute vitesse jusqu'au carré suivant de voitures en stationnement. Puis elle attendit en reprenant son souffle. L'unité de production principale se situait en contre-haut, sur une éminence, et derrière, sur la gauche, là où la berline était entrée, il y avait un quai de chargement, une aire dallée avec d'énormes remorques de poids lourds garées en tous sens. L'une des baies de chargement était ouverte, traçant un rectangle de lumière éclatante, mais il ne semblait y avoir d'activité nulle part.

Elle se précipita vers le carré de voitures suivant, se baissa derrière, reprit son souffle. Son cœur se mit à cogner d'épuisement et de peur. Elle était maman, pas héroïne de film d'action. Et puis, elle comprit une chose.

Toutes les mamans sont des héroïnes.

Elle rejoignit le carré suivant en courant, puis le suivant, et il ne restait plus qu'une dernière rangée de voitures en stationnement entre elle et la limite du parking. Elle risqua un œil à la limite du pare-chocs profilé d'une Jaguar et surveilla l'entrée. Le vigile et le fumeur étaient toujours là. Elle courut jusqu'au carré de voitures suivant, puis mesura la distance à parcourir dans la déclivité. Ses genoux lui faisaient un mal de chien, elle avait le cœur qui cognait. Quand elle gravirait ce terre-plein gazonné vers l'usine, elle serait à découvert, mais elle n'avait pas le choix.

Fonce, fonce, fonce.

Elle gagna le haut de la déclivité en courant à toute vitesse, en s'efforçant de rester tapie, mais elle renonça et acheva de monter tout en haut en galopant aussi vite qu'elle put. La respiration hachée, elle avait le cœur qui cognait à tout rompre.

Elle se jeta derrière le premier poids lourd qu'elle vit, puis fila entre deux autres camions garés côte à côte. Des projecteurs étaient fixés tout le long du rebord du toit, mais il n'y avait personne alentour. Pourtant, elle allait devoir se cacher. Elle n'entendit pas de sirène, pas un bruit, ce qui la rasséréna et lui insuffla un surcroît de courage.

Elle pointa un œil à l'avant du camion, tâchant de décider de la prochaine étape. Les semi-remorques étaient tous garés dos aux quais de chargement, cabine vers l'extérieur, et il y en avait quatre en tout ; la baie éclairée se situait tout à fait sur la droite, et il fallait qu'elle aille sur la gauche.

Elle courut d'une cabine à une autre, tout comme elle l'avait fait avec les voitures sur le parking, atteignit l'extrémité du bâtiment de l'usine au pas de course, puis se plaqua contre le mur. Elle entendait le vacarme des machines, elle sentait la vibration contre son dos. Elle n'entendait pas un bruit, aussi risqua-t-elle un œil au coin.

Il n'y avait personne. Elle avait devant elle une autre aire dallée, et les projecteurs suspendus le long de la ligne du toit dessinaient des orbes lumineux sur l'asphalte.

C'était l'arrière de l'usine, et il n'y avait ni camions ni véhicules. Le bâtiment était tout en longueur, fait de parpaings badigeonnés de blanc, sans porte et sans fenêtre. Au tiers de sa longueur, il y avait une ouverture pratiquée dans le mur, et ce devait être par là que la berline avait disparu.

Fonce!

Elle fila le long de l'usine, jusqu'à ce qu'elle atteigne cette ouverture dans la paroi, et s'arrêta. Il n'y avait pas de bruits de conversations, pas de moteur de voiture, aussi glissa-t-elle un regard à l'intérieur. La berline blanche de la sécurité était garée à l'intérieur d'une petite baie en forme de U, bordée de poubelles de recyclage bleues, de fûts en acier galvanisé et de cartons aplatis. Personne à l'intérieur de la voiture, personne n'était visible. La baie comptait trois portes, toutes peintes en jaune, sans aucune inscription. L'une devait conduire au bureau de la sécurité, où l'on avait dû emmener Eileen, mais elle ignorait laquelle des trois.

Elle resta un peu perplexe, un petit moment. Elle n'avait pas assez de souvenirs de sa visite de l'usine pour se repérer. Elle était désorientée, parce qu'elle avait accédé à l'usine par l'arrière. Tout ce dont elle se souvenait, c'était que le bureau de la sécurité se situait dans un couloir avec les autres bureaux, au milieu du bâtiment.

−Tu te fous de moi, toi, fit un homme derrière elle.

Elle se retourna, terrorisée. Elle se retrouva plaquée contre le mur. Sa tête explosa de douleur. Une main se plaqua sur sa bouche. Avant même d'ouvrir les yeux, elle comprit qui c'était.

Mojo.

– T'es pas du niveau, là, jeune maman. Il s'étrangla de rire, si près d'elle qu'elle sentait son haleine chargée de cigare.

Elle refoula sa terreur. Elle n'avait pas parcouru tout ce chemin pour qu'on lui barre la route. Mojo la prenait pour une simple maman. Il ne savait pas qu'elle était une héroïne. Elle lui flanqua un coup de genou dans l'entrejambe, de toutes ses forces.

– Aaah!

Il tituba en arrière, et elle détala le long du mur de l'usine, pour avoir la vie sauve.

– Au secours! Au secours! Elle tourna au coin en direction de la baie de chargement illuminée. Il était temps de lancer son plan de secours. Il devait y avoir des employés opérant les chariots élévateurs, par ici. Au secours!

Subitement, une annonce enregistrée retentit dans des haut-parleurs suspendus aux angles du plafond. « À tous les employés de Homestead, veuillez quitter le bâtiment immédiatement, en sortant par l'accès principal. Veuillez quitter le bâtiment immédiatement. Ce n'est pas un exercice. »

Oh, non. Elle entendit toute l'agitation qui s'empara de l'usine, des éclats de voix et des bavardages inquiets, mais elle continua de courir.

– Je vais te tuer! menaça Mojo, haletant. Il était presque sur ses talons. Il ne pouvait pas se servir de son pistolet, sinon il alerterait tout le monde. Il était de fort gabarit, mais elle était plus rapide. Elle se rua droit devant elle.

– Au secours! cria-t-elle, mais son cri fut noyé par l'annonce enregistrée, qui se répétait en boucle.

Elle fila à toute vitesse devant les semi-remorques, en direction de la baie illuminée. Elle arrivait à peine à reprendre son souffle. Survoltée de terreur et d'adrénaline. Plus que quatre camions. Plus que trois, plus que deux. Plus qu'un. Le quai de chargement se dressait devant elle, tout près. Un mètre vingt au-dessus du sol.

Saute, saute, saute!

Elle bondit pour se hisser sur le quai, mais elle le heurta à hauteur de la taille. La douleur lui vrilla le ventre. Elle s'agrippa au béton, pour trouver une prise, les jambes fouettant le vide.

– Bordel de Dieu! grogna Mojo, mais elle escalada le quai juste sous son nez, se redressa et fonça par la baie ouverte, sur l'aire de chargement, vers l'intérieur de l'usine.

– Au secours! cria-t-elle encore, mais les employés avaient évacué les lieux. Des chariots élévateurs étaient restés en plan, phares allumés. Les machines des chaînes de production continuaient de mouliner, comme dans une usine fantôme.

Sans ralentir, elle traversa l'aire de chargement sans ralentir, dépassa les machines de contrôle aux rayons X, à présent désertées. Des cartons étaient empilés devant le scanneur.

Sans ralentir, elle dépassa l'aire d'emballage, et ses pensées se bousculaient dans sa tête. Si elle réussissait à trouver l'entrée principale, elle pourrait obtenir de l'aide. Elle ne pouvait pas mourir ici. Pas plus qu'Eileen.

– Espèce de salope! hurla Mojo, à bout de souffle, mais il continuait de se rapprocher.

Rose franchit deux portes battantes à la volée, les jambes comme deux bielles. Elle enfila un long couloir, se rua au travers de deux autres portes et déboucha entre deux alignements d'énormes machines en acier portant l'inscription « PPM Technologies », d'où partait une myriade de tubes rouges.

Elle fit volte-face, cherchant une issue. Une chaîne de lames vrombissantes tranchait des patates. Une autre chaîne de trieuses les déversait dans une sorte d'enton-noir. Des tapis roulants les acheminaient dans des réser-voirs remplis d'un bain d'huile de cuisson, fermés par un couvercle. L'huile était bouillante, l'air était chaud. Elle était haletante, le cœur battant.

Allez! Vas-y!

Elle détala vers un escalier métallique aux rebords de marches habillés de caoutchouc, en priant de réussir à les monter avec plus d'agilité que Mojo. Si elle courait assez vite, elle conserverait son avantage. Elle bondit en haut des marches juste devant lui. Tout en haut, elle aboutit à une passerelle en métal branlante. Elle courut, et la passerelle oscilla.

– Tu es déjà morte! hurla Mojo, en se ruant derrière elle au pas de charge. La passerelle eut un soubresaut, sous l'effet de son poids.

La volée de marches suivante s'ouvrait devant elle, et elle courut dans cette direction, faillit tomber, piqua un sprint sur le sol dallé. Elle jeta un œil derrière son épaule.

Mojo était juste derrière elle, faillit tomber lui aussi. Elle accéléra, fonça vers la volée de marches suivante, au bout de la passerelle, histoire de le fatiguer.

– Sale fouineuse! beugla-t-il, en maintenant l'al-lure. Elle courut à l'aplomb de la salle d'emballage, où l'air était plus frais, puis il se réchauffa de nouveau, au-dessus de la salle suivante où l'on fabriquait les chips. La première phase s'accomplissait dans des cuves en cuivre. La cuisson s'effectuait ensuite dans des fours en acier alimentés par des tuyaux rouges, sur des plateaux d'huile bouillante.

Elle se rua vers la volée de marches suivante. La salle s'achevait trois mètres devant. Elle avait loupé son coup. Terrorisée, elle pivota sur ses talons. Elle n'avait plus nulle part où aller.

Elle était prise au piège.

Mojo sauta des marches sur le sol, empoigna une sorte de long harpon en métal pendu au mur et le lui pointa à la figure, en fouettant le vide avec.

Elle leva les mains, fit un bond en arrière. Le harpon lui entailla l'avant-bras. Elle cria de douleur. Dans le mouvement de retour, le harpon crocheta l'un des tuyaux rouges des machines, le sectionna. C'était un toron de câbles qui jaillit de la machine, comme mu d'une vie propre, giclant dans le vide tel un anaconda électrique.

–Tu es déjà morte! grimaça Mojo. Le câble dénudé cingla l'air en crépitant. Il avança avec une sombre détermination, ses yeux noirs étincelaient.

Terrifiée, elle courut vers le mur du fond. Il n'y avait plus nulle part où aller. Elle était trop loin de l'escalier. La seule porte était située à l'opposé, en diagonale.

Mojo se tenait en travers de son chemin, et il fouettait l'air avec son espèce de harpon à l'extrémité crochue et acérée, avec toute la puissance d'un golfeur sur le fairway. La semelle de son mocassin glissa sur le sol dallé, et le harpon heurta le four en acier avec une telle force qu'il se ficha dans le flanc métallique de la cuve.

Rose fila vers l'angle opposé. Au-dessus d'elle, le câble à nu fouettait l'air, dans une pluie d'étincelles.

D'un coup sec, Mojo arracha le crochet à la paroi en acier du four. De l'huile bouillante gicla du trou sur le sol, où elle se répandit en bulles brûlantes. Il évita le liquide bouillant, leva son harpon très haut au-dessus de sa tête. Il était sur le point de l'abattre sur Rose, mais quand il arma son coup, la tige métallique toucha le câble électrique.

Mojo fut secoué d'un spasme. Le courant lui envahit le corps. Ses yeux saillirent. Il ouvrit grand la bouche. Sa gorge émit un cri inhumain. La peau de son visage se couvrit de cloques. Une odeur dégoûtante emplit l'air. Il s'effondra, électrocuté. Le harpon lui tomba des mains, ce qui rompit l'arc électrique. Le câble se relâcha, déclenchant une gerbe d'étincelles qui mit le feu à l'huile, et son corps fut aussitôt enveloppé de flammes.

Horrifiée, Rose se plaqua dans l'angle. De l'huile se déversa par le trou du four, noyant peu à peu tout le sol. Les flammes se propagèrent en suivant le flot jusqu'au four immense, qui explosa dans une gerbe incendiaire.

Il y eut une déflagration sourde. Le feu sauta d'un plateau à un autre. L'huile était aussi inflammable que du kérosène. En une minute, les fours s'étaient transformés en lits d'une flambée mortelle.

Des alarmes assourdissantes mugirent. Des hottes à l'aplomb des fours vaporisèrent une brume chimique. Des sprinklers déclenchèrent une pluie d'eau froide. Dès que cette eau l'atteignit, l'huile sur le sol se transforma en flammes encore plus hautes. Les moindres résidus d'huile s'enflammèrent ; de l'huile courut le long des conduites, de l'huile nappa les machines, de l'huile recouvrit les marches et la passerelle. La salle se transforma en enfer de feu.

Elle cria de terreur. Un mur de flammes se dressait entre elle et les portes de sortie. De l'eau giclait des sprinklers, aggravant encore le feu d'huile. Des volutes de fumée jaillissaient de partout. La chaleur l'empêchait de respirer. Elle revit l'incendie de l'école. Elle n'aurait jamais cru revivre ça. Cette fois, elle ne pouvait échouer. Elle ne pouvait pas perdre Eileen.

Réfléchis, réfléchis, réfléchis.

Il devait y avoir des extincteurs, elle le savait. Elle courut à travers la fumée, le long du mur, là où les flammes étaient plus basses. Elle trouva un extincteur en forme de fût, assez gros pour équiper des cuisines de restaurant, accroché au mur. Il ressemblait au modèle rouge qu'elle avait à la maison, en plus gigantesque. Elle le décrocha de son support mural, le lâcha presque tant il pesait lourd, tant il était chaud.

Elle arracha la goupille de sûreté, serra la poignée et empoigna la buse. Elle vaporisa un brouillard chimique sur le feu, s'ouvrit un chemin en noyant les flammes devant elle. Elle atteignit les portes, les écarta d'un coup. Elle lâcha le lourd extincteur, qui heurta le sol avec un cognement métallique et roula au loin avec fracas.

Le couloir se remplit d'une épaisse fumée. L'eau des sprinklers la trempa. Les alarmes incendie hurlaient. Elle entendit des sirènes au loin, trop loin. Elle toussa, toussa. Ses yeux pleuraient. Ses poumons la brûlaient.

– Eileen! cria-t-elle au milieu des sirènes et de la pluie.

Elle regarda sur sa droite, sur sa gauche. Les deux couloirs étaient deux corridors identiques en parpaing, peu à peu noyés de fumée. Elle ne savait pas quelle direction prendre. Ses yeux la piquaient. Ses poumons étaient en feu. Elle toussait, toussait. Elle tenta de se remémorer la configuration de l'usine, ce qu'elle en avait vu lors de sa visite. Les bureaux étaient situés dans le couloir qui reliait l'unité de production des bretzels à celles des chips. Il fallait qu'elle retrouve cet accès.

Elle sentait que ce devait être sur la droite. Elle courut au bout du couloir, se rua à travers la porte à deux battants et déboucha dans un autre couloir. Par la fenêtre qui donnait sur le rez-de-chaussée de l'usine, elle découvrit un épouvantable brasier qui avalait tout ce qu'il trouvait sur son passage, les cartons, des palettes en bois, des feuilles de cellophane et tout le reste. Et puis, elle comprit. Si c'étaient des cartons, ce devait être l'entrepôt. En un éclair, elle repensa à ce qu'avait expliqué le guide.

« Vous voyez tous ces cartons ? Il y en a des blocs et des blocs, entassés là ! »

Elle se souvint que l'entrepôt s'intercalait entre l'unité de production de bretzels et celle des chips. Elle était sur la bonne voie. Elle courut au bout de ce couloir. L'air était un peu moins chargé de fumée, mais il s'en dégageait aussi une autre odeur. Une odeur de bretzels.

Allez, allez, allez.

Les poumons brûlants et les larmes aux yeux, elle franchit deux autres portes battantes. L'odeur de bretzel brûlé était de plus en plus forte, et chaque fenêtre dévoilait une usine en flammes. Le couloir serpentait sur la gauche, puis sur la droite. D'un coup de poing, elle repoussa une autre double porte et atteignit le couloir de l'administration, enfin. « Assurance qualité », affichait le premier écriteau, et elle se rua vers le bureau suivant. « Directeur de la sécurité ».

– Eileen ! Elle tenta d'ouvrir la porte, qui était fermée à clef. Elle regarda par la fenêtre, juste à côté du battant. L'antichambre se remplissait de fumée, qui filtrait sous la porte. Il n'y avait personne à l'intérieur. L'autre porte, plus au fond, était fermée. Si Eileen était là, elle se trouvait derrière cette deuxième porte. Il fallait que Rose entre là.

Elle regarda autour d'elle, en quête de quelque chose, de n'importe quoi. Il y avait une grande poubelle en métal posée sur le sol, au bout du couloir. Elle alla la prendre en vitesse et la rapporta non sans mal, en laissant un sillage de détritus derrière elle. Elle atteignit le bureau et fracassa la vitre avec la poubelle.

Vlam ! La poubelle réduisit la fenêtre en miettes, mais elle ne se brisa pas jusqu'en bas. *Vlam !* Elle la frappa de nouveau, en soulevant son bélier aussi haut qu'elle put, à la limite de l'épuisement. Elle n'arrivait plus à respirer, à cause de la fumée. Ses yeux pleuraient irrépressiblement.

Vlam ! Vlam ! Elle flanqua encore deux grands coups, élargissant la brèche, le souffle court. Elle était incapable de soulever la poubelle une minute de plus. Elle la laissa retomber, et elle roula sur le sol à grand bruit.

Elle brisa des morceaux de plastique déchiqueté, puis elle passa la main au travers et atteignit le bouton de la porte. Il tourna. Elle retira sa main du trou aux contours en dents de scie, ouvrit la porte et se précipita à l'intérieur.

– Eileen ! cria-t-elle. Dans cette petite pièce, la fumée l'empêchait presque de respirer. Elle pria pour arriver auprès de la jeune mère à temps et pour que les vigiles ne l'aient pas emmenée autre part. Elle se rendit à la porte, qui n'était pas verrouillée.

Elle tourna le bouton et se rua à l'intérieur.

– Eileen ! s'écria-t-elle, soulagée. Le bureau était enfumé, mais Eileen était en vie. Elle se démenait en tirant sur la corde qui la ligotait à une chaise en métal. La bouche masquée par un morceau d'adhésif, elle avait les yeux écarquillés. Elle avait au front un hématome gorgé de sang. Elle émit des bruits de gorge, elle essayait de parler. Ne vous inquiétez pas, fit Rose, je vous soutiens. Elle se précipita auprès d'elle. De l'adhésif lui liait aussi les chevilles, et elle avait les bras tordus dans le dos. Courage, ça va faire mal. Elle lui arracha l'adhésif de la bouche, d'un coup sec. Il céda en laissant une large zébrure rouge.

– Oh, mon Dieu.

Eileen avala une grande goulée d'air enfumé et se mit à tousser.

– Attendez, vous avez besoin d'oxygène. Rose regarda autour d'elle. Il y avait une porte en métal dépourvue de vitre entre deux rayonnages métalliques, au milieu du mur du fond, et elle s'y précipita. Ils vont ont amenée ici par cette porte, c'est ça ?

– Oui. Eileen toussa, le visage écarlate.

– Attendez. Rose tourna le bouton de la porte et poussa dessus pour l'ouvrir. La baie de chargement était déserte. La berline blanche de la sécurité avait disparu. Des sirènes hululaient, plus fort, plus proches. Un courant d'air frais fut aspiré dans le bureau, provoquant un tourbillon de fumée qui fit tousser Eileen plus fort, et Rose revint s'agenouiller auprès d'elle. Ça va ? lui demanda-t-elle, en posant une main dans son dos.

– Retirez vos mains ! La mère d'Amanda toussa. N'allez pas vous imaginer qu'on est amies, maintenant. Vous auriez mieux fait de sauver ma fille, au lieu de me sauver, moi.

Rose n'avait pas le temps de discuter de ça. Elle attrapa des ciseaux sur le bureau et inséra la lame entre la corde qui liait les poignets de la jeune femme. La circulation à moitié bloquée, ses mains avaient viré au rouge vif.

– Vous avez abandonné ma fille. Elle continua de tousser. J'aurais donné ma vie pour elle.

Rose scia la corde, entama le chanvre. Elle tira d'un coup sec, et elle se rompit, puis elle continua en cisaillant et en dénouant le reste.

– Les salopards. Elle se tortilla et se dégagea, se débattit pour se libérer. Ils ont tué Bill. Ils allaient me tuer, quand Mojo est revenu. Je parie qu'il a décampé.

– Non, pas du tout. Elle trancha le reste de corde et revit cette scène épouvantable. Il est mort.

– Comment ça ? Elle se pencha et défit l'adhésif à sa cheville gauche. Dans l'incendie ?

– Plus ou moins. Rose se pencha et lui arracha l'adhésif.

– Désolée de vous avoir frappée, mais vous le méritiez. Eileen se leva d'un bond et se débarrassa des morceaux de corde.

– J'ai déjà entendu des excuses mieux formulées, mais sortons déjà d'ici. Je vais vous montrer le chemin, une fois qu'on sera sorti de cette pièce.

−Laissez tomber. Je connais cette usine comme ma poche. Et Eileen fila vers la porte, avec Rose sur ses talons.

Elles coururent à l'angle du bâtiment de l'usine, vers la lumière et l'agitation, côté façade. L'enceinte était en état d'urgence, bruissant de mouvements, de hurlements et de sirènes. L'air sentait fort le caoutchouc, le plastique et l'huile brûlés. Une fumée noire s'échappait des évents et des cheminées du toit, crachant des étincelles et des cendres dans le ciel nocturne. Trente-cinq camions de pompiers combattaient déjà les flammes qui faisaient rage à l'autre bout de l'usine. Des pompiers en épaisse combinaison protectrice à bandes réfléchissantes couraient en tous sens, en tirant sur l'asphalte des tuyaux de grosse section, dessinant un écheveau de serpents.

Rose et Eileen coururent vers la voie d'accès, où s'étaient garés des véhicules de la police d'État, des ambulances, des berlines noires et de gros minivans blancs des chaînes de télévision, composant un cordon improvisé entre l'usine en flamme et les bureaux de la direction de Homestead. Une foule très dense s'était massée sur le parking réservé aux employés, et elles se précipitèrent toutes deux dans cette direction, à l'abri du danger.

Quand Rose se rendit compte qu'elle était enfin en sécurité, elle en eut les larmes aux yeux. Elle ne pensait plus qu'à Leo et aux enfants. Elle sentit monter en elle une émotion intense, un besoin profond et irraisonné de les voir tous les trois, d'être de nouveau avec eux, de former un tout, avec bonheur. Elle ne savait pas si Leo avait reçu son message avant que sa batterie ne soit à plat ou s'il avait pu arriver ici à temps. Elle le chercha dans la foule, mais ce n'étaient que des silhouettes informes, éclairées à contre-jour par les véhicules d'urgence et les fenêtres illuminées des bureaux.

Quelqu'un se mit à hurler, et le procureur de district adjoint, Howard Kermisez, son jeune assistant Rick Artiss et une escouade de policiers de l'État et d'agents du FBI en coupe-vent bleu marine et de secouristes en uniformes noirs arrivèrent vers elles en courant.

– Au secours ! hurla Eileen, avec Rose derrière elle, et les secouristes furent les premiers à les rejoindre.

– Il faut qu'on vous éloigne de ce bâtiment. Un secouriste observa le front d'Eileen au passage. Cette contusion réduit-elle votre champ visuel ? Vous y voyez correctement ?

– Ça va. Eileen se précipita vers Howard, Rick, les policiers de l'État et les agents du FBI, tandis qu'un deuxième secouriste s'empressait de s'occuper de Rose.

– On va vous conduire à l'hôpital, fit-il, en la prenant par le bras pour l'emmener aussitôt. Il faut qu'on vous soigne.

– Merci. Elle n'arrêtait pas de chercher Leo du regard, mais la foule était encore trop loin.

– Dieu merci, vous êtes ici ! Eileen retrouva les policiers, l'adjoint du procureur de district et les agents du FBI sur le terre-plein asphalté détrempé par les jets des lances à incendie. Je m'appelle Eileen Gigot, et j'ai failli être assassinée, ce soir. Trois hommes, des vigiles de Homestead, ont essayé de me tuer. J'ai leurs noms et leur signalement. Ils ont tué mon mari, il y a sept ans.

– Madame Gigot, venez avec nous, fit l'un des policiers, le regard inquiet sous la large visière de sa casquette. Vous pourrez effectuer votre déposition plus tard. S'il vous plaît, éloignez-vous de cette zone. C'est trop dangereux.

Howard Kermisez prit Eileen par le bras, en réglant son pas sur le sien.

– Madame Gigot, mon bureau a été parfaitement informé...

– Pas question, Howard. L'agent du FBI saisit Eileen par l'autre bras, en exhibant un insigne rutilant gainé d'un étui marron. Je suis l'agent spécial Jacob Morrisette, de la section du FBI de Wilmington. C'est une affaire relevant des compétences fédérales, et nous allons nous en charger. Il se tourna vers Rose. Je sais que vous êtes Rose McKenna, et nous avons Kristen Canton à notre bureau de Philadelphie. Venez avec nous, je vous prie.

Howard pressa le pas pour rester à leur hauteur.

– Jake, cette affaire est la nôtre. Cela dépend de la juridiction de l'État, et ces actes criminels ont eu lieu dans le comté de Reesburgh...

– Pas maintenant, messieurs, s'écria le premier secouriste, sans s'interrompre. Ces deux femmes ont d'abord besoin de soins médicaux.

– Non, j'ai dit que ça allait très bien, protesta Eileen, ne le repoussant d'un geste. Il faut rattraper ces hommes. Ils sont partis il y a une vingtaine de minutes.

– Voici notre plan. L'agent spécial Morrisette les pressa d'avancer, suivi des représentants de l'État de Pennsylvanie et des secouristes. Nos collègues de l'État vont lancer un avis de recherche, et vous, mesdames, nous allons vous soumettre à quelques examens médicaux, puis nous réglerons tout cela dans nos bureaux. Vite, accompagnez-nous.

Rose se laissa guider précipitamment vers la foule, et elle cherchait toujours Leo du regard. Elle ne le vit pas parmi les policiers de l'État, les employés de Homestead en combinaison jaune, les cadres dirigeants de la Harvest Conference en robe du soir et smoking rutilants, des gens de tous les âges. Tout le monde avait le regard rivé sur l'incendie, tous les visages trahissaient un état de choc, l'affliction, le désespoir. Certains employés pleuraient sans retenue.

Rose songea à Juanita, à June et Sue, qui avaient été si aimables avec elle, et elle se demanda si elles ne seraient pas privées d'emploi, à présent. Elle passa devant les cadres dirigeants et les commerciaux, tous déconfits, en songeant à la perte énorme que cela représentait pour les employés, la population locale et la ville elle-même. Sous le choc, elle comprit que quelque part, Reesburgh était devenue son cocon.

– Eileen, Rose, par ici ! s'exclama quelqu'un. Tanya Robertson et son équipe venaient au-devant d'elles, armés de caméras bourdonnantes et de projecteurs aveuglants. La journaliste brandit son micro, mais les policiers d'État se ruèrent pour l'empêcher de franchir le cordon de police.

– Eileen, comment vous êtes-vous retrouvée dans cet incendie ? cria Tanya de loin. Que se passe-t-il ? Comment vous êtes vous retrouvés ensemble, Rose et vous ?

– Vous voulez une info exclusive, Tanya ? La voici, lui répondit la veuve de Bill Gigot, face à l'objectif. Mon mari, Bill, a été assassiné, il y a sept ans, et ce soir, ils ont tenté de me tuer, moi aussi.

– Quoi ? s'écria la journaliste, stupéfaite. Qui ? La foule fut parcourue de conversations survoltées. Des gens dans le fond tendaient le cou pour essayer de mieux voir et d'entendre. Les agents du FBI voulaient entraîner Eileen à l'écart, mais elle ne bougea pas et empoigna le micro.

– Il faut que nous retrouvions les hommes qui ont tué mon mari. Ceux qui ont tenté de me tuer s'appellent Roger Foster, Paul Jensen et Deke Rainwater. Ils faisaient partie d'une conspiration avec Joseph Modjeska, qui vient de périr dans l'incendie. Je veux qu'on les arrête pour meurtre et tentative de meurtre.

– Avez-vous des preuves à l'appui de ces allégations ? lui rétorqua Tanya Robertson, en contenant à peine son excitation.

– Et comment. Tout comme Rose, qui m'a sauvé la vie. Eileen pointa Rose du doigt, et Tanya se tourna vers elle, avec son micro.

– Lui avez-vous réellement sauvé la vie, Mme McKenna ? Elle lui brandit le micro sous le nez. Vous n'avez toujours pas de commentaire à me faire, cette fois-ci ?

Subitement, Rose remarqua un convoi de berlines noires, derrière la foule. Les véhicules s'éloignaient de l'enceinte à faible allure, et se dirigeaient vers la voie d'accès et l'autoroute. Il devait s'agir du sénateur Martin et de son entourage.

– Oui, j'ai quelque chose à dire. Elle désigna le convoi. Voilà le sénateur Martin qui s'en va. C'est lui, le cerveau derrière cette conspiration. Il est responsable des meurtres de Bill Gigot, et aussi de la mort de Kurt Rehgard et Hank Powell, de Bethany Run Construction. La foule en eut le souffle coupé, mais elle ne s'arrêta pas là.

Elle continua, d'une voix forte et claire, celle de la vérité même. C'est même lui qui est derrière l'incendie de la semaine dernière, à l'école élémentaire de Reesburgh, où trois personnes ont perdu la vie, et qui a conduit ma fille et Amanda Gigot à l'hôpital. Cet incendie n'était pas accidentel, c'était un meurtre prémédité, par le sénateur Martin et ses complices dans cette machination.

Robertson en resta bouche bée, Eileen lâcha un cri de joie et une rumeur atterrée, des propos enfiévrés et des exclamations parcoururent la foule. Les agents du FBI échangèrent des regards avec les policiers de Pennsylvanie, qui échangèrent des regards avec l'adjoint du procureur. Le ciel leur tombait sur la tête.

−Cela suffira, mesdames, fit l'agent spécial Morrisette, en attrapant Rose par le bras d'une main ferme, pour tenter de l'éloigner du micro avec énergie.

−Hé, attendez une minute, se défendit-elle, en se dégageant d'un coup sec, puis elle entrevit Leo qui se frayait un chemin de haute lutte vers les premiers rangs de la foule en plein tumulte, sa cravate volant au vent.

Rose et Leo quittèrent les bureaux du FBI à l'aube, et ils marchaient sur Market Street, à Philadelphie, en se tenant par la main. La ville se réveillait à peine, et le soleil se levait derrière les immeubles, peignant le ciel à grands traits de jaune, comme du latex frais étalé au rouleau. Il n'y avait que quelques personnes dans la rue, et deux policiers en uniforme discutaient devant l'immeuble de l'administration fédérale. La brosse rotative d'un camion de nettoyage des rues arrosait le bord du trottoir, et un bus de la compagnie SEPTA à moitié vide passa dans un sifflement. Le seul magasin ouvert était un Dunkin'Donuts, sur le trottoir d'en face.

Rose huma l'air frais, chargé d'odeurs de beignets nappés de sucre glace et du premier air frais de l'automne.

– Ça sent bon.

– Pour une ville, oui, fit Leo en regardant autour de lui Mais j'ai passé la semaine ici. J'en ai assez.

– Félicitations pour cet accord à l'amiable.

– Merci. Il la regarda avec un sourire empreint de sérénité. Il avait les yeux tirés, et un début de barbe au menton, mais il avait l'air heureux et détendu, la cravate dénouée, et sa veste kaki flottait au vent. Je te raconterais bien comment ça s'est déroulé, mais ce n'est rien comparé à la chasse au sénateur meurtrier et au dévoilement de complots d'entreprises.

Elle sourit à son tour.

– Pas mal, en une semaine d'activité.

Il serra sa main dans la sienne.

– Cela ne fait qu'une semaine ?

– Oui. Elle n'arrivait pas à y croire elle-même. Nous sommes vendredi matin. Il y a une semaine aujourd'hui, la cantine prenait feu.

– Nom de Dieu. Il secoua la tête, et elle adressa au ciel une prière silencieuse pour qu'Amanda se rétablisse. La nuit dernière, le FBI et les adjoints du procureur les avaient interrogées, Eileen et elle, mais elles se trouvaient dans deux salles d'interrogatoire séparées, et la mère d'Amanda était partie à l'hôpital avant même que Rose n'en ait terminé. Dommage qu'on n'ait pas pu dire au revoir à Eileen.

– Quoi ? Leo la dévisagea comme si elle était folle. Elle t'a quand même flanqué un coup de poing en pleine figure, chérie.

– J'aurais fait la même chose, si quelqu'un avait abandonné Melly dans un incendie. Curieusement, elle n'y voyait d'ailleurs plus aucun inconvénient, peut-être parce que son visage ne lui faisait pas si mal que cela. La veille au soir, elle avait appliqué un pack de glace sur la bosse et se sentait de nouveau elle-même, après s'être débarbouillée de son maquillage de déguisement. Elle songeait quand même à garder ses cheveux teints en rouge, qui allaient bien à sa nouvelle personnalité.

– Quand même, je t'en prie, ne recommence plus de trucs pareils. Il en frémit. Tu aurais pu te faire tuer.

– C'est terminé, maintenant. Elle serra sa main dans la sienne, et elle sentait tout son amour, rien qu'à la chaleur de sa main. Je vais bien.

– Plus jamais, promis ?

– Promis.

Il sourit.

– Une chose m'échappe. Pourquoi Campanile a-t-il laissé ce Mojo commettre tous ces actes ?

– Je pense qu'ils n'en savaient rien. Elle avait une inquiétude, elle aussi. Cela me tracasse vraiment qu'ils ne réussissent pas à prouver que Kurt et Hank Powell ont été assassinés. Howard Kermisez disait qu'ils n'ont pas de prélèvements sanguins pour effectuer un examen toxicologique, mais je parie que les résultats montreraient que ses nouveaux amis lui ont versé une drogue à son insu.

– Ils pourront éventuellement vérifier dans sa voiture, examiner si elle présente des traces de choc, par exemple des griffures sur la peinture. Il la regarda, son visage s'éclaircit. J'ai une idée. Quand tout cela se sera calmé, pourquoi ne proposons-nous pas d'emmener sa nièce quelque part, avec Melly ? La saison de baseball est terminée, mais je peux me procurer des billets pour aller voir les Eagles.

– Ça, c'est une pensée délicate. Elle serra sa main plus fort dans la sienne. Je me demande quand tout cela se tassera. Je suis impatiente de voir le sénateur Martin inculpé. Il l'a jouée fine, hein, en limitant leurs manigances à quelques types de l'équipe de nuit et Mojo, qui s'est chargé du sale boulot. Elle en était dégoûtée. Qu'est-ce qui se passe, dans ces entreprises ? Ne sont-elles pas composées avant tout d'individus ? Et ces gens n'ont-ils pas d'enfants ?

– Dès qu'il est question d'argent, ils ne réfléchissent plus de la sorte. Et puis ce sont des enfants des autres qu'il s'agit, pas des leurs. Il secoua la tête. Ils l'auront, ce Martin. Il va se retrouver au trou à vie. Pas seulement pour son rôle dans ces meurtres, mais pour la corruption à laquelle il s'est livré, avec cette histoire de chantage. Ce n'est plus qu'une question de temps.

Rose se dit qu'il avait raison. Tard hier soir, le FBI avait arrêté les trois vigiles de Homestead, en Virginie.

– Peut-être qu'un de ces vigiles va cracher le morceau.

– Cracher le morceau ? Il l'observa, en plissant les yeux.

– J'ai entendu cette formule dans *New York police judiciaire*.

– Les mamans des cantines, il ne faut pas trop venir les chercher.

– Exactement. Elle lui sourit. J'espère qu'ils réussiront à reconstruire l'usine. C'était épouvantable de la voir brûler. Ils sont assurés, non ?

– Bien sûr. Les méchants finiront en prison, le conseil d'administration les remplacera, et l'entreprise reconstruira l'usine. Elle a trop de succès pour ne pas se relancer. Il lui serra de nouveau la main. Et au fait, nous sommes blanchis, hein ?

– Dieu merci. Elle lâcha un soupir de soulagement. Le procureur de district ne la tiendrait pas pour responsable de la mort de Mojo ou de ce qui était arrivé à Amanda. Et je doute vraiment qu'Eileen me poursuive en justice, maintenant, en tout cas pas de sa propre initiative.

– Cela va sans dire. Tu lui as sauvé la vie. Tout est bien qui finit bien.

– Sauf pour une chose. Les pensées de Rose revenaient toujours au même point. J'espère qu'Amanda s'en sortira.

– Moi aussi. Ils retombèrent tous deux dans le silence, ils atteignirent le coin de la rue et tournèrent à droite sur le parking.

Le vent s'était calmé, et ils approchèrent de la colonne grise et lugubre du centre de détention fédéral, avec ses fenêtres aussi étroites que des meurtrières. Le bâtiment de l'administration de la police se dressait devant eux et la voie express déroulait son ruban de véhicules. C'était déjà l'heure de pointe. Elle sentait le pouls de la ville commencer de battre, mais cette tension-là ne lui manquait pas. Elle se sentait comme si l'existence recommençait à zéro, à Reesburgh. Elle espérait que Melly aurait une vie plus facile, désormais, mais ce serait peut-être trop demander.

– Ouah. Leo secoua la tête, en réfléchissant à haute voix. Je ne comprends toujours pas comment tu as pu flairer tout ça. Un incendie dans une école qui se révèle un incendie volontaire, à seule fin de tuer une enseignante qui porte le bébé d'un sénateur, et un accident de chariot élévateur qui n'est pas un accident, destiné à couvrir une machination qui aurait mis la vie d'enfants en péril.

–Tant de gens disparus, soupira-t-elle, en repensant à tous ces êtres. Marylou Battle, Serena Perez, Ellen Conze, Kurt Rehgard, Hank Powell et Bill Gigot. Même Mojo. Toutes ces morts, si tragiques et si inutiles.

–Mais enfin, tu as tout deviné. Je suis fier de toi, et surtout, je suis désolé. Il s'arrêta et se tourna vers elle, en plongeant ses yeux dans les siens. L'expression de son visage se fit plus grave, et tout son corps parut s'immobiliser. J'ai eu tort. Je n'aurais pas dû t'envoyer chez Oliver. Nous obtiendrons de lui qu'il publie un communiqué indiquant que nous ne poursuivrons pas l'école.

–Bien.

–Et à partir de maintenant, toi et moi, nous parlerons de tout, jusqu'à en être malades à mourir, et nous ne prendrons aucune initiative sans nous être mis d'accord. Tu me pardonnes ?

–Oui.

Il se pencha vers elle et lui donna un baiser délicat, puis l'embrassa plus langoureusement et, à cette minute, elle sentit leur lien de couple se resserrer.

–Allons récupérer le reste de la famille. Il lui passa le bras autour de l'épaule, et elle glissa sa main autour de la taille de Leo.

Et ils se rendirent ensemble à la voiture.

Rose et Leo s'arrêtèrent dans l'allée du bungalow et sortirent de voiture. Melly se rua vers eux en traversant la pelouse des Vaughn, cheveux au vent. Princess Google détala derrière elle, en agitant furieusement le panache de sa queue.

–Maman, Leo ! s'exclama-t-elle, et Rose ouvrit grand les bras.

– Mon cœur ! Elle la serra très fort contre elle, la respira. Tu m'as tant manqué !

– Tu es prête pour ta surprise ?

– Bien sûr. Rose l'embrassa et la reposa par terre. Ils avaient appelé sur la route, et Melly leur avait dit qu'elle avait une surprise pour eux. Voyons ça.

– Elle n'est pas ici. Il faut qu'on aille ailleurs.

– D'accord, c'est toi le chef. Rose sourit, en câlinant Princess Google qui lui avait grimpé sur la jambe, en posant ses pattes duveteuses contre son genou. Hello, Google girl !

– Leo ! Melly courut vers Leo, qui la souleva dans ses bras et la serra très fort avec un petit grognement.

– Melly Chipie ! Où tu étais passée depuis tout ce temps ? Et il l'embrassa sur la joue. En se retournant, Rose vit Mo sortir de la maison, en polo marine et en jean, suivi de Gabriella, vêtue d'une tenue identique, et qui tenait John dans ses bras.

– Comment va mon bébé grand garçon ? fit-elle, en se dépêchant d'aller les rejoindre, et John s'illumina d'un sourire, l'air tellement chic dans son t-shirt blanc, son jean et deux dents sorties. Tu m'as manqué, mon petit copain ! Mon bébé m'a manqué ! Elle le souleva en lui glissant un bras sous le derrière, et lui fit un baiser sur la tête, puis elle eut un grand sourire pour Gabriella. Chère madame, heureusement que tu étais là ! Comment puis-je te remercier ? Un dîner ? Une soirée en ville ? Dois-je t'offrir une voiture ?

– Ne dis pas de bêtises, nous avons été enchantés. Gabriella était rayonnante. Tu es une célébrité. Tu es dans tous les médias.

– Oui ! Mo arriva par-derrière, tout sourire. Pourquoi ne nous as-tu pas dit que tu combattais le crime organisé ?

– Ha ! s'exclama Leo, hilare. Elle ne m'a rien dit, à moi, pourquoi irait-elle te le dire, à toi ?

– On y va, Mo ! Melly se mit à sauter en l'air, et Rose remarqua qu'elle avait une nouvelle paire de chaussures marron avec son jean, et un T-shirt Harry Potter.

– Où est-ce que tu as eu ces chaussures ?

– C'est des boots ! Allez, monsieur V ! Melly courut vers Mo, qui consulta sa montre.

– Tu as raison. On peut pas arriver en retard. Faut y aller.

– Où ça ? demanda Rose, perplexe, avec le sourire.

– Pas loin, lui répondit Gabriella. Allez-y, vous tous. Moi, je vais rester ici avec le chien, préparer le déjeuner. Viens ici, Google !

Mo hocha la tête.

– Mettons-nous en route. Rose, pourquoi vous ne nous suivez pas en voiture, Leo et toi ?

Melly suivit Mo d'un pas sautillant.

– Moi, je vais avec monsieur V.

Rose était stupéfaite. Elle ne se souvenait pas d'avoir jamais vu Melly préférer ne pas monter en voiture avec elle. Il y avait de l'entourloupe dans l'air. Elle lança un regard à Leo.

– Ne me pose pas de questions, dit-il, avec un haussement d'épaules réjoui.

Rose et Leo se tenaient tous les deux dans la pâture sur l'arrière d'un petit élevage de chevaux, au bout de la route menant au bungalow. Les arbres étaient flamboyants, dans les orange, les rouges et les ors, et c'étaient ensuite des collines vallonnées à perte de vue. Des clôtures en bois, avec leurs poteaux et leurs lisses, divisaient les pâtures, et une grange blanche se dressait au milieu, sous son toit de tôle aux décolorations rouges. Mo et Melly étaient entrés à l'intérieur, en priant Rose et Leo de rester là et d'attendre la surprise.

– J'essaie de ne pas me tracasser. Rose câlina John, qui referma son petit bras autour de son cou. Mo ne va pas la mettre sur un cheval, non ?

– Détends-toi. Leo lui sourit, l'air détendu, lui passa un bras autour de l'épaule. Il n'irait rien faire de dangereux avec elle.

Rose se retourna, et Melly était juchée sur un cheval noir au poil long, tout sourire, comme si elle avait monté toute sa vie. Elle était coiffée d'une bombe noire et elle avait enfilé un jodhpur en daim. Mo avait beau se tenir à ses côtés, Rose se sentit le cœur au bord des lèvres. Leo, tu as vu ça ?

– Elle va très bien se débrouiller.

– Blbblb ! glapit John, en agitant le bras comme une bielle dès qu'il vit Melly.

– Comment sais-tu qu'elle va se débrouiller ?

– Chut. Elle vient par ici.

– Mo ! En les voyant venir vers eux à grands pas, Rose tâcha de ne pas paniquer. Il n'y a pas de danger ? Elle n'est pas très forte en sport. Elle a les genoux désarticulés. Elle trébuche souvent.

– Ne t'inquiète pas. Mo lui posa une main sur l'épaule, en souriant. Elle maîtrise complètement son sujet.

– Mo, elle a huit ans.

– Il n'empêche, et les genoux désarticulés, pour l'équitation, c'est très bien. Regarde-moi la souplesse de ses chevilles. Elle a les talons qui descendent très bas. Cela accroît la stabilité. Il fit signe à Melly. Marche, Melly!

En voyant sa fille donner un coup de talon au cheval, qui décrivit une volte d'un pas plus rapide, Rose retint son souffle.

– Il ne peut pas ralentir, ce cheval?

– S'il va plus lentement, il partira en marche arrière.

Leo sourit, en se détournant.

– Alors, Mo, comment cette idée vous est-elle venue?

– Eh bien, elle en a eu assez de la gadoue, alors elle s'est attaquée au canasson. Elle s'est transformée en vraie garçonne d'écurie. Elle a une assiette parfaite. Il plaça sa main en porte-voix. Melly, lève les yeux, baisse les talons! C'est bien, ma fille!

Melly acheva son tour et, quand elle revint de leur côté, elle leur fit un signe joyeux.

Leo lui répondit.

– Tu m'as l'air super, cowgirl!

Rose en eut le souffle coupé.

– Tiens-toi à deux mains, mon cœur!

Mo s'esclaffa.

– Elle sait monter sans mains du tout, tant elle a un bon équilibre. Tu veux voir?

– Non, rétorqua-t-elle. Enfin, je veux dire, non merci.

Ce qui fit rire Mo et Leo. Melly passa devant eux, et le cheval fouetta l'air de son épaisse queue noire. Mo remit la main en porte-voix.

– Melly, pousse-le un peu au trot!

Elle donna encore un coup de talon, et l'animal décrivit un deuxième tour, plus vite, au trot. Elle se levait de sa selle en cadence, passant au trot enlevé.

Mo hocha la tête.

– Churchill disait : « L'extérieur d'un cheval est bénéfique à l'intérieur d'un homme. »

– Churchill n'a jamais été maman. Rose se mordilla la lèvre. Pourquoi se lève-t-elle comme ça de sa selle ?

– Elle nous fait du trot enlevé. Beaucoup de gens ont besoin de quelques leçons pour saisir la cadence, mais elle, elle a pigé tout de suite. Il eut un geste vers la fillette. Elle est heureuse comme un coucou. Sur un cheval, il faut affronter le monde les yeux droit devant et le menton levé. Une fillette qui dirige un animal de cinq cents kilos y gagne en confiance.

Rose suivit Melly du regard, qui avait l'air heureuse, en effet.

– Les chevaux ont une allure, ce qui désigne à la fois leur manière de se déplacer et leur rapport au monde. Les gens ont une allure, eux aussi. L'allure de Melly, cela consiste à se déplacer la tête baissée, à courir se cacher derrière des livres et des ordinateurs.

Rose tressaillit.

– Ce n'est pas encore ce qu'il y a de pire, Mo.

– Ne te méprends pas. Je pense qu'elle a besoin de tous ces objets qu'elle possède déjà dans sa vie, mais elle aime les chevaux, et elle n'a pas peur d'eux, même des plus grands sauteurs comme celui-ci.

– Je sais qu'elle s'entend bien avec les animaux. Ce sur quoi elle doit travailler, ce sont les êtres. Elle a besoin d'une amie à l'école, et l'équitation n'est même pas une discipline sportive qu'on enseigne en milieu scolaire.

– Ah, mais la monte, c'est par là que tout commence. Mo ne quittait pas Melly de l'œil. Un ami, elle est en train de s'en créer un, là, sous tes yeux.

– Elle se lie d'amitié avec un cheval, oui.

– Pas du tout. Elle se lie d'amitié avec elle-même.

Rose n'y avait pas pensé en ces termes. Elle regarda Melly.

– Nous voyons tous quel est le problème de Melly, mais il faut qu'elle prenne confiance en elle. Qu'elle se confronte au monde tel qu'il est, par elle-même, en regardant droit devant elle et la tête haute. Plus elle le fera ici, plus elle le fera à l'école. Regarde. Elle fait avancer ce poney toute seule. Ça lui réussit.

Rose observa sa fille qui montait en douceur sous un soleil éclatant, sur un fond de pâturages ravissants et de paysages d'automne somptueux, et elle se sentit le cœur empli d'émotion. Quelque chose avait changé, elle avait ce changement sous les yeux, et pour Melly, tout allait peut-être se transformer, un jour prochain. Et ce jour prochain commençait peut-être tout de suite.

– Cela vaut la peine d'essayer, mon chou, fit Leo d'une voix feutrée, et il lui posa une main dans le dos.

– C'est certain, ajouta Mo. Je peux lui donner des leçons quand vous venez, et il y a quantité de clubs hippiques à Reesburgh. J'ai vérifié en ligne et j'en ai trouvé toute une liste.

Rose se sentait les larmes aux yeux, et elle serra John tout contre elle. C'était un espoir, enfin.

– Elle a envie de prendre des leçons ?

Ce fut Leo qui lui répondit.

– Pose-lui la question.

– Allez, au paddock, la gamine ! Rose borda Melly dans son lit, elle se sentait à nouveau elle-même, après s'être douchée et changée pour enfiler des vêtements propres.

C'était le crépuscule, son heure préférée, au bungalow, quand la journée s'achevait, quand ils se mettaient au lit tôt, en harmonie avec les rythmes de la nature plus qu'avec ceux de la télévision ou du travail à la maison.

– Il fait froid, ce soir. Melly remonta sa couette tout contre Princess Google, déjà endormie. Il est trop mignon, Ebony, hein, maman ?

– Très mignon. Rose s'assit au bord du lit d'une personne. La chambre était dépouillée à l'extrême, contenant seulement une petite bibliothèque et un secrétaire. Une lampe de lecture en métal était maintenue par une pince à la tête de lit, et Rose l'éteignit, les laissant ainsi dans la pénombre de la fenêtre.

– Tu l'aimes vraiment bien ?

– Ebony ? Bien sûr. Je le trouve adorable et tout doux, avec ses poils. Tu avais l'air super, là-haut.

– Harry Potter, il monte des balais, et moi, je monte des chevaux. Melly sourit, et Rose lui fit un baiser sur la joue.

– Ça te plaît, de monter à cheval ?

– J'adore ça. C'est tellement rigolo, et puis Ebony, il est tout doux, vraiment tout doux.

– Je me souviens. Rose avait caressé le cheval avant leur départ, et il lui était paru d'une taille insensée, de si près. Tu sais, je me demandais, si tu veux prendre des leçons d'équitation. Mo me dit qu'il y a des clubs hippiques autour de chez nous, à la maison. Tu as envie d'essayer ?

– Qu'est-ce que tu crois, toi ?

Rose fit silence un moment, et une odeur de fumier de cheval filtra par la porte-moustiquaire, mais ce pouvait être elle qui se l'imaginait. Elle savait que si elle prononçait un mot, cela mettrait le holà à toute cette folle aventure. Toutes les mamans ont des moments comme celui-ci, où elles peuvent faire pencher les choses du côté de ce qu'elles souhaitent, et pas du côté de ce que souhaite leur enfant. Au lieu de quoi, elle lui répondit ceci :

– Je trouve que c'est une super idée, Mel. Tu es vraiment bonne, à cheval, et c'est drôle, vraiment particulier.

– Mais je ne connais pas d'enfants qui montent à cheval. Dans ma classe, personne ne monte.

– Il y a partout des enfants qui montent, comme ces fillettes du manège. Tu passerais de super moments.

– Et si les autres enfants se moquent de moi, à l'école ?

– S'ils se moquent, tu pourras toujours t'arranger. S'ils te houspillent, tu essaieras de faire en sorte que ça ne te tracasse pas trop. Rose repensa aux propos de Mo. Garde la tête haute et va de l'avant. Dis-toi que tu trottes, et c'est tout. Alors, qu'en dis-tu ? Tu as envie d'essayer ?

– Tu crois que je peux ?

– Je sais que tu peux, lui affirma sa mère sans hésitation. Elle entendit les pas de Leo dans l'escalier et se retourna. Hello, mon chou. Tu montes pour un autre baiser de bonne nuit ?

– Leo ! s'écria Melly. Je vais prendre des leçons de cheval !

– C'est génial ! Leo entra en tenant John dans ses bras, puis se pencha tout près de l'oreille de Rose. Téléphone pour toi, ma chérie. C'est Eileen, au sujet d'Amanda.

CHAPITRE 18

Rose emprunta le couloir d'hôpital au sol chatoyant, en tenant Melly par la main. Amanda était sortie de son coma et des soins intensifs, mais elle conservait des problèmes de motricité du bras gauche et ne recouvrait que lentement la mémoire. Eileen leur avait demandé de passer dimanche après-midi, et Rose espérait que c'était une bonne idée.

– Ça va, Mel ?

– Bien. Melly tenait son cadeau sous son bras. Tu lui donnes son cadeau, ou c'est moi ?

– Tu décides. C'est toi qui l'as choisi, mais ça me va de lui donner.

– Non, c'est moi qui vais lui offrir.

– Bon. Rose lui serra la main dans la sienne. Elle ne se souvient pas de tout, et il se peut qu'elle n'ait pas très bonne mine, mais ensuite, elle ira mieux, ça va très lentement s'arranger. Elle ne retournera pas à l'école avant la fin de l'année.

– Elle se souvient qu'elle s'est mise du gélifruit sur la joue ?

Rose tressaillit.

– Je ne sais pas.

– Qui est-ce qui sera là, pour lui rendre visite ? Des enfants de ma classe ? Danielle et Emily ?

– Je ne pense pas, mais je ne suis pas sûre.

Melly retomba dans le silence.

– Tu es inquiète, Mel ?

– Je trotte, je trotte.

Rose éclata de rire, et Melly pouffa elle aussi, libérant ainsi la tension du moment. Le couloir était désert, et l'air sentait vaguement l'antiseptique. Des gens parlaient à voix basse dans une chambre, et un match de football américain était retransmis à la télévision dans une autre. Elles arrivèrent devant celle d'Amanda, où la porte était entrebâillée. Rose frappa sur le montant et risqua un œil à l'intérieur.

– La famille Gigot est-elle dans les parages ?

– Rose ! Eileen se leva de sa chaise au chevet du lit, et Amanda était éveillée, sous ses couvertures, la tête encore bandée et le visage pâle. Elle était encore sous perfusion, et ses yeux bleus avaient l'air endormis.

– Hello, madame McKenna. Elle avait une voix un peu faiblarde. Hello, Melly.

– C'est tellement bon de vous voir toutes les deux. Eileen contourna le pied du lit, l'air détendu dans son sweatshirt et un jean, avec un léger maquillage et les cheveux bouclés et flous.

– Je suis tellement contente qu'Amanda aille mieux.

– Merci. Eileen hocha la tête, les yeux brillants, et elle se pencha sur Melly. Merci d'être venue cet après-midi. Amanda avait vraiment envie de te voir.

– Pourquoi ? demanda Melly, et Rose essaya de ne pas rire.

– Bonne question. Eileen se tourna vers sa fille. Amanda, pourquoi ne dis-tu pas à Melly la raison pour laquelle tu voulais la voir ?

– Je rentre à la maison dans deux ou trois semaines, et on va organiser une grande fête d'Halloween. Tu as envie de venir ?

– D'accord, répondit-elle, sur un ton prudent. Elle s'avança vers le lit et lui tendit son cadeau. On t'a apporté ça.

– Merci. Amanda le lui prit de la main droite, mais son bras gauche, apparemment inerte, ne bougea pas. Mon bras et ma main ne marchent plus. Mon cerveau n'a pas eu assez d'oxygène, et je dois me rééduquer.

Rose en éprouva un pincement de compassion, et Eileen s'approcha pour aider sa fille, mais Melly fut plus prompte, et les deux fillettes se mirent à déballer le paquet avec une frénésie de gestes, arrachant le tout pour finalement glousser l'une et l'autre. Derrière elles, Eileen et Rose échangèrent des sourires soulagés, heureux. Jamais auparavant on n'avait accordé une telle signification au déballage d'un cadeau, comme si cela pouvait suffire à conduire à la paix mondiale.

– Génial ! Amanda s'anima, en levant le cadeau en l'air, un livre de la série American Girl. Regarde, maman. C'est *Lanie*, mon préféré ! Elle se tourna vers Melly. C'est lequel, ton préféré ?

– Harry Potter.

Rose dissimula son sourire.

– J'aime bien les films de Harry Potter. Et toi ?

– Oui, répondit Melly. Si tu veux, je pourrais t'apporter des devoirs ici, à l'hôpital. Mais le mercredi, je ne pourrai pas, parce que je commence à prendre des leçons de cheval.

Amanda ouvrit de grands yeux.

– Tu montes à cheval ?

– Oui. Je monte Ebony.

– Felicity monte à cheval. J'adore Felicity. C'est ma préférée depuis longtemps. Lanie, c'est juste ma nouvelle préférée.

– Qui est Felicity ? demanda Melly, déconcertée.

– C'est une American Girl, elle aussi. Elle vit en Virginie. J'ai le DVD à la maison. Tu peux venir la voir quand je serai rentrée chez moi, d'accord ?

– D'accord, répondit Melly, toute réjouie. Je n'ai jamais lu American Girl, mais j'ai aussi un livre de la collection. *Nicki.*

– Nicki, c'est celle qui aime les chiens.

Derrière elles, Eileen sourit à Rose.

– Amanda connaît tous ces livres de la collection des American Girls. Elle connaît tous les personnages. C'est une obsession. Vous n'imaginez pas.

– Euh, si, j'imagine.

Rose eut un rire, et Eileen l'invita d'un geste.

– Sortons et laissons-les discuter, non ?

– Bonne idée. Rose lui suivit dans le couloir, en tendant l'oreille pour s'assurer que tout allait bien pour Melly. Les fillettes se mirent à papoter au sujet de Felicity et Hermione, et Rose sourit. Ce n'est pas super ?

– Super, si. Eileen prit un air grave. Mais je dois dire, de vous à moi, que je suis vraiment désolée, pour tout.

– Oubliez ça. Rose dissipa la chose d'un geste, mais Eileen leva la main.

– Non, écoutez. Je vous ai dit au téléphone qu'Amanda avait une mémoire un peu défaillante. Elle ne se souvient pas de grand-chose, et ses souvenirs ne lui reviennent qu'au compte-gouttes.

– Je vois.

– Donc hier, nous parlions de Melly et vous, et enfin, elle s'est souvenue de quelque chose. Eileen plissa le front, qui se creusa de rides, et ses regrets étaient évidents. Elle s'est rappelée qu'au moment où l'incendie a éclaté, vous l'avez emmenée dans le couloir avec Emily. Que vous leur avez dit de sortir dans la cour, mais elle est retournée chercher l'iPod de Jason, puis elle s'est perdue dans la fumée. Ce n'était pas votre faute, du tout. Des larmes perlaient aux yeux bleus d'Eileen. Je suis tellement désolée de tout ce dont je vous ai accusée.

– Chut, c'est bon, ne pleurez pas, les filles vont entendre. Rose la serra dans ses bras, la poitrine d'Eileen fut secouée d'un sanglot, et un gémissement étouffé s'échappa de ses lèvres.

– Je suis tellement désolée. J'ai cru que vous aviez abandonné Amanda pour Melly, et que vous n'aviez même pas essayé.

– Taisez-vous une minute. Écoutez ces deux enfants. Elles rient.

Eileen se calma, ses larmes refluèrent, et les deux mères écoutèrent en douce leurs deux filles qui bavardaient au sujet de Lanie, à qui sa meilleure amie Dakota manquait tant, et de Harry, à qui manquait son meilleur ami Ron, puis elles poursuivirent en discutant du costume qu'elles porteraient pour Halloween, le genre de conversation qui, toutes les mères le savent, dure des semaines.

Et au terme de leur visite, les filles avaient fini par mieux se connaître, et leurs mères aussi.

Et cela, aux yeux de Rose, c'était œuvrer pour la paix du monde.

La matinée était claire et froide, c'était enfin octobre pour de bon, et Rose marchait en direction de l'école, en tenant Melly par la main. John ronflait gaiement, au chaud dans son Snugli, et Melly était tout emmitouflée, dans son manteau rouge molletonné qui lui plaquait trop son sac dans le dos.

Rose tira sur les bretelles de son sac à dos, au passage.

– Il faut qu'on te les règle quand tu rentreras à la maison.

– C'est mon manteau, maman. Il est trop épais.

– Il fait froid, aujourd'hui.

– Pas si froid.

Rose sourit, enchantée de parler à nouveau de sujets normaux. Entre-temps, d'autres mères venaient dans leur direction, et s'approchèrent de la rampe d'accès en souriant et en leur faisant signe de la main. Les infos étaient remplies de reportages sur elles, le directeur financier de Homestead avait été inculpé et le conseil d'administration avait annoncé la reconstruction de l'usine et le dédommagement de toutes les victimes de ses crimes. Et la compagnie avait déjà conclu un règlement à l'amiable avec Eileen, relatif au meurtre de Bill.

– Bravo ! s'exclama une mère, et un père en costume les salua, le pouce pointé en l'air.

– Hello, Rose, hello, Melly ! s'écria une autre mère.

– Salut ! répondit Rose, et Melly leva le nez, en plissant les yeux sous le ciel éclatant.

– Qui est-ce, maman ?

– Je n'en ai aucune idée.

Melly pouffa de rire, stupéfaite.

– Maman, qu'est-ce qui se passe ?

– C'est ce que je t'ai dit. Rose et Leo avaient essayé de lui expliquer ce qui s'était passé, mais ce n'était pas des choses qu'une fillette de huit ans devait connaître dans les détails. J'ai aidé à attraper de méchants messieurs, et tout le monde est content.

– Tout a tellement changé. Melly regarda autour d'elle, émerveillée. Elles s'approchaient de la rampe, et partout, des têtes se tournaient. C'est comme une fête d'anniversaire.

M. Rodriguez surgit par la porte principale, s'engagea dans la rampe et se dirigea vers elles à grands pas, avec un grand sourire, en boutonnant sa veste.

– Rose ! Melly !

– Bonjour, M. Rodriguez, fit Rose. Elle le rejoignit sur le trottoir. C'est si bon de vous voir.

– Rose, je ne saurais assez vous remercier. Nous vous sommes si reconnaissants. Vous avez risqué votre... M. Rodriguez s'interrompit, se reprenant devant Melly. Enfin, nous vous sommes reconnaissants, voilà tout.

– Merci, et je dois vous dire que Leo et moi n'avions jamais eu l'intention de lancer la moindre procédure.

– Je sais. J'ai reçu un coup de fil ce matin, d'Oliver Charriere. M. Rodriguez baissa les yeux sur Melly et lui posa la main sur l'épaule. Et j'ai appris que tu t'étais portée volontaire pour rapporter ses devoirs à Amanda.

– Oui. Melly opina.

– Merci de ton aide. C'est ainsi que tous nos élèves devraient se comporter, à Reesburgh. C'est cela, une collectivité. M. Rodriguez leva les yeux vers Rose. Voulez-vous passer à mon bureau ? Je sais que l'équipe souhaitait vous remercier de vive voix.

Rose sourit de surprise.

– J'aimerais beaucoup, merci.

– Parfait. Cela vous ennuie si j'accompagne Melly à l'intérieur ?

– Pas du tout.

– Melly, viens avec moi. M. Rodriguez, tout sourire, prit la fillette par la main. Allons en classe ensemble. Je crois qu'il y a là-bas quelqu'un que tu auras envie de voir.

– Qui ça ? demanda Melly, alors qu'ils prenaient l'allée.

La porte d'entrée s'ouvrit, et sur le seuil, c'était Kristen Canton, en tenue, prête à reprendre son poste.

– Melly ! s'exclama-t-elle, et elles se précipitèrent dans les bras l'une de l'autre.

Rose resta en retrait, les yeux voilés de larmes, et se laissa finalement aller.

Enfin libérée.

CHAPITRE 19

Chez les Gigot, pour Halloween, la maisonnée était pleine de sorcières, d'Ironmen et de vampires. Les tables étaient garnies de sandwiches, de gâteaux secs au gingembre et de confiseries en barre, et les garçons euphorisés par tant de sucre se cavalaient après, pendant que les filles jouaient à essayer d'attraper entre leurs dents des pommes flottant à la surface d'une bassine. Rose était habillée en avocat, en costume trois pièces et cravate à rayures, Leo était son prisonnier, en combinaison orange, et John était en tunique noire de bébé juge.

Elle leva son gobelet en plastique rempli de cidre et le fit tinter contre celui de Leo.

– Tu sais à quoi nous trinquons, hein ?

Leo sourit, le verre levé.

– L'inculpation du sénateur Martin ?

– Non. Devine encore.

– Le fait que tu sois si sexy en rousse. Mets-moi en prison et use de moi comme tu voudras. Tu as des menottes ?

Elle se pencha vers lui.

– C'est le premier Halloween où Melly ne porte pas de masque.

– Ouah, je ne m'en étais pas rendu compte. Il se retourna vers Melly, qui s'était déguisée en cavalière, avec ses jambières en cuir à franges, ses bottes et un sweatshirt avec la mention « grandir, ça commence par là ». Pour l'instant, elle était avec Amanda, Emily, Danielle et les autres fillettes, le visage enfoui dans une bassine en fer remplie de pommes. Elles n'étaient pas devenues les meilleures amies du monde, mais les pires taquineries avaient cessé, et Amanda, après sa blessure, lui avait témoigné une compréhension inédite.

– Maintenant, bois, espèce de criminel.

Elle leva son verre, Leo l'entrechoqua avec le sien et ils burent une gorgée, puis s'embrassèrent par-dessus la tête de John.

Eileen s'approcha d'eux en valsant, rayonnante dans sa tenue de princesse coiffée d'une tiare incrustée de diamants fantaisie.

– Salut, ma fille, lui fit Rose en souriant. Elles étaient devenues plus intimes, grâce à Melly qui avait apporté ses devoirs à Amanda, à l'hôpital. J'adore ce costume. Toutes les mamans méritent d'avoir leur tiare.

– C'est vrai, sauf que moi, c'est Paris Hilton, et elle éclata de rire, puis Wanda les rejoignit, vêtue en sorcière, suivie de quelques autres parents de la classe, Rachel et Jacob Witmer en Barack et Michelle Obama, Susan et Abe Kramer en Bill et Hillary Clinton, et Elida et Ross Kahari en Sarah et Todd Palin. Rose les considérait tous comme ses nouveaux amis, quelle que soit leur affiliation politique.

Wanda se tourna vers Rose.

– Rose, tu sais, je dois l'admettre encore une fois, je suis tellement désolée de la manière dont je t'ai traitée.

– C'est oublié, lui répondit Rose, et c'était sincère. Quantité de gens s'étaient excusés, et son nouvel e-mail, sa nouvelle page Facebook étaient inondés de messages d'amour virtuel.

– Le nouveau PDG de Homestead t'a même mentionnée dans son discours. Il a déclaré que le coup de balai serait total.

– Je suis tellement content que le sénateur Martin fasse partie de la charrette, ajouta Leo.

– Personne n'est plus content que moi ! s'exclama une voix derrière eux, et ils se retournèrent.

– Kristen ! Rose la serra dans ses bras. La jeune enseignante était ravissante, même affublée d'une tenue de Humpty Dumpty.

– Rose, Leo, tout le monde, permettez-moi de vous présenter. Elle eut un geste vers le chevalier blanc à ses côtés, dans une armure en feuille d'aluminium. Voici Erik, mon petit ami. Enfin, je devrais plutôt dire, mon fiancé.

– Ouahou ! s'écria Rose, et toutes les femmes s'agglutinèrent autour de Kristen, qui leur montra sa bague de fiançailles, au milieu des soupirs appréciateurs.

– Maman ! hurla un enfant, et les quatre femmes levèrent le nez, car elles répondaient toutes à ce nom-là.

– Oui, mon cœur ? fit Eileen. C'était Amanda qui se tenait devant elle, le visage dégoulinant d'avoir attrapé des pommes.

– Tu peux réparer mon éclair ? Il part, à cause de l'eau.

Cette vision fit sourire Rose.

Amanda était habillée en Harry Potter.

Rose se gara au bout de la rue, coupa le contact et resta assise un moment dans son véhicule de location. Elle se sentait un peu moite, et son cœur battit un peu plus vite. Elle vérifia l'horloge du tableau de bord – 10 h 49. Elle avait dix minutes d'avance. Elle inspira à fond, s'efforçant d'apaiser sa tension. Dès qu'elle s'était engagée dans cette rue, elle avait senti quelque chose monter en elle, un frisson qui lui semblait émaner de la moelle des os et se propager sous sa peau, comme des ondes de choc issues de son âme.

Elle regarda autour d'elle, pour s'imprégner de la vision de cet endroit. Cette extrémité de la rue paraissait différente de ce qu'elle était vingt ans auparavant, mais elle revoyait encore son apparence d'antan, tout comme il lui arrivait de regarder le visage de Melly et de revoir le bébé qu'elle avait été. Le passé vivait dans le présent, et personne ne le savait mieux qu'une mère.

Maman!

Les maisons étaient encore toutes les unes près des autres, même si les couleurs des peintures avaient changé, et les arbres poussaient aux mêmes emplacements, même s'ils étaient plus hauts et plus fournis, avec leurs racines fracturant le béton du trottoir, comme autant de séismes miniatures. Des feuilles mortes jonchaient le trottoir, et de grands sacs en papier kraft qui en étaient pleins, marqués du nom de la municipalité, étaient posés le long du trottoir comme une rangée de pierres tombales, comme c'était le cas à l'époque déjà.

Rose ferma les yeux, et tout lui revint. Halloween – elle avait dix-huit ans. Elle venait de tourner dans la rue quand elle eut cette vision blanche et floue et entendit ce heurtement sourd, horrible. Des larmes lui vinrent aux yeux, comme ce jour-là, instantanément. Ce soir, son cœur avait senti ce qui s'était passé avant que son cerveau ne le sache. Seulement, il ne savait pas comment le lui dire. Ensuite, elle avait entendu le cri déchirant de la mère de Thomas.

« Thomas ! »

Rose sortit un Kleenex de son sac à main et s'essuya les yeux. Elle examina la maison, qui n'avait pas du tout changé : une demeure de style colonial, avec une véranda en façade, des marches en bois, trois chambres. Les Pelal y habitaient toujours, et leur numéro de téléphone avait été facile à trouver en ligne. Elle les avait appelés la veille, et ils avaient reconnu son nom. Elle leur avait demandé si elle pouvait leur rendre visite, et ils lui avaient suggéré de venir le jour même, mais sans poser la moindre question.

Elle rangea son Kleenex et retira les clefs du démarreur. Elle savait que ce qui était arrivé ici l'avait enfermée dans un schéma qu'elle n'avait pas su identifier, et qu'elle n'avait donc pas pu empêcher. Et puis, elle était jeune, on lui avait dit de ne pas adresser la parole aux Pelal, et elle n'en avait eu aucune envie, de toute manière. Elle n'avait pu que courir se cacher. Mais il n'était plus question de la loi, plus maintenant. Il s'agissait de ce qui était bien ou mal, et elle était adulte, désormais. Jim et Janine Pelal étaient des parents comme elle, et elle avait tué leur enfant. Elle ne pouvait laisser s'écouler une autre journée sans leur dire ce qui devait être dit.

Elle sortit de sa voiture, ferma la portière et emprunta le trottoir vers leur maison. Elle se reprit une contenance, puis elle appuya sur le bouton de sonnette.

– Merci d'avoir bien voulu me recevoir. Elle s'assit dans une bergère, le plus joli siège de leur salon, qui comprenait aussi un canapé marron usé et une table basse ordinaire, où étaient posés un journal replié et un cendrier contenant une pipe et un tas de cendre noire. L'air sentait une odeur de fumée, de cerisier brûlé.

– C'est naturel. Jim était assis à côté de Janine, dans le canapé. Ils avaient tous deux les cheveux courts, les siens à lui étaient gris, et les siens à elles étaient brun foncé, ils portaient des double foyer à monture d'acier, un jean large et des baskets blanches plus ou moins neuves, de sorte qu'ils avaient l'air appariés mais pas identiques, comme deux shakers poivre et sel. Ils avaient une allure bienveillante, jusqu'à leur sourire, qui était poli, et même empreint de bonté.

– Bien, commença Rose, la bouche sèche. C'est une chance pour moi que vous habitiez toujours ici. C'était plus facile de vous retrouver.

– Oh, nous n'aurions jamais déménagé. Jim secoua la tête. Nous aimons cet endroit. C'est notre ville natale, à tous les deux. Nous sommes en semi-retraite, mais tous nos amis sont ici, et notre église aussi. Notre fille vit à Seattle. Son mari est ingénieur chez Boeing.

Rose eut une vision de la sœur de Thomas courant de la véranda, mais elle se la sortit aussitôt de l'esprit.

– Nous avons deux petits-enfants, deux garçons, maintenant. Nous adorons leur rendre visite, mais nous adorons rentrer chez nous, aussi. Jim eut un petit rire. J'ai lu dans le journal en ligne que vous aviez des enfants.

– Oui, un garçon et une fille. Cette conversation à bâtons rompus mettait Rose mal à l'aise, surtout à cause de Janine, tellement silencieuse, ses petites mains croisées sur ses genoux. Elle avait les ongles vernis, et elle portait un maquillage assez présent, avec un eye-liner chargé. Mon appel a dû vous surprendre.

– Nous pensions que nous risquions d'avoir de vos nouvelles, un jour. Vous étiez si jeune quand Thomas est mort. Vous n'étiez qu'une gamine, vous-même.

– Pas si jeune. J'aurais dû venir vous voir plus tôt.

– Comme je vous disais, nous avons lu des articles sur vous, mais ça, c'est récent. Nous ne savions pas où vous viviez, avant cet incendie. Certains de nos amis dans le Nord ont vu ça à la télé et nous ont appelés.

– J'espère que cela ne vous a pas causé davantage de... chagrin. Rose avait eu du mal à choisir le mot juste.

– Pas du tout. Une journaliste de la télévision nous a appelés à ce sujet, aussi. Une certaine Tanya... Il se massa le front. Comment s'appelait-elle déjà ?

– Robertson. Rose en eut un pincement au cœur. Elle a su vous trouver ?

– Mon épouse n'avait aucune envie de lui parler. Il semble que vous ayez fait un travail formidable, là-bas, en Pennsylvanie. Ce sénateur véreux que l'on traîne en justice, et tout. Il jeta un regard à Janine, qui demeurait silencieuse, de sorte que Rose put en revenir à son sujet.

– Merci, mais pour aborder la raison de ma visite, je vous suis reconnaissante d'avoir accepté de me recevoir. Même si les mots peuvent être maladroits, je voulais m'excuser auprès de vous deux, vous dire combien je suis désolée au sujet de Thomas. Sa gorge se serra, mais elle était déterminée à tenir ses émotions en lisière. Je pense à lui tous les jours, et je me repasse cette scène dans ma tête. J'essaie de lui donner une fin différente. J'aurais aimé prendre un autre itinéraire pour rentrer chez moi, ou rouler plus lentement, ou l'avoir vu plus tôt. Je me dis qu'une simple petite chose aurait pu tout changer, et aujourd'hui il serait en vie, avec vous. Je pleure son absence, mais c'était votre fils, et je suis si profondément désolée de ce que j'ai fait ce soir-là. Je vous en prie, acceptez mes excuses, si cela vous est possible.

Jim soutint son regard, derrière ses doubles foyers. Janine baissa la tête, un geste discret qui suffit à briser le cœur de Rose.

– Merci. Merci d'avoir prononcé ces mots-là. En effet, nous acceptons, mais vous n'avez pas à vous excuser. Nous savons que ce n'était pas votre faute. Nous avons vu ce qui s'est passé. Nous étions un tout petit plus loin, dans la rue.

Rose cligna des yeux. Elle l'ignorait. Les avocats avaient supposé que les Pelal n'avaient rien vu, et que, même s'ils avaient vu, ils l'auraient de toute manière attaquée en justice.

– Thomas s'est précipité sous les roues de la voiture. La lèvre inférieure de Jim tremblait, puis il eut l'air de se ressaisir. C'était horrible, d'assister à cet accident, et de savoir que nous n'arriverions pas sur place assez vite. Mais Thomas, il aimait courir dans tous les sens. Il avait toujours la danse de saint Guy. Janine a toujours pensé qu'il avait peut-être, vous savez, un déficit d'attention. Mais à l'époque, bon, nous ne l'avons pas emmené voir un médecin. Il secoua la tête. Donc il a couru dans la rue. Nous lui répétions, ne fais pas ça, tu vas avoir un accident. Ce n'était pas la première fois qu'il se cavalait comme ça, seulement, c'était la première fois que vous étiez sur son chemin, et cette fois-là, eh bien, les voies du

Seigneur sont impénétrables, ça, en tout cas, c'est vrai.

Rose sentit sa gorge se serrer encore davantage, mais elle ne pleura pas. Et elle ne se sentait pas mieux pour autant.

– En tout cas, je regrette ce qui est arrivé.

– Nous avons la foi, et nous nous reposons sur elle, toujours. Jim hocha la tête, et subitement ses épaules osseuses se voûtèrent. Ils eurent tous l'air si triste, pendant un instant, tous les deux affaissés au milieu de leur canapé affaissé. Janine ne dit rien, sa tête argentée à moitié baissée, une volute grise au sommet du crâne, comme un ouragan.

Jim soupira.

– J'aurais juste aimé, enfin, j'imagine que Janine aurait aimé être là. Être là auprès de lui, pour lui, à la toute fin. C'est ça qui la réveille la nuit, qui la torture, presque, vraiment. N'importe quelle mère aurait souhaité ça pour son enfant, j'imagine.

Rose se souvenait d'avoir tenu Thomas dans ses bras, au milieu de la rue, puis du jeune garçon levant les yeux vers elle, la découvrant avec son maquillage de Cléopâtre. Maintenant qu'elle avait mieux pu observer Janine, avec ses cheveux noirs et son eye-liner, Rose comprit pourquoi il l'avait prise pour sa mère, par cette nuit sombre.

– Vous comprenez ça, continua Jim, d'une voix plus feutrée. Elle aurait aimé être là, le tenir dans ses bras. Pas pour elle, mais pour lui. Qu'il ne croit pas être seul en ce monde. Qu'il sache que nous l'aimions, qu'elle l'aimait, jusqu'au tout dernier moment. C'était notre cadet, vous savez. Notre bébé. Son bébé.

Rose se sentait oppressée. Elle n'oublierait jamais ce qu'elle avait dit à Thomas, juste avant qu'il ne rende son dernier soupir. Après tout, elle pouvait peut-être faire quelque chose pour les Pelal. Peut-être les mots qui la hantaient depuis toutes ces années seraient-ils les mots qui allégeraient le cœur de Janine.

−Vous comprenez ça, n'est-ce pas? Vous êtes vous-même une mère.

−Oui, je comprends tout à fait, et je ressens exactement la même chose. Rose respira profondément. Janine, j'ai quelque chose à vous dire, qu'il faut que vous sachiez, je crois.

REMERCIEMENTS

J'ai écrit dix-sept romans en presque autant d'années, et s'il y a toujours de l'émotion dans mes livres, je me suis mis ces derniers temps à écrire sur la plus émouvante des relations, celle d'une mère et de son enfant. Il y a peut-être une certaine ironie, maintenant que mes enfants se sont envolés du nid, mais j'ai peut-être aussi finalement le recul et la distance (et le temps!) d'étudier cette relation et de la sonder pour m'en servir dans mes œuvres de fiction. C'est une manière détournée de dire merci à ma fille Francesca, qui m'étonne tellement, et à ma mère, Mary, qui, à elles deux, m'ont enseigné tout ce que je sais de la richesse et de la complexité du lien entre une mère et un enfant, sans évoquer l'amour, en toute simplicité.

À cet égard, je remercie aussi mes copines, qui sont toutes des mères formidables: Nan Daley, Jennifer Enderlin Molly Friedrich, Rachel Kull, Laura Leonard, Paula Menghetti et Franca Palumbo. Ce sont mes proches conseillères, et quand nous ne parlons pas de nos filles, nous parlons de nos mères. Toutes nos conversations quotidiennes ont nourri ce roman, alors merci, mesdames, d'être celles que vous êtes, et de m'avoir aidée, tous les jours.

Ce roman soulève un certain nombre de questions juridiques, éthiques et morales, pour lesquelles j'ai dû effectuer des recherches et chercher de l'aide. C'est ici que je dois remercier les experts, mais je dois aussi souligner, en toute clarté, que toutes les erreurs éventuelles sont de mon fait. Mille mercis à mon inspecteur et fin limier préféré, Arthur Mee, à M. l'avocat pénaliste Glenn Gilman et mes remerciements tout particuliers à Nicolas Casenta, du bureau du procureur de district de Chester County. Je veux aussi remercier le professeur Marin Scordato, de l'université catholique d'Amérique et de la faculté de droit de Columbus, pour ses excellents conseils, sa compétence et son article fondamental, « Understanding the Absence of a Duty to Reasonably Rescue in American Tort Law ».

Merci infiniment au directeur d'école Christopher Pickell, à l'enseignant Ed Jameson, et aux membres de l'équipe dirigeante de l'école élémentaire de Charlestown, June Regan, Kathy Kolb et Brett Wilson, ainsi qu'au reste de leur merveilleuse équipe. Le directeur, Christopher Pickell, a bien voulu m'accorder un peu de son temps précieux pour répondre à toutes mes questions, ce qui m'a permis de rendre ce roman aussi réaliste que possible, et il faut répéter ici que l'école élémentaire de Reesburgh n'est pas celle de Charlestown, et qu'elle est de pure fiction. Pourtant, je ne pourrais jamais assez témoigner ma gratitude à tous pour le temps qu'ils m'ont réservé et pour leurs conseils éclairés, mais surtout pour tout ce qu'ils font pour les enfants. Il n'est pas de métier plus important que celui d'éduquer les générations à venir. J'ai toujours admiré les enseignants, et je les admire encore. Je ne serais pas écrivain sans l'excellente instruction publique que j'ai reçue, et je n'avais jamais compris à quel point enseigner peut-être épuisant, et combien cela peut être aussi enrichissant, avant de commencer à dispenser un cours que j'ai élaboré et intitulé « Justice & Fiction », à la faculté de droit de l'université de Pennsylvanie. Aussi, merci infiniment à tous mes professeurs, passés et présents, y compris mes étudiants – qui sont aussi des enseignants, à leur manière.

Merci aussi à l'équipe de pompiers géniaux qui non seulement nous protègent, mais qui ont en plus pris le temps de m'aider à imaginer un incendie fictif. Merci également à Mike Risell, Karen et Duke Griffin, Dave Hicks et Mark Hughes de la caserne Kimberton. Et merci pour leurs conseils avisés en matière de premiers secours à Rebecca Buonavolonta et Serguei Bortsov. Et merci à Robin Lynn Katz.

Merci à la bande de St Martin's Press, à commencer par mon formidable éditeur et coach d'un si grand soutien, Jennifer Enderlin, qui m'inspire toujours et m'a guidée dans ce livre, et à John Sargent, Sally Richardson, Matthew Shear, Matt Baldacci, Jeff Capshew, Nancy Trypuc, Monica Katz, John Murphy, John Karle, Sara Goodman et tous les représentants de la maison. Un immense merci à Michael Storrings, pour sa très belle maquette de couverture. Mille baisers à Mary Beth Roche, Laura Wilson et les gens formidables qui créent nos livres au format audio. Je vous aime et vous apprécie tous.

Un grand merci plein d'affection à mon agent et amie, Molly Friedrich, ainsi qu'au stupéfiant Paul Cirone et à la brillante Lucy Carson. Mon assistante dévouée, qui est aussi ma meilleure amie, Laura Leonard, m'est précieuse à tous égards, et il en est ainsi depuis vingt ans. Et en plus, c'est une super maman! Merci également à Annette Earling, ma diva d'Internet, qui gère *Scottoline.com*, où je n'existe que sous une apparence dûment retouchée par Photoshop.

Merci à ma famille et à mes amis, pour tout. Ils savent que je les aime et, en général, c'est à eux que revient le dernier mot, si ce n'est même la dédicace de mes livres. Mais cet ouvrage est différent des autres, car cette fois le dernier mot – et la dédicace –, reviennent à Joseph Drabyak, qui nous a quittés bien trop prématurément, puisqu'il est récemment décédé. J'ai dédié ce roman à Joseph, parce qu'il se dédiait lui-même au livre corps et âme.

J'ai rencontré Joseph il y a presque vingt ans, il était alors libraire, dans la librairie indépendante de mon quartier, Chester County Books & Music Company, et j'ai fini par nouer une profonde amitié avec son épouse Reggie et lui. Il a été l'un des tout premiers défenseurs de mes livres, il s'est démené pour les livres qu'il aimait et pour la librairie indépendante, avant de devenir le président de la New Atlantic Independent Booksellers Association. Il savait que les livres réunissaient les individus, et que la lecture rend plus fort, enrichit, nourrit et réunit les êtres. Avant sa disparition, je suis allé le voir et lui annoncer que je lui dédierais mon prochain livre, ce qui lui a fait plaisir. Et alors qu'il avait lu tous mes manuscrits précédents, il n'a pas eu l'occasion de lire celui-ci.

Ce qui demeurera pour moi une perte irréparable, à jamais.

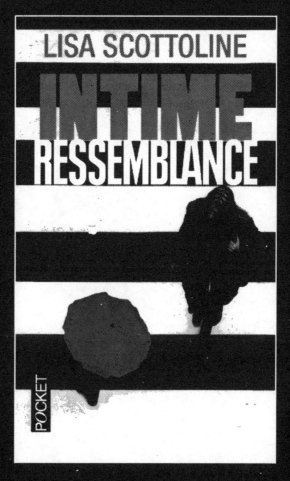

CET OUVRAGE A ÉTÉ ACHEVÉ D'IMPRIMER SUR ROTO-PAGE
PAR L'IMPRIMERIE FLOCH À MAYENNE (53)
DÉPÔT LÉGAL : AVRIL 2012. N° D'IMPRESSION : 82162

Imprimé en France